LA VIEILLE QUI MARCHAIT DANS LA MER

SAN-ANTONIO

LA VIEILLE QUI MARCHAIT DANS LA MER

ROMAN

Fleuve Noir

ISBN : 978-2-265-08954-9

À Founi GUIRAMAND,
qui a suivi la course de ce livre à la jumelle,
Et qui l'a rejoint,
Avec ma tendresse,

SAN-ANTONIO

« L'habit d'un arlequin n'est pas plus varié dans ses nuances que l'esprit humain ne l'est dans ses folies. »

Gustave Flaubert
(Mémoires d'un fou)

Première partie

L'INVITÉ

GUADELOUPE

1

Lady M. descend lentement le sentier conduisant à la plage.

Bien qu'elle s'appuie sur une canne anglaise, sa démarche reste majestueuse. Cet étai chromé rend sa silhouette oblique. Elle le plante à chaque pas, avec discernement, soucieuse de toujours faire porter l'embout de caoutchouc sur une surface stable. De son regard intense et pincé, elle sélectionne par avance les points d'appui jalonnant son parcours. Lady M. est très âgée. Ses rides profondes font partie d'elle désormais. Elle ne se souvient plus de son corps « d'avant ». Entre sa somptueuse jeunesse et les méfaits du temps, elle a négocié une sorte d'amnésie qui la préserve des regrets. Elle porte un turban blanc sur sa chevelure platinée. Bien qu'elle descende vers la mer, elle est fardée comme pour une soirée de gala. Son visage raboté, griffé, lacéré et un peu flasque du bas, est une palette chargée des couleurs les plus vives et les plus rares. Le maillot de bain, également blanc, enveloppe un corps cylindrique, sans formes. Sur la poitrine, des fleurs pour verrières de vérandas anciennes, d'espèce ornementale, forment une sorte de « présentation » bleue, verte et jaune. Elles sont faites de menues écailles scintillantes qui créent une forte impression de relief. Lorsque Lady M. traverse un rayon de soleil, un brusque flamboiement part d'elle, qui mobilise l'attention des vacanciers. Ce pôle d'intérêt détourne les regards de ses cuisses flasques. Elle marche nu-pieds et ses orteils déformés se chevauchent. Ses pieds font penser à deux bottes de radis ; sans doute à cause des ongles au vernis pourpre ?

Mais le plus saugrenu du personnage est constitué par un monceau de bijoux qu'elle semble coltiner avec peine, comme un vieux pêcheur ses filets. Des boucles d'oreilles gigantesques comme des lustres d'opéra alourdissent sa tête, des bracelets impossibles à dénombrer tintinnabulent à ses maigres poignets et les serres d'oiseau de proie qui lui servent de mains paraissent gantées d'or et de gemmes.

Elle va par le sentier dallé d'opus incertum. Va, de sa démarche prudente d'insecte transportant plus que son propre poids. Devant elle, le lagon vert est peuplé de planches à voile hardiment maniées par des éphèbes dorés et qui filent dru dans le souffle incessant de l'alizé. Lady M. a un instant d'arrêt, non pour reprendre souffle (de ce côté-là tout va bien) mais parce qu'elle est brusquement charmée par la beauté du panorama. Quand la nature la ravit, comme à cet instant, elle s'immobilise et l'admiration qu'elle éprouve lui donne l'impression de prier.

Ses lèvres au rouge carmin, un peu sirupeux, s'écartent pour un sourire. Elle vit un moment de pure félicité. Lambert, le jeune plagiste de l'hôtel, l'attend, assis sur un flotteur de pédalo. Il paraît en terre cuite. Ses cheveux châtains, décolorés par le soleil, lui donnent une grâce d'archange malgré la petite couette de toréador qu'il porte sur la nuque.

Ce bel imbécile a cru bon de s'affubler d'une boucle d'oreille qui crée l'équivoque quant à ses mœurs ; mais Lady M. sait bien qu'il aime les femmes. Il a toute une cour de jeunes donzelles aux seins nus et au maillot érotique autour de lui et les filles, même très jeunes, ne font pas de ces mines-là aux homosexuels.

La vieille femme débouche sur la plage et Lambert qui l'aperçoit quitte le pédalo pour venir à elle. Chaque matin, à onze heures, ils ont rendez-vous dans le secteur réservé aux embarcations. Le jeune homme offre son bras à Lady M. et

LES TROIS PETITS COCHONS

Dans une ferme vivaient trois petits cochons.

Ils avaient des maîtres terribles. Ils ne toléraient aucun rire, aucun cri, à tel point que le coq devait se taire.

L'ennui s'empara bientôt de nos trois amis, et ils décidèrent de prendre la fuite.

Après une longue marche, exténués, tous trois s'endormirent au pied d'une haie.

Au réveil, ils décidèrent de se séparer, l'un erra dans les champs, à travers les avoines et les blés, il rencontra un homme façonnant une meule, il lui demanda quelques bottes et se mit à construire son logis.

Comme il allait s'endormir, le loup vint, il fit ouf et pouf, et tout tomba par terre.

Le second, en traversant la forêt, remarqua un tas de bois, il prit les meilleurs rondins et bâtit son abri.

Le loup vint à nouveau, il fit encore ouf et pouf, tout s'écroula, et le petit cochon alla rejoindre son frère dans le fond du sac.

Le troisième en approchant d'un village avait découvert un tas de briques, lui aussi en profita et monta sa demeure.

Aussi, quand le loup voulut s'y attaquer, il eût beau cogner, mordre, griffer, rien ne fit.

Le loup, fou de rage, le fût encore plus quand il s'aperçut que les deux autres petits cochons s'étaient enfuis.

Affamé il revint autour de la maison et la cheminée étant assez large pour lui livrer passage il s'y laissa glisser et tomba dans une marmite d'eau qui bouillait sur le feu.

La mort le saisit et nos trois petits amis purent désormais vivre en paix.

série D

ÉDITIONS ÉDUCATIVES PARIS

ils vont marcher dans la mer. La vieillarde conserve sa canne. Ils avancent très lentement sous les regards interdits de nouveaux vacanciers. Ils s'éloignent du rivage jusqu'à ce que Lady M. ait de l'eau à la taille. Ce demi-bain fait partie de la thérapie consécutive à son arthrose de la hanche.

Au début, Lambert se sentait gêné ; craignant de faire rire. Mais personne, jamais, n'a ri de Lady M. malgré ses excentricités.

Il s'incline.

— Mes respects, Milady.

Le directeur de l'hôtel lui a conseillé la phrase. Il pensait ne jamais pouvoir la proférer. Et puis il a osé et y a pris goût. Il la claironne. Milady ! Chaque fois il pense aux *Trois Mousquetaires*.

La vieille dame est charmée par la politesse du plagiste. De leur conversation « en haute mer », il appert que Lambert est un fils de bonne famille épris de liberté. Venu en vacances à la Guadeloupe, il a contracté le virus et y est resté, tirant un trait sur ses deux années de médecine.

— Vous avez bien dormi, Milady ?

— Bien sûr que non, mon petit Lambert.

Elle possède un passeport britannique mais parle un français sans accent.

Lady M. ajoute cette sentence, d'une voix en italique :

— *Jeunesse qui veille, vieillesse qui dort, sont près de la mort.*

Elle ponctue d'un léger rire frileux.

— Vous n'êtes pas vieille, Milady.

Elle regarde le garçon bronzé, ses dents éclatantes, son regard presque vert.

— Vous êtes le tigre le plus poli que j'aie rencontré, assure-t-elle. Comment est l'eau, ce matin ?

— Un peu plus fraîche qu'hier car le vent a soufflé comme un malade toute la nuit.

« Comme un malade » ! Les jeunes d'aujourd'hui sont pleins d'expressions nouvelles qu'ils ne peuvent contrôler tant elles ont investi leur parler.

Lady M. avance un pied dans l'eau. Elle a l'heureuse surprise de la trouver tiède.

Sa patte d'oiseau se crispe sur le bras velu de Lambert. En route !

La béquille sonde le fond de la mer avec prudence, mais Lady M. sait qu'elle ne craint rien avec son chevalier servant. Elle pétrit le biceps voluptueusement car l'abdication des vieillards est toujours plus ou moins feinte.

Depuis la plage, on les regarde s'éloigner. La vieille femme paraît ramer. Les véliplanchistes s'écartent d'eux.

Ils se déplacent un moment sans parler. Lady M. tient dans le creux de sa main droite un billet de cinq cents francs plié menu, devenu à peine plus grand qu'un ticket de cinéma. Tout à l'heure, lorsqu'ils auront atteint leur limite habituelle, elle enfoncera sa canne dans le sable, puis se tournera face à Lambert afin de glisser le billet de banque dans son slip. Sa main ira jusqu'au sexe du garçon. Elle ne le caressera pas mais se frottera contre lui, doucement, avec un art de courtisane qui s'est retrouvée. Elle fourrera la coupure sous les testicules du plagiste. Lui, pendant ce temps, contemplera le large.

Le premier jour, il a réagi et a eu un sursaut ; le billet plié le piquait. Alors il a fourragé dans son maillot de bain et a ramené la coupure sans réaliser tout de suite de quoi il s'agissait : elle était détrempée par sa main mouillée. Lady M. riait comme s'il se fût agi d'une farce. Lambert a balbutié « que c'était trop ». Alors la vieille a déclaré : « Ne dites jamais cela lorsqu'on vous donne quelque chose ; si vous n'attendez pas tout de la vie, vous n'aurez rien ! »

Le billet de cinq cents francs colle à sa paume moite. Elle est émue par ce bras velu, si musclé, auquel elle se cramponne. Il lui revient des ardeurs, des nostalgies de la chair. Mais elle reste sèche parce que les vieillardes ne mouillent plus.

La caresse de l'eau ajoute à son euphorie.

Elle murmure :

— Vous habitez l'hôtel ?

— J'ai un studio dans l'un des immeubles neufs de Saint-François.

— Il doit en voir de belles ! glousse Lady M.

Lambert ne répond rien. Il traîne lentement sa cliente en direction du lagon bleu d'émeraude où un couple de jeunes gens batifolent dans des éclaboussures somptueuses. Il n'a pas envie de parler de ses frasques à la vieille.

Au bout d'un long cheminement silencieux, ils atteignent le rocher émergé formant la limite de leur promenade marine.

Là va avoir lieu le cérémonial du billet.

Milady enfonce sa canne dans le sol couvert de plantes aquatiques. Elle s'arc-boute pour avoir la liberté de sa main droite. Le dos de celle-ci se plaque contre le ventre plat de Lambert, recouvert d'un duvet soyeux. Les doigts habiles s'insinuent entre la peau et la ceinture élastique. Ils gagnent le pubis. La vieille retrouve cette sensation délicieuse qui, quotidiennement, lui apporte sa part de bien-être. Cela ressemble un peu à un rendez-vous d'amour. Des souvenirs se pressent à sa mémoire. Lambert lui rappelle un amant de jadis qui venait la visiter une fois la semaine. Il se jetait sur elle dès qu'elle ouvrait la porte et l'étreignait éperdument. Il était jeune, blond et ardent. Lady M. se dit avec tristesse qu'il a dû devenir un vieux monsieur impuissant, avec des maux, des avaries, des misères et des chagrins. Peut-être même est-il mort. Elle n'ose imaginer le cadavre de son fringant partenaire d'autrefois. Elle veut immortaliser cet instant où il se précipitait pour s'emparer d'elle après avoir refermé sa porte d'un coup de talon. Avant de sonner, il avait déjà sorti son sexe et elle riait en lui demandant la tête qu'il ferait si, d'aventure, un jour, ce n'était pas elle qui lui ouvrait.

Maintenant, elle triche. Elle paie cinq cents francs le furtif plaisir de sentir contre ses doigts cette jeune queue si vivante.

« Ô mon Dieu ! Mon Dieu ! ne permettez jamais que je renonce ! Faites que toujours subsiste cette louche faim d'amour ! Cet émoi qui me préserve de la mort ! Cette attente infernale qui accélère les battements de mon cœur ! Je suis une vieille salope, Seigneur ! Une femelle sans chaleurs qui n'a plus que de tristes approches pour combler son vieux cul défoncé ! Gardez-moi cette pitoyable fringale de chair fraîche, Dieu d'infinie bonté ! »

Elle adore les testicules, jugés pourtant si disgracieux par la plupart des femmes. Ils sont les alambics dans lesquels s'élabore la plus formidable des alchimies. Elle n'a jamais pompé un homme sans presser ses couilles d'une main.

Ses doigts crochus soulèvent les bourses inertes, glissent le billet plié sous un volume de peau à la pesanteur mystérieuse. Voilà, le billet est en place ! Elle sourit de l'âme en songeant que l'on appelle cela des bourses ! Il s'enrichit, le joli bougre, à ce tarif somptuaire ! Elle est l'aubaine de sa saison !

Le billet est une espèce de greffe ! Elle retire sa main à regret, une fois sa bouture en place.

Mais, aujourd'hui, il se passe un fait inhabituel. Lambert lui saisit la main et la guide à nouveau vers son intimité. Indécise, elle a presque un mouvement de refus. Ce garnement doré la prend au dépourvu en lui proposant l'incroyable. Elle résiste. Il pétrit ses doigts arthritiques pour les forcer à une caresse véritable. Alors, vaincue, elle le dévisage. Tête de cauchemar ! Gargouille fardée pour carnaval allemand ! Son regard de rate vicieuse plonge dans celui de Lambert où elle ne découvre qu'une espèce de bêtise affolée...

— C'est nouveau, petit homme ? murmure-t-elle.

Il a la mâchoire crispée. D'un geste presque désespéré, il abaisse le devant de son slip. Elle regarde le sexe du garçon, de bonne venue et sans grand émoi apparent. Sa main décharnée s'avance avec une maladresse qu'elle ne se connaissait pas. Voilà que des années d'abstinence l'ont rendue empruntée et effarouchée comme une adolescente sans expérience.

Elle cueille la bite dans sa main creusée en tuile qu'elle passe sous le membre. La *Truite* de Schubert ! Et ils restent là, un long moment immobiles, sans prendre d'autres décisions, l'un comme l'autre étant allé au bout de son élan.

« Il ne bandera pas, Seigneur ! Ce n'est qu'un trouble passager. Ma main dans son maillot a éveillé un désir que je ne puis assouvir. Je dois éviter la faillite de ne pas le faire bander. Si je m'y emploie et que je connaisse un échec, j'aurai l'air d'une affreuse vieille connasse de merde, Seigneur ! Ce sera dérisoire, dérisoire à pisser debout comme une jument ! »

Elle murmure, en faisant tressauter la jolie pine de Lambert :

— C'est très noble, très émouvant !

Et puis elle rend sa liberté à l'oiseau, lequel, au lieu de s'envoler, se met à pendre.

Lady M. voit choir le billet plié de sa cachette. Il flotte sur l'eau bleue, petit bateau de papier. Elle ne dit rien. Le grand imbécile, avec ses sottes manigances inabouties vient de paumer cinq cents francs ! La coupure s'éloigne doucement d'eux. Lambert rajuste son slip. Offre son bras. Ils regagnent la plage. Lady M. se sent vieille à dégueuler. Elle aurait dû le sucer, bien sûr ! Mais elle manque de souffle. Les pipes d'asthmatique ne sont guère réjouissantes. Les planches à voile continuent leur gracieux ballet autour d'eux, dans un doux clapotis avec, parfois, le sec claquement de la voile qui change de cap.

2

Pompilius se rasait avec un rasoir à manche. Chaque fois le cérémonial fascinait Lady M. La façon interminable dont il s'enduisait les joues de savon mousseux pour se confectionner une illusoire barbe de Père Noël ; l'application qu'il apportait à l'aiguisage de la lame damasquinée, réduite d'un bon tiers par l'usure, la passant et repassant avec persévérance sur un ruban de cuir à boucles tenu tendu ; et ensuite le côté clinique du rasage proprement dit ; tout cela impressionnait la vieillarde.

Elle admirait la grâce de Pompilius Senaresco, ancien diplomate roumain décavé ; l'élégance qu'il mettait dans ses gestes les plus modestes, les plus quotidiens ; sa lenteur savante d'homme blasé pour qui le temps est une denrée sans importance qu'un gentleman doit avoir à cœur de gaspiller. Il avait la nonchalance badine, un air d'ennui affable dont il ne se départait jamais. L'âge l'avait amidonné sans pourtant lui conférer de raideur. Il pelait les fruits en s'aidant de sa fourchette, changeait de chemise plusieurs fois par jour, usait d'un vocabulaire recherché et aimait à séduire les adolescentes pour peu qu'elles lui parussent en règle avec l'hygiène.

Il accueillit Lady M. d'un sourire tendre, délivré par le miroir du lavabo.

— Bonne promenade ? demanda-t-il, la bouche arrondie, car il se rasait sous la lèvre inférieure.

Elle ne répondit pas et il jugea qu'elle allait lui infliger une matinée maussade. Ils avaient été longtemps amant et maîtresse et avaient connu des moments de grande volupté. Mais l'inertie de l'habitude avait eu raison de leurs débordements. Peu à peu, leurs étreintes s'étaient espacées pour cesser complètement. C'était Lady M. qui avait pris l'initiative, un après-midi où Pompilius la caressait par politesse.

« — Grand chéri, avait-elle soupiré, finissons-en avec cette danse ridicule puisque sans musique désormais. Pourquoi s'obstiner à faire du bouche-à-bouche à un amour mort ? Nous avons capitalisé suffisamment de souvenirs radieux pour en vivre désormais. Soyons les rentiers de la passion. Il nous reste notre tendresse et notre complicité. Combien de vieux couples peuvent en dire autant ? »

Il s'était récrié pour la forme et aussi parce qu'un homme ressent toujours de la nostalgie à l'idée de renoncer à une femme, quand bien même il ne la convoite plus. Elle avait tenu bon, mystérieuse et lointaine, un peu maternelle aussi. Depuis que l'acte avait disparu de leurs relations, ils vivaient un amour fortifié. C'est l'élagage qui assure la santé de l'arbre.

Elle suivait le mouvement minutieux du rasoir sur le visage de Pompilius. Senaresco semblait hachurer un dessin. Après quelques saccades, il torchait la lame perfide à un récipient ourlé de caoutchouc couleur de gencives mal portantes. La mousse qu'il y déposait était souillée de poils gris écœurants.

— Vous paraissez préoccupée, ce matin, ma mie ? observa-t-il.

— Ne parlez pas, Pompilius, sinon vous allez vous entailler et coller sur vos plaies ces immondes petits morceaux de papier qui vous font ressembler à un dessin de Dubout !

Il sourit car, effectivement, une perle rouge perçait la mousse de son menton.

Malgré le conseil de sa compagne, il murmura :

— Il va bien falloir que vous me disiez ce qui vous préoccupe, ma chérie.

« Il est follement perspicace, ce vieux con, Seigneur ! Il sent tout. Au point que j'ai l'impression, depuis qu'il ne me baise plus, de vivre en compagnie d'une femme. Il n'y a que les femelles pour tout savoir des autres au premier regard. »

Elle éprouva pour son compagnon une bouffée de tendresse teintée de reconnaissance. Ce vieux branleur vivait dans son ombre, tel un cloporte installé sous une grosse pierre.

Elle éleva sa main droite alourdie de bagues.

— Vous ne remarquez rien, vieux cocker ?

Pompilius se retourna, il avait une moitié de visage rasé et tenait son rasoir le long de sa jambe nue encore musclée.

Son regard pâle enveloppa la dextre de sa compagne. Il possédait d'étranges yeux gris, très clairs, cernés d'un cercle vert.

« Comme il a de beaux yeux, ce sombre dégueulasse ! Quand il les pose sur une jouvencelle, elle en est troublée, évidemment. Ah ! Seigneur, il s'y entend pour faire mouiller les gamines ! Après, dans la voiture, cela doit aller tout seul ! Il lui suffit de les fixer, de murmurer peut-être quelques phrases enjôleuses et d'avancer sa main de prélat vers leurs petites chattes humides ! Quel lubrique bonhomme, Seigneur ! »

L'examen fut révélateur pour Pompilius.

— Vous n'avez pas mis votre émeraude, fit-il au bout d'un instant.

— Sans mon émeraude, je me sens nue, vous le savez bien, grand bellâtre !

— L'auriez-vous perdue ?

— Non.

— En ce cas, on vous l'a volée ?

— Oui.

— Vous avez des soupçons ?

— Non : une certitude.

— Qui ?

— Le plagiste ! Tout à l'heure, il m'a pris la main et l'a pressée de façon singulière. Vous n'ignorez pas combien je suis allergique aux huiles solaires, Pompilius ? Regardez : il me vient déjà des rougeurs sur la peau. Le petit misérable s'était copieusement oint la paume pour pouvoir lubrifier mes doigts le moment venu. Le bougre est habile car je n'ai rien senti !

— Son larcin confine à l'exploit ! convint Pompilius.

Il retourna au lavabo pour achever de se raser. Dans son for intérieur, il jugeait cocasse que Lady M. fût volée. Il demanda :

— Vous avez l'intention de prévenir la police ?

Elle haussa les épaules et gagna sa chambre.

***

Quand ils se déplaçaient, ils prenaient toujours deux chambres communicantes. Il en avait été ainsi depuis leurs débuts. Lady M. ne supportait aucune présence étrangère dans sa couche après l'orgasme.

« Je serai seule dans mon tombeau, déclarait-elle, je tiens à l'être également dans mon lit ! »

Elle n'appréciait pleinement l'existence que la nuit, une fois débarrassée des autres. Elle s'entourait de vivres et de boissons, de livres et d'objets susceptibles de lui être utiles au cours d'une insomnie. Ces précautions étaient de pure forme car elle dormait très convenablement pour une femme de son âge, sauf toutefois la dernière nuit, ayant l'esprit trop mobilisé par l'opération qu'elle préparait. Elle avait recouru à des bonbons fourrés au miel liquide, dont elle raffolait ; à un verre d'eau de fleur d'oranger très sucrée, à la lecture d'un ou deux chapitres de *Lumière d'août* de Faulkner et à une dizaine de *Notre Père* parcourus sur son chapelet de première communiante qu'elle avait toujours conservé, étant animée d'une foi inextinguible.

Elle eut quelque mal à ôter son maillot mouillé jusqu'à la taille, à cause de cette foutue canne anglaise dont elle ne parvenait encore pas à se passer !

— Dois-je vous aider à vous essuyer, poupée bleue ? cria Pompilius depuis sa propre salle de bains.

Comme tous les pique-assiette, il se montrait d'une serviabilité excessive.

— Non merci, il faut que je m'assume ! répondit-elle.

Avec une complaisance morose, elle se regarda, nue, dans la grande glace cruelle posée contre la porte. Informe et flasque, avec une chair à gros plis évoquant ceux d'un rideau de scène.

« Seigneur ! Que sont devenues mes formes d'antan ? J'étais belle comme un violoncelle et désormais je ne suis que ruine ! Les mâles raffolaient de ce corps guetté par les vers. Pas un millimètre carré de ma personne qui n'eût été enduit de salive ou de sperme, cher Seigneur ! Et le voilà à l'abandon, pareil à un jardin anglais qui part en friche ! Moi, la grâce triomphante, je suis informe à présent, voire même difforme ! Mon cul pend comme une serpillière mouillée. Les poils de ma chatte sont tout à fait blancs et je n'ai plus le courage de les teindre. Leur belle frisure s'en est allée et ils sont maintenant raides et rêches comme une perruque de clown. Mon nombril s'est creusé, élargi et ressemble à un balancier d'horloge arrêtée. Seigneur, quelle étrange punition que l'âge ! Il me suffit d'un coup d'œil dans ce miroir pour comprendre ce qu'est le prix de mes fautes. Ma durée est une forme de condamnation sans appel ! Vous auriez pu me rappeler à Vous alors que j'étais encore baisable, Seigneur ! J'eusse aimé mourir à mon époque salope. Finir étouffée par une belle bite rubiconde ou bien mourir des coups que m'administrait Boris Malikov, ce sauvage moujik de l'ambassade soviétique. J'aurais volontiers accepté mon trépas lorsque mon cher Werther viennois, dont j'ai oublié le nom (ah ! ces neurones qui sautent, l'un après l'autre !) m'avait introduit le canon de son revolver dans le sexe, menaçant de tirer si je ne parvenais pas à le rendre certain de mon amour pour lui ! Comme cela était bel et bon, Seigneur ! Ah ! l'enchantement de la folie ! La griserie de la frénésie ! Je ne me nourrissais que de foutre et de champagne. Ne dormais que quelques heures le jour, et encore : d'un seul œil ! Et voici ma déchéance. Je suis devenue une misérable buveuse de thé, une grignoteuse de salades cuites. Je digérais caviar et foie gras, homards et cailles farcies et Vous m'avez rendue herbivore ! »

Elle ne pleurait pas, ses glandes lacrymales, comme les autres, s'étant taries.

Lady M. prit une douche, s'aspergea d'une eau de toilette qui sentait la tubéreuse et revêtit un ensemble de lin bis sur un chemisier vert. Son émeraude lui manquait.

Elle soupira en évoquant le beau sexe juvénile du plagiste. Il lui avait donné le change au moment de voler sa bague. Opération diversion ! Petit salaud ! Et elle qui, un moment, avait cru à une pulsion du garçon, à une impossible bouffée de désir. Comme s'il eût pu tirer jouissance de la main, de la bouche ou du vieux pot dévasté de Lady M.

La vieille femme sentit un poids sur sa poitrine vide. L'écrasement de la déception.

— Êtes-vous prête, mon rêve d'or ? demanda Pompilius, à la cantonade.

Lui, au moins, lui restait. Il était devenu son île, son donjon, le réceptacle d'une partie de son passé et le témoin vigilant de son présent. À sa manière, il l'aimait et il lui arrivait parfois de se montrer jaloux des hommes qui, impressionnés par la classe de sa compagne, lui prodiguaient trop de mamours.

Il apparut, superbe dans son pantalon blanc, son blazer bleu et sa chemise myosotis à col ouvert. Ses cheveux clairsemés, d'une couleur indéfinissable, allant du gris clair au châtain foncé, étaient plaqués sur son crâne pointu. Lady M. songea que la tête de Pompilius avait la forme d'un autobus anglais à double étage.

— Il va falloir que nous refassions votre teinture, Pompilius, lui dit-elle, vos cheveux commencent à ressembler à n'importe quoi !

Elle ne laissait à personne d'autre le soin de cette délicate mission, prétendant qu'elle seule était capable de peinturlurer convenablement le bonhomme. Le cérémonial avait lieu le soir. Senaresco s'asseyait, nu, sur le tabouret de sa salle de bains, la queue entre ses cuisses, les mains posées sur les genoux. Lady M. se mettait alors à badigeonner ses cheveux d'un produit brunâtre qui, au bout de peu de temps, devenait franchement noir. Ils attendaient dans l'étroit local que la teinture opère. Au cours de cette demi-heure, ils parlaient de leurs occupations, comme si l'insolite de la situation les incitait à la gravité. Les plus belles opérations, ils les avaient échafaudées pendant que Pompilius avait le chef déshonoré par cet enduit visqueux qui, parfois, coulait sur les joues creuses du vieillard comme les larmes d'une bougie. Lady M. torchait ces chandelles noires avec un tampon de coton démaquillant et son cœur se serrait de pitié car, au cours de ce « traitement », son ami lui semblait infiniment vieux, vulnérable et déchu.

— Il va être l'heure de notre rendez-vous, assura le Roumain après un regard à sa montre Cartier.

— Avez-vous pris le nécessaire, vieux fou ?

Il tapota son blazer à l'emplacement de la poche intérieure.

— M'avez-vous jamais pris en flagrant délit d'oubli ?

Le vent s'était calmé et les palmiers ressemblaient à des éventails pour maharadjah ; ils bougeaient mollement dans un ciel bleu, provisoirement purgé de tout nuage.

Ils se déplacèrent lentement dans une allée bordée d'orangers. L'embout caoutchouté de la canne anglaise produisait un léger bruit râpeux sur le ciment jonché de feuilles. L'air possédait une douceur grisante.

Pompilius respirait en connaisseur. Jouisseur-né, il savait déguster les moindres instants de félicité.

— Croyez-vous que notre hôte soit coriace ? demanda-t-il, en s'appliquant à réduire ses enjambées afin d'épouser celles de Lady M.

— Et quand bien même ? objecta la vieille femme.

Il sourit de contentement. Elle ne perdrait jamais son intrépidité, ni sa formidable confiance en soi.

L'hôtel se composait d'un corps de bâtiment à usage collectif et de luxueux bungalows dispersés dans un vaste parc à la végétation tropicale. Ceux-ci étaient de dimensions différentes. Il en existait à deux chambres et un salon, comme celui qu'occupaient Lady M. et son ami ; et d'autres d'une chambre avec seulement un « coin » living.

L'homme qui les avait conviés à l'apéritif bénéficiait également d'un bungalow grand format qu'il occupait avec sa compagne, une splendide femme de couleur pleine d'abattage, le bambin de celle-ci et la gouvernante noire du marmot. Les amours de Justin Mazurier et de Muriel, son amie, étaient récentes. Lui, dirigeait un important laboratoire de produits pharmaceutiques à Lyon ; elle, était mannequin itinérant. Ce séjour en Guadeloupe constituait leur première escapade amoureuse. Notable marié et père de famille, le quinquagénaire transi avait amené sa récente conquête dans son île d'origine. Comme elle ne voulait pas se séparer de son enfant, né sans père légal d'une rencontre ténébreuse, l'industriel lyonnais avait engagé sur place, par le truchement de l'hôtel, une baby-sitter compétente afin de pouvoir aimer la mère sans trop de tracasseries.

La veille, au cours d'une soirée folklorique organisée par l'hôtel, Lady M. et Senaresco s'étaient arrangés pour faire la connaissance du couple. On avait sympathisé. La classe des deux vieillards, leur brio et leur charme suranné avaient conquis Mazurier. Au moment de la séparation, rendez-vous avez été pris pour « un apéritif à la maison ». Rires.

Lady M. s'y rendait donc, pimpante, ramante, au bras de son vieil ami. Elle se sentait comme grisée par l'imminence de l'étrange combat qu'elle s'apprêtait à livrer. Pompilius qui la connaissait par cœur, chuchota :

— Vous jubilez, ma mie, vous jubilez ; je le constate au frémissement de vos doigts sur mon bras.

Elle ne répondit pas.

« Il ne me reste plus que cela, comme joie authentique, Seigneur ! Je sais que je commets un très grave péché en me montrant garce et machiavélique à ce point ; mais les hommes n'ont-ils pas besoin de révélateurs, au cours de leur merdique existence ? Jadis, je faisais voler les couples en éclats, à plaisir. Je gardais néanmoins bonne conscience car, si je les désunissais c'était parce qu'ils se trouvaient fissurés de partout sans le savoir. On ne peut briser les unions heureuses. Les planches superposées que cassent du tranchant de la main les hercules forains sont préalablement sciées. On ne rompt que ce qui est fragile. Désormais, j'exerce ma malignité différemment, cher Seigneur de grande clémence ! Je glisse des vers dans des fruits déjà gâtés malgré leur apparence ! »

Ses doigts s'agitaient sur l'avant-bras de Pompilius. Et lui qui la savait sèche de longue date, comme une figue en boîte, regrettait qu'elle ne mouillât plus. Les grandes joies intérieures doivent s'accompagner de sécrétions pour être pleinement vécues.

***

Justin Mazurier, parce qu'il parvenait à renvoyer quatre balles consécutives à un moniteur docile, se prenait pour un tennisman et portait des tenues adéquates repérées dans des magazines. C'était un homme massif, sans être gros, brun et vif, dont une expression d'intense contentement égayait le regard. Il empestait le parfum coûteux, se prenait pour don Juan et affectait une bonhomie condescendante qui n'impressionnait que les jean-foutre.

Il vit arriver les vieillards par l'allée bordée d'orangers croulant sous leurs fruits. Aussitôt, il adopta pour les accueillir une attitude avantageuse, saisissant son amie par la taille et s'appuyant de l'épaule au pilier de la véranda. Gary Cooper. Muriel impressionnait par sa beauté sauvage. Nue sous une robe blanche d'inspiration grecque, elle faisait songer à un fauve ronronnant d'aise, mais capable de griffer à tout instant.

Lady M. les contemplait en avançant. Elle leur sourit de loin et se permit même un petit geste dégagé avec sa canne.

— La fille est superbe ! chuchota Pompilius.

« Il n'empêche que les poils de sa chatte sont rêches et frisés serré, ce qui couperait tout plaisir à ce bouffeur de cul invétéré, Seigneur ! Pompon n'aime que le soyeux. Il léchait admirablement, je m'en souviens ; avec âme ! Il était capable de faire minette pendant plusieurs heures d'affilée. La première fois que je lui ai cédé, il m'a dégustée un après-midi entier avant de me monter dessus. J'avais déjà joui à quatre ou cinq reprises, Seigneur, aussi son étreinte finale me laissa-t-elle froide comme un museau de chien. Trop, c'est trop. »

Elle marqua un léger temps d'arrêt.

— Je marche trop vite, ma souris rose ? s'inquiéta immédiatement Pompilius.

— C'est moi qui pense trop fort ! répondit-elle. Je suppose, doux gredin, que vous aimeriez capturer cette somptueuse Noire et l'emmener dans notre Rolls aux verres teintés où vous perpétrez vos délectables infamies ! En ai-je déniché, des slips affriolants à l'arrière de cette noble voiture ! Des culottes de jeune fille et des slips de catin pleins de fentes vicieuses et de dentelle ! Des roses, des blancs, des noirs surtout ! Et même un rouge qui devait appartenir à quelque Italienne dévergondée.

À quelques mètres d'eux, le couple en blanc et noir leur prodiguait des gestes de bienvenue auxquels ils répondaient par des sourires.

— Si vous embrassiez cette magnifique créature là où vous le souhaitez, Pompilius, vous éternueriez car elle n'est pas seulement négresse de peau, elle l'est également de poil !

Il se mit à rire et posa un baiser sur l'oreille blanche et froide de Lady M.

— Vous êtes unique, chérie exquise !

Mazurier quitta la pose pour s'avancer vers ses invités. Il poussa même la galanterie jusqu'à relayer Pompilius afin de permettre à Lady M. de gravir sans encombre les trois marches du bungalow.

Sa compagne avait bien fait les choses. Une bouteille de Dom Pérignon dans un seau à champagne embué régnait sur une escouade de flacons variés. Des canapés au caviar et au foie gras, délicatement présentés, attendaient le bon plaisir des arrivants. L'appareil à air conditionné zonzonnait comme un moustique énervé, répandant un air froid qui passait par saccades sur les visages. Lady M. frissonna et demanda à Mazurier d'en baisser l'intensité, ce qu'il s'empressa de faire avant de déboucher le champagne. La vieille femme accepta une demi-flûte du breuvage et cueillit un toast au caviar sans qu'on l'en priât avec une désinvolture pleine d'une aisance aristocratique.

L'industriel et sa maîtresse sombre en furent sottement charmés.

Lady M., qui connaissait tout de la vie de Mazurier, posa aux amants des questions innocentes. Elle voulut savoir – « sans indiscrétion » prévint-elle – si le bel enfant était de lui. La question eût été indiscrète, formulée par quelqu'un d'autre, mais la vieille femme pouvait tout se permettre et plus elle questionnait, plus son interlocuteur lui savait gré de cette marque d'intérêt. Mazurier répondit sur un ton de regret que non hélas. Son amie prétendit qu'elle était divorcée. Lady M. assura que ce bambin comptait parmi les plus beaux qu'il lui eût été donné de voir. Elle avait même prié M. Senaresco de le prendre en photo, car il maniait le Nikon en professionnel.

— Avez-vous songé à apporter quelques-uns de vos clichés à la jolie maman, bon ami ? demanda-t-elle à son compagnon.

Bon ami tira de son blazer un jeu de photographies qu'il fit courir dans ses mains comme des cartes à jouer. Il en sélectionna deux qu'il présenta à Muriel. La jeune femme considéra les images avec cette émotion contenue dont font preuve les mères quand on célèbre leur progéniture. Justin, quant à lui, dissimulait son discret agacement derrière un sourire idiot.

— Merveilleux bébé ! trancha Lady M. en se penchant pour regarder les photos par-dessus l'épaule de sa voisine de canapé.

« Seigneur, ce petit trou de balle est hydrocéphale ! Déjà gras, il ressemblera un jour au fils Duvalier ! Pourquoi la maternité rend-elle niais ? Vous m'avez épargné, Seigneur, de rentrer dans l'immense cohorte des connasses en gésine qui ne cessent d'essorer de la pisse que pour torcher de la merde ! Elles pondent à grands cris des anormaux qu'elles prennent ensuite pour des chefs-d'œuvre en vie ! Mes flancs ont reçu une folle quantité de semence, Seigneur, sans qu'il en ait résulté le moindre fruit. Grâce Vous en soit rendue ! Votre infinie bonté m'aura permis de conserver à tout jamais cette véritable virginité d'une femme : la stérilité ! »

— Vous pouvez les garder ! prévint Pompilius.

Sa complice lui adressa un regard appuyé pour lui intimer de passer à la « rubrique » suivante.

Il mit en éventail les photographies qu'il gardait en main.

— Étant sensible à la beauté, madame, je me suis permis de tirer quelques portraits de vous au téléobjectif. J'espère que vous voudrez bien me pardonner cette petite indiscrétion ?

Il tendit le restant des clichés à la jeune créole. Muriel s'en saisit avec quelque avidité et contempla son image complaisamment. Justin, assis sur l'accoudoir, les découvrait en même temps qu'elle. La première la montrait sur la plage, dans un maillot deux pièces, irisée par l'eau du bain qu'elle venait de prendre, ses cheveux décrépés plaqués sur ses tempes et riant à pleines dents. Son bonheur vorace impressionnait. On devinait en elle une bête d'amour qui devait se donner sans retenue.

Sur la seconde photographie, elle se tenait allongée, nue, dans un hamac et son amant agenouillé léchait sa cuisse à travers les mailles du filet. Un sursaut de pudeur la fit réagir. Son sourire s'éteignit et elle regarda Pompilius d'un œil indécis, puis, ensuite, son ami. Mais le bellâtre trouvait au contraire la scène charmante. Il était stupidement fier d'avoir été pris à l'improviste dans cette attitude polissonne.

Sur la troisième image, le couple se trouvait au crépuscule devant la porte du bungalow. Il la tenait plaquée dos à lui. Mazurier pressait une main contre le sexe de Muriel et l'autre sur l'un de ses seins.

— Je ne me rendais pas compte que nous avions si peu de retenue, murmura la fille noire.

— C'est beau, l'amour, fit Lady M.

Il y eut un flamboiement d'amants dans son esprit. Une espèce de pêle-mêle photographique comme ceux que l'on constitue dans un cadre. Et cela s'achevait en cuisante amertume, comme toujours. Le naufrage de l'âge ! Le pire étant l'acceptation.

— Elles sont très bien, ces photos, complimenta Mazurier, on peut les garder également ?

— Je vous en prie : j'en ai d'autres ! répondit le Roumain.

Quelque chose, dans sa voix, alerta Muriel, beaucoup plus intuitive que son ami. Justin examinait les épreuves avec une certaine vanité. Il trouvait sa maîtresse terriblement bandante et, que ce vieil homme l'eût photographiée en cachette dénotait de sa part quelque concupiscence louche qui, confusément, l'excitait.

Lady M. savourait l'instant. Chatte pourlécheuse, elle jouissait du bonheur de l'industriel. Si précaire ! Et il ne le sentait pas.

« Seigneur ! ce sombre con a une bombe dans la poche de son beau pantalon blanc ; une bombe dont la mèche traîne derrière lui comme une queue de rat. Je l'ai allumée, et il ne s'en rend pas compte. Dans un instant sa peinarde existence d'enfoiré va exploser. Quelques phrases et je vais lui flanquer envie de dégueuler ! Il aura froid jusque dans les couilles parce qu'il aura peur ! »

Elle sourit.

— Je pense que vous disposez d'un endroit sûr pour conserver ces photographies, cher ami ? fit-elle.

Elle avait une voix de vieille lorsqu'elle se montrait égrillarde. Une voix « Carabosse » qui l'incommodait elle-même ; mais elle ne parvenait pas à la corriger.

Comme Mazurier la considérait d'un air soudain attentif, elle ajouta :

— Je me doute de l'effet qu'elles produiraient sur votre famille.

Il y eut un silence. Pompilius prit sa coupe et l'éleva pour porter un toast muet à la femme sombre. Il y but une gorgée d'oiseau puis la conserva en main pour admirer les fines bulles qui s'y agitaient. Lady M. baissa le ton :

— Vous vous êtes marié, je crois, à une demoiselle Mitron-Lasauge, n'est-ce pas ?

Il acquiesça, brusquement assommé par la question de la vieille.

— Et vous habitez un hôtel particulier du boulevard des Belges, à Lyon, proche du Parc de la Tête d'or ?

« Les Mitron-Lasauge constituent une espèce de dynastie notariale, entre Rhône et Saône, expliqua Lady M. à Pompilius. Très vieille famille bien pensante. L'un des bastions du rigorisme de province. Fallait-il, cher Justin Mazurier, que vous fussiez riche pour que les Mitron-Lasauge consentent à marier leur fille aînée au fils d'un gendarme ! »

« Seigneur, il chie ! Je Vous jure qu'il chie dans son beau froc immaculé ! Je croyais qu'il aurait plutôt envie de gerber, mais non, chez ce connard c'est le sphincter qui lâche en premier. Lorsque nous serons repartis, il devra se changer et comme il aura honte devant sa pétasse de négresse, il lavera lui-même son slip dans le lavabo de sa salle de bains, le petit bonhomme ! »

Mazurier devint d'une pâleur mortelle. Sa teinte cadavérique rappelait à Pompilius un petit garçon tué par une voiture qu'il avait aperçu, un jour, sur un quai de Genève. L'enfant foudroyé avait ce même ton blafard, légèrement bleuté.

Lady M. se pencha pour cueillir des mains figées de Mazurier la photo qui le représentait en train de lécher la cuisse sombre de son amie à travers les mailles du hamac.

— J'imagine Marie-Thérèse, votre épouse, si pudique, devant cette image ! Les Mitron-Lasauge ont-ils accepté enfin la notion de divorce, depuis que l'Italie s'y est ralliée ? Je parie que non !

— Vous connaissez ma femme ? balbutia Mazurier d'une voix blanche.

— Oh ! mon doux ami, je suis devenue une vieille pie curieuse de tout, répondit Lady M., s'abstenant de répondre à la question.

Elle déposa l'image sur la table basse.

— N'aviez-vous pas une photographie supplémentaire, Pompilius ? demanda-t-elle au Roumain.

Il feignit de fouiller sa poche intérieure et sortit, comme en s'excusant, une dernière photo montrant Mazurier avec l'enfant de sa conquête à califourchon sur ses épaules. La jeune femme tenait amoureusement son amant par la taille.

— En regardant ces clichés, Pompilius, je comprends votre engouement pour la photographie. C'est passionnant de capter ainsi l'intimité des gens, de lire leurs sentiments à travers le viseur d'un objectif ! Vous avez eu ce ravissant petit brin d'homme avec un Blanc, je gage, ma petite Muriel, car il est à peine teinté ?

La jeune femme ne répondit pas. Elle savait que son pressentiment ne l'avait pas trompée et que ce vieux couple pittoresque et charmant se composait de deux forbans. N'ayant pas grand-chose à perdre dans la mésaventure, elle avait tendance à trouver la situation plutôt farce.

Il l'intéressait de voir de quelle façon son riche séducteur allait affronter le problème.

Lady M. soupira, désignant le bambin hilare sur le dos de son hôte :

— Vous savez qu'on pourrait le croire vôtre, ami Mazurier ?

La ressemblance n'est souvent qu'une vue de l'esprit. Marie-Thérèse, devant cette photographie, n'aurait aucun doute.

— Que voulez-vous ? questionna-t-il d'un ton vide.

La vieillarde parut ne pas avoir entendu la question. Elle chassa de sa pauvre main fripée les menues miettes que le toast avait déposées sur sa jupe.

— Pompilius, mon tendre, aidez-moi à m'arracher de ce canapé ; il est temps que nous prenions congé.

Le bonhomme s'empressa, avec ses grâces surannées de vieux beau dont l'existence s'était passée dans les salons les plus huppés et les plus hermétiques d'Europe. Il se prévalait même d'avoir été reçu avant la dernière guerre à la cour du roi Carol II de Roumanie.

Lady M. retrouva la verticale dans un gémissement causé par l'arthrose. Elle assura sa canne sous son bras. Il se produisait, à son coude gauche, une talure douloureuse où rôdait l'eczéma et son omoplate finissait par remonter. Ce serait une tare de plus à ajouter à son palmarès de vieille.

Le départ précipité du couple décontenança Mazurier presque autant que les menaces informulées de la gorgone.

— Ne vous en allez pas si vite ! bredouilla-t-il.

— Je déjeune tôt, s'excusa Lady M., car je fais une sieste prolongée après le repas. J'ai horreur de me rendre à la salle à manger au moment de la cohue.

« Tous ces gens en maillots de bain qui se ruent sur le buffet, ruisselants d'ambre solaire, me donnent la nausée. Merci pour le bon accueil, mes amis. J'espère voir le bambin en fin de journée. Comment se prénomme-t-il, au fait ? »

— Noël, dit Muriel.

— Si j'avais eu un fils, je l'aurais appelé ainsi, assura Lady M.

3

Lambert tira ses pédalos sur la plage, assez loin de l'eau frissonnante. Les embarcations pesaient plus lourd qu'on pouvait le croire. Quand elles furent rassemblées, il les réunit par une chaîne dite de sécurité, mais le plagiste imaginait mal qu'on pût voler l'un de ses engins. Le nom du *Tropic Hôtel* se trouvait peint sur chacun des flotteurs, en caractères formés de menus palmiers stylisés.

Quand il eut également placé au sec les petits catamarans, et plié leur voile pourpre, il prit sous son bras son registre journalier, ferma à clé la porte de la cabane de bois lui servant de « bureau » et remonta l'allée conduisant à l'hôtel. Miss Lola se trouvait à la caisse, avec un air de profond ennui sur son visage sombre où flambait une bouche exagérément fardée en fluo orange. Des boucles d'oreilles, larges comme des balançoires de perroquet, la transformaient en pub pour la *Vache qui Rit*. Lambert ricana. Il l'avait plantée au début de son engagement au *Tropic Hôtel*, mais elle baisait comme un édredon (et pas un moelleux ! précisait-il) aussi leur liaison avait-elle vite tourné court, ce qui était fâcheux pour Lambert puisque Miss Lola était la fille du directeur.

Le garçon déposa son registre sur le comptoir, fit miauler à vide un baiser sans promesses et quitta l'établissement. Sa vieille Mobe pourrie l'attendait au parking. Elle se trouvait dans un tel dénuement qu'il s'abstenait de mettre l'antivol. Elle démarra pourtant sans réticence et il fonça vers le centre commercial. Le soir tombait rapidement dans un formidable embrasement pourpre pour calendrier. Les papetiers de l'endroit débitaient à tour de bras des *Couchers de soleil sur le lagon.*

Il s'arrêta au *Bar de l'Infini* pour y consommer l'énorme pan bania accompagné d'un demi de bière qui lui tiendrait lieu de dîner. Il se nourrissait chichement, dans le style *fast food* ; pour lui, la bouffe était une nécessité, semblable à celle du mélange deux-temps qu'il introduisait dans le réservoir rouillé de sa Mobe.

Il mastiquait à grandes gueulées de loup, debout devant le flipper que martyrisait un jeune Guadeloupéen au short élimé. Il ne suivait pas les turbulences lumineuses et fracassantes de la partie. L'esprit ailleurs, il se débattait contre une sournoise nostalgie. Des besoins de France le poignaient parfois, à la tombée du jour. Ses souvenirs d'enfance, qui renâclaient bêtement, appelaient au secours. Il en avait sa claque de « la vie noix de coco » ; sa claque des petites estivantes désœuvrées, filles à papa le plus souvent, qu'il ramenait dans son studio pour une baise en catastrophe. La mer, le soleil, le vent, bon, il aimait ça et s'en goinfrait ; mais il supportait mal les heures mortes de la nuit. Hormis un dancing d'hôtel pour touristes et deux ou trois bistrots où des groupes créoles venaient s'exercer, il n'existait pas de vie nocturne à Saint-François. Une fois le soleil disparu, on se rappelait que la Guadeloupe était une île. Une île papillon, mais une île aux murs desquels pourrissaient des affiches électorales devenues sans signification. Une île où il y avait des maisons davantage couvertes de tôle ondulée que de tuiles. Une drôle de France antillaise, mi-province, mi-colonie.

La fille qu'il avait rambinée dans l'après-midi déboucha dans le café et il fut honteux d'avoir la bouche pleine pour l'accueillir. À vrai dire, il ne comptait pas trop sur sa venue. Souvent, elles acceptaient des rendez-vous et posaient des lapins. Il eut un geste drôle avec son moignon de sandwich, pour s'excuser. Elle venait tirer une petite crampe express avant le dîner. Pour faciliter les transports, elle avait enfilé une espèce de chasuble jaune qu'elle ne garderait sûrement pas pour passer à table. Lambert régla hâtivement son écot et entraîna l'arrivante vers une alignée d'immeubles récents, à deux étages, géométriques et sans âme. Il ne se rappelait plus son prénom et n'osait le lui redemander. Ils marchèrent en silence. Une confuse déception se glissait dans leurs éphémères relations. Ils savaient ce qu'ils avaient à attendre l'un de l'autre et, à cause du soir languide et du décor mesquin, trouvaient les mots superflus. Lambert parvint pourtant à poser à la fille quelques questions sur ses études. Elle fréquentait une fac de lettres qui, de toute évidence, ne la mènerait pas très loin.

Le studio qu'il occupait était chichement meublé. Le jeune homme lui avait donné un petit côté atelier d'artiste en y accrochant ces peintures naïves que l'on trouve à profusion aux Antilles mais qui proviennent d'un autre pays. Il avait exécuté quelques collages amusants à l'aide de photos découpées dans des magazines. Des paréos criards, accrochés de-ci, de-là, complétaient le décor.

— Une goutte de punch ? demanda-t-il.

Elle refusa, alléguant que ce breuvage était trop *hard*. Il lui promit de l'adoucir « à mort » avec du sirop de canne et lui confectionna d'autorité un cocktail auquel elle toucha à peine.

— C'est comment, ton nom, déjà ?

— Alexandra ! fit-elle, tout de suite boudeuse.

Il la saisit par la taille, à deux mains. Elle était bêtement jolie : nez retroussé, yeux bleus, cheveux trop blonds pour l'être naturellement lorsqu'on n'est pas scandinave... Il l'embrassa. Tout de suite, elle se crut obligée d'en remettre, produisant avec le nez un bruit de fouissement accéléré. Connasse ! Elle manquait de sincérité. Elle était déjà en toc, déjà artificielle, comme sa mère qu'il avait entrevue sur la plage et qui jetait alentour des regards d'impératrice. Une impératrice qui devait se faire bourrer dur ! Lambert manquait d'entrain. Il risqua une main entre les cuisses de la môme, elle se prêta complaisamment à la caresse.

Et tout à coup, une fureur sauvage s'empara du garçon. Il eut un mouvement brutal pour refouler la donzelle.

— T'es juste venue pour te faire astiquer, hein, grenouille ?

Ahurie, la fille le fixait avec des yeux incrédules.

Lambert hurla :

— Y a que ça qui t'intéresse : te faire tirer ! Je parie que tu brosses sans penser à ce que tu fais !

Il porta ses doigts à son nez.

— Ta chatte sent même pas la chatte, mais le parfum ! Tu t'es aspergé la moulasse avant de venir tapiner chez moi, et je suis sûr que tu ne prends pas ton pied ! Tu baises pour faire croire que t'existes ; mais t'es rien ! T'es nulle ! T'es absente ! T'es vide comme le trou où je viens d'enfoncer mon doigt !

Elle secoua sa tête effarée, comme elle l'avait vu faire aux héroïnes de films dépassées par les événements, et sortit précipitamment, sans fermer la porte. La rage inexplicable de Lambert tomba aussitôt. Une hébétude lui succéda. Il était stupéfait par son éclat. Et puis lui vint le chagrin. Mais celui-ci couvassait depuis le matin.

Il courut vomir dans ses toilettes le pan bania trop gloutonnement absorbé. Agenouillé devant la sotte cuvette blanche, il avait l'impression de dégueuler sa vie dérisoire. D'authentiques larmes de peine se mêlèrent à celles provoquées par ses nausées. Jamais il n'avait eu à tel point la certitude que son existence cheminait dans un cul-de-sac. Il était sans perspectives, sans projets ; et pire que tout : sans la moindre ambition. Un raté ! Il repousserait de mois en mois l'idée de son retour en métropole. Peu à peu, l'habitude tisserait ses rets. Le punch ferait le reste. Il finirait par s'implanter dans cet univers émollient ; grisé de soleil et d'alcool, il s'étourdirait en compagnie d'autres Alexandra et de copains hépatiques. Il voyait se réunir des bandes d'amis, dans les cafés de l'île. Des fonctionnaires, des commerçants qui prenaient un teint plombé avec l'âge. En décidant de faire halte à Saint-François, il pensait s'octroyer des vacances supplémentaires, faire la vie buissonnière. Seulement elle commençait à se refermer lentement sur lui, telle une plante carnivore sur l'insecte qui s'y fourvoie.

Lorsqu'il ne put plus vomir, il continua de pleurer, regardant l'avenir au fond de la cuvette, dans ses déjections. Il s'efforçait de penser à ses parents, mais ce qu'il ressentait pour eux n'avait rien de tonifiant. C'étaient des bourgeois de province acariâtres et mal portants qui ne se souciaient que de leurs maux et qui lui avaient toujours préféré sa sœur cadette.

Comme l'engourdissement le gagnait, il se releva avec peine et se lava le visage au lavabo. Mais l'eau ne dissipa que les souillures de ses vomissures : ses pleurs coulaient toujours et des sanglots le secouaient, plus fortement que ne l'avaient secoué ses spasmes.

Lambert décida de boire pour s'étourdir. Il prenait goût au punch et se préparait de savants mélanges qu'il dosait avec minutie, jusqu'à ce qu'ils s'accordent idéalement avec ses papilles.

Il eut un sursaut en découvrant que deux visiteurs avaient pénétré dans son studio : Milady et le vieux beau qui vivait avec elle. Son cœur s'emballa. Il cessa de pleurer. La vieille femme portait une robe de lamé bleu avec, sur les épaules, malgré que la température ne s'y prêtât pas, un boléro de vison d'un blanc bleuté. Le type était en complet gris croisé. Lady M. s'appuyait plus lourdement que de coutume sur sa canne, sans doute parce que la journée commençait à lui peser ? Elle étendit sa main gauche en direction de Lambert, les doigts repliés à l'exception de l'annulaire où manquait son émeraude. Son regard braqué sur le jeune homme restait serein, presque enjoué. Elle se mit à agiter le doigt dressé, minuscule marionnette.

Un moment fou s'écoula. Pompilius avait sa main gauche élégamment passée dans la poche de son veston, il la gardait plaquée contre son flanc, comme le faisaient les aristos du cinéma d'avant-guerre. On s'attendait à le voir sortir quelque étui à cigarettes extraplat, en or.

Alors Lambert balbutia :

— Je vais vous la rendre.

Lady M. laissa retomber sa main.

— Vous êtes gentil, fit-elle.

« Seigneur, voyez comme ce grand gosse est beau en petit garçon penaud ! Comme il est instantanément vaincu ! Livré ! Tout juste s'il ne tend pas ses poignets, l'amour ! Bonté de Vous ! Mais j'ai le coup de foudre, Vous savez, Seigneur ! Le garnement m'émeut ! Ce que sa tendre bite, presque encore adolescente, n'a pas réussi à provoquer en moi, ce matin, sa moue malheureuse le déclenche ! Je me sens en langueur, Seigneur ! Voulez-Vous parier que je remouille ? On dit chiche ? Ah ! je voudrais pouvoir vérifier ! Il est mourant, ce chérubin ! Je le veux ! Pas pour baiser, Seigneur, de ce côté-là mon abdication est totale et définitive. Je le veux comme on souhaite posséder un chien ou une automobile. Je le veux pour l'AVOIR, comprenez-Vous, Seigneur ? Et surtout pour que personne d'autre ne l'AIT. Je l'aime, Seigneur ! Quel soudain bonheur inonde mon âme ! Je l'aime. C'est Rodrigue, c'est Fabrice del Dongo, c'est Roméo ! »

Lady M. se sentait transportée. Un vertige jusqu'alors inéprouvé la gagnait. Ce garçon confondu l'émouvait davantage que sa propre vie finissante. Jamais, elle ne s'était sentie aussi totalement femelle. Nul homme encore ne lui avait procuré une secousse à ce point somptueuse. Seuls, des miraculés de frais peuvent pressentir ce qu'il advint ce soir-là à Lady M. : la stupeur d'éprouver un amour aussi brusque et éblouissant, de le sentir irrémédiable et de vouloir, en une seconde, lui consacrer son solde d'existence.

Ah ! la manière pathétique dont il avait murmuré à travers le rideau de larmes qui mouillait son visage :

« Je vais vous la rendre. »

« Moi, sombre vache, Seigneur. Gueuse infinie et turpide. Raclure de purulence, sur quel ton léger, plein de ma suffisance vieillarde, ai-je répondu, comme si je jouais du Guitry :

« Vous êtes gentil !

« Pour l'humilier un peu plus, Seigneur. Faire un effet. Ah ! la salope réplique ! Pauvre vaniteuse, lézardée et coulante, mais plus coulante du bon endroit ! Triste mégère ! Sorcière possédant une Rolls Phantom en guise de balai ! Oh ! que je me méprise, Seigneur ! À mon coucher, je Vous lâcherai à bout portant dix *Pater* et dix *Ave*, et ce sera bien peu de chose pour compenser ma vilenie. Mais, tenez-Vous bien, Seigneur : je les réciterai à genoux ! Parfaitement ! Malgré ma pauvre jambe et quitte à la briser, je retrouverai la position de l'humilité absolue ! Je dis bien : à genoux, Seigneur, comme lorsque je me laissais prendre en levrette par le prince Karim Balouchan. Ah ! le vigoureux qu'il y avait là, Vous en souvenez-Vous, Seigneur ? Pas une grosse queue, non. Plutôt de la badine longue et fine. J'avais l'impression d'être pénétrée par un serpent. Il frétillait, l'affreux musulman ! C'était une sorte d'orvet que j'hébergeais dans mes miches ! »

Lambert ne bougeait pas, malgré sa promesse de restitution. Une imprescriptible honte le chavirait. Il venait de s'avouer voleur, sans lutter. Il aurait pu nier, protester, s'indigner, le prendre de haut ! Mais non : d'un regard, la vieille l'avait dompté. Ce doigt dénudé qu'elle agitait l'accusait.

Lady M. lui sourit à nouveau ; maternellement. Elle l'adorait.

— Vous n'aviez qu'un slip de bain pour vêtement, dit-elle. Un slip sans poche. Où l'avez-vous cachée, cette fichue bague ? Je ne vois que deux solutions possibles : la bouche ou le rectum.

Lambert haussa les épaules.

Il porta ses mains à sa nuque, arracha d'un geste sec l'élastique noir maintenant le minuscule chignon qui lui donnait l'air homo. La grosse émeraude roula sur le méchant tapis de raphia. Il la ramassa et la tendit à Lady M. dans sa paume ouverte. Le bijou était énorme et brillait d'une lueur de ver luisant. La vieille s'en saisit et le passa à son doigt. Elle allongea la main devant soi pour profiter des reflets de prairie au soleil coulant de la pierre.

— J'y tiens beaucoup, assura-t-elle comme on s'excuse. Avez-vous des ciseaux, Lambert ?

Il s'en fut explorer un tiroir en friche et finit par dénicher de forts ciseaux à la mâchoire de brochet. Il les apporta à Lady M. en les lui présentant côté boucles.

— Asseyez-vous, mon petit !

Il avait déjà compris ce qu'elle allait faire mais s'exécuta sans regimber, la nuque offerte pour cette « toilette du bourreau » qu'il pressentait. De la main gauche, la vieille dame déroula le chignon et tint les cheveux tirés ; de la droite, elle les coupa sans vergogne afin de les niveler par rapport au restant de la chevelure. Elle brandit l'épaisse mèche comme un trophée. Les cheveux avaient une douceur soyeuse qui ajoutait à son émoi. Elle fut tentée de s'en caresser la joue mais se retint à cause de Pompilius.

— Votre scalp ! déclara Lady M.

Elle jeta la mèche sur la table. Lambert regarda s'enrouler la grosse touffe blonde. Cette ablation le laissait indifférent.

— Comprenez qu'il ne s'agit pas de représailles, reprit Lady M., j'agis uniquement par souci d'esthétisme. Ce ridicule chignon vous donnait un genre qui n'est pas le vôtre.

Tout en parlant, elle dévissa la boucle d'oreille brillant à son lobe gauche.

— De même que cette chose ridicule. Vous êtes un adorable petit mâle ; pourquoi diable vous affubler d'attributs de gonzesse ?

Elle déposa la boucle d'oreille auprès de la mèche de cheveux.

— Si vous saviez à quel point votre nouveau look vous sied mieux, Lambert ! N'est-ce pas, Pompilius ?

— Sans aucun doute, confirma le vieux beau.

Il considérait sa compagne d'un œil pensif, la connaissant trop bien pour ne pas comprendre ce qu'elle ressentait pour le plagiste.

Depuis qu'ils covivaient, il était arrivé à Lady M. d'avoir des coups de cœur ; Pompilius ne s'en inquiétait pas car ceux-ci ne duraient jamais plus de vingt-quatre heures. Elle possédait une faculté d'oubli qui la rendait forte.

Elle ne parvenait pas à se rassasier de ses retrouvailles avec l'émeraude. Le bijou lui avait été offert, quelque quarante années plus tôt, par un couple très riche dont elle avait été l'amante ; cas unique dans sa vie tumultueuse. La grosse pierre verte, en forme de coussinet, évoquait cette période folle au cours de laquelle Lady M. s'était plongée dans un bain de plaisirs exténuants. Les jours n'existaient plus. Elle était devenue un animal nocturne. Les rires hystériques succédaient aux plaintes amoureuses. Un flamboiement de lumière, des bulles de champagne, des lamentos de violon, des alcôves aux senteurs bestiales et pourtant capiteuses, des cris, des appels insensés continuaient de hanter sa prodigieuse mémoire. Elle avait vécu un long délire de plusieurs semaines. Ses compagnons de débauche mondaine la couvraient de présents. Ils lui offraient des choses qu'ils possédaient déjà car ils n'avaient plus le temps de vaquer, le jour, à des achats. L'un et l'autre l'aimaient d'une manière insensée, se déchirant parfois pour obtenir d'elle un supplément de faveurs. Et puis un matin, la femme, comme dégrisée, écœurée, s'était jetée par la fenêtre, sous leurs yeux. Nue. Sans prononcer un mot. Dur réveil !

— Vous pleuriez, lorsque nous sommes entrés ? dit Lady M. à Lambert.

Il hocha la tête, comme si elle lui apprenait la chose.

— Je peux vous demander la raison de ces larmes ?

— Marre, soupira le jeune homme. Comme une envie de ne pas être, si vous voyez…

Elle voyait.

— Votre larcin qui vous tourmentait ?

— Sans doute a-t-il déclenché ce coup de barre, convint-il.

Il ajouta :

— C'est la première fois que je commets une chose pareille.

— Vous l'avez fait pour de l'argent ?

Il secoua la tête.

— Mais non ! À qui pourrais-je vendre une pierre pareille ! Non, une sorte de défi. Je me suis dit « chiche », comprenez-vous ? Vous êtes couverte de bijoux et vous ressemblez à la vitrine d'un joaillier ; j'ai décidé de vous en piquer un, pour le sport.

« Vous savez que je ne résiste pas, Seigneur ! Là, il m'a, le petit con ! J'aimerais qu'il soit allongé nu dans un lit et poser ma joue sur son sexe. Je ne tenterais rien, Seigneur, je Vous le promets. Je sais que je suis une vieille salope immonde, mais ça ne m'empêche pas de n'avoir qu'une parole ; d'ailleurs Vous Vous en êtes bien aperçu, ne prétendez pas le contraire, depuis quatre-vingts ans et plus Vous me tenez à l'œil ! Ce gamin m'éclaire d'une brusque vérité : il m'est à tout jamais indispensable ! Je le veux ! Je le veux ! Je le veux ! »

Lady M. sentait croître en elle une détermination survolteuse.

— Lambert, soupira-t-elle. C'est quoi, votre vie ?

Elle tira un siège engagé sous la table et entreprit de s'y asseoir, ce qui impliquait une tortueuse manœuvre. D'ordinaire, Pompilius s'empressait, mais là il resta figé dans sa jalousie. Lambert se raconta avec une expression empruntée d'élève chargé de réciter un compliment de bienvenue. Sa vie était piètre, brève et sans perspective. Il dit ses parents égoïstes, ses études abandonnées, son travail qui n'en était pas vraiment un, pour vacancier qui ne se décide pas à rentrer. Plus il avançait dans son pauvre récit, plus Lady M. souriait d'attendrissement. Lorsqu'il eut achevé, elle redevint grave.

— Bien que je sois très riche et très âgée, je suis toujours d'une activité débordante, selon l'expression consacrée. Je n'ai personne au monde, sinon ce compagnon presque aussi vieux que moi. Il fut mon amant : il est resté mon complice. Il ne me déplairait pas d'avoir un dauphin à défaut d'enfant. Quelque chose me dit que nos existences, à vous comme à moi, y gagneraient. Je vous ferais découvrir l'aventure, Lambert. Et vous, eh bien vous me réchaufferiez de votre présence. Si vous acceptiez, au début, Pompilius vous fera la gueule, mais il s'habituera et je gage qu'il finira par éprouver de l'amitié pour vous. Non seulement vous êtes un être disponible, mais de plus, vous êtes un homme en peine. À quoi bon filer du mauvais coton dans cette île pour cadres supérieurs en congé ? Les Antilles, quand on n'est pas créole, c'est huit jours de vacances et rien de plus. Moi, j'y suis venue pour une affaire, Lambert. Sitôt qu'elle sera traitée, je repartirai. Voulez-vous faire un essai et venir avec nous ?

Le plagiste, au lieu de répondre, se tourna vers le triste miroir accroché au mur. L'humidité ambiante en piquetait le tain et son cadre de bambou moisissait. Il considéra sa nouvelle tête privée du chignon et de la boucle d'oreille et voilà qu'il se découvrait une tout autre gueule ! La vieille avait saccagé ses cheveux en tranchant la mèche et il devrait aller chez le coiffeur le lendemain. C'est en se regardant qu'il lâcha :

— D'accord, Milady !

4

Pompilius parvint à se contenir jusqu'au restaurant. Il pilota sans desserrer les dents la voiture de location servant à leurs déplacements sur l'île. Il aida Lady M. à s'en extraire et plaça obligeamment la petite traverse de la canne sous son coude. Ensuite, il arrondit son bras, mais elle s'abstint de s'y cramponner. La vieillarde préférait se déplacer seule dans son allégresse. Une sourde jubilation l'amenait à émettre de légères plaintes en marchant.

« Seigneur, mais Tu ne Te lasses donc pas de moi pour m'accorder tant de grâces ! Pécheresse puante au cul cent mille fois déshonoré, femme sans la moindre parcelle d'honnêteté, dure garce qui ne sait la pitié que lorsque sa propre jouissance est en cause, saloperie vivante, déchet faisandé par le temps, merde à enjamber, cloaque pensant, Tu pardonnes à l'infâme, Gloire de toutes les Gloires, ô mon régnant suprême que j'ose vénérer du fond de mon fumier ! Je souhaite et Tu exauces, Seigneur ! Je veux et Tu dis oui. Mais Tu as donc toutes les patiences, Grand Divin ! Tu ne te lasseras donc jamais de Ta créature, bordel ! Que T'ai-je donc fait pour qu'existe entre nous cette formidable connivence ? M'aimerais-Tu, Seigneur, pour tout me pardonner et tout m'accorder ? Pour Toi, être de lumière, je ne suis pas vieille, n'est-ce pas ? Ne le serai jamais. Je conserverai par-delà les siècles ma poitrine drue qui disait merde à l'univers ainsi que ce fessier bien pommé dans lequel ont mordu tant de loups en rut ! »

Elle se déplaçait plus rapidement que Pompilius par l'allée cimentée conduisant à la salle à manger qui ne se composait que d'une toiture et d'un sol dallé. Il la suivait en ruminant des rancœurs.

Le maître d'hôtel était une superbe fille métissée dont les yeux possédaient une brillance de lignite. Sa bouche vorace et ses formes suggestives lui valaient l'attention de Pompilius. Il la convoitait nostalgiquement, voyant mal comment il pourrait la séduire sans sa chère Rolls. Le pompeux véhicule complétait le pouvoir de séduction du bonhomme. Elle constituait le pôle attractif qui lui permettait d'emballer. Elle mettait en évidence ses manières d'ancien diplomate à la galanterie surannée. Il en descendait avec majesté, tandis que le chauffeur-valet de chambre basané se mettait au garde-à-vous pour lui tenir la porte ouverte. Pompilius aimait à être traité en monarque. Comme ses visées restaient modestes, il n'avait aucun mal à impressionner les petites shampouineuses, les serveuses de bar et les vendeuses de magasins dont il faisait son quotidien.

Ils prirent place à leur table habituelle.

— Nous serons trois, ce soir, avertit Lady M.

Le maître d'hôtel femelle donna des instructions à ses subordonnées. Le service de restaurant était entièrement assuré par du personnel féminin vêtu de couleurs vives.

— Voulez-vous prendre un apéritif en attendant ce garçon ? demanda Lady M.

Ce fut cette proposition qui le fit exploser.

— Petite fleur, dit-il de sa voix basse et chaude, vous n'êtes qu'une vieille truie en chaleur.

Elle lui offrit un sourire de défi qui porta le comble à l'exaspération de Pompilius. Lorsqu'il se fâchait – ce qui arrivait rarement –, il retrouvait son accent roumain qui ressemblait à des grains doucement agités dans un tamis.

— Vous êtes une irrémédiable catin, ma chère ! Votre sexe ranci se remet à clapoter devant les jeunes mâles. Il serait bien que vous vous arrêtiez un instant face à une glace, ma tendresse. Savez-vous à quoi vous ressemblez, douceur de mes jours ? À une haridelle remontée de la mine et qui est en train de crever. Vous puez la bicoque fermée, sous vos parfums. Vous êtes avariée de bas en haut, chère chérie. Savez-vous le rêve étrange que j'ai fait, la nuit passée ? Nous nous trouvions, vous et moi, chez un marchand de venaison pour y faire l'emplette d'un gigot de chevreuil ou de marcassin, je ne sais plus. Il s'en trouvait des monceaux dans d'immenses corbeilles d'osier brut. Nous en choisîmes un et je le pris par ce qu'il faut bien appeler le manche. Au moment de le tendre au marchand pour qu'il le pèse, je m'aperçus que, sous la peau velue du tronçon d'animal, la chair n'était pas violacée comme elle l'aurait dû, mais d'un blanc tirant sur le jaune, comme celle de certains champignons. Je rejetai le cuissot avec horreur et c'est alors que je vous découvris, découpée en morceaux dans la corbeille, et votre viande, chère vétuste donzelle, était du même blanc jaunasse et avait le même aspect poreux que le chevreuil. En vous regardant, je continue d'évoquer mon rêve et une incoercible envie de rendre me noue l'estomac, au point que je me demande si je vais dîner !

— Si vous ne dînez point, allez donc vous faire foutre, croulant que vous êtes ! répartit Lady M. À vous écouter on mesure à quel point l'hôpital se moque de la charité ! Vous êtes là, glauque et fripé, couvert de laides tavelures qu'on peut supposer cancéreuses, et vous me débitez des choses aussi sanieuses que vous, vieux vieillard sans sève ! Vous ne tenez debout que par l'amidon de votre chemise et le pli de votre pantalon ! Il ne subsiste de pénien chez vous que votre nez constellé de verrues et vous jouez encore au jaloux, monsieur le cache-pot d'antichambre consulaire ! Il ne vous suffit pas de n'être plus aimé, vous tenez de surcroît à vous faire haïr ? Rassurez-vous, vous êtes sur la bonne voie !

Pompilius tenta d'avaler une salive qui devenait cotonneuse. Il ne le put, se racla la gorge et sortit sa pochette de soie blanche pour en tamponner ses paupières humides de rage et, qui sait, de chagrin ?

— Si cette frappe de banlieue, si ce détrousseur de fossiles vient habiter à la maison, je partirai ! annonça le bonhomme.

— Il viendra ! déclara Lady M. avec force.

— Demain, vous aurez changé d'avis, risqua le vieil imbécile qui ignorait encore combien ce genre de défi conforte les décisions capricieuses.

— Demain, je serai dans le même état d'esprit, et après-demain plus encore !

— En ce cas, je m'en vais !

— En ce cas, adieu, Excellence ! Que les alizés vous emportent à l'autre bout du monde !

Pompilius se leva en flageolant.

— Croyez-vous que ce voyou blême pourra danser la gigue sur votre ventre fluide, la mère ? Le pauvre gosse aurait l'impression de pénétrer une momie !

— Salaud ! jeta-t-elle.

— Carabosse ! répondit Pompilius.

— Vous n'êtes rien d'autre qu'un complet anglais dans une Rolls anglaise, l'ami !

— Et vous, ma princesse, vous savez ce que vous êtes ? La mort ! La mort couverte de bijoux et fardée comme une pute de carnaval.

Elle fut sur le point de hurler. Saisissant sa fourchette, elle grommela (tous les naturels d'autrefois revenus au triple galop) :

— Je te chie, grand con ! Taille-toi sinon je te plante cette fourchette dans les couilles !

— La classe ! ricana Pompilius en s'éloignant.

À peine s'était-il fondu dans la nuit aux subtiles touffeurs que Lambert apparut. Il s'était changé et portait un complet de lin noir sur une chemise immaculée qui faisait ressortir son intense bronzage. Rasé, lotionné, coiffé avec minutie, il avait de l'allure et Lady M. fut charmée.

Il s'inclina et prit le siège qu'elle lui désignait, face à elle.

Sa venue jeta l'émoi parmi le personnel du restaurant, effaré de voir à la table d'une riche cliente un employé de l'établissement.

— Nous ne sommes que tous les deux ? demanda-t-il.

— Provisoirement, répondit la vieille femme. Pompilius boude, mais il va revenir avant longtemps. Composons déjà notre menu ; que diriez-vous d'une langouste grillée, pour commencer ?

Lambert avait l'impression de rêver ; pourtant il venait de prendre son parti de l'aventure. Cette vieille toquée voulait l'emmener ? La chose tombait à pic : il souhaitait justement quitter l'île. La désinvolture avec laquelle elle lui avait pardonné son vol le fascinait.

Elle passa commande au maître d'hôtel, ordonna de servir du champagne et s'abandonna à la douceur de l'instant. Le vent n'arrêtait pas d'agiter les palmiers en éventail. Des senteurs obsédantes arrivaient par bouffées, parmi lesquelles elle crut reconnaître l'odeur opiacée des « belles de la nuit » dont son jardin de Marbella regorgeait.

Le directeur de l'hôtel, informé de ce qui se passait, ne tarda pas à surgir. Planté à dix mètres de leur table, il adressait des signes à Lambert pour lui ordonner de le rejoindre. Lady M. s'aperçut du manège et ce fut elle qui enjoignit au manager de s'approcher. Il le fit de mauvaise grâce, le visage fermé, partagé entre la déférence et le mécontentement.

— Quelque chose ne va pas, cher monsieur ? Vous paraissez contrarié.

— Je le suis, Milady. Nos employés ne sont pas autorisés à partager la table des clients.

— En ce cas, disons que Lambert ne fait plus partie de votre personnel, n'est-ce pas, Lambert ?

— C'est exact, Milady.

Le directeur parut méditer un moment ; se rappelant à temps la règle *number one* de l'hostellerie par laquelle le client est roi, il murmura simplement : « Je prends note » et se retira.

Au cours de ce bref échange, Pompilius était revenu à la table. Un beau sourire heureux égayait sa face diplomatique.

— Pardonnez-mon retard, fit-il, j'avais un appel téléphonique en provenance de Suisse.

— Bonnes nouvelles ? demanda Lady M.

— Excellentes.

Il donna sa commande à l'objet de ses tentations et cueillit la vilaine patte d'oiseau posée sur la nappe pour la porter à ses lèvres.

Ce baise-patte mit fin à leur querelle. C'était un acte d'allégeance par lequel il devait passer pour obtenir son pardon.

***

— Je ne veux pas vous retracer ce que sont nos activités, déclara Lady M. par-dessus sa carcasse de langouste ; je préfère vous initier par l'exemple ; et je vais commencer sans tarder. Voyez-vous ce couple, à deux tables de la nôtre ? Lui est un pédégé rouleur, elle une superbe métisse qui le broute avec appétit, comme la chèvre broute le pré.

— Je les connais, assura Lambert, chaque après-midi, ils louent un catamaran dont ils ne savent pas se servir. Hier j'ai dû aller les récupérer avec le canot.

— Cela ne me surprend pas, assura la vieille femme ; c'est le genre d'illustre Gaudissard pavaneur qui prétend accomplir des performances dans toutes les disciplines sportives et qui, sur le terrain, s'y montre lamentable.

« Imaginez-vous, Lambert, que c'est à cause de lui que nous sommes ici. »

— Vous le connaissez ? s'étonna le garçon.

— J'ai appris à le connaître. Lorsqu'on jette son dévolu sur une proie possible, il est indispensable de tout savoir d'elle avant de l'attaquer.

Pompilius se sentit atterré par ce discours. Lady M. devenait imprudente. La vieille renarde sans cesse aux aguets se livrait tout soudain à ce godelureau. Ce qu'elle mettait tant de soins à cacher, elle le lui exposait comme un professeur expose l'objet de son cours ! Était-ce un méfait de l'âge ? Il vit leur avenir compromis et une grande détresse lui frotta l'âme.

— L'attaquer ? répéta Lambert, surpris.

— Certains individus amassent des fortunes pas toujours licites, mon petit. Je pars du principe qu'ils en sont redevables quelque part. Je me suis attribué le droit de percevoir une dîme sur leurs traficotages. Comme ils ne sont pas en règle, ils me la versent sans trop regimber.

Elle émit un rire grêle. Son compagnon ferma les yeux comme sous l'effet d'une brusque douleur interne. Elle allait le faire périr d'angoisse. Chaussette !

Il entreprit de réciter in petto des invectives. Il aurait aimé faire éclater ses lèvres peinturlurées d'un coup de poing pour qu'elle se tût.

Captivé par le récit de sa « protectrice », le plagiste demanda :

— Et ce type va vous remettre de l'argent ?

— J'y compte bien.

— Vous avez barre sur lui ?

— Complètement.

Nonobstant les affres visibles de Pompilius, elle entreprit d'exposer son plan d'action. Le dénommé Mazurier était un notable lyonnais en vacances avec sa maîtresse. Les deux couples avaient sympathisé et Lady M. venait de planter un premier jalon en leur proposant des photographies assez intimes prises par Son Excellence M. Senaresco. Elle avait habilement parlé de son épouse à l'industriel, de sa famille, histoire de le plonger dans l'inquiétude.

— Observez-le, fit-elle. Constatez combien il est soucieux. Je vous parie qu'il jette de fréquents regards dans notre direction, vrai ou faux ?

— Tout à fait exact !

— C'est très bon, jubila Lady M., voilà qui assouplit son énergie et le prédispose pour la suite. Tenez, Lambert, je vais vous confier votre première mission : en attendant le carré d'agneau, allez trouver Mazurier et dites-lui que nous souhaitons vivement lui parler ce soir même, à notre bungalow qui a pour nom *Azalée*. Demandez-lui de venir pendant que sa compagne bordera son bambin, l'euphémisme lui indiquera qu'il doit venir seul.

Sans hésiter, Lambert se leva pour se rendre à la table du couple. À peine se fut-il éloigné que Pompilius explosa :

— Reine de mes jours, ne seriez-vous pas devenue folle à lier ? Tout révéler de nos chers travaux à ce godelureau trébuchant qui rend le soir en pleurant ce qu'il a dérobé le matin ! Mais c'est purement suicidaire, ma tige d'arum ! Un coup de cœur inqualifiable vous amène à mettre en péril une entreprise qui fut si délicate à constituer ! Ce tout con frétillant ira se vanter auprès de la première gueusette qui lui tendra ses fesses, vous connaissez trop bien la nature humaine pour en douter !

Elle secoua négativement sa tête butée et soupira :

— Tout beau, l'ami ! Tout beau : je sais ce que je fais !

« Seigneur ! Ce vieux con a peut-être raison : je me laisse entraîner par ma brusque passion. Faites que le petit mec soit réglo, Seigneur et que nous ne l'ayons pas dans le cul ! Il est si fragile, ce petit bandeur ! Si fantasque ! Quand on lui presse la bite, c'est pas du foutre qui sort, Seigneur, mais du lait ! »

Elle ferma les yeux, esquissa un sourire extatique et se mit à réciter en elle-même un *Notre Père* conjureur de mauvais sorts.

5

— Aimeriez-vous une tisane ? demanda Lady M. lorsqu'ils se trouvèrent dans le salon de son bungalow. Naturellement vous pouvez préférer de l'alcool, mais je vous le déconseille car, le soir, il est particulièrement nocif.

Lambert choisit de l'eau gazeuse. Pompilius lui servit sans enthousiasme un grand verre de Badoit. Le jeune homme se posait des questions quant à sa nouvelle vocation d'escroc. Les deux vieux commençaient à ne plus l'amuser. Il envisageait mal de vivre en leur compagnie pendant un laps de temps assez prolongé. Ils étaient certes pittoresques et lui donnaient un spectacle cocasse, mais il les jugeait un peu « dérangés », chacun à sa manière ; de plus, leur grand âge mettait entre eux et lui un fossé impossible à combler. Sa morosité se muait en angoisse. Malgré tout, il décida de tenir le coup jusqu'à ce que son rapatriement en métropole soit effectué. La proposition de la vieille constituait une aubaine car il ne disposait pas de l'argent du retour.

Il en était là de ses pensées lorsqu'on toqua à la porte. Pompilius, toujours preste, alla ouvrir à Mazurier. On devinait celui-ci pâle sous son bronzage. Il portait un ensemble jaune avec un lainage bleu marine noué à son cou par les manches. Le sourire qu'il affectait coûte que coûte ne cachait pas son anxiété. Pourtant, quand il aperçut le plagiste chez les deux vieux, il se sentit vaguement rasséréné, imaginant mal que ces gens bizarres eussent le front de le tourmenter devant un employé de l'hôtel.

Lady M. l'invita à s'asseoir.

— Vous devriez boire un alcool, dit-elle, engageante, c'est excellent pour le soir.

Mazurier hésita et accepta un doigt de punch « puisqu'on se trouvait dans le pays producteur ».

— Le charmant marmot est au lit ? demanda la vieille femme.

Il répondit que l'enfant dormait depuis plusieurs heures déjà. Elle s'écria que rien n'était aussi beau au monde que le sommeil d'un bébé ; c'était plus chavirant qu'un coucher de soleil sur la mer ; plus émouvant que le chant d'un violon dans une église. Il crut apercevoir des larmes derrière les paupières fripées, ce qui accrût son indécision.

— Je vous ai prié de venir, reprit Lady M., parce que j'ai eu l'impression de vous avoir choqué, tantôt, par mes allusions à votre épouse. C'est que je suis une vieille bonne femme un peu braque, vous savez, qui ne mesure pas toujours la portée de ses radotages.

Soulagé, Mazurier se récria qu'il n'avait pas le moins du monde été troublé par le propos, dont il prétendit mal se souvenir.

— Allons, tant mieux, fit Lady M. Je craignais que vous ayez pu croire à un chantage.

— Grand Dieu, jamais je n'ai eu de telles pensées ! pouffa le Grotesque.

— Je l'espère, car rien n'est plus odieux que d'impliquer d'honnêtes épouses dans de basses manœuvres. Je me vois mal adressant un tirage des photographies que vous savez à votre femme. Menacer sa quiétude bourgeoise pour vous soutirer de l'argent, mais quelle horreur !

« Seigneur ! Il va déféquer de nouveau, le pleutre ! Il sent que mon discours, pour vertueux qu'il semble, n'est pas catholique. Ce forban des affaires détecte les ultrasons, comme le fait un chien. Ma brève séance de douche écossaise me le pétrit telle de la pâte à pain. D'abord, je le rassure et il mouille et puis immédiatement derrière je lance des mots qui ramènent ses craintes. Beau travail, n'est-ce pas, Seigneur ? Oh ! je devine que Vous me désapprouvez, va ! Je charognasse, Seigneur ! Lui dépèce le moral à becquées d'oiseau de proie. Un régal ! Pompilius frémit d'aise et mon petit nouveau est tout ouïe. Ne dirait-on pas qu'il se trouve à Pleyel, écoutant du Mozart ? Mon Dieu ! Comme je suis magistralement garce ! Ne serait-il pas opportun de me filmer, Seigneur, afin de laisser un témoignage de ce grand art de sombre dégueulasserie que je pratique en virtuose ? Mais, attendez la suite, Seigneur ! Vous avez beau être bon à s'en pisser dans le froc, je suis sûre que Vous allez apprécier. »

Un ange passa. D'un vol lourd de corbeau regagnant son arbre de nuit.

Les quatre personnages se tenaient comme perchés sur eux-mêmes, la femme surtout, cramponnée à la béquille fichée entre ses jambes. Ils s'épiaient sans en avoir l'air.

Un coup de tonnerre roula dans le ciel comme une boule de bowling sur sa piste brillante. Une pluie instantanée se mit à tomber. Elle fouettait les toits et les feuillages environnants avec une frénésie excessive. Des éclairs firent vaciller la lumière des lampes.

— Ce pays est sans mesure, nota Pompilius. Un simple orage y ressemble à un cataclysme.

Déjà, des ruisseaux nouvellement nés coulaient sur la terrasse du bungalow à gros bouillonnements.

— Vos produits pharmaceutiques conquièrent peu à peu le marché européen, n'est-ce pas, monsieur Mazurier ? questionna Lady M. Je me suis laissé dire que vous aviez conclu une association avec les fameux laboratoires Shermington de Londres et que vous travailliez assez étroitement avec les gens de Blawoz à Bâle ! Et vous irez encore plus haut. Beaucoup plus haut ! Déjà, l'Allemagne fédérale vous tend les bras et les braves Russes cherchent à établir de fructueux contacts avec vous. C'est grisant, la réussite. Vous êtes parti de zéro ! Or vous voilà avec des centaines d'employés et un compte numéro à la Briegger Bank de Berne dont le dernier solde se montait à huit millions six cent trente-quatre mille francs. Et quels francs ! Des vrais : des francs suisses ! Qui résultent tous d'un jeu triangulaire de factures bricolées entre la France, l'Angleterre et la Suisse ! Chapeau !

Le tonnerre retentit de nouveau, mais plus faiblement. Déjà la pluie diminuait d'intensité. Elle semblait être entraînée plus loin par une force géante.

« Seigneur qu'en dites-Vous ? L'estocade superbe, non ? Quel torero de renom peut se vanter de mettre sa bête à mort plus rapidement ? Ce baiseur de négresse est foudroyé, lui qui se croyait tellement hors d'atteinte ! Abaissez Votre regard divin sur cette chiffe dégonflée, Seigneur, je Vous jure qu'elle mérite le coup d'œil. Il vient d'imploser comme un vieux poste de télé. *Kaputt*, fini ! Il ne me reste qu'à l'écrémer. »

— Pompilius, vieux chéri baroque, soupira Lady M., notre bon ami Mazurier paraît troublé, je parie qu'il n'a pas encore en main le dernier solde de son compte numéro cent cinquante et un mille cent quatorze de la Briegger Bank. Puisque celui que nous possédons date de la semaine dernière, montrez-le-lui !

Pompilius tira de son blazer un document de couleur paille où couraient des caractères bleus. Il le fourra dans la main de Mazurier.

Mais comme l'autre ne remua pas les doigts, le document tomba au sol. Ce fut Lambert qui le ramassa. Il le plia en deux et le fourra dans la poche poitrine de l'industriel.

— Je suppose que M. Mazurier peut le conserver, demanda-t-il à Pompilius, vous possédez des photocopies ?

Lady M. eut pour le garçon un regard de triomphe !

« Mais, Seigneur, il s'y met déjà ! Il a tout compris. Il est prêt ! Il a su trouver instinctivement le ton et la manière ! Ah ! comme Vous me guidez sûrement ! De quelle prodigieuse mansuétude faites-Vous preuve à mon endroit ! En voyant ce grand chérubin, je me sens moite de partout ! J'ai des bouffées, Seigneur, comme à l'époque de mes premières règles. Des vapeurs ! Des vertiges ! Il est si gracieux, si parfait. Énergique, je le sens, et bourré d'humour. Faites qu'il devienne mon bâton de vieillesse, ma seconde canne anglaise, Seigneur ! Oh ! oui : qu'il m'accorde son bras jusqu'à ce que je ne sois plus qu'une saloperie grabataire, inapte à tout et gâteuse. Amen ! »

Mazurier tenta de se dépêtrer des stupeurs alarmantes qui l'assaillaient.

— C'est un coup monté ? demanda-t-il.

— Quelle curieuse expression, bon ami, gloussa Lady M. Un coup monté ! Quoique, si l'on y réfléchit bien…

— Comment vous êtes-vous procuré ce bordereau ?

Elle tenait la réponse toute prête, sachant bien que la question lui serait posée en priorité.

— Je dispose d'une organisation qui peut tout, cher Mazurier. Une organisation pour laquelle le fameux secret bancaire helvétique est celui de Polichinelle. À présent, que je vous rassure : nous avons jeté notre dévolu sur vous, mais cette opération sera unique si vous acceptez nos conditions. Jamais, vous m'entendez, jamais nous n'avons eu affaire deux fois à la même personne ; notre crédit est à ce prix !

Il lança un mot qui aurait dû être celui de la fin :

— Combien ?

Lady M. se tourna vers son ami :

— Notre commission se monte à quel chiffre, bonhomme fripé ?

— Un million et demi de francs suisses, fit placidement Pompilius.

Mazurier haussa les épaules.

— Vous rêvez !

— C'est un prix raisonnable, objecta Lady M.

— Trop !

Ils regardèrent Lambert qui venait de parler. Le jeune homme se tenait adossé au mur, les deux mains dans ses poches. Son regard était dur.

— Si ce type refuse de vous régler, je suppose que vous transmettrez son dossier au ministère des Finances ? Que se passera-t-il alors ? Mazurier sera convaincu de fraude, détournement de fonds et je ne sais quoi encore, n'étant pas juriste. On le traduira en correctionnelle où on lui infligera une peine de prison ferme et une amende bien supérieure au montant des sommes figurant sur ce compte. La ruine, le déshonneur, bref, une vie foutue ! Si ça ne vaut pas la moitié de son magot, je préfère demeurer plagiste et me soûler au punch jusqu'à ce que mon foie éclate !

Les deux vieillards n'en croyaient pas leurs oreilles.

— Petite vermine ! lui lança Mazurier.

Lambert bondit pour le saisir par les manches nouées de son pull. Il le hala d'une poigne solide.

— Pas d'insultes, sinon les prix vont grimper encore, gronda le garçon. Je pense que vous avez pensé au mode de règlement, Milady ?

Elle eut un sourire d'infinie gratitude.

— Mais naturellement, mon gentil prince ; un ordre de virement est établi au bénéfice de notre banque de Zurich. Il ne reste qu'à écrire la somme à transférer et à le signer.

Lady M. adressa un hochement de tête à Pompilius, lequel, comme l'eût fait un valet de chambre, disposa sur la table un fourre transparent contenant des documents bancaires ainsi qu'un stylo Mont-Blanc.

Mazurier assistait à ces préparatifs en secouant la tête avec répulsion. Tout venait de se passer si vite ! Ce trio de coquins le détroussait en un instant. Depuis le matin, il appréhendait quelque chose, à cause des photos qui pouvaient devenir compromettantes à compter de l'instant où la vieille femme connaissait sa vie privée. La menace planait, doucereuse. Mais il ne s'était pas attendu à ce qu'elle prît cette forme implacable. Les bordereaux de son compte secret dans des mains étrangères ! Il se prenait à douter de tout. Ce qu'il croyait être sa puissance vacillait ; son empire, son foyer, sa réputation de battant chanceux risquaient de se défaire en un rien de temps ! Ce coup du sort le laissait pantelant ; il en éprouvait plus de peur que de rage. La colère ce serait pour après. Et qui sait : la vengeance aussi peut-être ?

Il fixa un instant Lady M. Comme elle l'avait joué, la carne ! Et dire qu'il avait eu de la sympathie pour elle, de l'admiration pour le personnage qu'elle campait. Il la situait dans la tradition des anciennes vamps de jadis, à la fois grande dame et aventurière sous sa décharnance et ses bijoux tintinnabulants.

Comme le silence se prolongeait, Lady M. soupira :

— Peut-être aimeriez-vous avoir la nuit pour réfléchir, monsieur Mazurier ?

— À quoi bon, intervint Lambert ; qu'est-ce que ça changera ? On réfléchit quand deux solutions s'offrent ; dans le cas de ce monsieur, il n'y en a qu'une !

Il sortit les documents bancaires de la pochette plastifiée, décapuchonna le stylo et poussa le tout devant Mazurier.

— Quand votre vie est à un tournant, dit-il, il faut savoir, comme disent les cyclistes, « négocier » le virage. Ces quatre millions que vous allez verser, vous les referez en quelques mois. Vous n'avez qu'à vous dire que c'est une dépression boursière qui ampute votre compte. Si c'était le cas, regimberiez-vous ? Non, n'est-ce pas ?

— Qui me prouve que vous ne reviendrez pas à la charge ? demanda l'industriel.

Lady M. s'indigna :

— Ma parole devrait vous suffire, Mazurier ! Je vous répète que jamais nous n'avons plumé deux fois le même pigeon ! Tant d'autres attendent leur tour !

— Soit, je vais vous verser un million et demi, ainsi que vous le demandiez au départ.

— Vous avez tort d'ergoter, déclara Lambert. Pensez aux photos. Moi, je n'ai pas les scrupules de Milady !

Il tendit le gros stylo à leur victime.

— Inscrivez quatre millions, signez et aller fourrer votre pétasse noire. Qu'avez-vous à foutre de tant d'argent inerte ? Le bas de laine, mon pauvre vieux, a rendu les Français mesquins. C'est une mentalité de cordonnier !

Comme pris d'une soudaine détermination, Mazurier s'exécuta. Ce fut l'affaire de quelques secondes. Dès qu'il eut apposé son paraphe au bas du bordereau, il se leva d'un bond, renversant son siège, et sortit dans la nuit où les arbres détrempés par le brusque orage s'égouttaient dans le vent retrouvé.

Pompilius prit la pièce bancaire pour vérifier que tout était en ordre. Lady M. étudia son protégé avec curiosité, sans parvenir à comprendre la motivation de son coup de force vis-à-vis de Mazurier.

— Quand partons-nous ? questionna Lambert.

— Demain, si possible, cela dépendra des places disponibles sur Air France. J'aimerais savoir quel diable vous a poussé à écumer ce type, Lambert ?

— Je tenais à vous prouver que je suis doué, Milady et que votre choix est bon.

— Vous avez des dents qui raclent le parquet, mon garçon. Je déteste détrousser mes victimes dans de telles proportions. Je n'ai pas voulu vous désavouer devant cet imbécile car rien n'est plus pernicieux que de révéler une mésentente intestine à un homme qui vit un instant aussi critique ; il doute de la menace et, partant, lui résiste. Je vous prie de ne jamais réitérer ce genre d'initiative, Lambert. Les prix, c'est moi qui les fixe car je sais depuis des lustres jusqu'où on peut aller dans ce domaine sans provoquer de vagues. Le million et demi, il l'aurait surmonté, accepté. En ce moment, il commence à s'insurger devant l'énormité de la ponction et dans les jours à venir, il va tout mettre en œuvre pour nous nuire.

— En attendant, j'ai gagné deux millions et demi de francs suisses, ricana Lambert. Et je vous préviens que j'en veux un pour moi tout seul, je l'ai bien mérité !

Lady M. se leva en ahanant. Son regard flamboyait plus intensément que les gemmes qui lui servaient d'armure.

Lentement, elle fit basculer sa canne anglaise, de manière à la saisir par le bas ; puis elle l'éleva à bout de bras et l'abattit sur la tête du plagiste. Le choc fut d'une telle violence qu'il tituba. Un hématome violacé se développait à toute vitesse sur son front. Lady M. lui assena un second coup, encore plus appuyé. Il sentit ses genoux se plier, tenta de se raccrocher à la table, mais Pompilius tira prestement sur le meuble et Lambert chuta sur le plancher.

La vieille avait un air terrible. Elle appliqua l'embout caoutchouté de sa canne contre l'estomac de Lambert, pesant de tout son poids sur la traverse chromée.

— Écoute-moi bien, trou-du-cul : désormais, tu vas faire ce que je te dirai et rien que ce que je te dirai, quand je te le dirai, comme je te le dirai. C'est moi qui commande ! Je ferai de toi quelqu'un de prodigieux, ou un mort, selon tes aptitudes et ton comportement. Tu n'as plus la possibilité de reculer car le point de non-retour est dépassé. Et n'essaie pas de t'enfuir, le monde ne serait pas suffisamment grand pour que tu trouves un endroit où t'y cacher. Dis-moi que tu comprends tout cela et que tu l'admets, bout d'homme ! Dis-moi que tu es d'accord pour vivre à mon côté une fantastique aventure !

« Seigneur, n'est-il pas pathétique sur ce méchant parquet, avec sa belle gueule tuméfiée ? Je voudrais lécher le sang qui sourd de ses ecchymoses ! Ah ! comme je l'aime, ce sublime adolescent, coupable d'avoir voulu m'épater. Il faudra que je lui apprenne à bien baiser ; avec une autre, hélas ! Qu'il sache tout de l'amour, l'amour ! Tout est à défricher et à cultiver chez cet être, pour l'instant informel. Lorsqu'une femme lui criera « fais-moi mal », il devra réellement lui faire mal. Combien de fois ai-je lancé cette supplique à un mâle qui me pénétrait, Seigneur ? Et qu'obtenais-je ? Un misérable pinçon aux fesses ! Quand ils vous infligent une éraflure sur les miches, Seigneur, ces cons croient vous avoir fait subir les pires sévices ! Combien en ai-je connu qui répondaient à cet appel ? Vous pouvez me le dire, Seigneur ? Si : il y a eu ce Polonais qui m'a planté une fourchette dans le sein, j'en porte encore la laide cicatrice dans mes honteux replis. Pourquoi ai-je oublié son nom ? Un mineur roux, Seigneur, qui puait délicieusement le fauve en rut et que j'avais ramassé dans un bled du Nord où j'étais tombée en panne d'essence. Je me rappelle qu'il m'avait aussi mordu le mollet, ce monstre voluptueux.

« Il devait bouffer des denrées pas possibles car la plaie s'était infectée.

« Voyez la manière dont me fixe cet enfant, Seigneur. Dompté, soumis, admiratif. La vieille sorcière qui le foudroie à coups de canne, là, ça lui en bouche un coin. Voulez-Vous que je Vous dise, Seigneur ? Il se passe présentement quelque chose d'indicible entre lui et moi. Il se met à m'aimer, lui aussi. Spirituellement sans doute, mais je saurai m'en contenter. Il faut accepter l'inacceptable lorsqu'il n'y a pas moyen de le refuser. Je ferai avec, Seigneur ! En moi, la truie finira bien par calmer ses instincts pour devenir éthérée. Nos chattes taries devraient se refermer pour toujours, Seigneur. Puisqu'on les surnomme aussi « moules », qu'elles s'enclosent dans leur coquille, définitivement, pour y mourir de souvenirs.

« Oui, oui : il m'aime. Regardez cette lueur dans ses yeux. Il aperçoit l'invisible. C'était une eau sur une surface plane, qui ne savait où aller. Je vais la canaliser. Il a confiance. Il aime que je le dompte, que je le frappe. Ah ! le cher jeune homme ! Mon disciple, ma chose ! Si pleine de grâces infinies. Et l'autre vieillard branlant qui a tout senti, tout compris, qui suit mes intimes pensées et jusqu'à cette prière que je Vous adresse, Seigneur ! Est-il malheureux, ce cerf accablé par le volume de ses ramures ! Que peut-il arriver de pire à un vieil amoureux que d'en voir surgir un jeune ? Il se sent bafoué, trahi jusqu'au tombeau.

« Ça va être la chiasse entre ces deux mecs, Seigneur. Mais que faire ? Placer Pompilius dans une maison de retraite ? D'abord, ce ne serait pas charitable et, ensuite, il y mourrait.

« Enfin je verrai bien. Peut-être prendrez-Vous l'initiative de le rappeler à Vous ? Vous avez rendu mon existence tellement harmonieuse ! Mais rien ne presse. »

— Dis-moi que tu comprends ce que je te dis, petit d'homme, répéta Lady M. d'une voix noyée. Dis-moi que tu as très envie de vivre auprès de moi.

Lambert lui sourit humblement.

— Oui, dit-il, j'en ai très envie.

MARBELLA

6

Quand le vent soufflait du sud, la villa de Lady M. se trouvait en prise directe avec les haut-parleurs de la mosquée ; les appels du muezzin, déchirants malgré les graillonnements métalliques consécutifs à la sonorisation, l'irritaient tout en lui laissant dans l'âme un trouble enchantement. Cet appel à la prière attisait la foi qui l'habitait et l'avait fortifiée au long de sa vie aventureuse. Qu'elle fût islamique ne la déconcertait pas : l'amour de Dieu est universel et toutes les religions monothéistes constituent des routes conduisant à la Vérité et la Lumière.

Chaque fois, les lamentos tombant du minaret de Marbella la prenaient au dépourvu. Elle tressaillait. Sa première réaction était d'agacement et puis, au fur et à mesure que se développaient les incantations, Lady M. se sentait peu à peu emportée. Ce qui l'énervait, c'était de penser qu'il s'agissait d'un enregistrement. Ces hommes d'Église deviennent d'incroyables feignasses, amollies par le progrès et cédant à qui mieux mieux à ses facilités... Elle aurait souhaité entendre en direct la voix du religieux, la percevoir dans sa vie de l'instant, avec les scories habituelles : toux, couacs, respiration oppressée, au lieu de tendre l'oreille à un enregistrement bien léché, plusieurs fois recommencé, jusqu'à ce qu'il ait atteint la sotte perfection sonore. On vivait le temps méprisable de la hi-fi et du surgelé. Bientôt on baiserait en play-back.

Ils prenaient leur petit déjeuner sur la terrasse « privée » de Lady M. C'est elle qui en avait décidé ainsi. À neuf heures, elle réveillait « ses hommes » par le téléphone intérieur. Pompilius et Lambert se brossaient hâtivement les dents, se coiffaient, passaient leur robe de chambre et allaient présenter leurs devoirs matinaux à leur hôtesse.

Ils la trouvaient, déjà peinte en guerre et endiamantée, sur la terrasse qui dominait la mer, vêtue d'une robe de chambre blanche, froufroutante et garnie de petits rubans vieux rose. Elle se tenait toujours dans la même position pour les accueillir, assise dans un fauteuil de fonte aux coussins jaunes, détachée de la table ronde où attendait le copieux petit déjeuner, servi dans de la vaisselle rare...

Elle avait les jambes croisées. Une mule de velours rose se balançait au bout de son pied déformé. Elle présentait sa main au Roumain et ce dernier la portait à ses lèvres avec dévotion ; ensuite elle tendait sa joue au jeune homme pour qu'il y déposât un chaste baiser. Il ne s'agissait pas, dans ce second cas, d'un régime de faveur, le baise-main de Pompilius impliquait davantage de sensualité que la brève caresse de Lambert.

Cela faisait une huitaine de jours que le trio avait quitté la Guadeloupe et des habitudes commençaient à se tisser à la *Villa Carmen* (Lady M. adorait l'opéra de Bizet). Richissime, elle possédait des « points de chute » dans différents endroits : en Espagne, à Paris, et sur la rive romande du Léman. Partout, ces demeures étaient prêtes à l'accueillir. Les domestiques de chacune se tenaient sur un qui-vive constant et veillaient à ce qu'il y eût toujours des nourritures fraîches dans les réfrigérateurs et des fleurs du jour dans les vases. Étant attendue partout, elle pouvait débarquer à n'importe quel moment sans avoir la pénible impression de provoquer l'affolement... Ce mode d'existence lui coûtait une fortune, mais, grâce à son imagination, son audace et son manque de scrupules, Lady M. considérait cette question comme infiniment subsidiaire.

Elle croquait de grosses cerises rouges quand ses « hommes » parurent. Ils composaient un étrange tandem. Pompilius était drapé dans une robe de chambre en soie de chez Hermès, bleue, gansée de blanc. Une forte pochette blanche pendait sur sa poitrine et Lady M. se dit qu'il ressemblait de plus en plus à l'acteur Jules Berry qui l'avait charmée autrefois. Lambert se contentait d'un peignoir de bain blanc qui convenait mieux à sa jeunesse. Elle l'avait inscrit au club de tennis du *Puente Romano* où un moniteur athlétique le vidait de sa substance chaque après-midi, en fin de journée, au moment où la température devenait suave. Pendant plus d'une heure, Lambert s'agitait comme un damné pour attraper des balles impossibles. Lady M. allait le voir jouer, assise sur les gradins de ciment du court principal, à l'abri d'une ombrelle mauve qui la faisait ressembler à un tableau de Marie Laurencin. Elle aimait voir s'épuiser le jeune homme. Des gouttelettes de sueur jaillissaient de son beau visage doré et, quand il frappait la balle de toutes ses forces, comme pour se venger des perfidies du moniteur, il émettait un « han ! » de bûcheron, répercuté par la grande fosse vide.

Au retour, il se remettait de sa fatigue dans l'eau émeraude de la piscine, nageant lentement, presque sans remuer, avec des grâces redoutables de squale. Là encore, elle contemplait ce tableau vivant et ses sens endormis se réveillaient. Elle s'imaginait encore jeune et désirable, ouvrant ses jambes à ce superbe mâle, le pressant éperdument contre soi. Alors son regard dérivait sur la canne anglaise gisant à son côté et la cruelle réalité reprenait possession de Lady M.

Chaque soir ou presque, et bien qu'elle eût à son service un couple de Philippins dont la femme cuisinait admirablement, ils s'habillaient pour se rendre dans l'un des restaurants chics du coin : la *Meridiana*, le *Marbella Hill Club*, le *Puente Romano* ou la *Dorada*. Ils y rencontraient le Tout-Marbella, composé de riches Anglais, d'industriels allemands, de princes arabes, voire de quelques grands d'Espagne désœuvrés. Tous connaissaient Lady M. et la respectaient. On s'empressait à sa table et, une bonne partie de la soirée, elle tendait sa main fanée ou sa joue plâtreuse à cette population d'oisifs, accueillant les hommages en souveraine qu'elle était, distribuant des compliments à propos d'une toilette ou d'un bijou, félicitant les uns pour leur bonne mine, les autres pour la réussite de leur dernière soirée. L'argent ne lui coûtant rien, elle se montrait charitable et s'arrangeait pour que la chose se sût. Ses pourboires royaux étaient célèbres sur toute la Costa del Sol ; où qu'elle se présentât, une nuée de serveurs se précipitaient pour l'assister. Et quand un maître d'hôtel la guidait à sa table, les conversations cessaient sur son passage.

Elle inspirait le respect malgré son allure baroque, et sa quincaillerie impressionnait jusqu'aux femmes les plus riches.

Elle cracha un noyau de cerise dans le creux de sa main. Cette éviction lui rappela son enfance modeste. Il y avait un vieux cerisier dans le jardin de sa grand-mère. S'aidant d'une brouette dressée contre le tronc de l'arbre, elle se hisssait dans les branches et cueillait de gros bigarreaux saignants, violacés, dont elle crachait très loin les noyaux. Ou bien, lorsqu'elle voulait viser une cible (généralement son arrière-grand-mère impotente qu'on installait dehors, dans un fauteuil), elle les pinçait entre le pouce et l'index et le menu projectile portait à une vingtaine de mètres.

— Vous me semblez en grande forme, mes lurons ! déclara Lady M. après un regard approbateur.

Ils confirmèrent le diagnostic et s'attablèrent. Contrairement aux craintes de Lady M, et grâce à son habileté, la plus parfaite harmonie régnait entre les deux hommes. Après quelques jours d'inquiétude et d'observation, le Roumain avait décidé que son statut n'était pas en danger. Tout continuait comme par le passé, à cela près que la présence de

Lambert apportait à leur vie sénile une chaleur et un entrain bénéfiques.

Ils se servirent.

Pompilius buvait du thé fort, Lambert du chocolat crémeux. Il expliquait que ce breuvage lui donnait une sensation de vacances. « Quand je travaille, précisait-il, je prends du café. »

Lady M. lui dit brusquement :

— Lambert, il va falloir vous mettre au café !

Il s'interrompit de beurrer un toast pour sonder la figure malicieuse de son hôtesse.

— On s'attaque à un boulot ? demanda-t-il.

— Je déteste une oisiveté prolongée ; ce qui ne fonctionne pas se rouille et je suis à un âge où le mouvement est vital.

— On peut connaître votre projet, merveille de mes jours ? murmura Pompilius.

Il tenait sa sous-tasse de la main gauche, sa tasse de la droite, avec le petit doigt, non pas levé, mais légèrement détaché des autres.

Il aimait l'instant capiteux où Lady M. dévoilait ses projets.

— La réponse se trouve sous la corbeille à pain, dit la vieille.

L'ancien diplomate souleva l'objet indiqué et découvrit un bristol gravé. Il le prit et lut à mi-voix :

« *Le prince Mouley Driz serait heureux que vous veniez fêter les vingt ans de sa fille Shérazade en son palais de Marbella le 16 juin prochain à partir de 22 heures.*

« *Robe du soir, cravate noire.* »

— Nous y allons ? questionna-t-il avant de prendre une gorgée de thé brûlant.

— Pour rien au monde je ne voudrais rater ça, déclara son amie. Ces fêtes pour version hollywoodienne des *Mille et Une Nuits* me ravissent par l'extravagance de leur mauvais goût. Le faste clinquant de ces gens dépasse ce que ne saurait inventer l'imagination européenne la plus délirante ; même les milliardaires texans ne leur arrivent pas à la cheville ! Le style loukoum me flanque des frissons et ce que j'éprouve à ces soirées ressemble à de la délectation morose. À propos, Lambert, il va falloir qu'on vous achète un smoking.

— Mais je ne suis pas invité ? objecta le garçon.

Lady M. se rembrunit :

— Sachez que lorsque je suis conviée quelque part, je viens avec qui il me plaît.

« Pompilius, vous prendrez les mesures du petit et vous téléphonerez chez Lamson, à Londres, pour qu'on lui confectionne d'urgence un smoking bleu nuit, col châle ; nous trouverons bien ici un tailleur andalou capable de pratiquer les ultimes retouches si besoin est. »

Pompilius acquiesça, docile. Son dentier fit éclater un toast dont, avec maestria, il parvint à retenir les débris dans le creux de sa main.

« Seigneur, quel artiste vivant ! La vie de cette ganache est une espèce de danse du maintien. Et dire qu'il est roumain, ce con, donc un peu métèque ! Pourquoi n'en avez-Vous point fait quelque lord anglais, doux Seigneur ? C'est fait pour aller chasser la grouse en Écosse, ce machin-là, au lieu de chasser la petite pétasse à culotte douteuse dans les brasseries et les salons de coiffure ! Des manières pareilles, c'est un don du ciel ! Je lui dois beaucoup car il dore mon blason, le vieux gâteux. C'est par rapport à lui que mon personnage prend de l'envergure. Il est mon assise ! Maintenant, il va falloir que je dresse l'autre petit daim afin qu'il passe pour mon gigolo. J'ai l'âge, Seigneur, à entretenir un beau minet doré. Cela amuse la coterie, mais cela fait jaser. Or, j'ai besoin qu'on jase à mon propos, Vous le savez bien, car il me faut coûte que coûte rester dans le vent. Je dois demeurer un personnage à la mode, malgré ma putain de chierie d'âge ! Ah ! comme Vous nous bitez royal, Seigneur ! Chapeau ! La vie nous paraît bien étale, mais au-dessous de sa surface riante, un courant de chasse d'eau nous emporte ! Me voilà, balayée par la trombe Jacob-Delafon, près de la fosse d'aisance, de la fosse commune, Seigneur. Mais je lutterai, ne Vous y trompez pas ! Flèche de tout bois ! Déterminée, ardente ! Toujours pouliche sous mes harnais de haridelle ! Vieillarde ? Et alors ? Pourrie mais invaincue !

Carabosse et toujours Marjolaine ! La vache, ce que je suis requinquée entre ces deux glandeurs ! L'aristocrate et le bel athlète. Le vieux lécheur de clitoris et la queue d'or ! Je veux en profiter jusqu'à l'ultime thrombose, Seigneur ! Faites que chacun de mes derniers jours dure un siècle, par pitié ! Le malade inguérissable et qui se sait foutu, Vous avez vu comme il vit chaque seconde ? Plus de chichis avec la vie ! N'en rien laisser perdre ! Ça se torche comme une assiette de paysan avec de la mie de pain. On tète jusqu'à la dernière goutte. Ah ! charognerie charognarde et charognante ! N'ai-je donc tant vécu que pour cette infamie ! Pas si con que ça, ce Corneille, Seigneur. Je ne sais ce que Vous en pensez, mais moi je Vous le dis ! La vieillesse est une infamie ! »

Des larmes lui vinrent. Elle en éprouva l'étrange brûlure au bord de ses paupières.

« Ne pas les essuyer surtout, sinon je fous le bordel dans mon maquillage du matin ! Tu ne vas pas chialer comme une femme d'employé des chemins de fer, grande salope ! Une Lady ne pleure pas. C'est stoïque sur sa dunette. Ça sombre la tête haute ! »

— Lumière de mes jours, psalmodia Pompilius, dois-je conclure que vos nouveaux projets sont en corrélation avec la soirée chez ce marchand de tapis ?

Il désignait le bristol abandonné, d'un mouvement de menton.

— Naturellement, vieux bouffon ankylosé.

— En ce cas, éclairez ma lanterne !

— Votre lanterne n'est qu'une lampe à huile exténuée, mon grand délabré. Lisez-vous la presse espagnole ?

— Quelle horreur ! Je ne sais de ce pays que le principal, à savoir que c'est une royauté gouvernée par des socialistes ; le reste m'indiffère.

— Si vous parcouriez les journaux du cru, bébé ramolli, vous auriez lu qu'on y annonce la soirée du prince Mouley Driz à la rubrique « mondanités ». On y parle surtout du cadeau qu'il va faire à sa chère fille Shérazade, à savoir un diadème composé d'un diamant et de deux émeraudes valant ensemble deux millions de dollars.

Il y eut un silence troublé par les claquements des balles de tennis montant du *Puente Romano Club*.

Pompilius eut une superbe ellipse :

— Belle chérie, n'avez-vous pas suffisamment de bijoux comme cela ?

Elle eut une mimique enfantine.

— Suffisamment est un mot ignoble qui tue toute ambition. C'est l'adverbe des retraités, des minus, des sans-faim ! Dans la nuit du 16 au 17, nous nous emparerons de cette merveille, Lord Ducon.

— Comme vous y allez ! Ce n'est pas notre style, ma toute ruisselante d'esprit. Nous n'employons que des méthodes subtiles, et là, vous entendez carrément perpétrer un coup de main !

— Lady M. donna du poing sur la table ; la vaisselle tinta.

— Il sombre, ce pauvre débris ! Coup de main ! Où avez-vous pris cela ! Coup de main ! Alors qu'il y aura des flics espagnols en faction et autant de gorilles que d'invités à cette soirée ! Ces ratons ont tellement la chiasse de prendre une rafale de mitraillette dans la gueule qu'ils ne vont pas chier sans placer un garde du corps devant les cagoinsses !

Elle se tut, atterrée par son parler. Voilà qu'elle déraillait maintenant ! Elle qui réservait si soigneusement ses relâchements verbaux au Seigneur qui, seul, pouvait les comprendre et les admettre !

Le regard de Pompilius lui fit l'effet de deux fers rougis à blanc qu'on lui aurait enfoncés dans le rectum.

Intrigué, Lambert cessait de mastiquer. Le dérapage de Lady M. lui ouvrait des perspectives sur le passé de la chère femme. Il finit par sourire. « Elle devait être bordelière à ses débuts », songea-t-il.

Lady M., calmée, assuma sa honte.

— Tous les moyens me sont bons pour tenter de secouer les méninges de cette ganache ! murmura-t-elle.

Elle ajouta :

— La fille du prince Mouley Driz est un boudin difforme qui se coiffe à l'huile d'olive et porte des points noirs tatoués sur les ailes du nez. L'imaginer avec un diadème de deux millions de dollars dans la tignasse est une image cocasse mais pas longtemps supportable. Le prince lui placera lui-même le joyau sur la tête au plus fort de la soirée. Tout de suite après, pour mettre un point d'orgue à l'événement, un feu d'artifice sera tiré dans les jardins du palais. Pour que les invités puissent plus complètement en jouir, les lumières de la fête seront éteintes. C'est pendant cette période de semi-pénombre, où l'attention de tout un chacun sera mobilisée par des prouesses pyrotechniques, que Lambert s'emparera du diadème.

L'ancien plagiste crut avoir mal entendu. Il regarda Lady M., les sourcils froncés.

— Je ne comprends pas, finit-il par articuler.

— Vous prendrez le diadème, répéta tranquillement Lady M.

— Mais comment ?

— Ça, je n'en sais fichtre rien, mon garçon. C'est à vous de combiner votre petite affaire. Pompilius vous initiera à la topographie du palais afin que vous en ayez une idée générale.

Il se sentit gagné par une sotte détresse.

— Mais enfin, Milady, vous me prenez pour Arsène Lupin ! Comment voulez-vous qu'en pleine assemblée de convives truffée de gardes du corps j'aille prendre une couronne sur la tête d'une jeune fille mieux gardée que la reine d'Angleterre !

Elle semblait jouir de son épouvante. On aurait dit un petit garçon qu'on envoie à la cave, de nuit. Prenant appui sur l'accoudoir de son siège, elle se dressa, bloqua sa canne contre son bras et contourna la table pour s'approcher de lui. Sa main sèche se posa sur la nuque de Lambert.

— Rien n'est impossible, mon gamin doré, soupira-t-elle.

« Seigneur, ce que sa peau est douce ! Douce et tiède comme de la peau de couilles. Je sens palpiter une veine sous mon doigt. Sa merveilleuse vie neuve qui passe par là. Il est terrorisé, le cher amour. Mais il doit réussir cet exploit. C'est l'épreuve imposée au jeune chevalier. S'il parvient à réaliser un coup pareil, il acquerra une force immense et deviendra un grand ! »

Elle avait côtoyé « des hommes », des vrais. Pour quelques-uns, les choses avaient mal tourné, mais c'était leur faute : ils n'avaient pas su verrouiller entièrement l'armure. Pour d'autres, la réussite avait couronné leurs entreprises : ils étaient devenus puissants et solitaires, chacun dans un coin de la planète. Il lui arrivait de les contacter encore, parfois. À bon escient, toujours ! Ne jamais devenir importune. User de ses relations comme on joue de la harpe !

Lambert avait pâli sous ses belles couleurs de pain chaud. Il dit :

— Mais, comment voulez-vous que…

Puis il se tut.

Lady M. lâcha sa nuque duveteuse comme une nuque de fille.

— Vous avez bien su subtiliser mon émeraude sans que je m'en aperçoive, Lambert. Et pourtant, je suis une femme méfiante ! Vous vous étiez enduit les doigts d'huile solaire et vous me malaxiez la main naturellement, si bien que ma bague n'a pas renâclé pour quitter mon annulaire. Dans le cas du diadème, il va falloir trouver l'équivalent de l'huile, mon gentil bonhomme.

Il but son chocolat, essuya ses lèvres crémeuses avec le coin de sa serviette et demanda la permission d'aller piquer une tête dans la piscine. Lady M. apprécia qu'il ne se perdît pas en objections. En outre, ce qui lui plaisait chez Lambert c'était sa politesse. Il ne se permettait rien sans solliciter l'autorisation de son hôtesse. Que ce fût pour user du téléphone, de la piscine ou du bar, il lui demandait son consentement avec une gentillesse d'enfant bien élevé. Elle n'aurait pas supporté qu'il se comportât comme en terrain conquis. Il restait « l'invité ».

Elle le suivit des yeux, attendrie. Lambert dénouait la ceinture du peignoir de bain en s'avançant vers la piscine. Lorsqu'il atteignit celle-ci, il n'eut qu'un mouvement d'épaules à faire pour s'en débarrasser. D'un pas presque félin, il grimpa sur le plongeoir. On eût dit une affiche de cinéma. Lady M. songea à un film de sa jeunesse : *Lac aux Dames*. Le jeune Jean-Pierre Aumont avait cette attitude superbe. Se trouvait-il également sur un plongeoir ? Le soleil d'Andalousie éclairait la peau du garçon d'une lumière intense. Chaque poil de son corps étincelait. Ses muscles se soulignaient d'ombres légères.

« Seigneur, comme Vous devez bicher devant tant d'harmonie ! Votre œuvre, ô, mon génial créateur ! Votre œuvre ! Un être aussi parfait s'inscrivant dans un paysage aussi merveilleux ! Ce gamin gorgé de sève, avec le rocher de Gibraltar en fond, perdu dans des brumes de chaleur ! Mais c'est *too much*, Seigneur ! Insupportable de perfection, merde ! Putain, quand ça Vous prend, ça ne s'arrête plus ! Une mer d'un bleu aussi vert ! Un ciel d'un bleu aussi blanc ! C'est un orgasme de nature, tout ça, Seigneur ! Une formidable giclée de foutre balancée dans le cosmos ! Ah ! Vous ne chiez pas Votre peine, Seigneur d'amour très vénéré ! »

Pompilius contemplait à l'unisson, frappé également par la qualité indéniable du spectacle.

— Tout amour de ma vie ! appela-t-il doucement.

Lady M. dérapa au plus fort de son extase. Que voulait-il encore, le vieux nœud ? Pourquoi lui cassait-il son fade alors qu'elle flottait dans des ravissements indicibles ?

— Chère bien-aimée parée de grâces infinies, reprit le Roumain, avez-vous songé à ce qu'il se passerait si Lambert ratait son coup en s'emparant du diadème ?

Elle ne répondit pas. Le jeune homme venait de joindre ses mains au bout de ses bras dressés, il fléchissait sur ses jambes pour prendre son élan et le plongeoir en fibre de verre gémissait sous ses à-coups. Cela devenait féerique. Elle ne voulait pas perdre l'instant aérien où il se détacherait du plongeoir pour s'inscrire seul dans l'azur, délivré des lois grotesques de la pesanteur. Il s'élança dans un fabuleux élan de dauphin jaillissant de l'onde. Un miroitement ! Lady M. stoppa le temps, le mouvement universel. Il y eut une image fixe dans sa rétine exténuée. Et puis la stupide réalité reprit ses droits et le presque enfant s'engloutit dans un jaillissement somptueux.

La vieille femme se reprit à respirer normalement. Mais elle ressentait une oppression car, sans le vouloir, elle avait retenu son souffle.

Pompilius pensa qu'il pouvait réattaquer :

— Vous exigez de lui une chose impossible, mon irréalité permanente ! Il va se faire prendre et arrêter. Comme c'est vous qui l'aurez amené chez le prince, ce sera le scandale. Qui sait, peut-être nous accusera-t-on de complicité !

Elle avança ses doigts rapaceurs en direction de la coupe contenant les cerises et en prit une par la queue.

— Ta gueule, corbeau sanieux ! jeta Lady M. Tu vas lui porter tu sais quoi ? Ça !

Elle agita la cerise rouge devant Pompilius.

Il ne se laissa pas intimider.

— Vous le prenez pour Superman, la vieille ! Ce n'est qu'un maître nageur ! Il pratique le crawl mieux que Johnny Weissmuller mais ça reste un godelureau chapardeur ! Ce que vous lui demandez, il n'y a pas quatre hommes de ma connaissance qui sauraient le réaliser. Paul-le-Bombé, de Paris, Samuel O'Flatty, de Londres, Paolo Simoni, de Rome, refuseraient une telle proposition.

— Je t'ai déjà dit de taire ta putain de gueule, diplomate de mes fesses ! Le môme réussira, je te le joue à cent mille contre un !

— C'est beau, la foi !

Elle puisa des certitudes dans l'eau bleue de la piscine où Lambert créait un bouillonnement continu.

— Sais-tu pourquoi il réussira, crème d'enviandé ? Parce qu'il est « dehors ». Tu vois, le mâchouillé, il existe deux catégories d'hommes : ceux qui sont *in* et ceux qui sont *out*. Ceux qui sont *in* ne se perdent jamais de vue, alors ils ne peuvent rien oser de vraiment formidable. Ceux qui sont *out* savent s'oublier parce que leur idéal secret est ailleurs, ils savent qu'ils ne le trouveront jamais en eux-mêmes et c'est ce qui fait leur force. Ils risquent tout parce qu'ils ne redoutent rien vraiment. Le petit appartient à cette race marginale.

Il y laissera peut-être sa peau, mais il aura eu une existence de seigneur. Toi, vieux bricolé, tu n'es qu'une larve amidonnée. Tu végètes dans des bien-être obscurs. Tu es à l'écoute de ta vie. Tu te tâtes le pouls et tu examines ta merde quand tu viens de déféquer. Pisser, pour toi, n'est pas une humble nécessité mais un acte décisif, tu te vides dans l'anxiété. Tu es rongé par l'inquiétude plus encore que par les années. Je crois que je te garde pour tes costumes, ton subjonctif et ta façon de boire du thé !

Elle cala sa canne et partit en maugréant des présages.

SUISSE

7

Un vibreur retentit ; bruit soyeux, délicat, fait pour signaler une présence discrète plus que pour mobiliser vraiment l'attention.

M. Giacomo von Gartner pressa le bouton commandant l'ouverture de la large porte capitonnée de son bureau et un homme à lunettes, sombre et triste, pénétra dans la pièce. Il referma soigneusement l'huis avant de s'approcher d'une démarche de rat sur le qui-vive. Il avait les cheveux gris, le nez pointu et des rides d'amertume de part et d'autre de sa bouche aux lèvres minces.

— Je vous présente M. Jacob Haltmann, le chef de notre personnel, monsieur Mazurier.

Et il lâcha brièvement à l'arrivant :

— M. Mazurier est un excellent client à nous.

Von Gartner devait peser beaucoup plus de cent kilos. Son corps débordait de son fauteuil et un triple menton s'étageait en cascades sur sa cravate de soie grise. Il était blond au teint rose, encore jeune sans doute, mais son embonpoint le plaçait hors d'âge. Son regard bleu très clair évoquait celui d'un porc à cause des cils trop blonds qui le frangeaient.

L'arrivant pressa cérémonieusement la main qu'on lui proposait.

— Prenez un siège, monsieur Haltmann.

Par politesse, il s'exprimait en français devant son client, mais avec un fort accent bernois. On le devinait mal à l'aise dans cette langue.

— Monsieur Haltmann, il s'est produit quelque chose de tout à fait inouï et inconcevable dans cette maison.

Mazurier l'écouta narrer sa mésaventure de la Guadeloupe au chef du personnel. Une haine froide l'habitait. Racontée par ce personnage obèse, l'arnaque dont il avait été victime paraissait moins effarante. Ce n'était plus qu'une « fuite inconcevable » dont il fallait trouver coûte que coûte l'origine. Le banquier s'attachait peu au virement de quatre millions auquel on avait contraint son client. Après tout, Mazurier l'avait libellé et signé et en portait la pleine responsabilité. Que c'eût été pour pallier un chantage ne regardait pas la Briegger Bank. Mieux : quand le Français l'avait prié de s'informer auprès du siège de la banque zurichoise où avait été fait le transfert de fonds pour avoir des détails sur le bénéficiaire, Giacomo von Gartner avait pris un air effaré.

« — C'est tout à fait impensable, monsieur Mazurier. Le secret bancaire est inviolable et si j'osais poser une telle question j'encourrais des sanctions de l'Union des banques. »

« — Il est beau votre secret bancaire ! s'était écrié l'industriel en brandissant le bordereau clandestin afférent à son compte numéro ! Parlez-m'en ! »

L'autre n'avait pas perdu son assurance pour autant.

« — Nous allons procéder à une enquête au sein de notre établissement et je peux vous annoncer que le coupable sera vite démasqué et congédié sans indemnités. »

« — C'est tout ? »

« — Si nous portions plainte, vous seriez amené à témoigner et je ne pense pas que vous ayez intérêt à ébruiter cette affaire qui ne manquerait pas d'avoir des répercussions en France ! »

La menace ! Tranquille, péremptoire ! Le Lyonnais était coincé. Il ne pouvait que subir. Et se taire. Pris dans les formidables rouages des banques helvétiques, force lui était d'accepter l'escroquerie.

Les deux banquiers utilisaient à présent le *schweizerdeutsch* pour converser. Bien qu'il eût qualifié l'affaire *d'inouïe*, von Gartner en parlait sur un ton mesuré, sans marquer de surexcitation particulière. Le rat malade l'écoutait en hochant la tête.

Au bout d'un moment de palabre, Giacomo von Gartner réalisa qu'il ne s'exprimait plus en français et s'en excusa auprès de Mazurier.

— M. Jacob Haltmann va immédiatement s'occuper de cette pénible histoire, en relation avec le service de surveillance de nos différents établissements, n'est-ce pas, monsieur Haltmann ?

L'homme grisâtre opina.

— À première vue, M. Jacob Haltmann pense que quelqu'un a dû se présenter ici en se faisant passer pour vous. Quelqu'un disposant de pièces d'identité à votre nom et qui connaissait votre signature numérique. Il est certain qu'il l'aura contrefaite. Car, écoutez bien, monsieur Mazurier, si les escrocs dont vous me parlez n'avaient été au courant que du montant de votre solde chez nous, effectivement on pourrait croire à une indiscrétion de notre personnel ; seulement ils disposaient de ce bordereau. Et celui-ci a fatalement été remis en toute bonne foi après les vérifications d'usage.

L'industriel explosa :

— Si vous opérez des transactions au vu d'un faux, vous êtes responsables !

— Responsables d'avoir produit un relevé de compte et de cela nous nous excusons ! Mais l'argent viré l'a été par vous-même en toute bonne règle.

Mazurier se dressa :

— Je ne laisserai pas le reste de mon actif chez vous une minute de plus.

— J'allais justement vous suggérer de transférer votre compte dans un autre établissement, par mesure de sécurité, riposta von Gartner. Je puis vous fournir une liste des meilleures banques suisses, monsieur Mazurier.

« Ils se foutent de ma gueule par-dessus le marché ! » songea le Français.

Il dit qu'il allait aviser et se retira sans saluer ses deux interlocuteurs.

Une fois seuls, Gartner et Haltmann échangèrent une grimace d'ennui.

— Fâcheux, fâcheux, fit Giacomo von Gartner. J'ai horreur de ce genre d'anicroches. C'est le type d'escroquerie qui ruinerait rapidement notre crédit international s'il se répétait.

— Il serait bon de prévenir le Service Rampant, ne croyez-vous pas ?

— Et comment ! Dans les cas de ce genre, il s'est toujours montré très efficace.

8

La rue du Bourg, à Lausanne, est une voie en pente située dans le quartier Saint-François, en plein cœur de la ville. Dans le milieu de cette artère animée, Adolphe Ramono possédait un local ténébreux au fond d'un couloir sur les murs décrépis duquel s'étageaient des boîtes aux lettres déglinguées. Une ampoule nue, à la lumière assombrie par des chiures de mouches, éclairait minablement l'étroit corridor mal entretenu. On sentait que cette survivance de masure vivait ses derniers jours dans un endroit où proliféraient les commerces de luxe.

Lorsqu'on atteignait l'extrémité de l'entrée, on trouvait, sur la droite, l'escalier accédant aux étages et, sur la gauche, un seuil de trois marches branlantes devant une porte peinte en brun excrémentiel.

Un panneau blanc accrochait le regard. On y lisait, écrit en caractères en relief que la colle trop ancienne trahissait :

L s Frères de l Vé ité
Éd tions Religieuses

Le timbre blanc d'une sonnette dont on suivait le fil le long du chambranle, était surmonté d'un autre avis, rédigé à la main celui-là : *Sonnez et entrez.*

La visiteuse qui se présenta aux Éditions des Frères de la Vérité, ce matin-là, obéit à l'injonction. Elle perçut un râle caverneux et, quand elle poussa le panneau après avoir entendu le déclic de la gâche libérée, elle fut violemment agressée par une terrifiante odeur de chou aigre.

Elle venait chez Ramono pour la première fois. Bien qu'on l'eût avertie, elle n'en crut pas ses yeux. L'antre obscur était envahi par des piles de brochures qui grimpaient jusqu'au plafond. Au milieu de cette prolifération de papier jauni, demeurait une sorte de clairière assez grande pour héberger un bureau, deux sièges et un classeur. Au-delà du bureau, il y avait un réduit qui devait servir de cuisine à « l'éditeur » car c'était de cette partie du local que s'échappaient les fâcheux remugles. Un créneau pratiqué dans la montagne d'imprimés conduisait à un fenestron donnant sur une cour, mais la lumière qui en résultait n'aurait même pas permis au locataire du lieu de lacer ses chaussures.

La visiteuse se risqua jusqu'au bureau. Une lampe ancienne, coiffée d'un abat-jour vert, éclairait ce point névralgique de la « maison d'édition ». Elle s'arrêta, indécise et vaguement apeurée.

— Qu'est-ce que c'est ? demanda Ramono à la cantonade.

Et il surgit du coin cuisine. Sa laideur augmenta l'angoisse de la femme. L'individu était à la limite de l'anormalité. Il possédait une tête bien trop importante pour le reste de son corps plutôt gracile. La disproportion se situait surtout dans la partie inférieure du visage. Adolphe Ramono avait une énorme mâchoire qui faisait songer à quelque effroyable prothèse. Son menton, plus large que son front, faisait de lui un monstre. Sa bouche immense, dépourvue de lèvres, accroissait la hideur du personnage. Gueule de saurien préhistorique, confirmée par des yeux immenses, mobiles, tellement en saillie que le type devait pouvoir regarder derrière lui sans bouger. Il était d'un blond filasse, coiffé avec la raie au milieu, mais l'arrivante comprit vite qu'il portait une perruque et elle était grotesque comme celles des vieux beaux du temps jadis.

Il avait noué un tablier de cuisine par-dessus son complet veston grisâtre.

— Bonjour, madame. Vous désirez ?

À cause de l'odeur de chou et du tablier, elle balbutia :

— Je vous dérange ?

— Je préparais mon repas, convint Ramono, mais j'ai tout mon temps. Je me faisais une saucisse au chou, qui est un plat typiquement vaudois. Je ne suis pas vaudois, ni même suisse, mais je raffole de la saucisse au chou et j'en mange plusieurs fois par semaine.

Il s'approcha de la femme et fit pivoter l'une des deux chaises pour l'inviter à y prendre place.

Lorsqu'elle fut assise, il dénoua son tablier qu'il jeta sur une pile de brochures. Puis il prit place de l'autre côté du bureau. La femme nota qu'il portait une cravate à système, dont le nœud était fait une fois pour toutes sur un support triangulaire et qu'elle tenait à son cou par un élastique. Celui-ci s'était distendu et sortait de son col crasseux.

Comme elle paraissait ne pas vouloir prendre l'initiative de la conversation, ce fut lui qui attaqua :

— Vous êtes l'une de nos sœurs de la Vérité ?

Elle secoua négativement la tête.

— J'appartiens au Service Rampant, fit-elle.

Les gros yeux du monstre ne cillèrent pas. Il attendit la suite. La visiteuse ouvrit son sac et en retira une pièce de cinq francs helvétiques.

Sur l'avers on avait gravé en surchage les deux lettres « S » « R », plus un nombre qui devait correspondre au numéro matricule de la femme. Elle présenta la pièce de monnaie à Ramono. Celui-ci avança alors une main aussi démesurée que l'était son visage. Une main de géant, immense et cireuse, maladroite. Il prit la pièce et l'examina à la clarté de la lampe avant de la rendre à sa propriétaire.

— Nous sommes d'accord, madame, murmura-t-il.

Elle rangea soigneusement sa pièce, ensuite elle mit ses deux coudes dans la poussière du bureau et déclara, en s'efforçant de soutenir le regard du monstre :

— Une femme se faisant appeler Ruth Ferguson possède un compte numéro à la Gewerbe Kredit Bank de Zurich. Elle use de celui-ci pour encaisser des sommes provenant d'un chantage éhonté. Le Service Rampant entend mettre fin à cette situation le plus rapidement possible.

La visiteuse se tut, attendant une réaction de son interlocuteur. Celui-ci prenait des notes sur un bloc quadrillé. Son énorme main de presque infirme luttait maladroitement avec un stylo qui disparaissait entièrement entre les gros doigts de l'homme. Quand il eut achevé de noter les indications qu'on lui donnait, il contempla les caractères qu'il avait tracés d'un air stupéfait, comme s'il venait de réussir une prouesse. Sa terrifiante mâchoire pendait sur sa cravate fanée et une vilaine salive mousseuse marquait les commissures de ses lèvres.

L'odeur du chou devenait de plus en plus insistante ; la visiteuse la jugeait intolérable. À l'aigreur naturelle du crucifère se mêlait la louche senteur de la viande avariée. La saucisse vaudoise dont l'ogre comptait faire son repas avait dû se corrompre dans le réduit sans réfrigérateur.

Ramono essuya d'un geste gauche sa salive débordante.

— Pas d'autres indications à propos de cette Mme Ferguson ?

— Aucune. La discrétion étant de règle au sein de nos banques, vous vous doutez bien que la G.K.B. s'est limitée à l'essentiel ; vous aurez toute latitude pour questionner les gens qui ont ouvert le compte de cette dame Ferguson.

Elle ouvrit à nouveau son sac à main et y prit une enveloppe qu'elle déposa sur le bureau.

— Cette carte vous accréditera auprès du personnel.

Il acquiesça.

— J'aimerais savoir ce que l'on entend au S.R. par « mettre fin à cette situation » ?

La visiteuse haussa les épaules.

— Je n'en sais rien moi-même, monsieur Ramono.

Elle fouilla son réticule pour la troisième fois.

— Voici la prime qu'on m'a chargée de vous remettre, peut-être vous fournira-t-elle quelques éclaircissements ?

L'enveloppe jaune, fermée par une bande adhésive bleue, était rebondie. L'homme la prit et, sans s'excuser, se retira dans le réduit pour y compter les billets qu'elle contenait. À quelle lumière pouvait-il opérer ? La femme se posa la question. Mais peut-être était-il nyctalope ? On devait s'attendre à tout d'un être pareillement anormal.

Lorsqu'il réapparut, il avait les mains vides.

— Effectivement, fit-il, la prime répond à ma question.

La femme se leva, visage hermétique. Elle craignit un instant que son hôte lui tende son effroyable main, mais l'idée ne lui en vint même pas et ils se séparèrent sur un double hochement de tête.

Adolphe Ramono s'en fut déguster sa saucisse gâtée. Il mangeait debout devant un bahut bancal. À côté de son assiette des liasses mauves de billets de mille francs suisses étaient étalées. Il les contemplait en dévorant son mets putride. Il y avait dix liasses de cent billets chacune, soit un million. Fallait-il que sa réputation fût solide et qu'on eût aveuglément confiance en sa réussite pour qu'on lui payât par avance une somme aussi importante ! Il n'avait jamais déçu car il avait du génie dans ses entreprises.

Concernant cette affaire, il n'aurait plus le moindre contact avec le Service Rampant.

MARBELLA

9

L'employée lui désigna un meuble d'acajou dont la partie supérieure formait bibliothèque. Elle lui expliqua, dans un anglais chantant, que toute la collection se trouvait là. Lambert songea, en considérant les revues sur papier couché, que cette publication devait être récente car, à raison d'un numéro mensuel, il ne devait pas s'en trouver deux douzaines sur les rayons.

Le garçon se mit à compulser la collection en commençant par la fin. Il feuilletait de la première à la dernière page chaque revue. Celles-ci étaient abondamment illustrées de photos dont les légendes se trouvaient imprimées en anglais et en espagnol. Peu à peu, un écœurement le prenait. Cet étalage impudique de mondanités créait une espèce de provocation. Il n'était question que de gens très riches ou très célèbres, de leurs biens tapageurs, des réceptions qu'ils offraient, de leurs déplacements et de leurs plaisirs affichés.

Tandis qu'il étudiait chacun des numéros, la secrétaire de la revue le regardait avec intérêt. Sans doute le trouvait-elle à son goût car elle prenait des poses et s'efforçait de capter l'attention du jeune homme. Parfois, abandonnant les épaisses pages glacées, coupantes comme des lames de rasoir, Lambert adressait un sourire à la fille. Il songeait qu'il vivait une période de chasteté, la plus longue sans doute qu'il eût connue depuis sa première expérience sexuelle avec une laborantine. Il fréquentait le lycée à cette époque et devait achever sa première. Comme il toussait depuis plusieurs semaines, leur médecin de famille avait ordonné une prise de sang. Il revoyait le labo avec sa clientèle du matin, principalement composée de vieillards inquiets. Après une attente au salon, une jeune femme blonde avait lancé son nom depuis la porte et il l'avait suivie dans un box seulement meublé d'une chaise, d'une table d'auscultation gainée de cuir et d'un portemanteau. Elle l'avait invité à ôter son veston et à retrousser sa manche droite, puis à s'allonger sur la table étroite. Pendant qu'elle garrottait son bras au-dessus du coude, il avait constaté qu'elle ne portait rien d'autre sous sa blouse blanche (déboutonnée du bas) qu'un minuscule slip.

— Détendez-vous !

Il ne se préoccupait pas de la seringue dont elle enfonçait adroitement l'aiguille dans sa veine. Sa main dont le dos était posé sur la jambe tiède de la jolie infirmière avait décrit irrésistiblement un demi-tour afin qu'il pût toucher le genou dénudé.

— Ne bougez pas ! Comment voulez-vous que...

Il bandait comme un fou.

De sa main libre, il avait dégagé son sexe, tant bien que mal et sa queue dodelinait contre l'avant-bras de la fille.

Elle avait achevé l'injection, déposé sa seringue vide dans un plat d'émail et fait sauter le garrot de caoutchouc.

Lambert se rappelait mal l'instant confus au cours duquel la fille avait prestement posé son slip pour se placer à califourchon sur lui et engloutir son sexe fou d'un preste mouvement du bassin. Leur étreinte silencieuse, rapide et précise, n'avait pas duré trois minutes. Il ne se souvenait plus des yeux de la laborantine ; mais l'avait-elle regardé seulement tandis qu'elle dansait sur sa queue ?

Après s'être dégagée de lui, elle avait arraché une poignée de kleenex d'un distributeur de carton.

— Je vous laisse vous rhabiller, avait lancé la fille à la cantonade en les jetant sur son ventre.

Il ne l'avait plus jamais revue.

Peut-être que la secrétaire de la publication mondaine se laisserait baiser s'il l'entreprenait ? Quelque chose de hardi, dans son sourire, lui en donnait l'assurance.

Dans le troisième fascicule, il trouva ce qu'il cherchait et eut du mal à réprimer une exclamation de joie. Un reportage sur le prince Mouley Driz ! Son palais, sa famille, ses serviteurs, ses bagnoles, son hélico et, en guise de cul-de-lampe pour terminer l'article, une photo couleur du fameux diadème qu'il venait d'acquérir dans une vente de Sotheby's pour l'offrir à sa fille aînée, le jour de son anniversaire.

— Je pourrais acheter un exemplaire de ce numéro ? demanda Lambert.

Son interlocutrice vérifia la couverture et s'accroupit devant la partie basse du meuble d'acajou faisant office de placard. Les revues s'y trouvaient, par piles. « Des salopes ! » songea Lambert en la regardant dans cette position inconfortable.

Elle aurait dû logiquement se placer face au meuble, ce qui eût facilité ses recherches ; au lieu de cela elle adoptait une étrange posture qui la mettait de biais, les jambes écartées. La perspective plongeante lui livrait à peu près tout de l'intimité de la jeune femme. « Elle porte un slip noir ou alors elle est très brune ! » songea plaisamment Lambert.

Il murmura :

— Je peux vous aider ?

Et s'agenouilla auprès de l'employée. Il ne voulait pas risquer de geste osé avant qu'elle eût trouvé la revue, de peur d'une rebuffade qui aurait pu compromettre son emplette.

Elle lui tendit le numéro souhaité dont la couverture représentait Julio Iglesias en costume blanc sur fond de Méditerranée.

Il s'en saisit et s'arrangea pour emprisonner la main qui le lui proposait. Elle eut un gloussement confus et tenta de se redresser, mais il lui fut aisé de la maintenir dans sa position instable.

— Vous êtes andalouse ?

Pour la première fois depuis son adolescence, il retrouvait cette impression puissante éprouvée avec la fille du labo. Une envie irrésistible de culbuter cette femme et de la prendre en vitesse comme un loubar saute une gamine sniffée contre un capot de bagnole.

— Non, hollandaise.

Il fut surpris.

— On ne le dirait pas à vous voir si brune.

— Vous oubliez que, pendant trois siècles, nous avons occupé des territoires d'Indonésie.

Il se rendit compte que leur posture ridicule se prêtait mal à des considérations historiques. Des fourmis grimpaient dans ses jambes. Il se redressa et l'aida à retrouver la verticale. Mais ce changement de position opéra une rupture de son désir.

Lady M. l'attendait dehors, dans la Rolls climatisée. Peu à peu, il se pliait sous la férule de la vieille bougresse. Quelque chose en elle le subjuguait. Les premiers jours, il regimbait mentalement, mais il commençait à flotter dans un trouble bonheur. Il lui arrivait une chose indicible. Lambert vivait un conte de fée noir. Son rêve de rêveur paresseux s'accomplissait au-delà de toute espérance. Une force sûre suppléait son peu de volonté. Il aimait s'abandonner à ce naufrage capiteux ! Lorsqu'on s'ouvre les veines dans un bain chaud, on doit ressentir ce renoncement voluptueux.

— Je vous dois combien pour la revue, mademoiselle ?

— Madame, rectifia-t-elle avec un sourire. Vous ne me devez rien, cette publication n'est pas vendue mais distribuée, elle s'assume avec la publicité.

— En ce cas, je vous remercie.

Il approcha tout naturellement sa bouche de la sienne et ils échangèrent un baiser spontané, presque naturel. Le désir de Lambert revint, plus impérieux. Il troussa sa partenaire exactement comme il rêvait de le faire quelques instants auparavant. Elle se prêta docilement à la manœuvre et il la prit sur le large bras d'un canapé de cuir, par profonds à-coups qui la firent gémir. Il se promettait de bâcler cette étreinte, de n'en faire qu'un coup crapuleux tiré à la va-vite, mais il y prit un tel plaisir qu'il s'attarda, l'interrompant pour y apporter des variantes auxquelles elle se prêta avec une ivresse de femme en manque. Lorsqu'ils eurent terminé, il fut tenté de la questionner à propos de sa vie privée, mais après tout il s'en foutait et il prit congé sur un dernier baiser après lui avoir promis de repasser la voir bientôt.

Le chauffeur philippin faisait les cent pas devant la Rolls. Sa maîtresse l'exigeait car elle ne pouvait supporter leur promiscuité quand la voiture ne roulait pas. Il fumait une cigarette mauve à embout doré dont la combustion dégageait une odeur de tisane. Quand il vit réapparaître Lambert, il la jeta et lui ouvrit la portière.

— Pardon de vous avoir fait attendre, fit le garçon en prenant place au côté de son hôtesse.

— Vous avez trouvé ce que vous cherchiez ?

Il montra la revue qu'il tenait roulée.

— Oui.

Lady M. lui sourit.

— Vous permettez, fit-elle soudain en avançant sa main sur le pantalon du jeune homme.

Son doigt en crochet recueillit quelque chose qu'elle porta à ses lèvres et lécha prestement.

— Qu'est-ce que c'est ? s'inquiéta Lambert.

— Du foutre, répondit-elle. Vous venez de baiser sans retirer votre pantalon.

Elle prit un fin mouchoir dans la manche de sa robe et le lui proposa. Le petit carré de baptiste sentait très fort l'âcre parfum dont elle aspergeait ses vêtements.

— Un vrai collégien ! dit-elle. Remettez un peu d'ordre dans votre braguette, mon garçon, on dirait que vous venez de sauter la bonne sous l'escalier.

Il ne sut que dire. Comme le sourire enjoué de Lady M. paraissait sincère, il eut un haussement d'épaules désinvolte et entreprit de frotter l'endroit sinistré de son pantalon.

— Était-elle jolie ? questionna la vieille femme.

— Assez pour ce que je lui ai fait, répondit-il.

— Facile, en tout cas. Êtes-vous à ce point irrésistible ?

— Je dois avoir une clientèle, convint modestement Lambert. Mais ce qui importe, le plus souvent, c'est la qualité du moment. Le côté furtif d'un tête-à-tête.

— Et le fait que vous soyez en manque, mon petit ; les femelles sentent ces choses-là. L'homme en proie au besoin de copuler dégage des ondes qui sont perçues par la partenaire convoitée, l'émeuvent et la mettent dans des dispositions d'accueil. Bien sûr, je pense beaucoup à cette nécessité. Vous êtes à un âge où l'on a impérativement besoin de faire l'amour. Ce qu'il ne faudrait pas, dans le genre d'activités où je vous entraîne, c'est que vous vous dispersiez sottement avec des greluses ardentes qui, très vite, finissent pas avoir barre sur vous. Des passades, tant que vous le voudrez, mais pas de liaison ! Le mot dit bien ce qu'il veut dire : liaison égale lié.

— Soyez tranquille, Milady, j'ai satisfait mes glandes et il n'en consécute aucune nostalgie.

Elle passa son avant-bras dans l'accoudoir de velours frappé en un geste languissant.

— À vivre avec nous, vous commencez à adopter nos manières et notre parler, remarqua-t-elle. Bravo ! C'est un style, comprenez-vous. Le style « vieille Europe ». Ce brave Pompilius a été un exemple pour moi. Un maître à phraser ! Cela constitue un fortin inexpugnable. Le pire des malotrus respecte d'instinct la personne qui vit avec délicatesse. Seulement, comme cette attitude ne nous est pas fatalement naturelle, il faut garder son jardin secret, un coin de soi où l'on peut se libérer l'intime et cracher sa vapeur. Indispensable si l'on veut conserver le contact avec soi-même, ne pas complètement couper ses racines. Moi, j'ai eu une vie de conquérante, Lambert. Partie de très bas, j'ai vite décidé de monter le plus haut possible. Un temps, quand je suis parvenue à épouser un lord authentique j'ai cru avoir atteint le sommet. Et puis ce solennel Britannique est mort en ne me laissant que des ruines. Sa seule fortune, c'était son titre. Je m'en suis servie pour bâtir une nouvelle vie, axée cette fois-ci sur la richesse. Je connais la vanité des biens de ce monde, mon gentil petit d'homme, mais leur conquête m'amuse. Et puis, que diable, ils vous assurent une puissance, certes temporaire, mais indéniable. Je préfère habiter des demeures peuplées de valets, rouler dans des Rolls-Royce, descendre dans les plus belles suites des plus grands palaces que de rêvasser sur ma vie perdue dans l'une de ces Hespérides pour vieillards plus ou moins nantis.

Il lui rendit son mouchoir dont l'odeur l'écœurait. Elle l'impressionnait et il regrettait confusément son âge qui la plaçait hors des possibles convoitises. Lambert savait que si elle avait eu seulement vingt années de moins, il aurait vécu avec elle l'amour le plus prodigieux de sa vie.

Il y eut un nouveau silence. La Rolls s'apprêtait à virer sur la droite pour emprunter la rampe conduisant de la terrible route de Cadiz à leur villa, déjà le chauffeur avait mis le clignotant.

Elle décrocha le cornet acoustique antédiluvien servant à communiquer avec le conducteur sans avoir à faire coulisser la vitre de séparation.

— Continuez sur San Pedro ! enjoignit Lady M.

Il interrompit le doux crépitement du clignotant et poursuivit sa route.

— Où allons-nous ? demanda Lambert.

— Plus loin, fit-elle. Puisque l'ambiance est aux échanges, à quoi bon y mettre fin ?

« C'est tellement fortuit, un climat ! Profitons de celui qui vient de s'instaurer entre nous. Nous avons tant et tant de choses à nous dire, gentil gamin ! De ces choses qui surgissent de la pensée et dont on ne mesure l'importance qu'à la dernière seconde. »

Il opina. Le charme opérait. Il serait volontiers parti pour un très long voyage à bord de ce véhicule compassé.

— Nous sommes dans une bulle, murmura-t-il.

— Un jour je vous emmènerai visiter le musée de l'aéronautique de Washington, décida Lady M. Bien que je me sente très éloignée des techniques, j'ai été bouleversée par les premiers engins spatiaux. Ces grosses toupies dont l'intérieur ressemble à celui d'un téléviseur, avec un enchevêtrement de fils raccordés par d'humbles soudures, de bobines artisanales, de circuits imprimés, de transistors et de tout un fourbi de bricoleur, m'ont sciée ! Au milieu de cet écheveau insensé, on finit par repérer deux sièges tête-bêche. Alors on imagine les hommes au monstrueux courage qui se tenaient là, dans des postures insensées, et qui se sont laissé propulser dans le cosmos, sanglés à ces sièges de fortune. Un grand froid vous saisit. Le froid de l'effroi, Lambert. Ils auraient dû être sacrés rois de l'Univers à leur retour, puisqu'ils en sont revenus ! Au lieu de cela on les laisse sombrer dans l'anonymat. Ils deviennent vieux et tristes dans leur coin d'Amérique, ou de Russie, ces vagabonds prodigieux. Oui, je vous montrerai cela, mon chéri.

Le mot lui avait échappé ; il en fut troublé profondément.

Dans un élan, il lui prit la main. Il la jugea froide et sèche comme une patte de poulet sectionnée. Il la lâcha presque aussitôt.

— J'aimerais te tutoyer, dit-elle. Mais le vieux en mourrait.

— Tutoyez-moi tout de même, nous verrons bien !

Elle pouffa.

— Ah ! tu deviens cynique, garnement ! C'est bon, cela, très bon. Ça vous cuirasse contre la sensibilité.

La Rolls allait l'amble sur la route la plus meurtrière d'Europe. Lambert regardait la nuque du Philippin, menue comme une tige d'arbrisseau. Sa casquette noire lui descendait aux oreilles et il parvenait à conduire sans bouger son buste grêle.

— Vous me parliez de votre jardin secret, tout à l'heure, Milady. Ce coin à part où vous vous éclatez. Puis-je me permettre de vous demander où il se trouve ?

— Dans ma tête, voyons, Lambert ! Ce coin c'est Dieu. Je m'adresse à Lui, mentalement, sans châtier mon vocabulaire parce qu'il sait tout de moi et que si je cherchais des mots pour Lui parler, Il hausserait Ses augustes épaules. Tu devrais essayer d'en faire autant, il en résulterait progressivement comme une force spirituelle qui te soutiendrait.

— Je n'ai pas la foi ! riposta Lambert.

— Imbécile ! La foi, ça n'existe pas ! C'est Dieu qui existe. Ceux qui prétendent avoir la foi se trompent et ceux qui assurent ne pas croire en Dieu se mentent. Dieu est en nous ! Nous naissons avec Lui comme avec notre cœur, notre rate ou nos deux jambes. Je suis Dieu, tu es Dieu et ce con de Pompilius l'est également.

— Je ne me sens pas Dieu, déclara Lambert, buté.

Il tourna vers elle sa gueule d'amour ensoleillée.

— Mais vous, je ne dis pas. Alors j'essaierai de vous prendre secrètement à témoin de mes misères et de mes fantasmes.

— Commence à haute voix, mon amour, je te dirai si tu es dans la bonne voie.

Il ferma les yeux, se renversa sur la banquette et attendit. Le parfum de la vieille insistait, le chavirait.

Il murmura :

— Milady, je viens de me vider les couilles avec une connasse de rencontre, et je me sens bien. Il restait une larme de sperme sur mon pantalon, vous avez sauté dessus et l'avez absorbée. Je sais à quoi correspond ce geste : à un pacte ! Je sais qu'il n'est pas impur. Milady, je suis votre amant impossible, votre fils impossible. Mais je représente beaucoup plus que cela : votre ultime rencontre avec la vie. Votre dernière plage de sable fin. Je suis celui qui vous tenait par le bras pour vous entraîner dans la mer, qui vous a volé une bague et qui pleurait ensuite de vous l'avoir prise. Je m'emparerai de ce diadème qui vous amuse, Milady. Je sais comment je m'y prendrai. Mais il me faudra de l'aide. D'abord en faire exécuter une copie en se référant à la photographie figurant dans la revue des milliardaires. Ensuite un comparse devra jouer une scène mélodramatique dans un lieu que je lui indiquerai. Moi, je ne connais personne, mais vous devez pouvoir trouver ce genre de main-d'œuvre avec toutes les étranges relations que je vous devine. Le 16 juin au soir je déposerai ce diadème sur votre tête. Et vous l'aurez mérité, car vous êtes une reine !

Lady M. se sentit venir des larmes et détourna la tête.

10

Une chaleur stagnante pesait sur le jardin désert. Lambert sentait sa chemise de coton coller à sa peau. La chaînette d'or que lui avait offerte Milady était gluante et lourde à son cou.

Le salon de coiffure de l'hôtel occupait une petite construction basse, crépie de plâtre ocre, indigne de sa réputation. Un maître de l'art capillaire y exerçait pourtant ses talents, prodiguant coupes et brushings à certaines des têtes les plus connues ou les plus frivoles de la planète.

Cet appentis de fortune avait été aménagé provisoirement en attendant de fastueuses réalisations qu'on remettait d'année en année. Mais les femmes huppées de Marbella avaient pris l'habitude de se presser dans ce salon précaire qui ne comportait que quatre fauteuils. La porte vitrée pour épicerie de village s'ouvrait sur un semblant de terrasse où rouillaient une table de fer et quelques sièges déglingués. Lambert occupait l'un d'eux. Les mains croisées, ses jambes allongées, il offrait son visage au soleil dont il aimait la cuisante caresse. Une odeur composite de cheveux brûlés, d'huile parfumée, de crème dépilatoire et de shampooing agressait ses narines. L'œil vague et ébloui, il regardait un néflier proche dont les fruits orangés le tentaient ; mais il devait se tenir prêt et renonçait à satisfaire sa gourmandise.

Par moments, la voix aiguë de Milady dominait l'aimable ronron feutré. À cause du casque de plexiglas emprisonnant sa tête, elle s'exprimait haut et dérapait dans les aigus.

L'imminence de l'action ne troublait pas Lambert. Il se sentait calme, presque détaché. Pour tromper l'attente, il parlait à sa « bienfaitrice ». Mentalement, ainsi qu'elle le lui avait conseillé.

Il lui disait :

« Milady, haridelle décharnée, pétasse désarmée, louche et torve vieillarde aux desseins tortueux, boiteuse irrémédiable, impératrice des garces, malfaisance éperdue, fleur de charnier presque charogne, poison rare, vacherie en décomposition, infâme, mocheté ridicule, banqueroute humaine, abjection bancale, fleur vénéneuse carnivore et flétrie, femelle qui ne mouille plus mais qui suinte, sorcière, gorgone, polype, excroissance, dépravée, cauchemar : je t'aime. Je me sens bien dans ton aquarium insensé. Je t'admire. Je crois en toi. Tu recueilles ma vie dont je ne savais que faire. Peu importe que tu l'entraînes sur le chemin des damnations. Tu es magique. Jeune à jamais. Belle sous ta cendre. Désirable dans ton abomination. Grâce à toi, le temps n'existe plus et j'existe à peine. Tu vois ce petit lézard vert, là-bas, aplati contre le mur et aussi immobile qu'une broche sur un corsage ? Eh bien ! c'est moi. Tu m'as rendu lézard vert, pétrifié par le soleil et soûlé de ta maléfique puissance. Je t'aime, vieille étrangeté, comme on aime à regarder le couchant lorsqu'il est très beau. Tu as raison de ne pas vouloir mourir, vieillir suffit. Tu as payé. Et maintenant offre-moi une éternité de protection. Je consomme si peu de réalité que ma vie près de toi devrait durer aussi longtemps que la Terre. Tiens, voilà le mec que nous attendons. Putain, cette belle moto ! Une mille centimètres cubes, non ? Harley-Davidson ! J'encule les Japonais ! Il n'y a de motos véritables qu'en Angleterre. La classe ! Chevaucher la classe quand elle est foudre, ça doit être follement bandant. »

Tandis qu'il se disait ces choses sans queue ni tête, le motard venait ranger son bolide bleu et noir devant le salon de coiffure. Il le dressait sur sa béquille arrière, sans couper le moteur qui continua de tourner au ralenti, balançant à tout-va des gaz écœurants. L'arrivant n'ôta pas son casque noir. Il portait un blouson de toile et un jean, des baskets. Il prit dans l'une des fontes de cuir fixées à son porte-bagages un petit sac de plastique et un fort pistolet à canon court, au museau de bouledogue. D'un coup de pouce expert, il releva la visière transparente de son heaume. Lambert aperçut un regard sombre perdu dans des poils. Regard de singe. L'homme devait avoir les joues velues et d'épais sourcils. Le motard pénétra dans le salon de coiffure d'un pas lent. Il annonça paisiblement, en espagnol d'abord, puis dans un mauvais anglais ensuite :

— Pas d'affolement, c'est un hold-up !

Il tenait son arme au niveau de sa hanche. Avisant une jeune manucure assise sur un tabouret devant une cliente, il flanqua un coup de pied dans le siège. La manucure tomba sur ses fesses ; son matériel professionnel dispersé autour d'elle.

— Debout ! intima l'arrivant.

Elle se redressa. Personne ne parlait. Clientes et employés restaient immobiles dans des postures inopinées, à l'exception de Lady M. sous son casque qui feignait de n'avoir rien vu.

L'arrivant tendit son sac à la manucure.

— Tu ramasses tous les bijoux et tu te remues les fesses !

La jeune fille s'avança vers la cliente arabe dont elle était en train de soigner les mains.

— Bagues, colliers, bracelets, montres, boucles d'oreilles, tout ! exigea l'homme. (Il répéta, un ton au-dessus :) Tout !

La cliente aida elle-même sa manucure à la dépouiller.

Dehors, Lambert ferma les yeux :

« Eh bien, voilà, Milady, c'est à moi de jouer.

« J'attends encore un instant, et puis j'interviens. Je vais penser très fort à vous et je sais que vous me soutiendrez pendant ce baptême du feu. Je parie que votre cœur aguerri bat plus vite que le mien ! »

À quoi pensait, jadis, un homme sur le point de se battre en duel, tandis que les témoins sortaient les armes de leurs étuis ? À l'enchaînement de gestes dangereux qui allaient suivre pour faire de lui soit une victime soit un assassin ? Mais lui ne risquait rien. Il lui suffisait seulement de se montrer convaincant.

Il se leva d'une détente souple. Coula un regard dans le salon de coiffure. Crédible ! Il avait légèrement tardé à réaliser qu'il se passait quelque chose. Et maintenant il comprenait. Alors il allait profiter de son avantage (l'homme lui tournant le dos) pour intervenir. Il s'empara de sa chaise métallique, la jugea lourde, mais l'homme portait un casque. Tout de même, il fallait éviter toute fausse manœuvre. Lambert leva le siège à deux mains et se précipita. Le bruit de son déplacement « alerta » l'agresseur qui fit volte-face et tira dans sa direction. La balle passa très au-dessus de la tête de Lambert, néanmoins l'impression lui fut pénible. C'était la première fois qu'il voyait actionner une arme à feu face à lui. Il acheva son geste et abattit la chaise de fer sur la tête du motard. L'homme accusa le coup et tituba. Lambert se jeta sur sa main armée pour la tordre. « Milady, ma chère âme, cela ne fait-il pas un peu trop cinoche ? Série B française ? »

Il revoyait des films exhumés par l'impitoyable télé dévoreuse de pellicule. Des films dits « d'action » qui, aujourd'hui, faisaient hausser les épaules ; joués par des méchants en peau de lapin, toujours les mêmes.

« N'ai-je pas l'air très con, Milady d'amour ? Probablement, puisque j'ai envie de rire, comme lorsque je parle anglais. Chaque fois que je fais quelque chose qui m'est artificiel, un fou rire intérieur me saisit. Transformons-le en rictus ! »

Le pseudo-malfrat lâcha son pistolet. Lambert donna un coup de pied dans l'arme, comme il l'avait vu faire cent fois à l'écran, et lança son poing dans l'estomac de l'assaillant. Il dut frapper trop fort car l'autre poussa un gémissement de douleur. Lambert le quitta pour aller récupérer l'arme. L'homme en profita pour filer. Il sauta sur sa moto ronronnante, la remit sur sa roue arrière d'un coup de fesses, puis fonça pleins gaz sur la grand-route proche où il se perdit dans le flot infernal de la circulation. On meurt beaucoup sur la nationale Malaga-Cadiz. La vie courante s'y frotte de trop près. Des sentiers privés s'y jettent comme des ruisselets dans un fleuve et même des maisons ont leur seuil sur la route.

Lambert sortit sur la terrasse, tenant le pistolet qu'il venait de récupérer. Le scénario prévoyait que l'agresseur abandonnerait son arme, preuve qu'elle n'était pas compromettante pour lui.

Il contempla le déferlement des véhicules qui passaient dans les deux sens avec la même densité. Il convenait de laisser du temps à l'agresseur pour qu'il puisse se mettre à l'abri. De toute manière, Lambert allait fournir de fausses indications à la police, tant sur la couleur de la moto que sur son numéro minéralogique.

Dans le salon, c'était des criailleries de volière. Ces dames étaient sorties de sous leurs casques et, le chef garni de rouleaux, vêtues toutes du même peignoir de couleur mauve, elles menaient une bacchanale ridicule cependant que le maître coiffeur s'excitait sur le combiné téléphonique. Lambert évoqua un tableau de Léonor Fini qui représentait une alignée de donzelles dans un salon de coiffure. Elles ressemblaient à des guerrières de dessins animés d'anticipation.

Lady M. se jeta à son cou.

— Lambert ! Tu as été magnifique ! Je ne me doutais pas que tu étais à ce point courageux !

Il haussa modestement les épaules et dit, en montrant le pistolet à la ronde :

— J'ai vu la mort de près !

Peu de monde parlait le français dans le salon. Lady M. traduisit, ne voulant pas laisser se perdre une aussi bonne réplique. Ce fut comme un signal : aussitôt, les clientes et le personnel se mirent à congratuler Lambert. Il savoura son triomphe de pacotille avec une grande réserve.

« Ah ! Milady, Milady ! Ma tendre sorcière, comme il est facile d'abuser les autres ! Comme ils s'accommodent bien du trompe-l'œil. Les fleurs artificielles leur suffisent, que dis-je :

ils les préfèrent aux autres car on les entretient avec un simple plumeau ! Pas besoin de changer l'eau ! Ils gobent toutes les pilules pour peu qu'elles soient dorées, Milady, chère grande âme perverse ! Le strass est leur véritable luxe. Ils sont prêts à respecter le scarabée sacré, en ignorant qu'il se nourrit exclusivement de merde ! »

Il se laissa administrer des compliments et des tapes reconnaissantes.

— Il n'a pas eu le temps d'emporter les bijoux de mademoiselle ? s'inquiéta Lambert auprès de la jeune manucure.

Pour toute réponse, elle montra le sac ouvert au fond duquel gisait une inestimable quincaillerie d'or garnie de pierres précieuses.

Milady intervint :

— Ce sont les bijoux de la princesse Shérazade, Lambert. Princesse, me permettez-vous de vous présenter Lambert, mon neveu ?

« Tiens, c'est nouveau, Milady ! Neveu ? Et pourquoi pas ? C'est passe-partout et ça laisse place à toutes les suppositions. »

La princesse que l'on avait commencé de dépouiller était une fille dodue, mollasse, au teint très pâle. Elle eut un regard profond pour Lambert. Il y lut très peu de reconnaissance mais une certaine admiration. Elle lui adressa un sourire distant et il s'inclina.

— Je suis honoré de vous connaître, récita-t-il en anglais.

Elle se mit à puiser dans le sac pour y récupérer son bien.

Elle agissait très lentement, avec méthode. En la regardant mettre ses bijoux en place, il eut l'impression qu'elle se rhabillait.

« Seigneur ! cette sacrée pétasse arbi est aussi inerte qu'une crotte de chien sur un trottoir ! Comment peut-on rester maître de soi après une telle émotion ? Je Vous parie, Seigneur, qu'elle garde le cul aussi sec que le cœur. Un garçon pareil, après l'intervention héroïque dont il a fait preuve, on lui saute au cou, princesse ou petite main ! Mais non, regardez-moi cette génisse de mes fesses, Seigneur ! Si, si, regardez-la ! Impavide ! Souveraine ! Un tas de graisse !

Elle n'a donc pas envie de se laisser tringler ? C'est le ramadan perpétuel dans sa culotte ? Petite vérolée, va ! Ah ! tu as l'air fin avec ton tatouage à la con sur le front ! Dis donc, boudin, si tu veux tâter de l'Occident, il va falloir changer de manières ! Tes palais, un de ces quatre, ils deviendront de chouettes casernes, ou bien des hôpitaux, voire des écoles ! C'est prévu pour ta génération, connasse ! *Les Mille et Une Nuits*, y aura plus qu'à Holllywood. Et encore, ça ne marchera plus. La page se tourne. »

La police survint un peu plus tard. Deux bidasses grassouillets, coiffés du ridicule bicorne de carnaval en cuir noir. Ils sentaient la ménagerie et la friture. Ils prirent des notes sur la table de la terrasse, intimidés par la qualité des clientes. Ils se faisaient épeler les noms, les titres, soucieux de ne rien écorcher sur leur rapport. Le gradé félicita Lambert pour son intervention courageuse.

***

Ils dînaient en tête à tête sur la terrasse, Pompilius se trouvait à Paris pour l'exécution de la copie du diadème.

C'était un instant de grande félicité. L'air était doux et tranquille. Le littoral illuminé cernait la mer presque noire d'une gigantesque guirlande jusqu'à Gibraltar dont la masse caractéristique se dressait à l'ouest. L'odeur des « dames de la nuit » commençait à se préciser.

Vers l'infini, là où le ciel plus clair opérait sa jonction avec la mer, on distinguait les fanaux des bateaux de pêche, réfractés par l'eau calme.

Lady M. avait déposé sa cuiller plate dans ses œufs brouillés aux truffes. Le mets se figeait dans la fraîcheur de la nuit.

— Vous ne mangez pas, Milady ? demanda Lambert.

Elle avança sa main déformée sur la sienne, après avoir écarté la poivrière. Le contact était froid.

— Les vieux doivent se méfier du repas du soir.

— Vous semblez triste, nota le jeune homme, est-ce parce que le scénario de tantôt n'a pas répondu à notre attente ?

— Ce n'est pas une opération blanche, assura-t-elle. Elle te permettra en tout cas d'être bien accueilli chez Mouley Driz, le 16.

— Nous espérions mieux, objecta Lambert. Cette fille est inerte comme un chaudron de couscous !

— Il reste encore plein de Moyen Âge dans la vie de ces princesses. Pour une qui roule en Ferrari, il en est huit qui demeurent voilées. La grosse Shérazade appartient à la troisième catégorie, celle qui est en cours d'affranchissement. Elle a le droit d'aller chez le coiffeur, mais pas celui d'adresser la parole à un inconnu, quand bien même il vient de l'arracher des mains d'un brigand.

Elle agita la sonnette d'argent et le valet vint servir le plat suivant.

— Vous tenez tellement à ce diadème ? chuchota Lambert quand le domestique se fut retiré.

— Plus encore !

— Pourquoi ?

— Parce qu'il constitue ton épreuve, mon chéri. Tu dois me démontrer que je ne me suis pas trompée sur ton compte.

— Si ça foire, vous ne m'aimerez plus, Milady ?

— N'emploie plus des termes comme « foirer », Lambert. Garde-les pour tes soliloques intimes. Cela dit, je dois te complimenter car la qualité de ton langage est en net progrès.

Il y eut un silence.

— Vous n'avez pas répondu à ma question, Milady : si je subis un échec, cesserai-je de vous intéresser ?

— Je l'ignore, petit. Je ne peux préjuger des sentiments qui découleraient de ma déception.

« Seigneur, est-il attendrissant, ce jeune daim ! Moi, ne plus l'aimer ! Mais il chierait sur cette table que je continuerais de le chérir comme une folle, ce bandeur exquis. Oh ! Seigneur. Pas encore tout à fait homme et déjà parfaitement con ! Il croit qu'une femelle peut cesser d'adorer son élu pour une vétille ! Mais il est niais ou quoi ? Quel connard m'avez-Vous foutu dans les pattes, Seigneur ! »

Lady M. possédait des chiens : un couple de King-Charles aux yeux proéminents avec des touffes de poils hirsutes. Comme elle ne tolérait leur présence qu'à dose homéopatique, ils passaient le plus clair de leur temps à l'office. Ils se mirent à aboyer férocement, ce qui indiquait une visite. Effectivement, il y eut un coup de sonnette dans le hall. Peu après, le valet de chambre philippin apparut, portant un paquet et une lettre sur un plateau d'argent.

— De la part du prince Mouley Driz, annonça-t-il, son secrétaire attend une réponse à la lettre.

Sur l'enveloppe, on avait calligraphié en belle ronde d'apparat pour carton officiel :

à Monsieur

Monsieur le neveu de Sa Grâce Lady Mackenshett.

Elle décacheta le pli et le tendit avec un petit sourire à Lambert.

— Lis ! ordonna-t-elle.

Il abaissa le message devant le photophore et lut à haute voix :

— *Le prince Mouley Driz vous exprime sa plus vive reconnaissance. Il vous prie d'accepter ce petit souvenir et serait comblé si vous consentiez à venir dîner demain soir en son palais de Marbella.*

Lady M. était en train de défaire le paquet. Elle découvrit un écrin Cartier en similicuir rouge et elle l'ouvrit elle-même. Une montre d'or sertie de brillants lui offrit une heure hors de prix.

— Allez dire au secrétaire du prince que M. Lambert se fera une grande joie de se rendre à l'invitation de Son Altesse.

Puis, poussant l'écrin vers Lambert, elle ajouta :

— Tu vois bien que rien n'est perdu !

SUISSE

11

Lorsque Adolphe Ramono sortit de la Gewerbe Kredit Bank, une petite pluie fine tombait sur Zurich. L'ayant pressentie, Ramono s'était muni d'un vieil imperméable constellé de taches, qu'il enfila au sommet du perron majestueux, profitant de l'auvent en verre cathédrale. Il boutonna soigneusement le vêtement, allant jusqu'à assurer la petite languette qui fermait le col. Il enfonça ensuite ses énormes mains d'étrangleur dans les poches ; elles pouvaient plonger profondément car ces dernières étaient trouées. C'est Ramono qui en avait supprimé le fond afin de pouvoir accéder à d'autres poches rapportées dans la doublure du trench-coat et qui contenaient un matériel très varié. Quand l'imperméable était boutonné, comme à présent, le bonhomme se sentait à l'abri d'une forteresse. Il disposait d'un bric-à-brac pourtant très étudié, classé selon des priorités d'intervention. Il trimbalait ainsi : un minuscule mais très performant appareil photographique, deux seringues chargées du liquide à injecter, un passe-partout sophistiqué, de la pâte destinée à prendre des empreintes de serrures, un couteau dont la lame rentrait dans le manche et en jaillissait sur simple pression, une petite torche électrique au faisceau intense, une bobine de fil de nylon pouvant résister à une charge de cent kilogrammes, des ampoules à peine plus grosses que des noisettes et qui contenaient un gaz soporifique extrêmement puissant. Son étrange panoplie s'achevait par un sachet de poivre moulu.

L'homme à la forte mâchoire descendit posément l'escalier et se mit à déambuler dans l'artère principale bordée de magasins de luxe. Il détestait Zurich dont l'ambiance germanique dérangeait son humeur latine. Il jugeait les vitrines raides et sans grâce. Pourtant, il s'arrêta devant une boutique où se trouvait exposée une profusion de dessous féminins.

Adolphe Ramono était sensible à la lingerie pour dames qui déclenchait ses fantasmes. À peine eut-il porté les yeux sur les slips et les soutiens-gorge étalés qu'il imagina les corps susceptibles de les porter et il y eut rapidement un grouillement de filles lascives dans la devanture. Des démones en folie se tordaient comme un boisseau de serpents. Bras et jambes s'entremêlaient, de larges bouches peintes lançaient des cris de volupté et une infinité de charmants culs pommés sous les dentelles noires dansaient une gigue éperdue.

Adolphe sentit qu'un filet de bave sourdait aux commissures de ses lèvres de batracien. Il le torcha d'un revers de manche et poursuivit sa route.

Ses hantises sexuelles lui avaient mené la vie dure, jadis, le conduisant même à de fâcheuses exactions. Mais depuis l'apparition de la vidéo, les choses allaient mieux, car elle lui permettait de se projeter des films pornographiques lorsque ses pulsions devenaient insistantes. Il appelait cela ses soirées de gala. Elles s'achevaient pourtant tristement dans l'onanisme ; mais Ramono se pliait à ce plaisir résigné. Question de discipline. Sa paix sexuelle était à ce vil prix.

Lorsqu'il eut parcouru quelques centaines de mètres, la pluie le découragea et il monta dans un tramway. Le lourd véhicule le conduisit jusqu'à la rive du lac. Ramono choisit un restaurant de moyenne catégorie dont la vaste enseigne gothique l'inspirait. Le service n'était pas commencé et il dut attendre à une table, près de la baie vitrée. Le lac paraissait triste sous la pluie. Les bateaux ressemblaient à quelque troupeau hébété et l'horizon très court se diluait dans une brouillasse plutôt automnale.

Ramono avait tenu à conserver son imperméable, lequel, posé sur le siège d'en face, lui tenait lieu d'interlocuteur. Il profita du temps mort pour consulter les différentes notes rassemblées à la Gewerbe Kredit Bank. Le laissez-passer dont il disposait lui avait valu un accueil courtois et il avait pu interroger à loisir les gens susceptibles de l'aider dans ses recherches. Les personnes qui s'étaient occupées de l'ouverture du compte lui avaient fourni un signalement très fouillé de Mme Ruth Ferguson : une très vieille femme portant une perruque brune et de grosses lunettes à monture d'écaille qui écrasaient son visage. Elle se déplaçait péniblement à l'aide d'une canne anglaise. Avant ce transfert de quatre millions émanant de la Briegger Bank de Berne, le compte n'avait jamais servi. La somme n'avait fait que transiter à Zurich car, dès le surlendemain, un ordre de virement l'avait réexpédiée chez un *broker* de Londres. Ramono s'imaginait déjà débarquant dans la capitale anglaise et forçant les bureaux de Landon and Frank's pour mettre la main sur le dossier Ferguson. Une entreprise désespérée car Adolphe connaissait le machiavélisme britannique en matière de protection. Heureusement, il avait été servi par son esprit de déduction.

Comme il traversait l'immense hall marmoréen de la banque, il avait repensé à la béquille de la cliente. Il s'arrêta devant la petite table où se tenait un gros homme en uniforme chargé de renseigner les visiteurs et lui demanda s'il se rappelait la personne dont on venait de lui dresser le portrait. Le préposé se souvenait parfaitement de la cliente. Il s'était précipité pour lui ouvrir la porte et lui avait demandé ensuite si elle avait besoin de son aide pour descendre le perron. Elle avait décliné l'offre, assurant qu'elle préférait se débrouiller toute seule. L'employé avait néanmoins attendu qu'elle ait descendu les degrés pour rentrer, ce qui lui avait permis de voir s'avancer une Rolls noire, conduite par un vieux bonhomme. Le véhicule s'était rangé devant le perron et la vieille dame y avait pris place. Elle était montée à l'avant, ce qui indiquait que le conducteur n'était pas un chauffeur professionnel.

Dans la région des cuisines une effervescence annonçait que le service allait commencer. Un petit serveur italien enfilait sa veste d'un double mouvement des épaules, attrapait un menu relié de cuir sur une pile et s'avançait vers la table de Ramono.

— Quelle est la spécialité de la maison ? questionna celuici en italien.

Le serveur hocha la tête.

— L'émincé de veau aux röstis, naturellement, fit-il d'un ton chagrin.

— D'accord, dit l'homme à la grosse mâchoire. Vous me servirez également trois décis de rouge et je commencerai par une salade nature.

— Elle est comprise avec l'émincé.

— Parfait.

Il regroupa ses notes. Il les avait prises en latin et rédigées d'une écriture bizarre que lui seul pouvait relire.

Il éprouvait pour le gros préposé de la banque, boudiné dans son uniforme, quelque chose de plus que de la reconnaissance, cela ressemblait à une obscure tendresse.

Ce type lui avait mâché le travail en précisant que la fameuse Rolls était immatriculée à Genève.

MARBELLA

12

Le prince Mouley Driz était un homme encore jeune, au regard caressant. Malgré son léger embonpoint, il ne devait avoir aucun mal à séduire les filles que l'odeur des pétrodollars chavirait. Un léger strabisme accentuait son charme. Il portait un complet léger, en soie noire, qui accusait fâcheusement ses bourrelets. Une barbe d'un brun brillant paraissait emboîter le bas de son menton. Il avait la voix et le geste lents. Un solitaire d'une bonne douzaine de carats étincelait à son médius droit tandis qu'un long fume-cigarette fait d'ambre et d'or dépassait de la poche supérieure de sa veste.

Lambert s'attendait à un repas familial, aussi fut-il décontenancé en découvrant une foule d'invités dans l'immense salon mauresque. Ne connaissant personne, il alla se réfugier dans un salon d'été contigu, réalisé par un savant jardiniste. L'on avait composé avec la nature, laquelle pénétrait dans le palais presque spontanément. Des essences, inconnues du jeune homme, s'entremêlaient pour partir à l'assaut des murs que l'on ne distinguait plus. Des compositions florales où dominaient les rosiers cernaient des vasques de marbre blanc dont les jets d'eau répandaient une capiteuse fraîcheur. Des spots aux lumières pastel renforçaient la délicatesse des fleurs. Jamais Lambert n'avait vu de lieu plus délicat ni plus suave. Il pensa aux bidonvilles qui devaient pulluler dans le pays du prince Mouley Driz ; se rappela des étals de bouchers couverts de mouches devant lesquels il s'était longuement attardé lors d'un voyage au Moyen-Orient. Autour de lui, quelques Arabes en djellaba discutaient à voix basse, s'étant marginalisés des autres invités occidentaux. Deux domestiques chargés de plateaux vinrent proposer des boissons à Lambert, mais il refusa afin de conserver les mains libres. Il allait être amené à échanger des saluts et il se sentait encore trop emprunté pour le faire en tenant un verre plein. Mais, contre toute attente, personne ne s'occupa de lui.

« Milady, chère fleur desséchée, dans quelle galère m'entraînez-vous, chouette immonde ! Que branlé-je dans ce palais de misère, dont le luxe me donne envie de me frapper sur les cuisses ? Vous y tenez tant que cela à ces cailloux, rombière ? Mais qu'est-ce que j'attends dans cet univers loukoum ! Je hais l'architecture mauresque, Mammy Blue. Elle est à chier, elle me meurtrit ! Chez mes parents, c'est meublé fruitier provincial : noyer, cerisier, gentiment concon, mais sans mauvais goût. Il y a des réminiscences provençales : maman est de Nîmes. De la cretonne, des plantes vertes en bac : philodendrons, caoutchoucs. Et moi, tout seul dans ce misérable palais matuvuiste où personne ne s'intéresse à moi. Je crois seulement avoir aperçu le prince de mes couilles en entrant, sans être certain que ce soit lui ! Et dans cette bâtisse je vais devoir subtiliser un diadème sur la tronche ahurie de cette grosse connasse de fatma ! Dans quel funeste tourbillon m'emportez-vous, claudiqueuse béquillante ? Oh ! mais je vais bien finir par m'arracher à ce mauvais rêve, momie détortillée ! Je vais me réveiller, prendre mes jambes à mon cou, et vous laisser mariner dans votre pré-agonie, comme de la carne faisandée dans la saumure ! Subjugué, c'est bien joli, mais ça ne dure pas. Un jour on s'ébroue. Infailliblement, l'instant arrive où l'on se demande comment l'on a pu supporter cela, aimer cela ! Je vous suis attaché, femelle déshydratée, mais il n'est de lien qui ne se tranche ou se dénoue. »

Un gong résonna quelque part. Son ample et mou à la fois, onctueux. Par des baffles invisibles une voix qui semblait perpétuer les sonorités du gong, se fondre dans sa mourance, avertit en arabe, en anglais et en espagnol que le dîner était servi.

***

Les caractères noirs sur un carton doré n'étaient pas aisés à lire. Lambert déchiffra le sien dont le texte était plus long que les autres :

« Monsieur le neveu de Sa Grâce Lady Mackenshett. »

Ridicule et pompeux. Ampoulé.

Contrairement à ce à quoi il s'attendait, sa place ne se trouvait pas en bout de table, mais presque dans le milieu. L'assemblée était composée uniquement d'hommes. Lambert se trouva entre un très vieil Arabe à cheveux blancs et un avocat espagnol à tête de viveur triomphant. Il salua ses voisins. Le vieillard et le maître parlaient mieux le français que Lambert l'anglais.

Le prince (décidément, il ne s'était pas trompé) présidait, entre deux personnages surdécorés. L'un d'eux, dont la tignasse en bataille grisonnait, devait être américain, cela se reconnaissait à ses taches de son et à son maintien détendu.

Le prince avait attendu que tous ses invités eussent trouvé leurs places ; lorsque chacun fut installé, il ne s'assit pas pour autant car il désirait prendre la parole.

— Honorables hôtes, dit-il en anglais, je vous remercie de participer à cet humble repas qui, au fil des années, devient traditionnel puisqu'il nous réunit chaque mois de juin. J'ai appris avec tristesse la disparition du marquis Fernando de la Bianco de Estrémadure et je salue sa mémoire. Ce soir, vous devez être surpris de trouver à cette table un tout jeune homme. J'ai voulu l'honorer en le présentant à cette auguste assemblée. Il s'agit du neveu de ma chère amie Lady Mackinshett, qui, hier, avec un courage qu'on rencontre peu souvent de nos jours, s'est jeté sur un bandit qui dépouillait ma fille bien-aimée de ses bijoux et l'a mis en fuite. Vous avez dû lire le récit de cet exploit dans les gazettes d'aujourd'hui.

Il désigna Lambert écarlate de confusion, et se mit à l'applaudir, imité par toute la tablée. Lambert ne savait quelle attitude adopter. Il se leva à demi et s'inclina en direction du prince.

« Milady ! Si je m'attendais ! Ce type qui ne m'a même pas salué lors de mon arrivée ! Le voilà qui balance tout un laïus sur ma pomme devant ces vieux crabes ! Je n'en espérais pas tant ! Dans quel étrange univers vivez-vous, Milady, vétuste chérie ? L'aventure, ça existe donc encore ? »

Il subissait tant bien que mal le magnétisme de ces visages braqués sur lui ; gueules de courtisans jamais repus. Ils aspiraient sa substance, sa jeunesse, ce courage célébré par le prince. Ils le dépeçaient mentalement, voulant chacun accaparer une parcelle du héros.

Le prince s'assit. Lambert fit de même.

« Et dire qu'il ignore mon nom de famille ! songea-t-il en regardant le carton doré. »

***

Sans doute, parce qu'il ne comportait que des hommes, ce dîner ressemblait à un repas de club. On eût dit la réunion de quelque section du Rotary. Lambert écoutait de son mieux, captant ce qu'il pouvait de la conversation générale qui s'opérait en plusieurs langues d'où le français était banni. Il était beaucoup question d'affaires. Le jeune homme crut comprendre que Mouley Driz projetait de vastes opérations immobilières dans la région. Certains des Espagnols présents, dont son voisin avocat, pronostiquaient une échappée de l'engouement international en direction de Gibraltar. Une migration des promoteurs immobiliers commençait déjà la marche vers l'ouest. Tous les bâtisseurs, n'importe les pays, se dirigent vers l'ouest. C'est là une sorte de loi d'espèce. Quelque chose d'aussi inexorable que le départ de certains oiseaux à l'automne.

À un certain moment, le maître lui demanda dans quel genre d'activités il sévissait, Lambert domina son embarras et répondit qu'il s'occupait de Bourse avec « sa tante ». Comme l'autre connaissait mal la question, sa curiosité tourna court.

Après le repas qui lui parut interminable, Lambert profita de la confusion du « lever de table » pour s'approcher du prince. Mouley Driz posa sur lui un regard impénétrable, moins sombre qu'on ne l'imaginait quand on se trouvait à quelque distance de lui. En fait, il possédait des yeux presque verts, mais sertis de noir.

Le protégé de Lady M. remercia le prince pour sa montre. Son interlocuteur parut se souvenir à peine de son cadeau. Il murmura « ce n'est rien » d'un ton cassant qui déconcerta Lambert. Il comprenait mal que l'altesse lui fît ce somptueux cadeau, qu'elle l'invitât à ce repas pour célébrer ses mérites et qu'elle eût cette attitude quasi blessante aussitôt après. On eût dit qu'il avait froissé le prince en lui exprimant sa gratitude. Peut-être la chose ne se faisait-elle pas dans cet univers si particulier ?

Déçu, il profita de la débandade générale pour aller étudier le jardin. Lady M. lui avait expliqué que, le jour de la fête, la vaste piscine serait recouverte d'un plancher sur lequel on étalerait des tapis de rêve. Sur cette plate-forme improvisée, on dresserait le buffet. Le feu d'artifice serait tiré depuis la pointe extrême d'un encorbellement et, de fait, l'on avait déjà commencé, vu l'imminence des réjouissances, à dresser des praticables en tubulures ajustables. Les invités se presseraient entre l'eau et l'aire de tir. Ce point de vue dégagé leur permettrait de ne rien perdre de la féerie pyrotechnique.

Lambert se rendit sur l'esplanade. De part et d'autre, des pins parasols formaient deux boqueteaux qui ajoutaient à la splendeur de la vue. Ils encadraient le panorama marin et en dégageaient la grandeur.

Étant l'héroïne de la soirée, la princesse Shérazade se tiendrait probablement au premier rang, flanquée d'une cour empressée.

« Putain de Milady ! Sale carne abjecte ! Comment voulez-vous que je m'approche de cette oie grise, que je lui retire son diadème et le remplace par un autre ? »

Sur les lieux, le projet lui paraissait irréalisable. Il était d'une telle utopie qu'il avait honte de l'avoir conçu.

Comme il sombrait dans une amertume proche du désespoir, la piscine s'illumina derrière lui. Ce fut un brusque embrasement. Elle était éclairée de l'intérieur et sur son pourtour, grâce à des dalles de verre habilement mariées aux opus incertum.

Un groupe de jeunes gens et de jeunes filles s'échappèrent en riant des cabines aménagées près de l'eau. Ils se bousculèrent pour accéder au plongeoir. Lambert comprit qu'il devait s'agir des enfants du prince et de leur amis. Filles et garçons étaient arabes, leurs âges se succédaient de dix à vingt ans, voire davantage. Il reconnut Shérazade dans le lot. Plus réservée que ses frères et sœurs. Peut-être parce qu'elle était la plus dodue ?

Cette jeunesse se précipita dans l'onde illuminée en poussant des cris gutturaux.

« Le boudin à détrousser est là, Milady. Une grosse tourte empotée qui a déjà du ventre comme après douze maternités ! Elle va être flambante avec sa couronne sur la tronche, la princesse ! Vous parlez d'une moukère ! Ah ! vous donnez de ces gages, bougre de vieille chaussette ! Il va se faire coincer, le héros ! S'il tente le moindre geste malencontreux, les sbires de Son Altesse lui sauteront sur le poil ! »

Il contempla un moment, de loin, les ébats des jeunes gens ravis par leur bain de minuit. Qu'on soit fils de prince ou de concierge, la flotte crée chez tous la même excitation. Probablement que quelque chose se souvient en nous que nous avons été poissons ?

Écœuré, Lambert retourna dans les salons où, déjà, les convives commençaient à prendre congé, bien que les soirées se prolongeassent tard en Espagne. Il se sentait seul et banni, et regrettait les pédalos et les planches à voile du *Tropic Hôtel.*

***

Une sombre fureur l'agitait lorsqu'il se déshabilla. Il en voulait à la terre entière de son impuissance. Comme il finissait de se brosser les dents, le téléphone de sa chambre sonna. Il reconnut le ronfleur de la ligne intérieure.

C'était Lady M. qui venait aux nouvelles.

— Alors, comment cela s'est-il passé ?

— Pas bien ! bougonna-t-il.

— Viens me voir !

Elle raccrocha. Lambert enfila une robe de chambre pour se rendre chez la vieille. Milady occupait une vaste pièce précédée d'un dressing-room dans lequel une famille modeste aurait pu trouver asile.

Son lit peint à baldaquin, du XVIIe, d'origine toscane, se dressait sur un podium de deux marches qui ajoutait à sa majesté grandiloquente.

« Vous avez la folie des grandeurs, sombre duègne de Milady ! L'apparat, la pompe, l'encens, vous vous en grisez, ma vieille Rossinante ! Vous vous embaumez dans ce bric-à-brac ennuyeux. *Remake* de *Sunset Boulevard !* Ça ajoute quoi à votre triste vie, ce plumard de reine en exil ? Et ces meubles que vous prétendez "signés" ? Ils sont chiants comme la pluie, funèbres à cause de vous ! »

Il s'arrêta à deux pas de la porte, impressionné par l'extravagance de l'endroit. Milady paraissait minuscule et dérisoire dans son grand lit sur les panneaux duquel se lutinaient des angelots faussement Renaissance. La note qui mettait un comble à cette vision, c'était la canne anglaise debout contre le montant de la couche baroque. La pièce sentait l'agonie lente, le déodorant, le triste.

Elle n'était éclairée que par la lampe de chevet insuffisante à combattre les ombres hostiles rassemblées dans l'immense chambre.

— Pourquoi n'approches-tu pas, petit d'homme ? Je t'intimide ?

Il s'avança jusqu'au bas des deux marches gainées de moquette fauve. Milady l'impressionnait jusqu'à lui causer un malaise physique. Sur son oreiller, sa tête paraissait réduite comme celles que traitent les Indiens jivaros. Ses cheveux teints composaient une étrange auréole d'or autour d'un masque mortuaire. La pénombre creusait ses orbites, ses joues, sa bouche entrouverte. Dépourvue de ses fards, elle avait la peau cireuse.

Elle lut dans le regard du jeune homme, ou plutôt s'y entrevit comme sur une surface réfléchissante.

— Je ne suis pas belle à voir, n'est-ce pas ? C'est le bout de la nuit !

— Pourquoi dites-vous ça ?

— Parce que c'est la réalité. Parle-moi de ta soirée.

Il lui décrivit le repas de notables, l'éloge que le prince avait fait de lui et sa froideur après le repas.

— Et cela t'inquiète ! On voit que tu ne connais pas encore les grands de ce monde ! Ils restent inaccessibles, surtout quand ils sont arabes ! Il n'y a pas plus capricieux, hautains, dominateurs. C'est à cause de leur comportement que le peuple, de temps à autre, flanque le feu à la société. Ton acte de pseudo-héroïsme t'avait grandi de dix centimètres, mais tes remerciements t'en ont fait perdre vingt. Cela dit, il y a autre chose ; assieds-toi sur mon lit, je ne te violerai pas, et parle-moi franchement !

Il obéit, posa ses fesses contre le matelas. Les pans de sa robe de chambre s'étaient écartés.

« Oh ! Seigneur : ces cuisses musclées, couvertes de poils d'or. Qui possédait des cuisses pareilles, jadis ? Voilà que je perds la mémoire de mes amants ! Mieux vaudrait perdre la vie ! Seigneur, rafraîchissez mes souvenirs ! Qui avait ces cuisses dorées, dures comme bronze ? Je partais des genoux et je mâchais ses poils en remontant. Ensuite, je lui léchais les couilles. Oh, pas la petite languette mutine et bricoleuse ordinaire. Non, non : du grand travail. Je prenais chacun de ses testicules dans ma bouche. Pourtant je ne l'ai pas si grande que ça, à première vue ! Mais ce qu'elle peut devenir extensible, celle-là ! Autant que ma chatte, Seigneur.

D'ailleurs, Vous le savez bien, l'une et l'autre ont absorbé les mêmes queues phénoménales !

« Ah ! si j'avais pu prévoir que je vieillirais, j'en aurais pris bien davantage. Vous allez me dire, Seigneur, qu'en ce jour, je ne serais pas plus avancée, du moins ma mémoire serait archicomble.

« Ça y est ! je me souviens des cuisses dures aux poils blonds : le tennisman suédois de La Baule, avant la guerre. Il était moniteur au club que je fréquentais. J'arrivais dans une Delahaye décapotable, grise et noire. Je portais une jupette froufroutante, une culotte blanche de ballerine. Je ressemblais à une ballerine, n'est-ce pas, Seigneur ? J'en avais la grâce aérienne. Je me servais de ma raquette comme une conne, n'ayant jamais été très portée sur le sport, mais on oubliait les balles que je ratais en voyant mon cul exquis.

« Ce diable de moniteur a été long à emballer. L'amour n'était pas sa tasse de thé car il ne regardait l'existence qu'à travers les mailles de sa raquette, l'imbécile heureux. Mais quelles cuisses ! J'en mourais de convoitise. Quand, en dehors des leçons, nous conversions, il ne me parlait que de ma voiture. Tant et si bien qu'un jour, comme il disposait d'un temps mort à la suite de la défection d'un élève, je lui ai proposé une promenade. Sa joie ! Un môme ! Je crois que j'ai failli aimer la Bretagne, cet après-midi-là.

« Je me rappelle un chemin désert serpentant sur la lande jaunie par les genêts. Le chromo habituel, Seigneur. Ça aide. Je me suis arrêtée au bord d'un bout d'étang ou de marais où foisonnaient gibier, anguilles et ajoncs. La Bretagne, je Vous dis ! Il y avait même un calvaire de granit à l'horizon, avec Vous crucifié, ô cher Seigneur de tous les sacrifices !

« Un vent mutin courbait les roseaux et retroussait les plumes des canards sauvages. Cette félicité, putain ! J'ai posé ma main sur sa jambe. C'est con, un Suédois, si Vous saviez, Seigneur ! Je comprends que les filles de là-haut viennent se faire tirer ici ! Un séminariste aurait réagi à ma caresse. Ce veau blond est demeuré immobile, coincé.

« J'ai hésité à poursuivre. Je voyais arriver le moment où il allait m'obliger à retirer ma main. Mais moi, Vous me connaissez, Seigneur ? Jamais froid aux yeux. Quitte ou double ! Je me suis faufilée sous son short. Il a fini par bander, le beau Scandinave. De la bite passe-partout, Seigneur, si Vous voyez ce que je veux dire ? Mais enfin, on fait avec ce que l'on trouve. Ce serait trop beau de pouvoir sélectionner, faire son choix comme au marché pour les melons !

« Je ne sais pas, Seigneur, s'il Vous est arrivé de rouler à bord d'une Delahaye décapotable ? Si oui, Vous devez savoir que ces fabuleuses automobiles ne lésinaient pas sur l'espace réservé aux passagers.

« J'ai dépouillé le grand glandeur de son short et de son caleçon court (à l'époque, vous devez vous en souvenir, vous autres, mâles, portiez des caleçons !). Il était abasourdi. Un benêt bandant ! Grâce à cet espace dont on disposait, j'ai pu m'installer entre ses superbes jambes, à genoux sur le plancher ! Ce régal ! Il sentait bon le sable chaud, mon Viking ! Dans un sens, son silence guindé m'excitait. Quand on est salope comme je le suis, Seigneur, on tire parti de toutes les réactions masculines. Me le pardonnerez-Vous quand Vous me sommerez de comparaître ? Oui, je le sais. Bon à ce point, que pourrait-on craindre de Vous ? Pour Vous en souvenir, Seigneur, j'ai encore le goût de ses poils que je broutais. Ah ! le fabuleux pâturage ! J'ai remonté le long de ses cuisses. Il me restait de sa pilosité entre les dents. Suave ! À la fin, j'ai pris en bouche l'un de ses testicules : le plus fort. Vous parlez d'une poire d'angoisse ! Il redoutait que je le morde, ce ballot ! J'aurais dû : un Suédois ! »

Elle restait immobile sur son oreiller. Si réduite et fragile ; le regard perdu !

« À quoi pensez-vous, Milady ? Sur quelle mer lointaine êtes-vous en train de naviguer ? Vous avez l'air perdue, vous conservez une expression heureuse. Oh ! comme vous êtes une petite créature en bout d'existence. Couchée et démaquillée, il ne subsiste plus de vous que votre regard et votre odeur. Pauvre momie si riche encore d'énergie ! Vous me faites de la peine. Prenez mon bras, pauvre rapace déplumé et retournons marcher dans la mer ! »

Ils demeurèrent longtemps sans parler, étreints qu'ils étaient par des émotions fort diverses.

Lentement, Lady M. sortit un bras de sous la couverture et posa sa main sur le mollet de Lambert.

— Vas-y, dis-moi ce qui t'affole, car tu es paniqué.

— Je suis incapable de dérober votre sacré diadème, Milady. J'ai bien étudié les lieux, je ne vois pas comment je pourrais m'y prendre.

Elle sourit et sa main caressa la jambe du jeune homme.

— Demain, Pompilius va ramener la copie du diadème. Il faudra faire coudre, à l'intérieur de ton smoking, dans la partie basse, une grande poche où tu la tiendras à disposition. Il est indispensable que tu n'aies qu'un simple geste à faire pour t'en saisir, tu me suis ?

— Et après ?

— Rien. Ce sera à toi d'aviser. Si une opportunité se présente, tu agiras ; sinon, tu devras renoncer.

« C'est le genre d'exploit qu'on ne peut pas réaliser si les circonstances n'y mettent pas du leur. Il est impossible de prévoir l'imprévu, comprends-tu ? Mais l'imprévu se produit toujours ! »

Lambert perçut un bruit dans la pièce et tressaillit.

— Laisse, fit-elle, ce sont les deux King-Charles qui dorment sous mon lit. Je les ai dressés au silence, pourtant il arrive qu'ils se grattent : même chez les chiens dressés, une démangeaison ne se réprime pas.

Elle retira à regret sa main de la jambe musclée. Ce mouvement constituait une invite à prendre congé, il le comprit, cependant il ne broncha pas. Elle était la cause de son angoisse et c'était elle qui l'en guérissait. Lambert se serait volontiers allongé au pied du lit, sur le praticable, près des chiens silencieux. Il acceptait avec une sombre délectation d'être le bouffon de cette souveraine au règne aussi interminable que celui de Victoria.

***

Pompilius sortit de l'aéroport de Malaga et fut ébloui par le soleil déchaîné qui embrasait l'Andalousie. Il avisa Hung, le chauffeur, debout devant la Rolls et en éprouva un intense contentement.

Il avait pour tout bagage un attaché-case Vuitton. Le chauffeur s'empressa de le lui prendre. Pompilius le regarda placer la mallette dans l'immense coffre de la Phantom, puis il lui tendit un billet de dix mille pesetas.

— Je conduirai pour rentrer, Hung, prenez un taxi et attendons-nous au bar de Dom Pepe, d'accord ?

Le domestique prit la coupure et eut un assentiment muet avant de se diriger vers la file des taxis en attente. Pompilius appréciait la docilité du chauffeur. De longue date, il avait habitué le personnel de leurs différentes résidences à ce genre de complaisance. Tous les employés s'y prêtaient de bonne grâce et même paraissaient prendre un malin plaisir à faciliter les frasques du bonhomme.

Pompilius guettait la sortie de l'aéroport en faisant tourner les clés de la Rolls au bout de son index. Au départ de Paris, il avait lié connaissance avec une jeune fille délurée, au regard provocant, bardée d'un attirail de tennis sur lequel elle veillait avec soin. Elle était très brune. Sa bouche sensuelle et ses yeux d'or avaient immédiatement fasciné l'ancien diplomate. Elle portait une jupe-culotte blanche et un sweat-shirt de coton jaune qui mettait en valeur sa peau ocre. Comme l'avion n'était pas plein, Pompilius avait renoncé à son siège numéroté pour s'installer au côté de la jeune donzelle. Il avait l'art d'engager la conversation, et ses manières délicates plus encore que son âge inspiraient confiance aux femmes. Le Roumain savait offrir un bonbon sans paraître ridicule. Il traînait toujours dans l'une de ses poches quelque boîte de pastilles anglaises à l'aspect si engageant qu'on ne pouvait y résister. En réalité, si la boîte était britannique, son contenu provenait d'une sordide officine de Hong Kong tenue par un vieux Chinois momifié. Lors d'un voyage en Asie, Pompilius était entré dans cette boutique d'alchimiste, pleine de serpents macérant dans l'alcool, de langues de lézards desséchées, de plantes déshydratées, de minéraux aux pouvoirs magiques. Il avait longuement conversé avec le vieillard – l'âge crée des sympathies complices – et lui avait demandé s'il disposait de produits aphrodisiaques. Avec le plus grand sérieux, le magot parcheminé lui avait présenté des espèces de pastilles d'une teinte bleue, jaspée, en l'assurant de leur effet irrésistible. Pompilius en avait tâté avant de se rendre chez *Miss Lola*, l'un des bordels les plus réputés de la péninsule de Kowloon et avait eu la preuve que le boutiquier chinois ne mentait pas. Il s'était empressé de se constituer un stock de la précieuse denrée. Depuis lors, il ne se déplaçait jamais sans en avoir sur soi.

La passagère avait suçoté consciencieusement le « bonbon ». Pompilius avait cru discerner par la suite chez elle un certain énervement. Il continuait de lui parler de sa belle voix mondaine, chaleureuse et feutrée. Leurs genoux s'étaient joints sans qu'elle retirât le sien.

Elle se rendait à Marbella, chez des amis pour y passer une quinzaine de jours. Serait-elle attendue à l'aéroport ? Non, car elle n'avait pas donné le numéro de son vol. Pompilius avait sauté sur l'occasion. Il disposait d'une voiture et se ferait un bonheur de lui faire parcourir les soixante kilomètres séparant Malaga de Marbella.

Comme elle devait attendre ses bagages et que leur livraison manquait de rapidité, il poireauta un bon moment dans la dure lumière de l'après-midi, stoïque dans son complet de flanelle grise, sans songer un instant à dénouer sa cravate. Des décorations, parmi lesquelles figurait la rosette de la Légion d'honneur, ornaient son revers. Il s'exhortait à la patience en songeant aux jambes exquises de la jeune personne. Des projets salaces lui venaient, qu'il n'osait développer, craignant de subir un échec. La fille apparut enfin, son sac à raquette dans le dos, attelée à deux valises munies de roulettes qui l'obligeaient à prendre une posture ridicule. Il se précipita, l'aida avec son brio coutumier. Quand elle découvrit la Rolls-Royce ancienne, elle eut un émerveillement de gamine.

— C'est la première fois que je vais monter dans un carrosse pareil, avoua-t-elle ingénument.

— Je suis particulièrement heureux de vous en faire les honneurs. D'ordinaire j'ai un chauffeur, mais pour venir à l'aéroport je préfère conserver ma liberté de manœuvre.

Les valises pesaient lourd et il eut du mal à les loger dans le coffre ; il dissimula de son mieux sa faiblesse, la faisant passer pour la gaucherie d'un homme habitué à être servi. Il brancha la climatisation et, très vite, une température suave leur fit oublier la fournaise d'où ils sortaient.

— Ça sent le vieux cuir, dit-elle avec volupté.

Pompilius jubila intérieurement, estimant que « les choses » se présentaient bien pour lui.

Il fallait emballer doucement. Bien établir – sans en faire trop – sa position d'homme du monde, fortuné et épicurien. Pour se rassurer, il se regardait avec complaisance dans le rétroviseur panoramique, trouvant aristocratique son visage allongé. Depuis l'aube de sa vie, on lui avait inculqué le sens du comportement. Sa mère était une personne de la noblesse roumaine et lui en avait appris les usages. À l'âge de six ans, il avait eu une gouvernante anglaise, puis un précepteur français qui avait déjà exercé dans toutes les familles huppées de Bucarest.

— Je ne m'attendais pas à regagner Marbella en aussi merveilleuse compagnie, assura-t-il.

Il s'était déjà présenté et elle avait sur-le-champ oublié son nom barbare. Par contre, il se rappelait parfaitement le sien : Noémie Fargesse. Elle travaillait comme script à la télévision, sur la 2. Elle était passionnée de tennis et fréquentait le Racing ; elle espérait être classée un jour prochain. Il se moquait de ces foutaises. Macho, il détestait que les filles eussent des hobbies. Il feignit pourtant de s'intéresser aux exploits de Noémie.

Il attendait d'avoir franchi la zone populeuse de Torremolinos avant d'engager le fer. Les nombreux feux tricolores émaillant la route n'étaient pas propices à ses savantes entreprises.

Ils parcoururent la longue agglomération grouillante de touristes : vacanciers, médiocres pour la plupart, aux accoutrements grotesques. C'était une cohorte balourde, composée de petits couples bedonnants, de gamins criards, de familles processionnaires.

Après Torremolinos, la route suivait la mer sur plusieurs kilomètres. Pompilius garda une allure de sénateur pour, dit-il, permettre à sa passagère d'admirer le panorama. C'était la première fois qu'elle venait en Andalousie et elle était un peu déçue par l'aspect californien de la Costa del Sol.

Pompilius lui expliqua que le monde entier souffrait de la même plaie. Partout où le temps était clément et belle la nature, le chancre immobilier se développait, souillant tout. Heureusement, il existait, dans les lieux privilégiés comme Marbella, des îlots de rêve aux jardins tropicaux, aux piscines hollywoodiennes, aux maisons sublimes où les nantis vivaient comme dans des ghettos de luxe une existence rythmée par le golf, le tennis et les mondanités.

Noémie l'écoutait avec un demi-sourire. Elle se sentait en marge du temps. Ce vieil homme de belle allure, dans cette voiture royale, lui apportait un étrange dépaysement. Il avait dû mener une vie peu commune et témoignait pour une époque dont ne subsistaient plus que des lambeaux dorés.

— Vous possédez, lui déclara-t-il tout de go, d'admirables genoux. Généralement, c'est le point faible de la femme. J'ai connu de superbes créatures, voire des stars de cinéma, avec des genoux cagneux. Oserais-je vous avouer que les vôtres m'ont positivement fasciné ? Ne croyez pas que je fantasme, Noémie, mais je suis un admirateur éperdu de la femme, je lui ai consacré ma vie et je continuerai de la révérer jusqu'à mon souffle ultime.

Il posa avec une douceur religieuse sa main sur le genou de la jeune fille.

Elle ne réagit pas. La direction démultipliée de la Rolls permettait à Senaresco de la piloter de sa seule main gauche.

— Mon royaume contre ce genou ! déclama le vieux beau.

Il emprisonnait le genou dans le creux de sa main qu'il faisait tourner sur l'articulation, comme il arrive qu'on caresse la poignée du levier de vitesses de sa voiture sportive.

Un enchantement le gagnait. Il aurait aimé bander. Mais ses érections devenaient rarissimes. Elles se réalisaient encore dans des instants de haute sexualité, lorsqu'il broutait une chatte jeune et délectable par exemple, mais elles restaient incertaines et furtives, chichement utilisables. La plupart du temps, il ne tirait de l'aubaine aucun triomphalisme excessif et ne se risquait plus à des étreintes qu'il ne serait pas parvenu à mener à bien. Simplement, il en faisait l'hommage à sa partenaire de manière parcimonieuse, histoire de lui faire constater la perdurance de sa virilité et il feignait de traiter celle-ci avec hauteur, comme si une fornication classique n'eût pas été digne d'eux.

Noémie se taisait, comprenant que son obligeant pilote projetait des manœuvres plus poussées. Elle les envisageait avec déplaisir, mais piquée toutefois par une trouble curiosité.

Jusque-là, elle n'avait eu de liaisons qu'avec des hommes jeunes qu'elle avait jugés fougueux et goujats.

Sa passivité encouragea Pompilius.

— La sensualité, déclara-t-il, naît souvent de détails vestimentaires. Je suis un inconditionnel de la robe, de la jupe et de tous les accessoires exclusivement féminins, et pourtant, je trouve la jupe-culotte que vous portez affriolante ; elle protège tout en laissant beaucoup voir, comprenez-vous ?

« Des mots, se dit-elle. Des phrases bien tortillées pour préparer le geste. »

Effectivement, la main du vieux conducteur désapprit la forme parfaite du genou afin de remonter la jambe. Parvenue sur la cuisse, elle opéra une halte. Pompilius se trouvait placé devant une alternative : ou bien il poursuivait sa progression, ou bien il la limitait à cette demi-victoire. Il avait horreur des rebuffades qu'il ressentait comme des insultes mais qu'il comprenait parfaitement étant un homme juste.

— Je crains que vous ne me fassiez perdre la tête, douce Noémie, murmura le madré.

Elle eut envie de lui répondre qu'elle le craignait aussi, mais charitablement, elle se cantonna dans un silence décourageant pour lui.

— Ne trouvez-vous pas cette voiture merveilleuse ? fit-il. Elle est climatisée, même à l'arrêt. Une seule pression sur le bouton que voici condamne l'ouverture des portes et les vitres teintées empêchent quiconque de regarder dans la Rolls depuis l'extérieur.

— C'est en effet remarquable, convint la jeune fille.

Pompilius décida de jouer son va-tout. Il quitta brusquement la nationale pour s'engager dans un chemin de poussière serpentant en direction de la sierra.

— Où me conduisez-vous ? demanda Noémie.

— À l'écart, répondit-il sobrement.

Elle se résigna et il sut qu'il avait gagné la partie. Après quelques centaines de mètres riches en virages, il avisa une masure écroulée en bordure de la petite route. Pompilius manœuvra de manière à contourner la construction et stoppa. Ses mains tremblaient de contentement. Il enclencha un contacteur et le siège de sa passagère se mit à reculer. Un second, et le dossier s'inclina en arrière. Il actionna ensuite le cassettophone. Du Vivaldi retentit, qu'il régla très bas, juste pour le conserver comme fond d'ambiance.

Noémie Fargesse se tenait languissamment allongée sur les coussins de cuir, avec la confuse impression d'être sur la table d'auscultation de son gynécologue.

— C'est un instant digne de cette musique, balbutia Pompilius, je suis très ému, vous savez !

Sa main frémissante chercha la fermeture de la jupe et entreprit de l'actionner. Comme il n'y parvenait pas, à cause d'un bouton rétif, elle l'aida d'un petit geste bref, lui laissant ensuite le rare bonheur de faire coulisser la tirette de la fermeture Éclair et de découvrir un minuscule slip blanc qui trouvait le moyen de comporter de la dentelle !

Sous l'étoffe arachnéenne, on voyait mousser les poils sombres du pubis. Pompilius effleura la protubérance de ses doigts d'aristo.

— C'est cela, la poésie, dit-il.

La jupe-culotte fut descendue facilement, mais le slip se montra moins passif et, là encore, elle dut l'aider. Elle conservait un petit sourire équivoque, mi-réprobateur, mi-complice.

Ayant compris le dessein du bonhomme, elle décrivit un quart de tour sur son siège, posant sa jambe gauche sur le dossier du conducteur et plaçant son dos contre la portière de manière à lui offrir le plus commodément possible ce qu'il convoitait.

Il réprima une sorte de plainte étrange qui ressemblait à un sanglot de bonheur et plongea son visage dans la fournaise.

Noémie se mit à contempler la mer qui paraissait complètement blanche sous le soleil.

13

Une cohorte de voitures s'alignait à perte de vue, de part et d'autre de la route. Les portes du palais, revêtues de feuilles de cuivre toujours bien briquées, étaient ouvertes à deux battants. Quatre cavaliers en costume national, le long fusil barrant leurs épaules, montaient la garde sur des chevaux blancs au pelage frémissant. Des flics de la guardia civil réglaient la circulation, donnant des indications aux invités pour qu'ils puissent se parquer et essayant de faciliter le passage des autres automobilistes. D'énormes projecteurs dissimulés dans les arbres éclairaient la scène d'une lumière de cinéma. Le rose et l'orangé dominaient.

Le flot des invités se faisait de plus en plus dense. Les hommes portaient des smokings noirs, blancs ou bleus. Les femmes s'étaient mises en robe du soir et rivalisaient d'élégance, voire d'audace. On percevait les échos d'un orchestre maghrébin installé à l'écart, dans quelque temple d'amour du parc. Les notes acides de la petite flûte dominaient, plus lancinantes que le sourd martellement du tambour. Le parc du palais n'était qu'un savant embrasement. On avait entièrement recouvert le sol de tapis rares posés à même les dalles ou les pelouses. D'énormes jarres garnies de fleurs délimitaient les zones à utiliser. Il y avait l'aire de réception où le prince Mouley Driz et les siens accueillaient leurs hôtes ;

ensuite l'aire du buffet où tout devenait d'une abondance démesurée ; le reste étant constitué de plusieurs « lieux de séjour » disséminés dans l'immensité de la propriété où les deux mille invités pouvaient s'aménager des zones privées pour y manger, y parler ou, tout simplement, s'y reposer en contemplant les fastes accumulés, ce gigantesque délire de luxe où régnait l'opulence et non la majesté.

Lady M. descendit de la Rolls avec l'aide de Lambert. Ensuite, elle assura sa canne sous son coude, prit le bras du garçon et s'avança vers la foule. Pompilius les suivait à deux pas, les mains au dos, dans l'attitude familière du duc d'Edimbourg lorsqu'il accompagne sa femme à quelque inauguration.

La vieille voyait les gens s'écarter devant elle et marchait lentement, un sourire de contentement aux lèvres. Ils cheminèrent sans encombre jusqu'à la famille princière à laquelle ils présentèrent leurs hommages. Le prince avait pour chacun de ses invités le même sourire de mannequin de mode, éclatant et figé. Une expression un peu vitreuse enlevait toute gaieté à ce visage souriant. Lambert eut droit à une mimique reconnaissante de la princesse Shérazade, toute de soie verte vêtue. Il en fut réconforté.

— Tu as vu qu'elle ne porte pas encore son foutu diadème ? murmura Lady M.

Lambert était désorienté par la cohue. Il n'avait pas imaginé qu'une réception d'anniversaire pût réunir tant de monde.

— Que faisons-nous ? s'enquit le jeune homme.

— Conduis-moi dans un endroit relativement calme où je pourrai flirter avec Pompilius sans être trop agressée par cette meute déferlante, ensuite, tu vaqueras à tes occupations, mon garçon.

Ils obliquèrent vers l'intérieur du parc et découvrirent une sorte de petite clairière qu'égayait un bassin pourvu du classique triton cracheur d'eau. Des bancs de jardin, revêtus de velours bleu et garnis de coussins rouges étaient proposés aux convives. Lady M. choisit l'un d'eux, qu'abritait un immense cèdre. Elle s'y installa confortablement, assistée de

Pompilius. Elle portait une robe digne de la cour de Louis XV, en satin bleu-vert très pâle, très ample du bas et dont le haut mettait en valeur sa pauvre poitrine fluide regroupée par un soutien-gorge diabolique.

Elle avait passé des heures à s'attifer, mastiquant ses rides, peignant et repeignant sa pauvre face suppliciée par l'âge. Le résultat donnait une espèce de marionnette d'Europe Centrale figurant une duègne ou une sorcière.

Pompilius prit place sur le banc, auprès de Lady M. Il se mit à jouer avec la canne anglaise qu'elle avait abandonnée.

— Exquise chérie, fit-il, je suis assombri par un funeste pressentiment. Quelque chose me dit que votre godelureau va tenter un grand coup et qu'il se fera pincer.

Lady M. soupira :

— Et à moi, Pompilius, quelque chose me dit que vous êtes un vieux con de plus en plus gâteux !

— Le vieux con, ma toute belle, n'aimerait pas terminer ses dernières années dans les geôles ibériques, ce qui ne manquera pas de lui arriver si votre giton se laisse prendre.

Lady M. se cabra :

— Pourquoi iriez-vous en taule, sombre débris d'humanité ?

— Parce que j'ai fait exécuter une copie du diadème, ma tendre pouffiasse exténuée !

— Qui le saura ?

— Les flics, lorsqu'ils questionneront votre amoureux. Croyez-vous que ce jeune navet soit capable de ne pas tout avouer, de fond en comble, une fois arrêté ? Il en inventera au besoin !

« Seigneur, il a raison, ce fossile frelaté ! Il a raison. Lambert, mon Lambert, mon chérubin à poils d'or, mon amour tout bronzé, ma jolie queue-pour-d'autres, mon ultime émoi, mon fruit de la passion, Lambert, Vous dis-je, Seigneur, est trop sensible, trop fragile pour résister à la pression des soudards policiers. C'est du cristal de Bohême, ce bout d'homme ! Deux tartes dans la gueule et il dira tout, l'enfant de salaud ! Dans quelle louche aventure l'ai-je propulsé, Seigneur ? Je suis folle de lui et je l'envoie en enfer ! Je suis donc le diable en personne ? Hé là, Seigneur ? Retenez-moi ! J'ai toujours fait semblant d'être un peu perverse : ça plaît aux mâles. Mais de là à le devenir réellement, pas de ça, Lisette ! Je tiens à mon salut éternel, moi, Seigneur ! Me faites pas le coup de la rebuffade quand je comparaîtrai devant Vous, surtout ! Ne venez pas me sortir que je suis damnée, parce que ça ne prendrait pas avec moi ! Je sais où j'en suis, moi ! Vous ne trouverez jamais créature plus éblouie par Votre indicible amour, Seigneur de toutes les rédemptions. Je Vous aime ! Si Vous ne l'avez pas encore compris, c'est que Vous êtes bouché, tout Dieu que Vous soyez, je regrette d'avoir à Vous le dire.

« Bon, j'annule l'opération. Il faut que mon Lambert merveilleux abandonne cet extravagant projet. Et d'abord, qu'en ai-je à cirer de ces cailloux que je ne pourrais même pas montrer puisqu'ils sont dûment répertoriés, hein ? J'en ferais quoi ? Les fourguer à Amsterdam chez Cornélius Van Dam ? Pour qu'il m'aboule le tiers de leur valeur ? Mon cul ! Plutôt les enterrer au pied d'un arbre de mon jardin, Seigneur !

« Les déposer dans la chère Suisse en un coffre ultra-secret ? À quoi bon ? Alors qu'il me suffise d'avoir vu l'adorable gamin entrer dans cette folie par dévotion pour moi ! L'intention vaut l'action. Je vais lui crier pouce ! »

— Pompilius, chuchota Lady M., Pompilius, mon tendre compagnon d'épopée, cherchez le petit dans cette foule d'oisifs et dites-lui de ne rien faire.

Le vieux diplomate bondit d'allégresse.

— Enfin, la sagesse prime ! exulta-t-il. La prudence l'emporte sur la déraison !

— Fais-moi grâce de tes stances, peau de zob fanée, et cours au train du petit mec !

Pompilius déposa la canne de sa complice et s'éloigna précipitamment. Elle le regarda disparaître avec attendrissement. Il gardait belle allure, le bougre. Restait presque svelte et conservait une vivacité peu commune chez un crabe de son âge.

Elle l'avait connu lors d'une réception comme celle d'aujourd'hui, mais moins clinquante. Elle commençait son retour d'âge triomphalement, comme un champion vainqueur accomplit son tour d'honneur. Belle et drôle, fantasque, légère et sentant bon. On lisait dans son regard toutes les promesses et l'on comprenait qu'elle pouvait les tenir ! Lui, déjà, avait entrepris une jeune gourdasse dans un coin de salon. Son manège avait agacé Lady M. qui, aussitôt, avait jeté son dévolu sur Pompilius. Le soir même il était devenu son amant dans sa Rolls à elle. Combien de fois, par la suite, avaient-ils fait l'amour en voiture ? Il était devenu un virtuose de la chose, connaissant toutes les positions opportunes, sachant user ingénieusement des accessoires intérieurs prévus par un conducteur raffiné. Il vous bouffait le cul comme un ogre de génie ! Pour le reste, il était valable, sans plus ; mais ce qui faisait de lui un excellent amant, c'était le constant souci qu'il avait de sa partenaire.

La nuit fraîchissait, malgré les innombrables spots qui affolaient les insectes. Lady M. regretta de ne pas s'être munie d'un châle. Elle détestait s'enrhumer, ce qui la rendait enchifrenée pendant plusieurs jours, avec les yeux pleurnicheurs.

« Pourvu qu'il le trouve à temps, Seigneur ! Pourvu que ce petit bandeur de plages n'ait point encore commis l'irréparable ! Si tout va bien, j'irai à Lourdes, je Vous le jure ! Ou plutôt non : je Vous réciterai une dizaine supplémentaire chaque matin pendant... Oh ! je ne veux pas me montrer chienne, disons un mois ! Correct, non ? Dites, ça représente trois cents *Notre Père !* Faut pas déconner, ça ne se récite pas sur une patte, Seigneur ! Maintenant, si Vous préférez que j'aille à Lourdes, Vous n'avez qu'un signe à me faire... »

L'orchestre arabe n'arrêtait pas de jouer sa musique aigrelette qui usait les nerfs. Lady M. avait l'impression qu'il interprétait sans trêve la même mélopée acide.

Il y eut un glissement derrière elle et, tout à coup, Lambert se trouva à son côté sur le banc.

— Tu as vu Pompilius ? questionna-t-elle.

— Non, pourquoi ?

— Je l'ai envoyé te dire de surseoir ; vois-tu, je tiens trop à toi, petit d'homme ; je ne veux pas courir le risque de te perdre.

— Trop tard ! dit Lambert.

Il se renversa en arrière sur le banc, sa tête pendant derrière le dossier. Il avait clos ses paupières et paraissait exténué. Elle eut un geste rapide pour poser sa main sur la poitrine de son protégé : le cœur de Lambert battait à toute volée, si violemment qu'elle crut percevoir comme un bruit de ressac.

— Pourquoi dis-tu qu'il est trop tard ? demanda-t-elle en s'efforçant de garder son calme.

Un léger sourire plissa la bouche charnue du garçon.

— *In the pocket !* annonça-t-il.

Elle s'abstint de tout commentaire. Il se redressa, rouvrit les yeux.

— Ça vous en bouche un coin, Milady ?

— Tu parles sérieusement ? demanda la vieille femme.

Il porta la main à son flanc.

— L'objet est là, Milady, à votre disposition. Je dois vous avouer qu'il me brûle singulièrement. Pour un peu je rentrerais tout de suite au bercail.

— Ce serait de la sottise.

— Je le sais bien. C'est pourquoi je vais rester, mais il va falloir m'aider à tuer le temps.

— Comment t'y es-tu pris, petit d'homme ?

— Il était exposé dans le grand salon, trônant sur une espèce de colonne et surveillé par un garde armé. Je suppose que votre prince Machin attend le douzième coup de minuit pour couronner son boudin. Quelle idée m'a pris d'aller musarder vers le palais alors que les festivités ont lieu dehors ?

— Le flair, petit d'homme ! Tu as le don. Voilà l'explication, ma vermine adorée : tu as le don ! Mais raconte, je t'en conjure !

— Le garde est assis dans un fauteuil, face à la colonne supportant le joyau. Il a une mitraillette sur les genoux. Derrière la colonne en question, se trouve un gigantesque canapé capable d'héberger dix derrières au moins. Face au canapé, il y a une porte donnant sur le hall. Vous me suivez ou bien préférez-vous que j'aille vous expliquer la chose sur place ?

Elle rit et posa sa main sur la cuisse de Lambert.

— Tu es suffisamment clair dans tes explications ; ensuite ?

— J'ai eu soudain la certitude que c'était l'unique moment pour tenter quelque chose.

— Le flair, le flair, le don ! répéta Lady M.

— Je crois que ce qui m'a convaincu c'est la gueule du garde : un con ! Un vrai con ! Je suis allé au buffet et j'y ai fauché une fourchette à gâteau à manche de corne.

— Pour quoi faire ?

Il poursuivit, sans réagir à son interruption :

— J'ai retroussé la dent du milieu de la petite fourchette pour qu'il ne lui en reste que deux d'opérationnelles. Dans le hall, j'ai cherché une prise électrique et j'y ai enfilé la fourchette. Court-circuit ! Le tout était de savoir si le grand salon marchait sur le même disjoncteur que le hall. La chance était avec moi, car c'était le cas. Le salon n'a plus été éclairé que par les lumières extérieures. J'ai observé le garde. Il s'est dressé, la mitraillette prête. Puis, comme rien ne se produisait, il s'est dirigé vers une porte qui donne, je suppose, sur l'office. Mais le personnel est mobilisé au-dehors. Il a appelé. Ce que j'ai fait alors, franchement, je ne me le rappelle plus, tellement j'étais tendu et mort d'angoisse. Je suppose que j'ai sorti la copie de mon smok. J'ai ôté mes souliers et me suis avancé jusqu'à la colonne. Par-dessus le canapé, j'ai dû opérer la substitution. Cela à une vitesse incroyable. Le garde continuait de héler depuis le local voisin.

« J'ai réintégré mes godasses, et me voilà, Milady. »

Il caressa le maigre avant-bras de sa compagne d'équipée. Il sentit tout de suite l'os sur lequel, tel du lierre, couraient de grosses veines froides.

« Ah ! Milady, je n'ai jamais connu un bonheur plus grand qu'à cette minute. Ce succès que je dépose à vos pieds, c'est un inestimable présent que je me fais à moi-même. Comme vous aviez raison de m'imposer cette épreuve. À présent je sais que l'audace et la présence d'esprit permettent à l'homme de se dépasser et d'envisager l'impossible. »

— Je sentais que tu réussirais, chuchota Lady M. Sais-tu ce qui fortifiait en moi cette certitude ? La façon dont tu m'as dérobé mon émeraude à Saint-François. Tu avais pensé au côté pratique et au côté psychologique à la fois. Ainsi t'étais-tu lubrifié les doigts pour que ma bague glisse sans faire d'histoire et m'avais-tu proposé ton sexe afin que cette incroyable offrande annihile ma vigilance. Le gamin capable de cela est capable de beaucoup plus, Lambert. Tu iras loin. D'autant plus loin que tu n'agis pas par cupidité, mais en artiste ! Tu sais trouver d'emblée la solution, établir un plan et l'exécuter. Le coup de la fourchette à gâteau est une pure merveille.

« L'as-tu retirée de la prise, au moins ? »

— Bien sûr.

— Et qu'en as-tu fait ?

— Je l'ai jetée dans un cache-pot de cuivre.

Elle hocha la tête avec une moue ennuyée.

— Là, tu n'aurais pas dû. Il fallait redresser la dent retroussée et aller la reporter au buffet. Mais peu importe, s'empressa-t-elle d'ajouter en découvrant son alarme.

Ils virent revenir Pompilius de son pas nonchalant de diplomate désœuvré. Constatant que Lady M. et Lambert se tenaient blottis l'un contre l'autre, les mains enlacées, il eut un rictus amer :

— Je pouvais le chercher ! Le beau jeune homme vert de frousse est rentré spontanément se blottir dans les cotillons de sa grand-mère !

— Ferme ta triste gueule, vieux nœud décomposé ! glapit Lady M., oublieuse des bonnes manières. Regardez-moi ce détritus ! Il est fini, poreux, presque liquide ! S'il n'avait pas un dentier savant qui parle pour lui, il ne trouverait rien à dire !

— Ma chère, vous êtes chez un prince ! rétorqua Pompilius.

— Tu appelles ça un prince ! Ce crouille en gandoura ! Pour moi, ça n'est même pas un marchand de tapis à la sauvette !

— Je ne peux supporter qu'on insulte mes hôtes lorsqu'on se trouve chez eux, fit sèchement le Roumain. Je préfère me retirer.

Il fit demi-tour.

Aussitôt, Lady M. retrouva son calme.

— Ne prenez pas la mouche, vieux bêta chéri.

Il fit, par-dessus son épaule un geste signifiant que son départ était irrévocable.

— Cours dire à ce mannequin qu'il ne doit absolument pas quitter le palais si tôt et que tu as réussi l'opération ! grommela la vieille femme à Lambert.

Le garçon s'élança et rejoignit sans peine Pompilius.

— Restez ! lui dit-il. J'ai le diadème, les invités qui seront repartis prématurément seront suspectés lorsqu'on aura découvert le pot aux roses.

Pompilius se figea.

— Vous plaisantez, je pense ? demanda-t-il.

— Absolument pas.

Lambert tapota le côté gauche de sa veste de smoking.

— Le truc est là et je donnerais volontiers dix années de ma vie pour qu'il soit ailleurs. J'ai l'impression de porter une veste en plastique transparent et que tout le monde peut le voir.

Il dut faire au vieillard un nouveau résumé de son exploit. Au fur et à mesure que Lambert lui relatait les faits, Pompilius sentait grandir à son endroit une haine qu'il n'avait jamais encore éprouvée. Cela croissait en lui comme une maladie à évolution rapide. Il en avait la poitrine bloquée, les tempes glacées et un tremblement intérieur qui l'empêchait de parler. À présent, sanctifié par son exploit, ce godelureau allait régner sur Lady M. Il était, en quelques minutes, devenu le héros radieux ! Le Lancelot du Lac dont Milady devenait la reine Guenièvre. Et lui ? Lui, pauvre Pompilius égrotant, avait-il encore sa place auprès d'eux ? Il chercha une idée chatoyante à quoi raccrocher sa débâcle. Il repensa à la délicieuse chatte de la jeune Noémie, qu'il avait dégustée avec ferveur, elle était savoureuse comme un fruit cueilli sur l'arbre. Il conservait de la complaisante voyageuse un souvenir ébloui. Mais à cet instant, la notion de volupté lui semblait dérisoire, presque abolie. Il entrait en bannissement. Les deux autres n'en avaient pas encore conscience, mais lui savait. Ô comme il savait tout de sa répudiation en marche. Comme il en prévoyait parfaitement les laides étapes ! Le jeune chassant l'ancien ! Allégorie classique. Les hommes et les animaux se ressemblent dans cette terrible démarche. Déjà, il tournait « au petit vieux bien propre » dont on ne sollicite plus l'avis et qu'on houspille pour des riens.

Que l'on charge des « commissions » comme, par exemple, d'aller faire confectionner la copie d'un diadème chez un vieux malfrat de la banlieue parisienne, plus ou moins rangé des voitures, mais qui cédait encore aux amitiés complices de l'âge.

En écoutant le bref récit de Lambert, surtout en voyant avec quelle mesure empreinte de gravité il le faisait, Pompilius sentait pousser la puissance du jeune homme. En un instant, Lambert était devenu différent. Sa force éclatait, son assurance en imposait. Jusqu'alors, il n'était auprès d'eux qu'une sorte de novice incertain. Mais l'épreuve réussie le rendait indiscutable. Décidément la vieille avait fait le bon choix. Seulement elle le paierait un jour. Bien joli d'élever un lionceau, mais l'instant vient où il vous dévore ! Il les boufferait l'un et l'autre inéluctablement. Déjà, ses mâchoires se refermaient sur Pompilius ; Lady M. y passerait plus tard.

Il se rendit compte que Lambert ne parlait plus.

— Tout cela est bien, parvint-il à murmurer, bravo !

Ils s'en furent rejoindre Milady, après quoi, tous trois gagnèrent le buffet afin d'y faire de la figuration. Lady M. connaissait une foule de gens de toutes couleurs auxquels elle présentait Lambert comme étant son neveu. Lui, adoptait une attitude de grande réserve, un peu cérémonieuse mais de bon ton. Ils s'efforcèrent de grignoter quelques denrées fournies par les meilleurs traiteurs de la Costa del Sol. Lambert reconnut dans l'assistance des comédiens au renom pâli : français, anglais, italiens ; des play-boys épouseurs de princesses d'opérette ; des patrons de presse internationaux ; des industriels qui devaient faire trembler leur personnel mais qui, dans cette ambiance de kermesse orientale, se relâchaient et riaient plus fort que tout le monde.

À un certain moment, un gong amplifé par un système de sono fit tressaillir les invités. Une voix d'hôtesse de l'air, dans laquelle perçait une douceur arabe, annonça que Son Altesse, le prince Mouley Driz allait offrir à sa fille le présent qu'il lui destinait et que la « cérémonie » allait se dérouler dans le grand salon.

Il y eut aussitôt un flux des invités en direction du palais.

— Il ne faut pas manquer cela, déclara Lady M. avec ironie.

Tout trois se rendirent au salon. Bien qu'ils l'atteignissent dans les derniers, grâce à son grand âge et à sa canne, Milady put gagner les premiers rangs. Lorsque tout le monde fut à peu près en place, le prince parut par la porte du hall, escorté de sa fille. Shérazade riait gauchement. Elle avait une démarche empotée, pesante, de fille d'auberge.

Mouley Driz prononça un speech en arabe qu'il traduisit aussitôt après en anglais. Il remerciait ses invités d'avoir bien voulu se joindre à sa famille pour célébrer un anniversaire cher à son cœur paternel, à savoir les vingt ans de sa fille bien-aimée Shérazade. Il tenait à lui remettre à cette occasion le diadème qu'elle porterait à ses noces, prochainement, espérait-il.

Il s'approcha de la colonne où était exposé le joyau, éclairé par un spot. Il le prit à deux mains, avec majesté et, parvenu auprès de sa fille, le déposa sur sa tête en murmurant une boutade destinée à masquer l'émotion du moment. Quelque chose dans le genre : « Ton coiffeur l'arrangera mieux que moi. »

Shérazade s'inclina, saisit les mains de son père et les baisa avec ferveur. Tout le monde applaudit et un vague dandy en smoking blanc entonna le *Happy birthday to you* que l'assistance reprit à peu près en chœur.

La même voix onctueuse pria alors les « chers amis » de Son Altesse de se rendre sur l'esplanade pour assister au feu d'artifice. Docile, la foule reflua.

Lady M. pressa le bras de Lambert.

— Eh bien, voilà une question réglée, n'est-ce pas ? murmura-t-elle.

Lambert ne put répondre. Il lui semblait que son cœur était remonté jusqu'à sa gorge. Il avait les mains glacées et il y voyait trouble. Le moment du « sacre » avait constitué la pire épreuve de sa vie. Il sentait le poids du diadème dans la doublure de son smoking et s'en trouvait accablé comme par une charge phénoménale.

Lorsqu'ils furent dehors, il supplia :

— On rentre, je vous en conjure. Vous avez toutes les excuses du monde pour écourter cette soirée !

Mais elle resta intraitable.

— Trop tôt, petit d'homme. Après le feu d'artifice, je te le promets !

14

Les puissants, lorsqu'ils invitent, ne se gênent pas pour mettre fin à leurs soirées.

À trois heures du matin, ce qui est relativement tôt pour l'Espagne, la sono résonna une dernière fois et la voix de femme annonça « Qu'il n'était de bonne compagnie qui ne se quitte et que Son Altesse remerciait encore très vivement ses honorables hôtes de lui avoir fait l'honneur de leur présence. Si cette petite fête familiale était une réussite, tout le mérite leur en revenait ».

En parfaits moutons de Panurge, les convives se mirent en quête de leurs voitures et bientôt, aux abords du palais, éclata une cacophonie indescriptible. Tous ces gens bien élevés qui venaient de passer des heures à faire des ronds de jambe, se mirent à s'invectiver à leur volant pour exiger le passage.

***

Le prince s'attarda pour contempler le parc vidé des convives, où les domestiques s'affairaient. Le sac du buffet n'était pas parvenu à épuiser celui-ci et il restait des monceaux de victuailles : des bacs d'argent emplis de homards, des quartiers de viande en croûte non entamés, d'énormes gâteaux dans lesquels on avait tout juste porté quelques coups de pelle à tarte, des magnums de Dom Pérignon desquels on n'avait pas dû prélever deux coupes, d'immenses plateaux entièrement garnis d'une mosaïque de petits fours, des coupes de fruits, des jattes de crèmes aux couleurs pastel. La valetaille s'activait silencieusement, un peu comme les employés d'un cirque après une unique représentation dans quelque chef-lieu, qui démontent le chapiteau pour s'en aller le replanter plus loin avant le lever du jour.

— Votre Altesse a-t-elle été satisfaite ? demanda le secrétaire privé de Mouley Driz.

— Qui gardait le diadème pendant la fête ? fit le prince au lieu de répondre.

— Moktar, le chef de votre service de sécurité, Monseigneur.

— Qu'on le fasse venir dans mon cabinet de travail !

Une odeur de poudre et de feu flottait encore autour du palais, s'y mêlaient des remugles de denrées alimentaires. Un petit vent d'ouest soufflait de l'océan proche. Le prince aimait cette résidence qui permettait d'embrasser deux continents à la fois. La vieille Europe mourait là tandis que, par temps clair, se dressaient sur l'horizon les côtes d'Afrique. La Méditerranée aussi finissait contre le rocher de Gibraltar ; au-delà c'était l'Atlantique. Deux territoires, deux mers, deux civilisations. Mouley Driz venait de régaler des gens des deux univers. Des ingrats, des goinfres, des futiles qui, déjà, devaient dauber sur son compte et critiquer sa fastueuse réception. Mais il jouait le jeu. Sa réputation de potentat était à ce vil prix.

Il gagna son cabinet à pas lents. C'était une pièce ultramoderne, meublée *design*, avec une abondance d'ordinateurs (la marotte du prince) sophistiqués. Le Japon lui envoyait ses dernières créations en la matière. Mouley Driz passait des heures à pianoter des claviers pour faire surgir sur des écrans des textes mystérieux, étrangers, semblait-il, à son existence de pacha.

Lorsqu'il pénétra dans la pièce, Moktar, le chef des gardes s'y tenait au garde-à-vous. Le prince gagna son bureau sans lui accorder un regard. Il ouvrit un tiroir et en sortit une cravache de cuir à pommeau d'or. Ensuite, il revint à l'homme immobile au centre de la pièce, éleva la cravache et lui en cingla le visage à la volée.

Le garde tituba et émit une sorte de cri, mi-plainte, mi-protestation.

Mouley Driz lui zébra la figure d'un nouveau coup tout aussi vif que le précédent. Moktar avait maintenant une espèce de « V » sanglant sur le visage.

Mouley Driz laissa retomber son bras, mais la cravache continuait de frémir dans sa main.

— Sais-tu pourquoi ? demanda-t-il à l'homme.

L'autre prit un air suppliant :

— Non, non, Altesse. Je n'ai rien fait ! Je jure sur la mémoire de mon père que je n'ai rien fait !

— Si, dit Mouley Driz : tu as laissé voler le diadème de ma fille.

— Mais je ne l'ai pas quitté, Seigneur !

Un nouveau coup de cravache cingla ses lèvres tuméfiées. Le prince lui lança sa pochette.

— Pas une goutte de sang sur mon tapis ! déclara-t-il.

Moktar étancha le sang qui lui ruisselait de la bouche. Il hochait la tête pour continuer de marquer son incompréhension.

— Écoute, expliqua Mouley Driz, j'ai personnellement disposé la couronne sur la colonne. À cet instant il s'agissait bien du diadème ; mais lorsque je l'ai saisi, quelques heures plus tard pour le déposer sur la tête de la princesse, ce n'était plus qu'une infâme copie. Dans l'intervalle, quelqu'un a opéré la substitution. C'est fatal, tu comprends ? Fatal ! Alors, ou bien tu n'as pas quitté le diadème et tu sais qui l'a volé. Ou bien tu ne sais pas qui l'a volé et donc tu as quitté le salon. Je me fais bien comprendre, chien malade ?

Brusquement, la vérité se fit jour dans l'esprit de Moktar.

— Seigneur, révéla le malheureux, à un moment donné, la lumière s'est éteinte et je me suis retrouvé dans le noir.

— Nous y voilà ! exulta le prince. Et alors ?

Le garde lui expliqua qu'il avait appelé pour qu'on remît la lumière et que, personne ne lui ayant répondu, il avait couru à l'office afin de signaler la panne.

— Je te chasse ! déclara Mouley Driz, mais tu ne quitteras le palais qu'après l'enquête.

Il triturait toujours sa cravache. Le pommeau était poisseux de sa transpiration. Il s'en débarrassa en la jetant à travers la pièce.

— Va me chercher mon secrétaire ! ordonna-t-il à Moktar.

Le garde sortit en flageolant. Des larmes se mêlaient à son sang.

Lorsque le secrétaire parut, le prince demanda d'un ton rêveur :

— Comment s'appelle cette agence de police privée anglaise à laquelle nous avons eu affaire lorsque notre appartement de Londres a été pillé ?

— Bluebarnett and Son, Votre Altesse.

— Appelez-les immédiatement. Je veux qu'ils nous dépêchent leur meilleur homme pour une affaire très importante et très urgente !

***

— Je n'ai jamais vu de pierres plus belles ! déclara Lady M. Ni d'une telle taille.

Le diadème était posé sur son couvre-lit blanc à l'ancienne. La lampe de chevet l'éclairait étrangement, modifiant la couleur naturelle des gemmes. Elles luisaient d'une lueur intense mais sournoise sur cette couche à baldaquin.

Pompilius réprouvait que Lambert se fût délibérément vautré sur le lit, comme s'il s'était agi du sien propre. Sa rage ne se calmait pas et brûlait en lui comme un brasier, alimentée à l'infini par une rancœur qui ne cesserait plus. Il maugréa :

— Vous voilà bien avancée, ma très belle, avec ces foutus cailloux mondialement connus. Vous ne pouvez ni les porter ni les vendre. Tout juste les fourguer bassement, beaucoup plus tard, à un receleur qui s'empressera de vous trahir car, croyez-moi, la prime d'assurance est si élevée que la Lloyd remuera le ciel et l'enfer pour les retrouver !

Mais ses sarcasmes n'altérèrent pas la joie de Milady.

— Les posséder est une jouissance qui se suffit à elle-même, bonhomme vermoulu. Je vais faire le complexe d'Harpagon avec une telle merveille !

— Et où la rangerez-vous ?

— C'est mon affaire, espèce de vieux peigne édenté.

— Aucune cachette ne sera suffisamment sûre.

— C'est vous qui le dites ; Dieu merci, vous ne connaissez pas tous mes secrets !

Lambert écoutait distraitement leur chamaillerie. Il avança le bout des doigts sur les pierres pour les effleurer. Elles ne l'impressionnaient pas. Pour lui, il s'agissait de simples minéraux enfantés par le sol et le temps. Il jugeait leur nom de « pierres » parfaitement mérité. Précieuses, certes, par leur rareté, mais des pierres à peine plus nobles que celles dont on rechargeait les routes !

« Ah ! Milady, vous demeurez une gamine ! C'est une poupée que je viens de vous offrir, carne chérie ! Vous louchez sur votre cercueil et il suffit de trois cailloux pour vous redonner vos douze ans ! »

— Pensez-vous que le prince sera dupe longtemps ? demanda-t-il. En voyant l'original, je mesure combien la copie est approximative et grossière. La couleur du support n'est pas la même.

— Parce que celles de la photographie d'après laquelle elle a été exécutée n'étaient pas fidèles ! se rebiffa Pompilius qui se sentait visé par l'objection, de plus l'impression modifie les teintes.

— Les dimensions également diffèrent, continua le garçon ; le faux diadème est plus petit que le vrai.

— Le joaillier qui a réalisé le double a dû travailler à l'estimation, déclara le Roumain d'un ton cassant. Il est aisé de critiquer ensuite alors que le travail a été fait presque à tâtons !

— Je ne critique pas, assura Lambert. Je constate simplement les faits ; mais cela dit, je tire mon chapeau à celui qui a exécuté la copie. Elle avait un rôle à tenir durant quelques minutes et elle l'a tenu, que pouvait-on souhaiter de plus ?

Mais ces tardives louanges glissaient sur la susceptibilité de l'ancien diplomate. Il se rencogna en lui-même, tel un oiseau souffreteux et ses paupières lourdes de fatigue s'abaissèrent.

— Allez donc mettre vos os décalcifiés entre une paire de draps, Pompilius ! Vous ressemblez à un mannequin de cire en train de fondre !

— Je gêne ? persifla-t-il.

— Presque ! répondit durement Lady M.

Il eut l'air de se rassembler et gagna la porte. Il savait que, désormais, ce genre d'affront se répéterait de plus en plus. Il devait se préparer à une tardive errance. Le moment viendrait où elle lui proposerait une grosse somme pour disparaître. Car, malgré leur étroite complicité et les coups juteux réalisés à eux deux, c'était Lady M. qui drivait l'argent, le plaçait, investissait dans des propriétés. Lui ne percevait que son argent de poche. Des sommes confortables, certes, mais qui limitaient sa possibilité de manœuvre.

Si Lady M. lui accordait une « prime de licenciement », il devrait l'accepter et partir. Tant qu'il resterait ingambe, il prendrait une chambre à l'année dans quelque palace agréable, à Paris ou à Rome. Peut-être aurait-il suffisamment d'argent pour s'acheter une vieille Rolls lui permettant de frimer encore, de frimer jusqu'au bout. Mais s'il ne mourait pas dans cette ultime phase où il serait valide, s'il se laissait réduire lentement par la vieillesse, il devrait envisager l'horreur de quelque maison de retraite.

Il se mit au lit, rabougri et vaincu. Pour la seconde fois de la soirée, il se raccrocha par la pensée au sexe exquis de Noémie Fargesse. Un sexe enchanteur, rose et juteux. Il regretta de ne pas avoir demandé à la jeune personne son adresse à Marbella. Il était trop troublé en la quittant. Trop ébloui par l'offrande fabuleuse qu'elle lui avait faite.

***

Lambert s'assit en tailleur sur le lit de Milady. Sans avoir pris la peine d'ôter ses souliers vernis.

Elle eut un regard pour les chaussures mais ne marqua pas de réaction, bien qu'elle fût très méticuleuse en tout. Elle se tenait acagnardée contre le montant. Lambert se saisit du diadème.

— Vous permettez ? demanda-t-il ; je vous l'avais promis, l'autre jour, dans l'auto.

Il l'éleva haut et le déposa lentement sur la chevelure rare et fine, et teinte dégueulassement, de Milady.

— Mon petit d'homme ! balbutia-t-elle.

Et des larmes perlèrent à ses cils clairsemés.

Lambert eut un sourire dominateur. Les hommes ont besoin de symboles. De sacres et de sacrements. Foutaises !

« Pauvre Milady, si vous pouviez voir votre gueule avec ce machin-là sur la tête ! Comment puis-je ressentir une espèce de vénération pour quelqu'un d'aussi grotesque ? L'on dit cependant que le ridicule tue ! Étrangement, je trouve qu'il vous ennoblit. Vous me fascinez de plus en plus. Vous êtes une prodigieuse sorcière. À chaque instant, j'ai l'impression que votre masque de décrépitude va tomber et qu'apparaîtra une radieuse jeune femme dont le charme peut tuer !

« Vous m'inspireriez le désir si vous n'aviez pas cette face ruinée, Milady. Je sais que votre sensualité reste intacte sous la cangue de l'âge. Ah ! comme je voudrais pouvoir gratter cela et retrouver votre splendeur ! »

Féminine, éternellement, Lady M. quitta le lit pour s'approcher d'un miroir. À cause du diadème, elle se déplaçait comme une négresse qui porte une charge de coton sur la tête, ou une cruche d'eau.

Longtemps, elle s'examina dans la glace au cadre de style. Il était sûr qu'à cet instant elle apercevait sa figure d'autrefois.

Il se risqua à formuler la requête qui le tenaillait :

— Vous avez des photos de vous, à vingt ans ou à trente, Milady ?

Car il ne subsistait rien du passé dans la *Villa Carmen*. Aucune photographie jaunie ne témoignait des jours lointains. Sa mémoire restait l'unique réceptacle de ce qu'avait été Lady M.

— Ce n'est ni à vingt ans, ni à trente que j'ai été réellement belle, Lambert, mais à quarante ! Mon plein épanouissement, ma gloire, mon apothéose, ce fut la quarantaine.

Elle se détourna du miroir.

— Attends, je vais te confier le secret que même ce vieux branleur de Pompilius ignore. Ce soir, je décide que tu seras mon héritier. Il est bon que tu saches. Après tout, je peux mourir subitement et il serait idiot que ma cachette reste ignorée jusqu'à la démolition de cette villa !

Elle le précéda jusqu'au dressing. Des penderies aux portes garnies de tissu occupaient tout un pan de mur.

Lady M. ouvrit celle du milieu. Des robes accrochées à des ceintres apparurent. Elle les saisit par brassées et les jeta sur une chaise. Lorsque les vêtements furent ôtés, la porte blindée d'un coffre-fort se révéla aux yeux curieux du garçon.

— Je sais, je sais, dit-elle, la cachette est dérisoire. Aussi ne l'ai-je mise en pratique que pour jouer le jeu et rassurer d'éventuels cambrioleurs.

Elle actionna l'ouverture à chiffres du coffre ; l'ouvrit. Le meuble d'acier comportait quatre étagères. Des devises s'empilaient par monceaux sur deux d'entre elles.

— Dollars, livres sterling, francs suisses, francs français, pesetas ! énuméra la vieille en saisissant des liasses et en les jetant au sol.

— Mais il y a là une fortune énorme ! bredouilla Lambert, ébahi par cette manne.

— C'est probable, je n'ai pas compté.

— Comment pouvez-vous laisser tant d'argent improductif !

Elle pouffa :

— Voilà le petit Français qui se réveille en brandissant son livret Écureuil ! Mais, mon amour, ceci n'est qu'un « trésor de sécurité ». Je dispose du même dans chacune de mes maisons. Pour le cas où, comprends-tu ? C'est cela, ma caisse d'épargne à moi ! Quoi qu'il arrive : guerre, descente de police, révolution, je peux disposer d'un sérieux pactole et filer.

Lorsqu'elle eut débarrassé les deux rayons, elle actionna un bouton logé à l'intérieur du coffre-fort, puis tira sur la tablette supérieure. Cette dernière se mit alors à coulisser, entraînant celle du dessous ainsi que le fond du meuble. Quand l'une et l'autre furent hors du coffre, un compartiment apparut.

— Si quelqu'un force mon coffre, il s'emparera de ce qu'il y a dedans. Et comme il y aura beaucoup, il n'ira pas chercher ensuite une hypothétique cache. Sophistiqué, non ? C'est moi qui ai presque inventé ce gadget. Du moins dans les grandes lignes. La réalisation complète a été faite par une entreprise suisse.

Elle prit une enveloppe dans le tiroir secret.

— Tu veux savoir à quoi je ressemblais, petit d'homme ? Je vais te montrer. Tout est là-dedans. Mais auparavant, viens voir !

Il s'avança sans curiosité, sachant bien qu'elle allait lui dévoiler quelque fabuleux trésor de pie. Et, effectivement, il aperçut une accumulation de joyaux digne des shahs de Perse. Ce qui le sidéra, ce ne furent pas les pierres en elles-mêmes, mais la quantité de rapines qu'elles représentaient. Comme si elle avait lu sa pensée, Milady déclara :

— Il ne s'agit pas de vols, mon petit d'homme, mais de cadeaux. J'ai eu pour amants les plus grands de ce monde, principalement des milliardaires, des stars de cinéma, des armateurs, des lords, des princes !

Elle ôta le diadème de sa tête et le jeta négligemment dans la niche.

— Un de plus ! fit-elle. Lorsque je serai morte, tu deviendras tellement riche que tu ne sauras plus quoi faire de ton temps, ma jolie vermine ! Maintenant, grimpe sur cette chaise et descends cette caisse noire qui se trouve sur le dernier rayon de la penderie. Attention, c'est lourd !

Il fit ce qu'elle lui commandait.

— Retournons dans ma chambre !

Elle était surexcitée. Ses gestes se faisaient de plus en plus fébriles et elle émettait des petits rires frileux de bonniche lutinée.

À sa demande, il déposa la caisse noire à même le tapis et fit jouer le couvercle. Il constata alors qu'il s'agissait d'un très vieux phonographe des années 30, à remontoir. Sa manivelle était fixée à l'intérieur du couvercle par deux petites pattes élastiques. Un disque en 78 tours, dans une enveloppe de papier trouée en son centre, reposait sur le plateau où il restait maintenu avec du scotch. Lady M. s'assit près de l'appareil et continua de diriger les manœuvres.

— Retire le disque de sa pochette. Prends garde, car il se casserait facilement. Maintenant, remonte le phono : le trou pour la manivelle se trouve sur le côté droit.

Du bout caoutchouté de sa canne, elle enclencha elle-même la musique. Une valse d'un autre âge retentit, légèrement mécanique, un air qui évoquait les palaces et les paquebots ; langoureux à vous flanquer le vague à l'âme.

Le visage flétri de Lady M. se crispa et son regard délavé lui échappa un instant. Après quoi, elle réagit et ouvrit l'enveloppe qu'elle n'avait pas lâchée. Elle y prit une photo d'un assez grand format, en noir et blanc sur papier ivoire et la tendit à Lambert.

— J'ai vingt-cinq ans ! fit-elle.

Il prit la relique et fut instantanément bouleversé. En voyant la femme du portrait, il décida de consacrer sa vie à chercher la pareille à travers le monde. Il était difficile d'accepter que Milady eût été cet être de beauté. La photographie révélait un visage parfait à la bouche admirablement dessinée, à peine entrouverte sur un sourire mystérieux. Le regard était limpide, d'une grande pureté, mais anormalement attentif. Les cheveux devaient être châtain clair, autant que permettait d'en juger l'épreuve en noir et blanc. Ils étaient plus lumineux sur le front où ils moussaient en mèches floconneuses.

« Ô Milady ! Milady ! Milady ! Comment le temps a-t-il pu commettre un tel sacrilège ? Comment a-t-il osé détruire cette splendeur en la faisant devenir la vieille chouette empaillée que vous êtes ! Cher amour, quelle honte ! Comme vous étiez admirable ! J'ai envie de pleurer, la vieille ! Je ne veux pas ! Je refuse cette profanation, ce saccage. Existe-t-il en moi un regard secret qui m'a permis de lire la gloire triomphante de votre jeunesse dans votre abjecte décrépitude ? Oui, sûrement. Quelque chose d'essentiel ne s'est pas perdu, Milady ! L'épave se rappelle le bateau qu'elle fut ! Des ondes de cette splendeur parcourent encore votre viande flétrie, extravagante pétasse ! Laissez-moi contempler ce portrait. C'est à mourir d'extase. Comme ils ont dû être fous de vous, ceux que vous avez laissés vous approcher ! Et comme ils ont dû être comblés ceux auxquels vous avez abandonné un tel corps !

Elle avait le sens de la mise en scène, la bougresse ! Car la musique chromo ajoutait à l'émotion du garçon. Elle donnait un prolongement au portrait, l'animait d'une vie capiteuse.

Au bout d'un instant, elle lui présenta une seconde image, d'un format légèrement plus réduit.

— J'ai trente-deux ans !

Il aimait qu'elle emploie le présent, automatiquement, comme si ces rectangles de bristol jauni ressuscitaient par miracle l'instant où l'on avait pris la photographie.

Il y eut une saute dans le temps. En sept ans, Lady M. avait subi une importante modification. Son regard avait acquis de l'assurance, sa coiffure était différente (elle portait un bandeau sur le front) et des fards accentuaient la perfection des traits.

« Là-dessus, vieille poupée disloquée, vous aviez trouvé votre vitesse de croisière ! Le cul n'avait plus de secret pour vous, Milady. Et vous jouiez de l'homme comme Paganini du violon. Il ne restait plus trace de pureté en vous, mais quelle science de l'amour l'avait remplacée ! Oh ! la sublime femelle que voilà ! Quelle phénoménale bête d'alcôve ! »

Il s'attarda dans la lecture des deux images, abandonnant la deuxième pour revenir à la première, et inversement. Le disque s'acheva dans un micmac de rouages laborieux.

— Mets l'autre face ! ordonna Lady M. Et remonte-le ; ces appareils n'avaient pas grande autonomie.

Sur le côté « B » l'on avait gravé *Les millions d'Arlequin*, autre tube des temps révolus. Une voix de ténor, chaude et ridicule par son emphase et sa manière exagérée de rouler les « r » s'éleva dans la touffeur de la chambre.

« Un soirrrr, tout vibrrrrant d'espoirrrr... »

Alors elle tendit la troisième et dernière photo :

— J'ai quarante ans !

Et il sut pourquoi elle prétendait que c'était son « âge culminant », celui du règne absolu. Un être à la splendeur sauvage lui sauta dans la rétine. Cela ressemblait réellement à une agression. Milady était en effet au paroxysme de sa beauté, mais on sentait chez elle un tempérament de feu et une froide détermination. Elle dominait sans discussion possible. Tout devait plier devant sa volonté, se courber sur son passage. Elle n'avait qu'à choisir : l'univers entier se tenait à sa disposition !

Le maquillage avait foncé. La coiffure s'était éclairée et elle commençait à coltiner de lourds bijoux hors de prix. Les sourcils pâles renforçaient l'intensité du regard. La bouche, plus pulpeuse que sur les précédents clichés, avait une voracité fascinante.

« Milady, vous m'effrayez, là-dessus. C'est votre saison « haute garce », la mère ! L'époque où vous avez fait votre plein de joyaux. Plumer les riches gogos mondains constituait un sport pour vous ! Une pipe, un diamant ! Vous avez dû en anéantir des mâles en transe, madame Dynamite ! La croqueuse de cailloux ! L'égérie de l'Orient-Express ! La reine des transatlantiques ! Je vous imagine, accoudée au bastingage du pont soleil, avec votre écharpe vaporeuse flottant au vent du large !

« Comme vous étiez altière ! Et sauvagement belle ! Dominatrice ! Sûre de votre charme ! Vous baiser en ce temps-là, la vieille, constituait un danger. Tout ne devait être que calcul, chez vous, pute de super-luxe ! L'homme qui risquait sa queue entre vos cuisses baisait en réalité les rouages d'une implacable machine qui devait le détruire savamment. Ah ! l'admirable créature ! Basse créature, mais si somptueuse que j'en ai la chair de vous, je comprends que vous sonorisiez ces images du passé en faisant jouer cette musique craignos sur l'appareil qui vous l'a révélée. *Antinéa ! Les millions d'Arlequin !* Il y a de la gondole au clair de lune, sur le Grand Canal, dans tout cela ; du prince russe ultime qui se ravage la gueule d'un coup de pétard ; des fume-cigarette de cinquante centimètres et des minaudières en or massif sur des tables de casinos ; des Hispano ou des Delage décapotables ; une effervescence d'hommes en habit qui devaient grouiller sur vous comme des asticots sur la charogne que vous étiez en puissance ! »

— Tu m'as l'air lointain, petit d'homme ?

— Pas plus lointain que ces photos, Milady !

— À quelle période me préfères-tu ? demanda-t-elle en les plaçant en éventail.

Il hocha la tête et répondit, sincère :

— À présent !

Elle fut stupéfiée par sa réponse, crut à quelque boutade courtisane.

— C'est impossible, voyons !

— C'est la logique même, Milady. En ce moment, *vous êtes* ; sur ces clichés, *vous avez été !* Ils expriment parfaitement votre passionnante trajectoire, mais c'est à l'arrivée que je vous trouve le plus fantastique.

— Une guenon maquillée, soupira-t-elle.

— Mais quelle guenon, Milady ! Formidable personnage ! Un concentré de vie, d'intelligence et d'énergie. Soyez rassurée : vous n'inspirez plus le désir physique, mais vous fascinez et provoquez l'amour spirituel.

Il ajouta, en promenant son doigt sur les trois images qu'elle tenait toujours :

— Cela, c'était le cheminement conduisant au trône que vous occupez désormais, Milady ! Ces trois admirables femmes que vous me montrez, je les situe, j'apprends tout d'elles en les regardant attentivement. Mais vous, telle que vous voilà, avec votre canne de métal et votre robe de cour, vous constituez une énigme ! Plus vous consentez à vous révéler, plus votre mystère s'épaissit. On est subjugué. Vous faites peur et vous captivez à la fois ! Si je vous avais connue à l'une de ces trois époques, il est probable que j'aurais été fou de vous ! Fou mais affreusement malheureux. En ce moment, je suis également fou de vous, mais je me sens heureux comme je ne l'ai jamais été.

— Oh ! toi, je t'adore ! s'écria Lady M. Je t'adore ! Je t'adore ! Je t'adore ! Mon tard venu ; mon dernier amour.

Elle détourna les yeux du garçon et ajouta :

— Tout à l'heure, pendant que tu étais allongé sur mon lit, il m'est venu une pensée insensée, Lambert. Si folle que j'ose à peine l'exprimer.

Il attendit en la regardant droit dans les yeux.

— J'aimerais que tu dormes avec moi, fit-elle. Je ne dis pas « coucher » mais « dormir ». Ce serait… Comment te dire ? Tu comprends cela, toi qui comprends tout ?

— Oui, dit-il, je comprends. Je suis d'accord, Milady. Dormons ensemble.

15

Miguel, son moniteur, ne lui faisait pas de cadeau et le promenait sur le court avec jubilation : une balle à gauche, une balle à droite ; coup droit, revers ! Une balle longue, une balle coupée. Lambert avait à cœur de tout rattraper et se « défonçait comme un malade ». Le moniteur ne comprenant pas le français, il l'injuriait en courant.

— Aux pieds, grand con ! Aux pieds, bordel ! Ça t'amuse de me rendre cardiaque, Espago de mes deux ! Ah ! si je pouvais t'en plomber une en pleine gueule !

Après un long moment d'efforts exténuants, il finit par crier grâce.

— *Very good !* le complimenta le moniteur.

Lambert gagna son banc, ruisselant de sueur. Il s'essuya avec sa serviette et prit la bouteille d'eau minérale *con gas* qu'il amenait régulièrement. Dans le mouvement, il aperçut une jeune femme brune, accoudée au garde-fou limitant les gradins du court. Elle le regardait en souriant et il pensa qu'elle devait parler le français et que c'était ses invectives à son partenaire qui l'amusaient.

— Ce bœuf andalou prend un malin plaisir à me tuer ! lui lança-t-il en matière d'excuse.

— C'est un vicieux, admit-elle.

— Vous êtes française ?

— Très bonne question à vingt francs ! répondit la fille ; en effet, je suis extrêmement française.

Elle portait une jupette blanche et la perspective ascendante permettait à Lambert de voir la culotte blanche de la jeune femme, d'autant plus aisément qu'elle avait posé un pied sur le muret. La vision le charma. Il trouvait la fille agréable. Il se dégageait d'elle quelque chose de joyeux. Elle semblait simple et pleine de vie.

— En vacances ? demanda-t-il.

— Chez des amis qui préfèrent le golf au tennis. Je dois louer un moniteur, moi aussi, ou alors faire du mur, mais ça manque de conversation.

— C'est cézigue, votre moniteur ? questionna Lambert en montrant Miguel.

— Il s'appelle Miguel et vous êtes sur le court principal ?

— Oui.

— Alors c'est lui. J'espère qu'il ne va pas me malmener comme vous ! Quel ogre ! Il ressemble davantage à un déménageur de pianos qu'à un moniteur de tennis.

— Si vous ne parlez pas l'espagnol, vous n'aurez guère plus de conversation avec lui qu'avec un mur. À l'exception de quelques phrases d'anglais, dites « usuelles ». De celles qui figurent à la fin des dictionnaires de poche.

Il vida d'un trait ce qui subsistait d'eau dans sa bouteille et regarda sa montre. Il ne lui restait plus que cinq minutes de leçon.

— Stop ! dit-il à Miguel, lequel ramassait les balles éparses à l'aide d'un ingénieux panier à manches qu'il suffisait d'appliquer sur les balles pour les récupérer. Ensuite, on retournait les bras du panier pour les transformer en pieds.

Miguel eut un sourire triomphant :

— *Tired ?*

— De la faute à qui, sac à viande !

Il plia bagages et monta à la rencontre de la jeune femme. De près, il constata qu'elle était plus jeune qu'il ne l'avait estimé. Son regard ironique, de couleur fauve, avait des reflets réellement dorés. Il aima ses pommettes légèrement proéminentes et sa coupe de cheveux très courte, un peu garçonnière.

— Voilà, la place est toute chaude ! lui dit-il. Et le monstre à raquette n'est nullement fatigué !

Elle le trouvait beau, il perçut l'admiration de la fille dans son œil d'or où couvaient des convoitises. « Une rapide ! » songea-t-il. Mais l'attention de sa compagne se détourna brusquement de lui pour se porter vers une nouvelle source d'intérêt située dans le dos de Lambert. S'étant retourné, il vit survenir Lady M. accrochée au bras de Pompilius.

Délaissant Lambert, elle alla au-devant du couple.

— Quelle bonne surprise ! fit-elle à Pompilius.

Ce dernier était dans ses petits souliers. Il eut un sourire jaune et s'inclina :

— Ravi de vous revoir, mademoiselle.

Puis, à Lady M. :

— J'ai eu le privilège de voyager au côté de mademoiselle dans l'avion qui me ramenait de Paris.

Milady salua d'un court hochement de tête.

— Les vacances se passent bien ? bredouilla le Roumain.

— Un rêve ! Vous me pardonnerez, on m'attend pour une leçon de tennis.

Elle amorça une révérence mutine, plus moqueuse que déférente, et dévala les gradins. La panique du vieillard ne lui avait pas échappé. Au lieu d'en être attendrie, elle s'en montra irritée.

Noémie eut l'une de ces bouffées de cruauté gratuite dont les femmes ont le secret. Se retournant, elle lança à Pompilius :

— Et encore merci pour la balade en Rolls, c'était super !

Lady M. lâcha le bras de son ami pour saisir celui de Lambert, poisseux de sueur. Mais comme c'était bon !

« Que j'aime donc sa jeune chair, Seigneur ! Ah ! l'élixir de jouvence que voilà ! Elle me grise au point que je n'ai pu un seul instant fermer l'œil de la nuit. Il s'est endormi comme un enfant, si merveilleux dans son pyjama blanc. Je me suis tenue recroquevillée au bord du lit afin de ne pas l'effaroucher par un contact intempestif. Vous l'avez remarqué, Seigneur, je parie. J'ai failli tomber sur ma carpette tant j'avais le souci de le fuir. Je crois que je ne pourrai jamais dormir avec cette présence dans ma couche ! Elle me grise tellement ! Son odeur d'homme jeune est somptueuse comme celle du foin nouveau. Une roseraie, à l'aube, sent moins bon que ce corps de mâle. Et sa chaleur, Seigneur, dites ? Je Vous en parle de sa chaleur ? Elle m'atteignait par ondes légères. Une tiédeur, une exhalaison ! Un projet de brise par une fin d'après-midi d'été. Je songeais sempiternellement à sa chère jeune queue, endormie elle aussi, mais d'un œil ! Et qu'une furtive caresse aurait fait se dresser avant qu'il n'en réalise la nature. Se dresser comme le cou du coq pour son chant de l'aube. Oh ! comme je l'aurais subtilement sucé, ce divin membre, Seigneur, sans Vous offenser. Mais il Vous en faut davantage, n'est-ce pas ? Blasé que vous êtes à cause de cette verminerie humaine qui vous grouille sous les yeux, mon formidable Aimé !

« Oui, Seigneur ; j'eusse aimé prendre son sexe dans ma bouche, éveillant l'élan de la chair avant qu'il ne retrouve conscience pour que le désir prenne de vitesse la répulsion. Je Vous parie, Seigneur que je le pompais à mort, le doux gredin, d'autant que sur la Costa del Sol, mon asthme me fout la paix. Il volait en éclats sous ma langue, je Vous le garantis. Seulement, par la suite, il ne m'aurait pas pardonné cette exquise tricherie. Il faut que nos conventions soient respectées sinon notre pacte devient caduc. Ah ! ce bras en sueur, si ferme ! Cette nuit, je l'écoutais respirer et j'en étais émerveillée. Un moteur de Ferrari, Seigneur, parole ! Comme ça respire bien, la jeunesse. Un souffle calme, régulier… Quand je dormais encore avec ce vieux con de Pompilius, il me faisait sursauter cent fois la nuit par ses ronflements, ses sautes de rythme, ses ratés d'agonisant. Et également, il pétait, l'élégant pourceau, Vous Vous en souvenez ? Lui, le mondain ! Des pets de charretier, que dis-je de cheval ! Et ses incongruités ne le réveillaient même pas. Monsieur balançait des louises carabinées au point que je les ai enregistrées, une nuit, pour les lui faire écouter le lendemain, lui mettre le nez dans ses vents. Il n'a pas voulu croire qu'il en était l'auteur. A prétendu qu'il s'agissait d'une basse contrefaçon que j'avais réalisée avec la bouche pour l'humilier !

« Mon beau Lambert contrôle son corps, lui ! C'est de la mécanique d'homme performante, Seigneur. Ah ! Vous ne l'avez pas ratée, cette créature-là ! Vous pourriez Vous en servir comme modèle de démonstration. »

Ils gagnèrent le club-house du Puente Romano.

— Désires-tu te doucher ici, ou préfères-tu rentrer directement à la maison ? demanda Lady M. à son protégé.

— J'aime mieux rentrer directement et piquer une tête dans la piscine, répondit Lambert.

Elle approuva de la tête, contente de l'emporter, tout dégoulinant, dans son somptueux repaire.

— Pompilius, déclara-t-elle tout à coup en cessant d'avancer, j'ai des compliments à vous faire.

Il savait que ça allait venir. Qu'elle allait l'entreprendre à propos de Noémie. Le bonhomme réprima un soupir.

Elle reprit :

— Vous faites des progrès, vieux dégueulasse. Vos conquêtes passent dans la catégorie du dessus. Naguère vous bricoliez les servantes d'auberge, les shampouineuses ou les traînées de drugstores ; à présent vous vous en prenez aux secrétaires ou aux assistantes médicales, bravo !

— Je n'accepte pas vos sarcasmes, ma reine au règne interminable, se rebiffa Senaresco. J'ai le droit de proposer une place dans la Rolls à une personne en compagnie de laquelle j'ai voyagé, sans pour autant être accusé de dépravation !

— Sans doute, Pompilius, d'ailleurs à vrai dire je m'en moque, coupa Lady M.

Rien ne pouvait le blesser davantage que cette indifférence déclarée.

— Je sais que je ne vous intéresse plus, ma bonne grand-mère. Depuis que vous vous êtes remise à pouponner.

— Tais-toi, l'abject !

Ils recommencèrent à se lancer des insultes fleuries. Elles n'amusaient plus Lambert. Au début, il admirait ce duel verbal basé sur des effets de vocabulaire. Sa dramatisation était atténuée par le style ampoulé. Il y avait de l'humour dans l'invective qui préservait de l'irréparable.

Son attention se porta sur un homme étrange qui semblait les observer à distance. Dans ce décor de vacances luxueuses, le personnage détonnait. Quelque chose de monstrueux émanait de son visage déformé par une mâchoire disproportionnée. Il portait de toute évidence une perruque séparée en deux par une raie médiane. On la pressentait pouilleuse. « Un nid à vermine », songea Lambert. Le nez busqué, la bouche sans lèvres, le regard exorbité, classaient l'individu parmi les anormaux.

Il portait une chemise à petites fleurs bleues sur fond vieux rose, genre cretonne ; un pantalon de toile grise bouffant aux hanches, des chaussures de ville d'un vilain marron, épaisses et déformées. Il tenait à l'épaule un sac Swissair rebondi, tandis qu'un appareil photographique se balançait sur son ventre. Lorsqu'il s'aperçut que Lambert le regardait, il tourna les talons et quitta le club-house.

Les deux vieillards se chamaillaient toujours.

— Soyez gentils, cessez vos enfantillages ! fit Lambert, agacé.

Ils se turent.

« Ça y est, il est en train de prendre le commandement ! pensa Pompilius. Bientôt, il dirigera la vie de la maison. »

Ils rentrèrent en silence à la *Villa Carmen*. Lambert n'arrivait pas à chasser de son esprit le bonhomme bizarre qui paraissait s'intéresser à Lady M. Il cherchait à le situer socialement, mais l'homme n'entrait dans aucune classification. Il avait l'air d'un fou en rupture d'asile. Le garçon le jugea funeste.

***

Après son bain, il passa une chemise et un pantalon blancs et se mit en quête de Milady. La femme de chambre lui apprit qu'elle était dans les mains de son kinési. Trois fois par semaine, Lady M. avait recours à un masseur syrien dont elle vantait les mérites. Elle souffrait beaucoup de son arthrose, mais ne se plaignait jamais car, assurait-elle, les geignards sont odieux à leur entourage. Il était bien suffisant qu'elle fût âgée ; elle ne pouvait se permettre, de surcroît, d'être malade. Lambert emprunta la Volvo break servant aux commissions et redescendit aux tennis. Il espérait y trouver encore la jeune Française qui l'avait remplacé sur le court central et il arriva au moment où elle gagnait les douches.

— L'ogre ibérique ne vous a pas trop martyrisée ? lui demanda-t-il.

— Il était bien trop occupé à me faire du baratin ! Il a dû m'assurer que j'étais jolie en trois ou quatre langues, y compris le français.

— Si j'étais garçon de bain, je devrais m'empresser de renchérir, fit le jeune homme.

— Je suis heureuse que vous ne soyez pas garçon de bain. Vous permettez que j'aille me doucher ?

— On prend un verre ensuite ?

— D'accord !

Il s'installa à une table de jardin et suivit une partie de double qui se déroulait sur le court bordant la terrasse. Manolo Santana, l'ancien champion, qui dirigeait le tennis club du *Puente Romano*, participait au jeu et produisait avec brio sa légendaire technique. Lambert admirait la prestation du maître, pourtant il conservait la désagréable sensation d'être encore observé par le vilain type de tout à l'heure et se retournait à tout bout de champ, certain qu'il allait le découvrir embusqué au coin du bâtiment. Mais il eut beau regarder, il ne le vit plus.

Lorsque Noémie revint, traînant son grand sac blanc, elle avait les cheveux mouillés et sentait l'eau de Cologne. Ils commandèrent deux oranges pressées puis restèrent un bon moment sans se parler, la tête renversée, les yeux mi-clos à cause de ce soleil finissant qui cognait encore dur. Une sorte de bien-être animal les gagnait.

— Ainsi, vous connaissiez Pompilius ? finit-il par murmurer.

Le prénom barbare du vieux beau la fit rire.

— J'ignorais qu'il existât un tel prénom de par le monde, assura Noémie.

— Et pas loin : la Roumanie. C'est-à-dire la porte à côté. Il vous a fait le coup de la Rolls ?

Elle cessa de rire et demanda :

— Qu'entendez-vous par là ?

— Il paraît que Pompilius considère la Rolls comme une alcôve et y entraîne des jeunes personnes de rencontre. Je ne vous ferai pas l'injure de croire que vous avez cédé à ses manœuvres séniles, je vous demande seulement s'il en a tenté ?

Soulagée, elle haussa les épaules.

— Oh ! il s'est montré empressé et allusif, mais mon attitude l'a dissuadé d'aller plus loin.

Pensant que la meilleure façon de ne pas être questionnée c'est encore d'interroger soi-même, Noémie demanda à Lambert quels étaient ses liens avec le couple et ce qu'il faisait à Marbella. Il déclara que Lady M. était sa tante, Pompilius le vieil amant de celle-ci, qu'elle tolérait par habitude et charité, et que lui s'occupait à gérer la fortune de sa parente.

— Voilà une belle sinécure ! dit en riant la jeune fille.

Il ne tarda pas à loucher sur la montre du prince. Milady en avait probablement terminé avec son masseur et elle allait s'inquiéter de son absence.

— Je dois vous laisser, fit Lambert. On se voit demain à la même heure ?

— Je n'ai pas pu avoir de leçon pour demain. Miguel a un emploi du temps très chargé.

— En ce cas nous jouerons ensemble.

— Après votre cours avec la brute vous serez vanné et je vous battrai à plate couture !

— Si je suis trop épuisé, nous pourrons aller faire un tour, déclara Lambert.

— Vous aurez la permission ?

Elle avait déjà tout compris. Il rougit et prit congé d'elle avec humeur.

Comme il passait devant la mosquée, il aperçut l'homme à la forte mâchoire assis sur un muret. L'individu avait troqué son appareil photographique contre une paire de jumelles d'approche.

Une casquette à carreaux couvrait sa perruque. S'il s'était peint le nez en rouge, il aurait ressemblé à un clown pour cirque miteux.

***

Les King-Charles se mirent à lui faire des fêtes lorsque Lambert fut de retour à la maison. Depuis qu'il dormait dans le lit de leur maîtresse, ils lui portaient l'attachement qu'ils éprouvaient pour celle-ci.

Pompilius qui observait l'arrivant fut frappé par la démonstration de joie des deux chiens.

— On dirait que vous leur plaisez, fit le Roumain avec un faux détachement.

Et en disant cela, il eut le pressentiment de ce qui se passait dans la maison. Se pouvait-il que ce godelureau soit devenu l'amant d'une femme presque quatre fois plus âgée que lui ? N'était-ce pas une insulte à la nature ?

Le jeune homme se mit à caresser les chiens en s'amusant de leur allégresse. Lady M. s'occupait fort peu des deux bêtes. Les enfants et les animaux l'avaient toujours agacée ; aussi, les King-Charles, privés de flatteries, se livraient-ils à de grandes démonstrations de joie.

— Milady est toujours avec son masseur ? questionna Lambert ?

— Ce rasta est parti depuis un bon moment, mais elle se repose. J'ai l'impression qu'elle commence une mauvaise période, déclara Pompilius. Son arthrose lui fait endurer le martyre. Elle ne dit rien, mais les grands cernes sombres qu'elle a sous les yeux, malgré son maquillage, parlent pour elle !

Pompilius reprit la lecture de son journal, de manière ostensible, afin de signifier à Lambert qu'il ne tenait pas à sa conversation. Le jeune homme sentit parfaitement la mauvaise humeur du bonhomme et ne s'en émut pas. La jalousie de Pompilius allait de soi.

Il quitta la terrasse et, suivi des chiens en liesse, s'enfonça dans le jardin dont la flore le fascinait. Des allées « mourantes » sinuaient à travers les bananiers, les palmiers nains, les néfliers et mille autres essences. Un petit ruisseau artificiel, dont l'eau circulait en circuit fermé, chuchotait à travers la sylve. Des ponts en dos d'âne l'enjambaient. Bien que la propriété fît moins d'un hectare, grâce à l'abondance et à l'aspect touffu de la végétation, elle paraissait beaucoup plus vaste lorsqu'on y circulait.

Lambert atteignit le mur de clôture ; ce dernier mesurait un mètre cinquante, mais un fort grillage le continuait en hauteur, lui-même surmonté de fils barbelés redoutables, posés sur trois rangs. Les chiens se mirent à aboyer, face au mur, avec une fureur inhabituelle. Lambert s'approcha du grillage pour regarder à l'extérieur. Tout d'abord, il ne vit rien de suspect. Entre la propriété de Lady M. et la suivante s'étendait une zone encore non bâtie, sorte de terrain vague galeux où poussaient, vaille que vaille, quelques figuiers et quelques oliviers rabougris. Tout paraissait désert dans l'agonie de cette fin de journée. Pourtant, les King-Charles continuaient leur tapage. Lambert crut que quelque lézard les mettait en rage, néanmoins il continua de guetter, mû par un pressentiment désagréable. Il flairait confusément les prémices d'un danger. Il n'essayait pas de calmer les deux bêtes, il regrettait au contraire qu'il n'y eût pas de portelle au fond du jardin : elle aurait permis aux chiens de débusquer dans le terrain vague l'homme ou l'animal qui les excitait à ce point.

Tout naturellement, il pensait au personnage insolite qui, à deux reprises, avait mobilisé son attention. Pourquoi, en l'apercevant, avait-il éprouvé une sensation d'effroi ? Celle-là même qu'il ressentait, enfant, à la vue d'un reptile. Après un examen attentif du terrain, il décida que le seul endroit où un homme pouvait se dissimuler était constitué par un gros buisson d'épineux à quelques mètres du jardin. Lambert se mit à ramasser des pierres qu'il aligna sur le mur ; ensuite, il grimpa sur celui-ci et s'agrippant d'une main au grillage, il entreprit de lapider le buisson avec sa provision de projectiles ; son manège montait à son paroxysme la fureur des deux chiens. Lambert lançait ses pierres de toutes ses forces comme s'il avait à se défendre contre une bête malfaisante. Au moment où il s'emparait de la dernière, un homme courbé bas s'élança de la masse sombre des plantes grasses ; Lambert reconnut aisément l'individu à la grosse mâchoire. Il courait comme un fou ou un animal, procédant par bonds en se tenant légèrement de profil. Sa fuite bizarre rappela à Lambert celle d'un blaireau que son père avait failli écraser, jadis, de nuit, sur une route de montagne. Ce qu'il ressentit, en regardant s'éloigner l'homme, ressemblait à de la haine froide ; une haine née de la peur. Il songea que s'il disposait d'une arme à feu il n'hésiterait pas à tirer sur le fuyard.

Il le regarda atteindre l'extrémité du terrain vague, escalader le talus et rejoindre la route où il continua sa course cabriolante de gibier forcé.

« Oh ! Milady, dans quel bordel de merde vous êtes-vous fourrée avec vos folles manigances ! C'est après vous que cet affreux type en a. Que cherche-t-il ? Que vous veut-il ? Des nuages s'amoncellent sur votre pauvre tête de sorcière peinturlurée ! »

L'idée lui vint de sortir une bagnole et de courser le voyeur ; s'il le rattrapait il lui demanderait des explications ; mais le gong du dîner retentit et Lambert abandonna sa chasse à l'homme.

— Où étais-tu ? demanda Milady d'un ton maussade.

— J'ai promené les chiens dans le jardin.

— Avant ?

Il se sentit penaud comme un gamin pris en faute, et pourtant il croyait tellement avoir assis son autorité avec le coup du diadème.

— Je t'ai vu ressortir au volant de la Volvo.

— J'avais oublié mon serre-tête sur le banc du court.

Il avait honte de devoir mentir. Allait-il rendre compte à Milady de ses moindres faits et gestes ? Un âcre ressentiment lui noua la gorge et il faillit s'emporter. Ce furent les fameux cernes noirs sous les yeux de son hôtesse qui le retinrent. Elle devait beaucoup souffrir effectivement ; un pli amer déformait sa bouche tandis qu'une lueur farouche durcissait son regard.

— Penses-tu ! fit-elle. Tu l'avais en partant, ton serre-tête, il était entortillé à ton poignet.

— Vous l'aurez confondu avec mes manchons antisueur, Milady !

Il la fixa droit dans les yeux pour l'inviter à arrêter là la discussion ; mais elle passa outre l'avertissement muet du jeune homme.

— Je crois plutôt que la jeune pétasse de Pompilius t'intéresse et que tu es retourné la voir.

— Quand ce serait, Milady ?

Il la vit fermer les yeux, comme si ses douleurs devenaient insupportables et, aussitôt, regretta son ton de défi.

— Pardon, balbutia Lambert, je ne voulais pas vous blesser.

Elle eut l'air de ne pas entendre, se leva péniblement et eut des mouvements incertains pour récupérer sa canne ; elle parvint à s'en saisir et s'éloigna de la table aussi rapidement qu'elle le pouvait.

Lambert en fut affolé.

— Non, Milady, ne vous fâchez pas ! C'était un réflexe de mauvaise humeur.

Alors elle rebroussa chemin pour se précipiter sur lui, la béquille levée.

— Je vais t'en foutre, moi, de la mauvaise humeur, vermine sans couilles ! Tête de nœud !

Elle se mit à le frapper de toutes ses forces, comme elle l'avait fait à la Guadeloupe, lors de leur première soirée.

— Des princes et des ducs se sont traînés à mes pieds, connard ! Je leur ravageais la gueule à coups de talon aiguille ! Un éleveur de taureaux espagnol, plus riche que tu ne le deviendras jamais, s'est tiré une balle dans le cœur parce que je venais de lui dire que je ne l'aimais pas, et ma seule réaction a été de faire changer le tapis, souillé par son sang de marchand de bestiaux ! Un roi de l'acier s'est débrouillé pour faire ouvrir la maison Cartier, à deux heures du matin, afin de m'offrir un solitaire de dix carats ! Et toi, miteux, tu te permets d'avoir avec moi des réactions de mauvaise humeur !

Elle le frappait de plus en plus fort ! Les phrases qu'elle glapissait alimentaient sa rage. Elle cognait éperdument, désespérément et sa souffrance s'engloutissait dans le brasier de sa fureur.

Pompilius survint pour le dîner. Ce soir, il s'était mis en smoking ; lubie qui le prenait parfois sans crier gare.

En découvrant la scène, il ne se réjouit pas, sachant pertinemment qu'une femme ne frappe que l'homme qu'elle aime. Il mit un point d'honneur à se comporter comme si elle n'avait pas lieu, s'assit à sa place, prit négligemment sa serviette empesée qu'il étala sur son genou droit.

— Qui te crois-tu, boy-scout masturbé, pour me traiter de la sorte ? J'ai balancé ma coupe de champagne dans le portrait d'un des plus fameux gangsters de Londres, et pourtant, les durs les plus durs chiaient dans leur froc quand il entrait dans une pièce ! Une autre fois, à Berlin, j'ai foutu le feu à une Mercedes Benz décapotable qu'on venait de me livrer parce qu'elle n'était pas de la couleur que j'avais souhaitée ! J'ai pissé dans le couscoussier d'un sultan saoudien qui s'était fait servir avant moi ! J'ai fait se mettre entièrement nu un baron belge au cours d'une soirée, je lui ai noué un ruban à la queue et je l'ai promené dans les salons d'une ambassade. Je me faisais allumer mes cigarettes avec des billets de banque, trou-du-cul, et c'était chaque fois les plus grosses coupures du pays ! L'un des plus célèbres écrivains de l'époque buvait l'eau de mon bain !

Elle le frappait toujours ; un rythme lui était venu, dont son pauvre souffle s'accommodait. Lambert avait placé ses deux bras en croix au-dessus de sa tête pour laisser déferler la tempête. Il jugeait l'emportement de Milady grotesque et humiliant, sans toutefois envisager d'y mettre fin en s'en allant. Il avait honte de sa passivité ; honte de se soumettre au cruel caprice de cette Carabosse écumante.

— Tu te prends pour un superman parce que tu as eu l'audace de voler ce diadème, mais sache que tu n'es qu'une bricole à mes yeux, pas même un projet d'homme avec ta bitoune et tes deux roustons de collégien !

Comme elle finissait par lui faire très mal, il se permit une esquive rotative qui, tout à coup, déséquilibra Milady.

La vieille partit en avant et s'affala sur le sol si malencontreusement que le mancheron de sa béquille lui meurtrit durement la figure. Un hématome bleuit immédiatement sa pommette tandis que son œil droit enflait à toute allure dans des proportions alarmantes. Les deux hommes s'empressèrent de la relever, mais, plus vexée encore que meurtrie, elle gigotait comme une diablesse en les injuriant l'un et l'autre avec une vigueur et un vocabulaire de vivandière, les traitant de sales cons, de lopettes, d'enculés-de-leurs-mères, de foireux, de foies blancs, de dégueulis d'ivrogne, de diarrhées vertes, de fesses de rats malades, de figures de culs, de pourritures, de sombres salopes, de débiles mentaux, de bouffeurs de chattes sales, de masturbés encéphaliques, d'eczémas purulents, et puis encore d'enculés. Malgré ses rebuffades, ses hurlements et ses mouvements désordonnés, ils réussirent à la porter jusqu'à sa chambre et à la déposer sur son lit. Mais sitôt qu'ils l'eurent lâchée, elle se releva et, sans l'aide de sa canne restée à la salle à manger, elle clopina jusqu'à la grande glace du dressing. Quand elle aperçut sa pommette tuméfiée, énorme, son œil clos, elle poussa un grand cri d'horreur éperdu et se voila le visage de ses deux mains en un geste qu'il n'avait rien de théâtral.

— Bien, à présent il s'agit d'appeler un médecin, décida Pompilius !

— Un médecin ! tonna Milady. Tu sais bien qu'il n'en existe pas un seul de valable dans toute l'Andalousie, espèce de crapaud pustuleux.

— Je vais vous appliquer des compresses chaudes, dit Lambert.

— Tu peux te les foutre aux miches, tes compresses, crevard ! aboya Lady M.

Pompilius estima que son heure était revenue.

— À présent, laissez-nous, dit-il à Lambert d'une voix sévère, vous l'avez suffisamment énervée comme cela !

Le garçon hocha misérablement la tête et se dirigea vers la porte.

— Non, reste ! cria Milady.

Elle ajouta à mi-voix, d'un ton dépassionné :

— C'est vous qui allez emporter votre sale couenne rance, monsieur Pompilius ; courez bouffer votre pâtée, il est l'heure !

Le pauvre n'en était plus à une humiliation près. Il se retira dignement.

— Jusqu'à présent j'étais moche, mais cette fois je suis monstrueuse, n'est-ce pas ? demanda Milady.

— Le temps de vous soigner et votre visage se décongestionnera, promit Lambert ; il y aura certes des bleus pendant quelques jours, mais les femmes ont le privilège de pouvoir se farder.

— Tu te dis qu'au point où j'en suis ça ne change pas grand-chose à mon look ?

Il soupira.

— Je me dis ce que je crois vous avoir déjà dit, Milady, à savoir que votre physique importe peu car votre séduction est ailleurs désormais ; vous n'êtes plus une femme, vous êtes un personnage ; un personnage fascinant.

— Je t'ai fait mal, tout à l'heure ? s'inquiéta Lady M.

— Vous cognez sec, répondit-il en se massant le front.

Quand il retira sa main de ses cheveux, de légères traînées sanglantes se lisaient sur ses doigts.

Il les essuya avec son mouchoir.

— Votre réaction jalouse était stupide, dit Lambert. Je vous aime et je sais que jamais plus je ne serai attaché à quelqu'un comme je le suis à vous. Cela dit, ça ne va pas m'empêcher de me faire la fille du tennis, Milady ; elle a un petit regard salingue et un cul qui me plaisent. Dormir dans votre lit, tant que vous voudrez ; pour tout vous dire, j'y suis bien. Protégé !

Un psychiatre pourrait probablement expliquer la chose. Il n'empêche que j'ai besoin de baiser, moi, Milady. Je bande plusieurs fois par jour au point de devoir me masturber ; il m'arrive de m'éveiller la nuit avec une queue infernale. C'est pourquoi la petite sauteuse du père Pompilius tombe à pic.

Il baissa la tête et dit très bas :

— Dites-moi que vous comprenez, vous ne pouvez pas ne pas comprendre ! Ça ne vous a pas choquée, l'autre jour, que je me fasse la secrétaire du journal ?

— Non, convint-elle, ça ne m'a pas choquée ; une passade, je veux bien, mais une liaison, non, ce n'est pas compatible avec notre mode de vie.

Elle réfléchit et ajouta :

— La petite pute du tennis, c'est une fille à histoires : j'en veux pour preuve la façon dont elle s'est empressée de mettre ce nigaud de Pompilius dans l'embarras en faisant allusion à la Rolls devant nous. Tu peux me croire, petit d'homme, je m'y connais en garces. Maintenant, si tu tiens absolument à la baiser, amène-la ici et saute-la dans ta chambre.

— Ici ! s'exclama Lambert, effaré.

— Et pourquoi pas ? Tu as peur ? De moi ? L'amour, tu sais, ça me connaît !

Son rire la rendit plus atroce encore. Avec son pauvre visage tuméfié, son œil fermé dont la paupière virait au mauve sombre, elle était devenue une créature de cauchemar.

— Tu me promets de la baiser ici ? insista Milady.

Il y avait une concupiscence canaille dans sa voix ; l'idée que le garçon allait faire l'amour sous son toit excitait Lady M.

Il fit un bref signe d'assentiment.

— Parfait ! À présent, va rejoindre le vieux crabe à table, il faut que tu manges, petit voyou ! Sois tranquille, je me soignerai toute seule...

Elle le poussa hors de la pièce. Dans le fond, Lambert n'était pas fâché de dîner.

Pompilius s'expliquait avec un saumon froid mayonnaise qui eût contenté douze personnes. Il maniait son couvert à poisson avec une dextérité chirurgicale.

— Le fauve est calmé ? demanda le Roumain.

Lambert prit place à table sans répondre.

— Est-il indiscret de vous demander ce qui a motivé cette correction, tout à l'heure ? insista Pompilius sans se décourager. Aviez-vous dérobé des confitures ? Mis le doigt dans votre nez ?

Lambert se servit. Il marquait de l'hostilité au vieillard sans trop savoir pourquoi ; peut-être éprouvait-il une confuse jalousie à propos de Noémie ?

Pompilius torcha délicatement sa bouche du coin de sa serviette :

— Si la vieille guenon me rabroue et si vous, vous ne me parlez plus, ma vie ici cessera d'être un enchantement, murmura-t-il.

***

« Seigneur ! Oh ! Seigneur, dans quel triste état suis-je ! »

Elle venait de retirer la compresse de coton trempée dans une eau chaude additionnée d'arnica. De nouvelles et sinistres couleurs naissaient sur sa figure : des jaunes jaspés de bleu, des verts vénéneux, avec des fissures d'où sourdait un sang huileux.

« Franchement, Seigneur, c'est dégueulasse de permettre ça ! Une femme de mon âge et dans mon état qui, déjà, souffrait le martyre ! Mais qu'est-ce qui Vous prend, bordel ? J'ai raté ou bâclé ma prière du soir ? J'ai commis une saloperie ? Si Vous avez des rognes contre moi, allez-y carrément, dites-le, au lieu de me tourmenter dans ma chair !

« Non mais visez ma gueule ! Je veux que Vous regardiez ! C'est pas le tout de m'arranger de la sorte, Vous devez prendre conscience des dégâts, Seigneur ! Et l'autre petit crétin qui veut absolument tremper le biscuit... Voilà qu'il lui faut du cul, brusquement ! Je peux m'en charger, de son foutre, si vraiment il le démange à ce point. Seigneur, j'accepte d'avoir la frime en compote si je suis assurée qu'il ne s'attaquera pas à cette greluse. Elle me fout les boules ! Je sens venir un caca monstre de ce côté. J'ai retapissé ça à ses falots, Seigneur. Toute la hardiesse du monde s'y trouve rassemblée. Y a rien de plus chenille qu'une insolente ; je le sais : j'en suis une et de la pire espèce. Mon Dieu, je Vous en supplie, faites qu'elle baise mal ! Pas qu'il prenne goût à cette grenouille, sinon on va droit à la cata ! Oh ! mais j'aime mieux Vous prévenir que je ne laisserai pas les choses se détériorer, Seigneur ! Je me battrai ! Quitte à faire vitrioler la frite de cette morue, elle devra lâcher le morceau. Un coup de bite, d'accord, seulement, au second je fais les gros yeux, et au troisième, je mets le holà ! Dites, ça fonctionne trop bien avec le môme ! D'autant que je mijote une nouvelle arnaque superclasse. Le top niveau ! Du jamais vu ! Vous en resterez comme deux ronds de flan, tout Seigneur que Vous soyez, Seigneur. Là, si le gamin continue d'être à la hauteur, on doit logiquement enfouiller un max, Vous verrez.

« En attendant, il faut que je fasse équiper sa chambre par le larbin qui, franchement, mérite un détour, question électronique. Ses ébats, au Lambert, je veux pouvoir les admirer en vista-vision. Les enregistrer à toutes fins utiles. C'est pas pour prendre un jeton, Vous le savez pertinemment, Seigneur ! Des parties de jambon, j'en ai tellement vu et tellement pratiqué que je suis blasée. Si j'enregistre la séance, c'est afin de pouvoir contrôler la situasse ; alors inutile de me faire les gros yeux.

« Putain ! cette gueule ! Elle est chouettos, la Monique ! Car je me prénomme Monique ; nous deux exceptés, personne ne le sait ! Une Lady ne peut pas se promener un nom pareil. Il fait dactylo ou petite bourgeoise du Club Med.

« Seigneur tout-puissant, dont la mansuétude est illimitée, guérissez-moi de ces vilaines blessures et laissez-moi assumer mon arthrose à coups de cachets. J'ai le courage de souffrir, le courage d'être vioque à chier, pas celui d'être défigurée. N'ajoutez pas, Seigneur, l'horreur à l'indécence sinon Vous me feriez douter de Votre existence, et ça je ne peux pas me le permettre à mon âge !

« Je vous demande humblement, Seigneur, de considérer ce petit bavardage comme une prière en bonne et due forme et Vous prie d'agréer l'assurance de ma plus totale contrition.

« Amen ! »

16

Evelyn Stern était un petit juif roux au visage constellé de tavelures fauves et aux yeux d'albinos. La coupe stricte de ses vêtements était typiquement britannique. Il s'habillait avec recherche et changeait de linge de corps plusieurs fois par jour depuis que son patron de l'Agence Bluebarnett lui avait confié que son odeur corporelle était extrêmement « présente » (c'était le terme pudique dont il avait usé : « présente »).

Un léger strabisme divergent conférait à son regard d'un bleu très sombre une espèce de charme qui, chose curieuse, finissait par incommoder ses interlocuteurs.

Le prince Mouley Driz le pria de s'asseoir, ce que l'autre fit avec une nonchalance affectée.

— Avez-vous du nouveau, monsieur Stern ? questionna vivement l'altesse.

— Je pense que oui, dit gravement le rouquin, et je suis en mesure de vous dresser un premier rapport.

D'un geste péremptoire, le prince lui enjoignit de commencer.

Evelyn Stern manquait un peu de moelleux dans ses manières. Il n'avait pas l'esprit courtisan et le fait que son client fût prince ne provoquait en lui aucune servilité. Il appelait Mouley Driz « monsieur » et soutenait son regard charbonneux avec une totale décontraction.

— Je prends l'ordre chronologique des événements, monsieur. À huit heures du soir, vous sortez le diadème de votre *safe* et allez le placer sur ce fût de colonne dans le salon d'honneur. Votre chef de la sécurité, en armes, s'assied alors à côté du joyau et se met à monter la garde. Lorsque, à minuit, vous déposez le diadème sur la tête de votre fille, vous constatez au premier coup d'œil qu'il s'agit d'un faux grossier, mais, soucieux de ne pas perturber la fête, vous agissez comme si de rien n'était. Une fois vos invités partis, vous questionnez le garde, lequel vous apprend qu'il s'est produit une panne de lumière pendant qu'il surveillait le bijou ; panne qui l'a incité à aller réclamer l'assistance des domestiques pour la réparer. Renseignements pris auprès de ces derniers, la zone hall-grand-salon aurait simplement disjoncté, et il a suffi d'enclencher le disjoncteur pour rétablir le courant. Première question : qu'est-ce qui a provoqué la panne ? Réponse : un court-circuit. Seconde question : quelle est l'origine du court-circuit ? Réponse : l'introduction d'un corps étranger dans l'une des prises électriques. Troisième question : quelle était la nature dudit corps étranger ? Là, j'ai eu quelque mal à trouver la réponse. C'est en m'efforçant de me mettre dans la peau du cambrioleur que j'ai fini par l'obtenir. Je me suis dit que l'individu en question avait retiré l'objet de la prise nécessairement, sinon il aurait éveillé immédiatement les soupçons. Mais, l'ayant récupéré, il était possible qu'il eût le réflexe de s'en séparer aussitôt.

Evelyn Stern tira un sachet de cellophane de sa poche et le plaça sur le bureau du prince. Le sachet transparent contenait une petite fourchette à gâteau à manche de corne.

— Cette fourchette, reprit l'agent de la Bluebarnett and son, se trouvait dans l'un des immenses cache-pots du hall. Vous pouvez constater que l'on a retroussé la dent centrale et que l'extrémité des deux autres est noircie par le courant ; c'est donc bel et bien cet objet qui a provoqué le court-circuit. Un coup de génie suivi d'un coup d'audace. Il est certain que si le garde était resté en place dans la pénombre, le voleur n'aurait probablement rien tenté.

« J'ai procédé à un relevé d'empreintes sur le manche de cette fourchette : elles sont hélas fort nombreuses, toutefois, leur quantité indique que le voleur ne l'a pas essuyé et que donc, les siennes y figurent également. Je ne dispose ni de l'outillage, ni de la compétence nécessaires pour isoler et agrandir les empreintes retenues par ce manche de corne. Je dois expédier la fourchette à un laboratoire de Londres pour obtenir de bons résultats qui nous permettront de progresser. »

— Allez-y vous-même ! ordonna le prince. Je vais mettre mon jet à votre disposition.

Mais son interlocuteur secoua la tête.

— Ce serait du temps perdu, monsieur. Envoyons plutôt votre secrétaire, je préfère demeurer à pied d'œuvre ; jusqu'à présent, je me suis attaché à la réalisation du vol ; ce chapitre étant clos, je vais m'intéresser aux invités dont je voudrais avoir la liste complète le plus rapidement possible.

Mouley Driz caressa sa barbiche en sabot de casino :

— Je pense que vous faites du bon travail, monsieur Stern, chuchota le prince de sa voix soyeuse ; si nous parvenons à récupérer le diadème, je vous allouerai la prime que vous méritez.

— Nous n'en sommes pas encore là, monsieur, répondit Evelyn Stern.

***

Elle se tenait accoudée à la barrière, dans la même attitude que la veille. Un vent du sud soufflant des côtes marocaines amenait une poussière ocre qui teintait à vue d'œil les murs éclatants de blancheur. La jupette friponne de Noémie s'en trouvait imprégnée et ses cheveux courts s'ébouriffaient sous l'effet des brusques bourrasques. Bien que le court central se trouvât en contrebas, Lambert avait du sable fin plein les yeux.

— C'est pas marrant de jouer dans ces conditions ! lança-t-il à Miguel, je préfère arrêter !

En fait, il prenait ce prétexte pour rejoindre Noémie.

En gravissant les gradins de béton, il songeait qu'elle était encore bien plus belle que le souvenir qu'il en conservait. Il y avait chez elle une joie d'exister et une sensualité qui donnaient envie de manger son sourire.

— Vous déclarez forfait ? demanda la jeune fille.

— Ce temps est bon pour les planches à voile, mais mauvais pour le tennis. Vous venez ?

— Où m'emmenez-vous ?

— À la villa, histoire de vous montrer mes estampes andalouses !

Il s'exprimait d'un air bravache avec une brusquerie qui surprit Noémie.

— Votre tante est absente ?

— Non, pourquoi ?

Elle ne répondit pas et l'escorta jusqu'au parking du club-house où il avait remisé la grosse Volvo.

— Ce n'est pas une voiture de jeune homme, remarqua-t-elle en y prenant place.

— Vous préféreriez que je frime au volant d'une Ferrari ?

— Non, au contraire, cette bagnole me convient tout à fait.

— C'est la sécurité, ironisa Lambert, sur cette route homicide, il faut faire gaffe à ses os !

Il prit le pont qui enjambait la route à la hauteur de la mosquée. Les vitres de l'auto étaient devenues opaques sous l'effet du vent chargé de sable fin, et il dut brancher les essuie-glaces pour ouvrir un éventail de visibilité dans la couche de poudre ocre.

En moins de trois minutes, ils atteignirent le portail de la *Villa Carmen* que commandait un système de cellule photoélectrique. Pendant que le vantail de fer forgé coulissait sur son rail, Lambert repensa à l'homme aux fortes mâchoires et se dit qu'il ne l'avait plus revu depuis la fuite de celui-ci dans le terrain vague. Peut-être sa lapidation l'avait-elle effrayé ? L'homme ne semblait pas très sain d'esprit et Lambert gardait l'image saugrenue de sa course de blaireau forcé dans le champ en friche.

La demeure était déserte en apparence. Pendant cette période d'apathie, le couple de Philippins se tenaient accroupis dans la courette jouxtant l'office et palabraient à mi-voix. Leurs chuchotements évoquaient ceux qu'on perçoit dans un monastère. Lambert fit les honneurs de la réception à Noémie. Les dimensions du living et la splendeur du panorama impressionnèrent la visiteuse. Le temps était particulièrement clair et le rocher de Gibraltar s'inscrivait avec force, à droite de l'horizon.

Noémie appartenait à un milieu artistique et savait apprécier les belles choses ; les toiles de Miró, de Picasso et de Tapiès la ravirent.

— Votre tante est une personne de goût, dit-elle ; vous avez de la chance de vivre dans cette maison de rêve.

Le Philippin, alerté par leur arrivée, vint demander à Lambert si l'on avait besoin de lui. Le jeune homme s'enquit auprès de Noémie de ce qu'elle voulait boire. Elle répondit qu'elle n'avait pas soif pour l'instant.

« Milady, vous êtes tapie dans l'ombre, à nous guetter, je le sens. À cause de votre gueule sinistrée, vous ne vous montrerez pas, mais vous devez vous arranger pour tout voir et tout entendre, espèce de vieille araignée noire ! Vous êtes une mygale énorme dont la toile est tendue inexorablement. Pas moyen de vous échapper ! Mais comme vous souffrez, au fond de votre vieillesse mutilée ! Comme vous devez haïr cette fille de vie, si ensoleillée ! Il ne faut pas, Milady. Non, il ne faut pas. Au lieu de la jalouser, essayez de vous mettre à sa place. Le renoncement ouvre de nouvelles portes ! J'ai eu un sujet de ce genre, au bac. Un roi qui a abdiqué peut continuer de vivre le pouvoir de son successeur.

« Nos relations sont stupéfiantes, je le sais, et personne, en dehors de nous deux, ne peut comprendre à quoi elles correspondent. En ce moment, Milady, je pense à vous. Je vous aime de pitié. L'effroi que vous m'inspirez se mélange à une passion fanatique. »

— Je vous prie de m'excuser, dit-il à Noémie.

Il s'approcha d'un secrétaire ancien qui supportait le téléphone et un écritoire volant. Il rédigea sur une feuille du bloc le message suivant :

« Je vais la conduire dans ma chambre pour la baiser. Je veux que ce soit comme un poème que je vous dédie. »

Il sonna le valet et lui ordonna de porter le poulet à Lady M.

— Je vous montre ma chambre, Noémie ?

Il ne souriait pas, elle fut même surprise par son air de profonde gravité. Elle lut une sorte d'anxiété dans son regard. Lambert était un drôle de type qu'elle parvenait mal à situer. On trouvait en lui du cynisme et néanmoins comme un appel désespéré. Il appartenait à cette race de gens que le bonheur épouvante et qui portent les plaisirs de la vie comme un cilice. Il était de ces moines ratés qui deviennent démons pour n'avoir pas su reconnaître leur vocation profonde.

— Volontiers, répondit-elle froidement, ne sommes-nous pas venus dans cette demeure pour ça ?

Il l'entraîna vers l'escalier qu'il se mit à gravir devant elle comme un agent immobilier faisant visiter une maison. Avant de pénétrer dans sa chambre, il jeta un regard en direction des appartements de Milady ; mais ce n'était qu'immobilité et silence au premier étage. Il eut, au dernier moment, le réflexe de faire entrer Noémie la première. Il fit jouer le verrou de sécurité et s'adossa au chambranle. La jeune fille fit quelques pas incertains. La pièce, comme le reste de la demeure, était crépie à la chaux blanche, cirée ensuite au savon noir, ce qui donnait au plâtre un aspect lisse et une patine intéressante. Le lit espagnol, aux dorures sourdes, chantait contre ce mur si joliment travaillé. Quelques bois polychromes décoraient la chambre.

— Très belle pièce, mais qui a quelque chose d'inoccupé, remarqua-t-elle.

— Asseyez-vous ! proposa mornement Lambert.

Elle choisit une banquette aux pieds torsadés, recouverte d'un somptueux tissu au point de Hongrie.

— Vous m'aviez parlé de vos estampes andalouses, plaisanta Noémie, j'avoue que je préfère ces bois gravés. J'ai fait pendant deux ans l'école Boulle et je sais reconnaître les époques. Celui qui est au-dessus de la commode doit être du quatorzième, n'est-ce pas ?

— C'est possible, mais je m'en fous, répondit Lambert, enlève ta culotte !

Elle se figea.

Un moment, ils se défièrent du regard. Lambert croyait être de retour dans son studio de Saint-François, à la Guadeloupe, en compagnie de l'estivante qu'il avait houspillée et chassée bassement le dernier soir. Il se produisait comme une sonnerie d'alarme dans sa tête.

« Milady, il faut qu'elle plie ! Très vite, tout de suite, sans faire d'histoires, sinon je vais la foutre dehors, elle aussi. Peut-être même vais-je la cogner si elle rouspète ! Aidez-moi, Milady ! Qu'est-ce qui m'arrive ? Je deviens dingue, ou quoi ?

« Milady ! Je dois parler coûte que coûte, sinon je frappe. »

— Ta jupette est vachement sexy, articula-t-il, elle me fait un effet d'enfer. Tiens, regarde !

Il saisit son sexe à travers l'étoffe de son pantalon pour en souligner la dilatation.

— Tu vois ?

Le calme revenait en lui. Il respirait librement et avait l'impression d'avoir échappé à un danger.

— Ôte ta culotte, mais garde ta jupette, demanda-t-il d'un air suppliant presque enfantin.

Elle rit :

— Serais-tu vicieux ?

— Quel drôle de mot, murmura Lambert. Je ne suis que sensuel ; tu trouves du mal à cela, toi ?

— Non, admit Noémie.

— Bon, alors tu enlèves ta culotte, troisième et dernière sommation !

Elle obéit en souriant.

Il la prenait langoureusement pour conclure une série d'ébats très variés lorsqu'on frappa à sa porte. Furieux, Lambert interrompit leur étreinte. Il croyait à une visite de la vieille. Milady n'y tenait plus de voir se prolonger leur galant tête-à-tête et intervenait. Il redoutait le pire : une scène de jalousie honteuse qu'il ne se sentait pas capable d'assumer. Il passa rapidement un peignoir de bain pour aller ouvrir et fut à la fois surpris et soulagé en trouvant le domestique à sa porte. L'impassibilité de l'Asiatique avait cédé à l'affolement.

Lambert pensa qu'il venait d'arriver quelque chose de grave à Milady.

Le valet lui fit signe de le suivre et se mit à dévaler l'escalier. Lambert l'escorta, nu-pieds, jusqu'à la courette des communs où l'on mettait le linge à sécher sur des étendages amovibles. Les deux King-Charles s'y trouvaient, couchés sur le flanc, la langue à demi sortie, dans des flaques de déjections. L'un d'eux était mort, l'autre traversait l'ultime phase de son agonie, agitant ses pattes comme pour mimer une course éperdue ; mais la mort le rattrapait et ses mouvements s'affaiblissaient à vue d'œil. Bientôt, il s'immobilisa à son tour et les deux chiens commencèrent à raidir dans l'ombre étouffante de la courette.

La cuisinière pleurait, penchée sur les King-Charles qui avaient été davantage ses compagnons que ceux de la maîtresse. Lambert demanda des explications aux domestiques qui lui apprirent que les deux bêtes avaient été saisies de vomissements. Elles dormaient et avaient commencé à geindre dans leur sommeil avant de se réveiller tout à fait pour vomir. Elles n'eurent même pas la force de se lever. Un empoisonnement, probablement. Le Philippin déclara que ces chiens tuaient les rongeurs et qu'ensuite, sans vraiment les manger, ils les mettaient en charpie pour jouer entre eux. Il était convaincu qu'ils avaient agi ainsi avec un rat empoisonné. Le valet de chambre des voisins lui avait révélé que ses maîtres craignaient à ce point les rats qu'ils plaçaient des appâts empoisonnés sur toute l'étendue de leur propriété.

Lambert hocha la tête et décida d'informer Milady de l'événement. Il dut toquer longtemps à sa porte avant qu'elle lui ouvre. Ce jour-là, Lady M. n'était pas montrable. Les chairs de sa figure s'étaient gonflées et les dominantes du visage sombraient dans des boursouflures écœurantes. Les grosses lunettes noires qu'elle portait ne cachaient pas grand-chose de son infortune.

Contrairement à l'habitude, elle le reçut dans l'antichambre ; il en conclut qu'elle était occupée à se donner des soins ou bien à faire l'inventaire de ses trésors au moment où il avait frappé.

Elle lui sembla lointaine, détachée de tout.

Lambert lui apprit la fin tragique des King-Charles, il redoutait qu'elle en éprouve du chagrin, mais elle haussa les épaules et déclara seulement :

— Il faut dire à Mouli de les enterrer profondément dans le fond du parc et qu'il mettre un sac de chaux sur leurs cadavres par mesure de sécurité.

Puis elle ajouta :

— Nous commanderons des bergers allemands pour les remplacer ; eux, au moins, sont de vrais chiens !

— Ça ne vous fait donc pas de peine ? soupira Lambert, incrédule.

— Bien sûr que si, mais que veux-tu que j'y fasse ? Il y a des choses beaucoup plus graves, ajouta-t-elle en portant le bout de ses doigts noueux à son visage.

Elle demanda en détournant ses yeux de hibou :

— Tu te régales, petit d'homme ?

Sa main inquiète continuait d'effleurer ses plaies avec une insistance d'aveugle. On aurait dit qu'elle espérait un miracle qui lui aurait rendu sa figure d'avant sa chute.

— Réponds, insista Lady M., tu t'en es bien payé avec ta petite sauteuse ?

Malgré tout, elle ne semblait pas s'intéresser tellement à l'appréciation du jeune homme.

— Il faut que j'aille la rejoindre, s'excusa-t-il, vous permettez ?

Il retourna dans sa chambre, mais Noémie n'y était plus. Il se mit à sa recherche, pensant la trouver dans le salon ou sur la terrasse. Le Philippin lui apprit qu'elle était partie un instant plus tôt. Sans doute avait-elle perdu patience après avoir été abandonnée à un moment crucial ? Lambert eut le réflexe de la rattraper en voiture, mais au moment où il prenait place dans la Volvo, un brusque découragement le saisit. Décidément, il manquait de conviction. Sa partenaire lui plaisait et elle participait avec fougue à leurs ébats ; il se sentait ardent et gonflé de désir, mais la proximité de Milady lui interdisait ce total abandon sans lequel l'acte d'amour perd toute sa magie. Il resta longtemps assis au volant avec sa portière ouverte, blessé dans sa chair et dans son âme. Les cadavres des deux King-Charles le hantaient et lui paraissaient être un présage noir. Il sentait s'amonceler des nuages menaçants sur la *Villa Carmen*, comme si quelque mauvais sort indétournable venait de lui être jeté. Vaincu, il descendit de l'auto dont il claqua la portière d'un coup de genou.

Lorsqu'il gravit les degrés de l'escalier, son peignoir de bain s'ouvrit et il s'aperçut qu'il était encore en état d'érection.

***

— Vous n'avez pas d'ennui de santé, bon ami ? demanda Dom Alvarez à Pompilius.

Une fois par semaine, le Roumain venait bridger chez un ancien ambassadeur brésilien qu'il avait connu, jadis, en Indonésie, et retrouvé un soir à la *Meridiana*, le restaurant chic de Marbella. Son hôte le raccompagnait à sa voiture avec civilité.

C'était un vieillard de belle allure, dont les cheveux blancs, tirés en arrière, détonnaient sur cette tête d'homme brun.

— Non, pourquoi ? J'ai l'air malade ? s'inquiéta Pompilius.

— Je vous trouve la mine un peu défaite ; ne me dites pas qu'une jeunesse vous ruine la santé !

— Hélas non, fit Pompilius ; en fait, mes rapports avec Lady Mackinshett se détériorent sérieusement depuis qu'elle s'est entichée d'un godelureau qui sent l'embrocation solaire.

Il haussa les épaules et exhala un soupir.

— Elles restent folles jusqu'à la tombe, mon cher.

Il prit congé et se hissa dans sa Rolls. Un méchant rhumatisme lui tenaillait le genou gauche. « Il ne manquerait plus que je devienne comme elle ! » songea-t-il en démarrant.

Alvarez habitait une nouvelle urbanisation de luxe sur la route d'Algésiras ; en cette fin d'après-midi la circulation devenait extrêmement dense. L'ancien diplomate pilotait avec une circonspection de vieillard qui commence à douter de ses sens et remédie à leur éventuelle carence par un surcroît d'attention. Après San Pedro, il avisa une prostituée qui faisait discrètement du stop en bordure de la nationale. Il en découvrait sans cesse des nouvelles, jeunes et jolies généralement, dont le racolage s'opérait avec tact à cause des policiers qui sillonnaient la route. La première fois, Pompilius s'était arrêté en croyant fermement qu'il s'agissait d'une auto-stoppeuse. C'est seulement quand, lui ayant demandé où il devait la déposer, elle avait répondu « où vous voudrez » qu'il avait réalisé la profession de sa passagère. Il lui arrivait parfois, en période de disette, de faire monter l'une d'elles dans sa chère Rolls. Il les payait bien et exigeait peu d'elles. Il les priait seulement de se dénuder du bas et de s'asseoir en tailleur ; il arrivait qu'il leur demandât de se masturber, voire qu'il les caressât lui-même, mais la perspective du S.I.D.A. l'effrayait. « Je suis trop vieux, songeait-il, pour périr de cette maladie ; ce serait indécent. » Au niveau de Puerto Banus il ralentit en découvrant une grosse fille aux seins exagérément plantureux, se disant qu'il devait être intéressant d'enfouir son visage d'aristo entre ces lourdes mamelles en se donnant l'illusion d'en périr d'étouffement, puis il accéléra, vaincu par son inappétence.

Ce renoncement facile l'inquiéta. Dom Alvarez avait raison : il commençait à battre de l'aile. L'immense désenchantement qui le poignait de plus en plus, jour après jour, sapait son tonus. Du train où allaient les choses, il risquait de devenir podagre et de s'abandonner à la sénescence. Or, plus il tournerait à l'épave, plus son déclin s'accélérerait à la *Villa Carmen*.

Lorsqu'il y parvint, le Philippin lui annonça la mort des deux chiens et Pompilius en fut abattu. Ces bêtes tranquilles appartenaient à son univers familier et leur disparition le laissait un peu plus seul. Il monta retrouver Lady M. et la découvrit devant son poste de télé. Il en fut d'autant plus surpris qu'elle ne regardait presque jamais la télévision, sinon pour prendre connaissance des informations en période de crise ou de tension internationale.

— Vous tombez bien ! s'exclama Milady. Je voulais justement vous montrer quelque chose.

— Vous savez que les chiens sont morts ? demanda Pompilius.

— Évidemment que je le sais : ils sont même déjà enterrés.

Comme Lambert, naguère, Pompilius fut déconcerté par l'indifférence de son amie.

— Enterrés ! s'écria le Roumain, mais il convenait de les montrer à un vétérinaire !

— Les vétérinaires soignent, ils ne ressuscitent pas !

— Si les King-Charles ont été empoisonnés, il serait bon de connaître la nature du poison.

— Et ça changerait quoi, bonhomme ahuri ?

— Si c'est un acte de malveillance...

— Quelle malveillance ? Ils ne sortaient pas et n'ont jamais causé le moindre dommage à autrui. Ces deux idiots auront dévoré quelque taupe empoisonnée. Foutez-moi la paix avec ces chiens crevés, l'ami ! Nous nous en procurerons d'autres. Asseyez-vous, je vais vous projeter un document qui risque de ranimer vos ardeurs agonisantes.

Elle manœuvra son appareil vidéo avec beaucoup d'autorité. Une image parut sur l'écran, qui représentait la chambre (ou du moins l'ex-chambre) de Lambert.

Elle était prise depuis le coin fenêtre. La pièce était vide et le resta pendant d'interminables minutes.

— Ça manque un peu d'action, ironisa Pompilius.

— Patientez un peu, vous allez en avoir !

— Vous espionnez vos invités, maintenant ? demanda l'ancien diplomate.

— Je ne les espionne pas, je les admire.

Il y eut quelques crachotements et la porte de la chambre s'ouvrit. Quand il reconnut Noémie, Pompilius pinça ses lèvres et il ressentit une intense et froide tristesse jusque dans ses os. Le moment d'abandon qu'il avait vécu avec la jeune fille demeurait fidèlement dans sa mémoire. C'était ces instants-là qui le gardaient encore parmi les hommes virils. Il savait bien que l'aventure avec la jeune voyageuse serait sans lendemain, mais il refusait de la voir céder à Lambert. Ce jeune salaud lui prenait donc tout ? Il s'acharnait à dépouiller Pompilius, à lui voler la tendresse de Lady M., à neutraliser le besoin qu'elle avait encore de lui. Un besoin d'habitude qui remplaçait les nuits d'autrefois. Il avait ridiculisé Pompilius en dérobant le diadème avec une aisance de routier de la cambriole. À présent, il jetait son dévolu sur cette fille jeune et rieuse dont il conservait aux lèvres le goût secret. Ah ! S'il pouvait le tuer en duel, d'un coup d'épée au cœur, comme son grand-père avait tué un nobliau italien qui prétendait lui prendre sa maîtresse ! Mille fois, pendant ses nuits blanches (sa vie était devenue une interminable insomnie) il rêvait de ce coup magistral, en vieux bretteur qui avait jadis remporté bien des assauts d'escrime. Malgré les vermoulances de l'âge, il se fendait, superbe, et sa main sûre guidait la lame dans la poitrine du bellâtre. Pompilius savait lui frayer sa route, entre les côtes et la plonger dans le cœur de Lambert. D'un élan fulgurant et gracieux, le bras gauche arrondi en anse, le genou plié, l'autre jambe allongée prenant appui sur l'extrémité du pied. Pompilius savait à la suite de quelle feinte il devrait placer la botte fatale. Il sentait cette brusque masse morte, pesante à la pointe de l'épée avant qu'il ne retirât celle-ci d'un coup sec pour saluer sa victime.

« Regardez-le, Seigneur ! Regardez la gueule qu'il fait ! Voulez-vous que je Vous dise ? Il en crève. Je le tue, ce mec, avec mon ange de Lambert ! Je suis fumière dans mon genre car, en fait, Pompilius, je lui dois du bon temps. Nous avons passé des épreuves pas tristes, lui et moi ; vécu des péripéties qui rempliraient la carrière d'un cinéaste, réussi des opérations juteuses et surtout fait l'amour à s'en faire saigner ! Alors, pourquoi le torturer comme je le fais, Seigneur ? Réponds-moi, je ne pige plus. On dirait que je me venge d'un mal qu'il n'a jamais commis. Je le fais chier jusqu'à la gauche ! Et ça n'est pas fini ! Pourquoi prends-je un sadique plaisir à le faire souffrir ? Il n'y a pas meilleure femme que moi, je Vous en réponds. Est-ce parce que je lui en veux de ne plus être à la hauteur ? Est-ce son âge que je ne lui pardonne pas, alors que j'ai quelques années de plus que ce con ? Attendez, ne bougez pas, Seigneur. Je crois que je pige. Ce que je ne pardonne pas à Pompilius, c'est mon âge à moi. Je le hais de m'avoir laissée devenir vieille. Il aurait dû faire quelque chose, ce nœud. Quand on aime, on peut tout ! Au lieu de tenter l'impossible, il plastronne, l'affreux. Se pavane d'être plus fringant que je ne le suis ! Il marche droit, il n'a pas une gueule de méduse échouée, lui. Ses rides sont belles, à l'aristo. Et, très honnêtement, Seigneur, je sais qu'il lui arrive encore de bander. Oh ! bien sûr, ce n'est plus l'étalon des grands jours. La braguette est devenue timide ; quant à l'éjaculation : fumée ! Mais, retenez bien ce que je Vous dis : cette guenille amidonnée bande dans les grandes occasions. Et si on décidait qu'il crève pour sa peine, Seigneur ? Je crois Vous l'avoir déjà suggéré, mais, je me permets d'insister. Qu'il crève comme sont crevés mes deux cabots. Proprement ! Pas de cancer : ça n'en finit plus. Je verrais volontiers le cœur. La cordiale embolie, la rupture d'anévrisme sans grandiloquence. Poum ! En bas ! Descendez on vous demande ! Vous devriez y songer, Seigneur. Jusqu'à présent, Vous ne m'avez jamais rien refusé ! »

— Il est délicat, non ? remarqua Lady M. en montrant l'écran du bout de sa canne.

— Trop ! assura Pompilius.

— C'est le dépit qui vous ronge !

— Le dépit !

Pompilius leva haut ses belles mains de pianiste avant de les reposer chacune sur un accoudoir de son siège. Une nuée ardente lui rendit la vie pourpre. Alors, mû par sa rage trop longtemps rentrée, il déclara :

— Ma chère amie, vous l'avez pressenti, à mon retour de Paris j'ai, chemin faisant, dégusté la chatte de cette jeunesse (il appuya sur le mot « jeunesse »). Elle s'est prêtée à la manœuvre avec une exquise complaisance. Votre Casanova, c'est monsieur toc-toc, le lapin ! À preuve : il passe déjà à un autre exercice. Soyez gentille, revenez en arrière. Je vous le demande, c'est pour vous expliquer quelque chose.

De mauvaise grâce, elle actionna la boîte de commande à distance.

— À partir de là, vieux saligaud ?

— Si vous voulez bien, ma chérie.

Sur l'écran, on voyait Lambert guider sa compagne à son lit et la placer en travers de celui-ci, les jambes pendantes.

Il s'agenouillait devant elle pour l'embrasser. L'objectif fixe ne révélait qu'un plan général de la chose et la perspective raccourcissait curieusement le corps couché de Noémie.

— Puis-je vous demander ce que Lambert fait de ses mains pendant que sa langue s'active ? interrogea le Roumain.

— Il tient celles de la petite pute, et alors ?

— Âme divine, qui sait tout des frivolités parce qu'elle fut une virtuose des sens, n'y a-t-il pas un meilleur usage à faire de sa dextre et de sa senestre en pareil cas ? Moi, madame la vieille truie fétide, quand j'ai eu le fabuleux privilège de goûter à l'élixir de cette fille, de ma main gauche j'attisais ses seins et, de la droite je provoquais chez elle des plaisirs sodomites au lieu de lui bouffer le cul comme un veau, madame la truie-à-la-gueule-défoncée. Comme un veau qui lèche un bloc de sel. Votre sous-lope mange sans appétit ! Parce qu'il a vu, dans les films pornos de Canal +, que cela se pratique. Il bouffe par « on-dit », madame Nœnœil ! Pour faire croire à sa partenaire qu'il est au courant des beaux usages, mais la divine pratique est lettre morte pour lui. Il lèche cette adorable chatte comme s'il s'agissait de timbres-poste, vous vous en rendez trop bien compte, vous pour qui la fellation était un dû et la première des manœuvres amoureuses ; toujours présente dans l'étreinte ; abandonnée un instant pour être reprise avec plus de passion. Comment avez-vous dit, avec votre fierté de grand-maman, en me le montrant, tout à l'heure ? Qu'il était délicat ! Délicat ! Je pouffe ! Délicat ? Dégoûté, vouliez-vous dire ! Délicat, ce léchouilleur imbécile ! Mais, madame, en le voyant perpétrer, le dos à votre infernale caméra, on comprend tout de suite qu'il n'aime pas le cul, ce chérubin, qu'il ne l'aimera jamais. Ce n'est pas des chattes qu'il lui faut bouffer, mais des gâteaux, madame. Des gâteaux !

Il était grisé par sa virulence qui laissait l'autre sans voix. Pour la première fois, il la dominait pleinement. Pompilius savait que, désormais, tout était consommé entre eux deux. Il acceptait l'inéluctable d'un cœur en berne mais serein. N'était-ce pas fascinant de penser qu'ils *rompaient*, à leur âge, au lieu d'être les fossoyeurs de leurs amours défuntes ? Ils auraient pu sombrer l'un et l'autre dans la moiteur des habitudes, mais non, après des décades de vie passionnée et passionnante, ils se séparaient. Et Pompilius s'offrait le luxe de prendre les devants. Il était fier de lui. Il coula ses mains dans ses poches, ce qui était une marque de concentration.

— Voyez-vous, douce amie, je suis navré de vous abandonner, la gueule en compote, entre les griffes douteuses d'un petit voyou malbaisant, pourtant je ne vois pas d'autre issue. Je vous souhaite encore une longue vie et une belle mort pour la conclure. Vous aurez été la femme de ma vie si moi je n'ai pas su être l'homme de la vôtre. Ah ! les fumantes années que nous aurons vécues, madame ! Ne me laissez pas croire que vous ignorez aujourd'hui ce qu'est un cul splendidement bouffé. Je vais préparer mes effets et descendre prendre une chambre au *Puente Romano* ou au *Marbella Club*. J'y séjournerai le temps que vous preniez des dispositions financières à mon endroit. Je ne vous ai jamais parlé d'argent car vous suffisiez à mon bonheur, mais il va bien falloir que j'existe encore un peu sans vous. Je devine que vous serez large sans que j'aie à vous y contraindre. Adieu !

Il partit une heure plus tard au volant de la Rolls.

17

Adolphe Ramono avait visité toutes les quincailleries de Malaga avant de découvrir ce qu'il cherchait : deux échelles pliables en tubulures légères. Une fois développées au maximum elles mesuraient quatre mètres ce qui était suffisant pour ce qu'il en attendait. Il les avait arrimées sur la galerie de sa voiture au moyen d'une araignée élastique et roulait lentement, sans s'écarter de sa droite, sur cette grande route en folie qui lui paraissait morbide. Il avait résolu d'agir le soir même, ayant la preuve que les chiens de la *Villa Carmen* étaient bien morts de ses boulettes empoisonnées.

Depuis l'alerte du buisson épineux où le garçon l'avait lapidé, Ramono redoublait de précautions. Il avait trouvé, à trois cents mètres de chez la vieille, le chantier interrompu d'une villa d'où il jouissait d'une vue parfaite sur la demeure de Lady M. Il pouvait suivre à la jumelle les moindres faits et gestes de la maisonnée. Ainsi, depuis son poste d'observation, avait-il vu le domestique enterrer les deux King-Charles au milieu d'une plate-bande. Les chiens avaient toujours été les ennemis de Ramono, aussi les éliminait-il lorsqu'il s'en trouvait sur le futur terrain de ses activités. Il dîna frugalement dans un restaurant de campagne ; la nourriture espagnole lui déplaisait. Il prit une assiette de *rabugo*, le jambon noir du pays, et des frites grossières, arrosa ces mets d'une demi-bouteille de « Sang de taureau » et fit traîner les choses car il n'agirait pas avant deux heures du matin.

L'expérience lui prouvait que c'était l'heure idéale des interventions à domicile car c'est le moment où les gens dorment le plus profondément. En Espagne, on pouvait reculer cet instant fatidique d'une heure, la vie se trouvant décalée par rapport au reste de l'Europe. Lorsqu'il aurait fini sa bouteille, il commanderait une manzanilla infusion, et puis, plus tard, un Fernet Branca avec du Piper Mint. Ce bistrot lui plaisait : il était pittoresque avec, sur ses murs, l'accumulation d'un bric-à-brac insensé : portraits aux couleurs naïves d'anciennes gloires tauromachiques, banderilles, muletas ensanglantées, coquillages peints, vieux outils de menuisier, statues pieuses, éventails, photos de danseuses andalouses. Un musée kitsch attendrissant dominé par la corrida et la religion.

Le regard de Ramono s'attarda sur une madone de plâtre peinte en bleu et or, dont la tête s'auréolait d'une couronne de petites ampoules électriques pour crèches, qui clignotaient. Une bouffée de ferveur remonta de ses origines.

« Madona, invoqua l'homme à la grosse mâchoire, faites que tout se passe bien cette nuit ! »

***

Lambert était assis à sa place habituelle. Il se trouvait seul à la table devant une assiette de saumon fumé auquel il ne touchait pas.

« Quand on mène une vie de riche, on perd vite l'appétit », songea-t-il.

La solitude lui pesait. Depuis la mort des chiens, son angoisse allait croissant. Milady ne quittait plus sa chambre à cause de sa figure tuméfiée et, quand il la rejoignait, le soir, la pièce puait affreusement.

Il avait tenté de se rapatrier dans la sienne, alléguant qu'elle serait mieux seule, mais elle n'avait rien voulu entendre.

« — Je passe ma journée dans l'attente de ton retour, petit d'homme ; tu ne peux pas me faire ça. »

Alors il restait et, au bout d'un moment, cessait de percevoir l'odeur de tubéreuses pourrissantes qui est un peu celle de la mort.

Milady lui racontait des bribes de sa vie ; jamais dans l'ordre chronologique. Elle ne lui parlait pas de son enfance. Les souvenirs qu'elle évoquait concernaient toujours son époque « triomphante », celle où elle était belle, adulée et puissante. S'il tentait de remonter plus avant dans son passé, elle éludait. « Sans intérêt, petit d'homme. J'ai eu l'enfance de n'importe qui. »

Il s'endormait, alors qu'elle parlait encore de réceptions, de chasses à courre, de traversées transatlantiques à bord de l'*Île-de-France* ou du *Liberté*.

Son saumon s'oxydait, virait au brun. Lambert donna un coup de poing sur le timbre du service. Le valet surgit aussitôt et le jeune homme lui dit de passer au plat suivant.

« Quel étrange invité, je fais, Milady. Je suis seul à table et je dors avec la maîtresse de maison. Je vis comme un pacha et je n'ai pas d'argent. Les quelques sous que je dépense en Coca, au tennis, je les prends dans la caisse de la cuisine en notant mon emprunt sur un carnet ! Vous m'assurez que je serai votre héritier et vous me montrez votre trésor de guerre, mais j'ignore la combinaison de votre coffre ! Vous êtes très vieille, je suis très jeune. Nous n'avons aucune perspective d'avenir, juste ce présent boitillant qui ne débouche sur rien. Je devrais filer d'ici. Aller retrouver mes parents et vivre quelque temps auprès d'eux, histoire de me remettre à jour. »

Le Philippin réapparut, tenant un appareil téléphonique sans fil qu'il présenta à Lambert.

— Madame ! annonça le valet.

Lambert porta le combiné à sa joue.

— Oui ?

— Où en es-tu de ton repas, petit d'homme ?

— Au point zéro : j'n'ai pas faim. Si j'étais dans une clinique ce serait sûrement plus marrant.

— Monte !

Elle raccrocha. Lambert rendit le combiné au domestique et se leva.

— Fini ! lui annonça-t-il en lui montrant la table.

Comme chaque fois, il redoutait l'odeur agressive de la chambre, aussi entra-t-il en se retenant de respirer. Dérisoire tricherie, qui rendait plus redoutable la première inhalation. Milady avait quitté son lit de douleur et se tenait dans un fauteuil, sa canne posée en travers de ses jambes comme le fusil d'un chasseur au repos. Elle portait un époustouflant déshabillé de soie crème, agrémenté de broderies indiennes rouges. Lambert lui trouva meilleure figure, sa pommette commençait à désenfler et ses laides couleurs jaspées s'unifiaient en un jaune verdâtre qui pâlirait vite désormais. Il lui en fit la remarque, ce qui combla d'aise la vieille femme.

— Demain, je reprendrai mes habitudes, annonça-t-elle.

— Je m'en réjouis. Vous savez, Milady, seul à cette grande table, c'est pas la joie !

Il ajouta :

— Rien de nouveau au sujet de Pompilius ?

— Rien. Qu'il crève ! Je prie d'ailleurs pour cela.

— Vous pensez que Dieu apprécie ce genre de requête ?

— Ne t'occupe pas du Seigneur, j'en fais mon affaire. Il en a entendu d'autres ! Mais, nom d'un chien, vous l'imaginez comment, ce mec ? Un censeur de lycée ? Un garde armé juché sur un mirador ? Tu crois qu'il a besoin de révérences, de prosternations, de simagrées rituelles ? Ça, bonhomme, crois-moi, ça le fait chier, Dieu. S'il nous a conçus tels que nous sommes, c'est parce qu'il nous veut ainsi ; qu'il sait tout de nous et qu'il parle notre langage. Il connaît nos passions, nos fantasmes et jusqu'à nos moindres conneries. Nous sommes de lui et à lui. Assieds-toi devant moi sur le tapis, en tailleur. J'aime. Un de mes amants se tenait toujours ainsi quand il venait me voir. Il attendait que j'ouvre les jambes. Le manège durait plusieurs heures, mais rassure-toi, je ne te ferai pas cette blague.

— Pompilius a pris une chambre au *Puente Romano ?* demanda Lambert en s'asseyant comme elle l'exigeait.

— C'est ce qu'il a prié le valet de me dire.

— Il espère un retour en grâce ?

— Non : du fric.

— Et vous allez lui en donner ?

— Tout un tas, mais pas encore. J'attends qu'il vienne me supplier. Il devra me le demander à genoux et je lui pisserai dessus avant de lui en remettre.

— Vous êtes cruelle, Milady.

— Comment pourrait-on régner si on ne l'était pas ? Gamin, j'ai une nouvelle à t'annoncer : nous allons bientôt partir d'ici.

— Pour aller où ?

— New York, tu connais ?

— Non.

— C'est la plus belle ville du monde après Venise, tu verras. Les trois premiers jours, tu la hais, ensuite tu ne peux plus t'en passer.

— Nous y allons pour affaires ?

— Celle du siècle, mon amour. Ce sera le couronnement de ma carrière. Quand nous l'aurons réalisée, je me retirerai définitivement et je t'apprendrai à gérer nos biens et à opérer des coups juteux pour ton compte personnel.

— Riche comme vous l'êtes, pourquoi ne raccrochez-vous pas tout de suite, Milady ? demanda Lambert, plein de lassitude. L'arnaque pour l'arnaque, considérée comme un sport, est-ce tellement une finalité en soi ?

Elle prit une expression méchante dont il s'aperçut malgré les énormes lunettes qui masquaient ses traits.

— Je pense que tu es irrémédiablement honnête, dit-elle. Coquin d'occasion, mais aux mœurs bourgeoises. Il faut te crier « chiche » pour que tu voles, sinon tu n'en as pas envie.

« Et cependant tu as des dons : la maîtrise de soi, le juger, l'audace. Peut-être ta place est-elle dans les affaires ? J'ai connu un type dans ton genre, en porte-à-faux la plupart du temps. Il n'avait que des pulsions : pas de plan organisé, ni de longue concentration. Il agissait de façon ponctuelle. Il possédait un sexe d'âne mais il ne faisait pas vraiment l'amour : il tirait des coups. Serais-tu un tireur de coups, petit d'homme ? Un simple tireur de coups ? »

— Je l'ignore, bougonna Lambert, vexé.

— Moi, je le crains.

— Qu'est-ce qui vous le donne à penser ?

Elle eut un sourire mystérieux. Elle se saisit de sa canne et dirigea lentement l'embout de caoutchouc sur la braguette de Lambert, le promenant sur la protubérance qui se manifestait à travers l'étoffe du pantalon.

— La voilà, la clé de voûte du mâle, murmura Lady M. Sache te servir de ta rapière, mon drôle, et le monde t'appartiendra.

— Je peux en savoir plus sur l'affaire new-yorkaise, Milady ?

Elle cessa son manège.

— Je la réaliserai de bout en bout, tu me serviras seulement d'assistant.

— Ce sera dangereux ?

— Très dangereux. Tu as peur ?

— De l'inconnu, oui, mais si je savais de quoi il retourne je me préparerais à être courageux.

« Oh, Seigneur, ce qu'il me plaît, ce bébé tendre ! Quelle admirable créature ! Je meurs de lui, Seigneur. J'aimerais le lécher de la tête aux pieds. Je l'initierai à la baise, Seigneur, je Vous en fais le serment. Je lui apprendrai l'amour comme on enseigne le clavecin ou la harpe. Il saura tout et comprendra tout. Quelle chance d'avoir rencontré ce gracieux mâle disponible !

« Il errait en lui-même comme un aveugle dans une pièce vide, sans repère, et je suis venue lui prendre la main. Donnez-moi assez de vie et d'énergie, Seigneur mon Dieu, pour que je puisse le placer hors d'atteinte avant que je ne disparaisse ! »

Elle dit :

— Demain, tu devras retrouver ta petite partenaire de l'autre jour et tu l'inviteras à dîner ici.

— Quelle idée !

— Obéis !

— Mais elle est partie pendant que je m'occupais des chiens et je ne l'ai pas revue.

— Elle ne doit pas être difficile à repêcher. Tu n'avais pas fini de la prendre, n'est-ce pas ?

— Comme le savez-vous ?

— Arrête cette sempiternelle question ! Je sais tout, point à la ligne.

Elle appela le Philippin par le téléphone intérieur et lui ordonna de leur monter des toasts au caviar et de la vodka glacée.

— Nous allons grignoter et je te raconterai New York, déclara Milady. Va te mettre en pyjama.

Elle paraissait heureuse.

***

Adolphe Ramona quitta le chemin cahotique et engagea sa voiture sur le terrain en friche bordant la *Villa Carmen*. Il avait dûment repéré les lieux et savait où garer son véhicule pour qu'il ne soit pas vu de la route. Malgré ses phares éteints et grâce à la pleine lune il se dirigeait sans encombre. Une fois l'auto dissimulée, il procéda à sa checklist. Méticuleux, il avait dressé sur une feuille de bloc l'énumération de ce qu'il devait faire et des objets dont il devait se munir. Il troqua ses rudes chaussures de cuir contre des chaussons de feutre, ensuite il noua à sa taille un petit sac de toile identique à ceux qu'utilisent les skieurs et qui contenait deux seringues emplies du même poison (il envisageait qu'une aiguille puisse se briser au moment de l'injection), une ampoule de gaz soporifique (au cas où la vieille se réveillerait avant la piqûre fatale), une petite chignole à main faite d'un acier suédois particulièrement résistant, une série de crochets, et son couteau à lame rentrante. Il y ajouta la lampe électrique dont il se servait pour vérifier son matériel. Après quoi, il enfila un bas de femme noir sur sa tête, qu'il perça, lorsqu'il fut en place, à l'endroit de sa bouche. Enfin, il passa des gants chirurgicaux, en caoutchouc fin et résistant. Il ne lui restait plus qu'à récupérer les deux échelles sur le toit de sa voiture, ce qu'il fit en un tournemain.

Quand il fut parvenu à la clôture sommée d'agressifs barbelés, Ramono développa les deux échelles et les appliqua l'une à côté de l'autre contre le treillage. Il en gravit une et, une fois au faîte, s'empara de l'autre qu'il fit passer de l'autre côté, face à celle qu'il occupait. Il put de la sorte enjamber sans dommage les fils hérissés de piquants.

Le jardin de la *Villa Carmen* sentait fort les « belles de la nuit », ces fleurs dont l'odeur envoûtante ne s'exalte que le soir venu. Adolphe Ramono s'offrit le luxe de respirer leur parfum à narines voluptueuses.

Il avait tout son temps et il savait que, plus il serait détendu, mieux « les choses » s'opéreraient. C'est pourquoi il s'assit un instant sur un banc de pierre dont les accoudoirs étaient sculptés en tête de lion.

La fraîcheur de la pierre lui procurait une sensation de bien-être. Il se tenait adossé au banc, les bras allongés, les jambes croisées tel un promeneur bucolique pris par l'enchantement de la nuit.

Un oiseau lançait par instants un petit cri inquiet dans les feuillages environnants. Ramono chercha la lune épanouie à travers une déchirure des frondaisons.

Il la trouva.

Lui sourit.

***

Ils avaient parlé longtemps dans la chambre. Ayant bu deux petits verres de vodka, Milady était un peu grise et sa volubilité surprenait Lambert. La vieille pépiait comme une perruche, ponctuant chacune de ses phrases d'un gloussement ou d'un petit rire brisé. Elle racontait le New York d'après la guerre où soufflait un vent de folie. Les Français y étaient fêtés alors, comme si ç'avait été eux qui eussent remporté la victoire. La quarantaine ravageuse de Lady M. y avait fait des dégâts. Un magnat de l'édition lui faisait livrer tous les jours un nouveau cadeau de chez Tiffany, tandis qu'un pianiste hongrois très fameux prétendait, à chacune de ses visites, vouloir se jeter du trente-deuxième étage.

— J'ai demandé au *Waldorf* qu'on me réserve la même suite qu'à cette époque, petit d'homme, je te montrerai tout ça...

Sans cesse, Lambert tentait de mettre la conversation sur « le coup en préparation ». Elle commençait à évoquer l'affaire, puis, très vite se ravisait pour parler d'autre chose.

— Nous palperons des dollars par millions, mon garçon. Seulement, c'est de la dynamite. Il faut posséder mon intrépidité pour risquer le paquet. Nous allons affronter rien moins que la Mafia. La vraie, celle des U.S.A. !

— La Mafia, Milady ! Vous êtes sûre de ne pas voir trop grand ?

— On ne voit jamais assez grand, mon Lambert. Le coup m'a été proposé par Silvio Bari, un vieux mafioso qui fut mon amant. Il avait la particularité de ne jamais faire l'amour autrement que debout. Comme il a pris du carat, la Cosa Nostra l'a mis au rancart et il veut lui jouer un mauvais tour avant de crever. Vengeance de vieillard. La pire !

— Elle consiste en quoi, cette vengeance, Milady ?

— À palper le montant d'une livraison de drogue. N'insiste pas, petit d'homme, tu n'en sauras pas davantage pour le moment.

— Vous vous méfiez de moi ?

— Crétin ! C'est par superstition que je ne te parle pas. Tout ce qui est sorti de toi échappe à ton contrôle et le sort peut en faire son profit ! Je te mettrai au courant le moment venu.

Elle avait avalé une série de cachets contre la douleur car son arthrose continuait de la torturer puis, la vodka aidant, s'était endormie très vite en lui tenant la main.

Lambert avait éteint la lumière qui risquait de la réveiller un peu plus tard, tant elle avait le sommeil tourmenté.

Les yeux grands ouverts dans le noir, il réfléchissait à ce qu'elle venait de lui apprendre. Une équipée new-yorkaise contre la Mafia lui paraissait presque puérile. Ne s'agissait-il pas d'un délire de vieillards qui se croyaient plus forts et plus malins que des truands professionnels parce que, précisément, ils étaient vieux et perdaient le contact avec la réalité ?

La main de Milady, crispée sur la sienne, l'incommodait. Il s'en défit avec d'infinies précautions, sans troubler le repos de sa voisine de lit. L'air de la chambre était étouffant comme celui d'une serre où l'on cultive des plantes tropicales. Il y avait l'air conditionné à la villa, mais Lady M. refusait qu'on l'utilisât, alléguant qu'il était source d'ennuis pulmonaires. Elle dormait même avec la fenêtre fermée pour éviter tout risque de refroidissement. Lambert décida de l'ouvrir afin d'aérer la pièce. Il se coula hors du lit, sans bruit, et se glissa entre les rideaux blancs pour actionner l'espagnolette. En réalité, il ne s'agissait pas d'une fenêtre mais d'une porte-fenêtre donnant sur un petit balcon romantique aux balustres de fer forgé. Debout dans l'encadrement, il respira avec soulagement l'air sucré de la nuit. En bas, s'étendait le patio de marbre blanc au centre duquel un grand bassin créait de la fraîcheur. Tout cela lui parut noble et calme et le fit penser à une peinture de Chirico représentant une place vide au clair de lune.

Il se débattit dans les plis des rideaux et retourna s'étendre auprès de Milady. Pour la première fois, il songea à la tête que feraient ses parents s'ils le voyaient couché dans le lit de cette octogénaire. Il n'aurait aucune explication à leur fournir parce que lui-même n'en trouvait pas...

Lambert ferma les yeux mais le sommeil le fuyait. Il ne pouvait chasser de son esprit la perspective du voyage à New York. La dernière folie de Milady, elle l'avait annoncé. Mais une folie fatale, il le pressentait.

Malgré la fenêtre ouverte, Lambert continuait d'avoir trop chaud. Il décida d'ôter sa veste de pyjama et s'assit sur le bord du lit. Ensuite, tout se passa à une allure fulgurante. Ce furent des bribes d'images enchevêtrées, des pulsions folles, des amorces de pensées qui tournaient court, des mouvements éperdus. Lambert aperçut l'ombre chinoise d'un homme qui se dessinait nettement sur les rideaux immaculés. Bien que cette silhouette fût informe, il la reconnut. Il sut catégoriquement qu'il s'agissait de l'homme à la grosse mâchoire. Il éprouva de l'horreur jusqu'au fond de ses tripes, poussa un cri rauque et s'élança contre le sombre volume qui se gondolait sur les rideaux. Son rush lui aurait permis de défoncer une porte de cathédrale. L'impact lui électrisa l'épaule et il y eut un fabuleux jaillissement d'étincelles dans son crâne. Cela céda très vite et disparut. Ensuite il perçut un choc sourd, en bas, suivi immédiatement d'un bruit métallique. Le silence revint sous le clair de lune, à peine troublé par un concert d'insectes en provenance du jardin, et le glouglou du bassin.

— Qu'est-ce qu'il y a ? demanda la voix aiguë de Milady, réveillée en sursaut.

Au lieu de répondre, il s'avança sur le balcon, un rideau entortillé à son cou.

Il découvrit l'homme, en bas, sur le carrelage du patio, étendu bizarrement avec les deux bras du même côté. Sa tête masquée de noir avait éclaté contre la margelle de la vasque et une échelle chromée, allongée en travers de son corps, avait brisé le triton cracheur d'eau.

Lambert revint à Milady.

— Je viens de tuer un homme, balbutia-t-il.

Il lui raconta ce qui venait de se produire et ensuite lui parla de ses différentes rencontres avec le vilain type.

Milady alla sur le balcon pour regarder la scène.

— Je pense que tu m'as sauvé la vie, murmura-t-elle en se blottissant contre Lambert. Cet homme n'était sûrement pas un cambrioleur mais un tueur.

— Qu'allons-nous faire ? demanda le garçon.

— Strictement rien, sinon refermer la fenêtre, mon chéri. Les domestiques qui dorment de l'autre côté de la maison n'ont rien entendu : ils découvriront le pot aux roses en se levant. C'est eux qui nous apprendront la chose et alors seulement nous préviendrons la police. Il sera évident pour elle que cette canaille a perdu l'équilibre en tentant de s'introduire dans ma chambre. Va finir la nuit dans la tienne et ne te pose pas de cas de conscience. Rien n'est plus honorable que la légitime défense, mon bijou. Dieu nous a accordé notre vie pour que nous la préservions.

18

« Seigneur, comment peut-on être velu pareillement ? Un gorille l'est moins que lui. Je sais bien que les poils sont signe de virilité, il n'empêche qu'à ce point, ils rendent les rapports sexuels désagréables. Vous rappelez-vous, ce fourreur arménien que je me suis payé à mes débuts ? C'était à l'occasion de mon premier vison qui devait être rien d'autre que du lapin traité ! Cela se passait boulevard de Sébastopol. Vous voyez encore la boutique à côté d'une brasserie ? Un petit Arménien qui devait ressembler à Charles Aznavour. Un Aznavour singe ! Des touffes noires jaillissaient de toute sa personne. Il en avait aux oreilles, aux pommettes, et un chargement de fourrage noir sortait de sa chemise. Nous étions en été et il se tenait sur le seuil de sa boutique, me regardant loucher sur sa pauvre vitrine, avec un sourire amical. “Vous voulez en essayer un ? m'a-t-il demandé. Je fais de longs crédits, vous savez, et presque sans intérêt !”

« Je crois, Seigneur, que c'est à cause de ses poils que je suis entrée dans ce magasin puant la naphtaline. Il était seul et il avait l'air de débarquer d'un bateau d'émigrants. Pendant que je passais des manteaux, il me baratinait à mort, l'Arménoche. Comme quoi, une fille aussi jolie et bien roulée, on devait lui faire des prix, des conditions, lui accorder des délais qui feraient hurler les banques. Je constituerais pour lui une vivante publicité. Juste, il exigerait que je clame partout que mon époustouflant vison venait du *Tigre d'Or*, boulevard de Sébastopol.

« J'étais grisée par ses fourrures que je ne me lassais pas de caresser. Ce que j'en jetais, dans cette pouillerie ! Je me prenais pour la "reine Christine". Il savait emballer, le marchand d'oripeaux ! Au bout de vingt minutes j'étais en train de lui signer une chiée de traites, avec le vison frelaté sur les miches, Seigneur. Ce que je devais avoir l'air godiche ! Vous deviez Vous fendre la gueule, là-haut, non ? Quand tout a été en ordre, il m'a dit : "Un manteau pareil, mademoiselle Monique (il avait pris connaissance de mes papiers, fatalement), la meilleure manière de le vivre, c'est de le mettre en étant nue dessous. Alors là, oui, vous communiez pleinement avec la fourrure, parce que ça possède une âme, un manteau comme celui-là ; il continue d'exister." Vous pensez, Seigneur, si je le voyais venir, avec ses salades poétiques ! J'étais inexpérimentée, mais pas gourde. Était-ce parce que je me grisais de poils dans ce magasin miteux, toujours est-il que les siens me fascinaient au moins autant que ceux qu'il vendait. Alors je me suis laissé faire. Il a retiré le bec-de-canne de la porte et placé contre la vitre un écriteau à ventouse *On revient tout de suite*. Ensuite ça été l'antre noir et étouffant de son arrière-boutique, séparée du magasin par un rideau de velours marron. Je lui ai demandé de se foutre à poil (c'était le cas de le dire) lui aussi. Il devait avoir l'habitude de ce genre de requête car il a obéi avec un petit sourire entendu. Ah ! si je m'attendais ! Et dire qu'il s'était fait fourreur, ce con ! On dit : gorille, gorille, mais un singe n'a pas de poils de cette longueur ! On aurait juré une statue emballée avec de la paille noire. Quelle horreur ! Cela dit, je ne sais pas si Vous avez encore en mémoire son coup de bite ? Franchement il était valable, Seigneur. N'empêche que, les jours suivants, je me suis payé une crise d'urticaire carabinée. Ça me grattait de partout : le ventre, les seins, les cuisses, la chatte, surtout. Je m'étais laissé baiser par un paillasson ! Eh bien ! pour Vous en revenir, Seigneur : je

Vous parie dix jours de purgatoire que ce flic est aussi velu que mon petit fourreur du Sébasto ! »

Le commissaire Gonsalez, comme incité par un message télépathique, se mit à tisonner sa toison pectorale avec un geste puissant de primate importuné par quelque vermine de corps. Il était, cela dit, assez beau gosse, portait une chemise blanche sans manches achetée au Corte Ingles de Malaga et un pantalon de toile bleue. Il sentait la ménagerie et la savonnette « Maja ». Il tenait à la main un réticule de cuir en forme de giberne qu'il balançait par sa bride, ce qui agaçait Lady M.

Il parlait en espagnol, mais Milady qui comprenait parfaitement cette langue n'avait aucune peine à suivre sa volubilité. Il expliquait à la vieille femme que l'homme s'était introduit chez elle en utilisant deux échelles d'aluminium ; dont l'une se trouvait encore dressée contre la clôture du jardin. Selon le commissaire, la légèreté de ces échelles avait été fatale à l'homme, puisque son poids avait entraîné celle qu'il avait appliquée contre la maison. D'après les premières constatations, il semblait que l'individu habitait Lausanne, en Suisse, mais qu'il était d'origine italienne. Ses papiers le donnaient comme étant éditeur d'une publication d'inspiration philosophique. L'on avait découvert sur lui des seringues dont le contenu venait d'être communiqué au laboratoire de Madrid, aux fins d'analyse. Elles troublaient fort les enquêteurs qui se demandaient si les desseins de l'homme n'allaient pas au-delà du simple vol. Lady M. se connaissait-elle des ennemis ? Elle fut sublime d'ingénuité. Elle montra sa canne qui traduisait son dénuement physique et répondit à la question du flic par une autre : qui donc pouvait en vouloir à une très vieille femme veuve, à demi paralysée, vivant de ses rentes sur la Costa del Sol ? Gonsalez la pria de l'excuser, mais la question était incontournable, son métier l'obligeait à la formuler. Il promit à la vieille dame de la tenir au courant « du suivi » de l'enquête et se retira ainsi que les deux policiers en uniforme qui l'escortaient.

Lorsqu'il eut disparu, Lambert qui guettait son départ s'empressa de rejoindre Milady. Elle était souriante, enjouée. À croire que l'épisode de la nuit, loin de l'inquiéter, lui apportait une énergie nouvelle.

— Voilà qui est fait ! pouffa Lady M. La gentille routine policière. J'ai demandé à ce flic velu de m'épargner la ruée des journalistes, mais les nouvelles d'ici ne sont guère muselables et nous devons nous attendre à quelques correspondants ployant sous le poids de leur Nikon. Je les recevrai. Inutile de te montrer : il faut leur donner à flasher la faiblesse, non la force triomphante.

Mais le garçon ne partageait pas la sérénité de son hôtesse.

— Ce type de la nuit, que voulait-il ?

— M'assassiner, probablement, il avait, paraît-il, des seringues chargées sur lui.

— Et vous n'avez pas peur ! s'exclama Lambert.

— Pourquoi aurais-je peur, mon amour, puisque c'est lui qui est mort ?

— Si quelqu'un veut vous assassiner il enverra un autre tueur.

— Une telle obstination me surprendrait. Suppose qu'on ait payé l'homme de la nuit pour me faire passer le goût du pain ; en apprenant que c'est lui qui a laissé sa peau dans l'aventure, on réfléchira et l'on se dira que la vieille Lady Mackinshett est trop bien gardée pour se laisser fabriquer comme une bleusaille et, qu'étant maintenant prévenue, elle sera inatteignable.

« Oh ! Milady, quel personnage incroyable vous êtes. La vraie dame de fer, c'est bien vous ! Défigurée et vieille, ravagée par les douleurs de l'arthrose ; cible ratée d'un étrange tueur, vous conservez intact votre tonus. Vous continuez de dresser la vie à coups de cravache. Vous paraissez presque heureuse, sereine, gaie. À croire que vous vous entrevoyez encore un long avenir. »

Il la regardait avec des yeux qui la comblèrent. Elle avança la main vers son sexe et le flatta du bout des doigts à travers son short.

— Faut-il que je t'adore pour t'avoir demandé de dormir dans mon lit ; moi qui aime tant mes aises. Ma vie nocturne prenait presque le pas sur l'autre. Ma couche regorgeait de livres, de provisions, d'objets incongrus mais qui m'aidaient à traverser cette perfide durée. À cause de toi et pour ne pas te perturber, j'ai renoncé à mes maniaqueries. Ta chère présence à mon côté me comble. Tu vois : elle me préserve, puisque si tu ne t'étais pas trouvé dans ma chambre, je serais morte. Tu m'as sauvé la vie, petit d'homme. Il est rare, tu sais, qu'un être humain en sauve un autre ! Ce sont des contes de livre, la plupart du temps. Vois comme nos deux destins s'imbriquent admirablement : je t'arrache à ta médiocrité, petit con de plagiste, et toi, tu me gardes en vie !

Elle consulta l'heure à travers les diamants étincelants de sa montre.

— Va te mettre en quête de ta souris et invite-la ce soir à dîner comme je te l'ai dit.

— Mais, Milady, le club de tennis excepté, je ne lui connais aucun point de chute !

— C'est suffisant. Elle y a pris des leçons ou loué un court, donc elle a dû fournir une adresse. File et trouve-la. Je tiens à l'avoir ce soir. Comment s'appelle-t-elle, au fait ?

— Noémie.

— Ça fait un peu soubrette du répertoire, assura Milady.

— Pourquoi tenez-vous tellement à ce qu'elle vienne dîner ? s'inquiéta Lambert.

— Parce que je veux te rendre heureux, nigaud somptueux !

— Je n'ai pas besoin de cette fille pour l'être, assura-t-il.

— Ne néglige rien, petit d'homme. Il faut semer beaucoup de grains pour obtenir une petite moisson ; la vie est aussi ingrate que la terre.

***

Elle souffrait si fort que, contrairement à l'habitude, elle demanda à la femme de chambre de monter l'aider à sa toilette. La baignoire de Milady était équipée de tout un système très étudié lui permettant d'y entrer et d'en sortir avec un minimum de mal. Pourtant, sa hanche en feu la faisait crier à chacun de ses mouvements et elle éprouvait le besoin d'être assistée. Elle craignait à tout moment de se briser le col du fémur, comme le font la plupart des vieillards. Elle savait qu'un tel accident la terrasserait définitivement et elle refusait la perspective du fauteuil roulant.

La Philippine gémissait sur le drame de la nuit passée. C'était elle qui, au matin, avait trouvé le cadavre de Ramono dans le patio, raide et biscornu, si effrayant avec le bas noir masquant son visage et le sang qui crépissait sa tête et ses épaules.

— Il faut reprendre des chiens, madame, suppliait-elle dans son mauvais anglais ; des chiens dressés, féroces, qui n'acceptent pas d'autre nourriture que celle que leur maître leur donne, car c'est le vilain qui avait empoisonné les autres.

Lady M. promit de s'occuper de la chose tout de suite après sa toilette. Elle téléphonerait à un ami anglais qui possédait de redoutables bergers allemands pour lui demander de lui en procurer ; en outre, elle allait faire appel à une maison de Marbella spécialisée dans l'installation des systèmes d'alarme pour en faire poser plein la propriété.

Ces promesses calmèrent un peu l'angoisse de la servante. Comme elle achevait de frotter le dos de sa maîtresse à l'aide d'une brosse munie d'un long manche, la porte de la salle de bains s'ouvrit et Pompilius parut. Il y avait dans sa personne quelque chose de pathétique. Une sorte de calme désespoir voûtait son dos. Sa chevelure toujours impeccablement coiffée laissait partir des mèches pareilles à des ailes brisées. Une émotion mal contenue lui composait des yeux d'albinos.

Il se tenait dans l'encadrement, le menton chevroteur et l'une de ses mains tremblait comme s'il eut été atteint de la maladie de Parkinson.

Il contemplait ce corps disgracié, ce corps ruiné et difforme dans la baignoire et murmurait :

— Divine ! Ô ma chère divine ! Ô mon magistral crépuscule aux lueurs d'incendie ! Ô ma rarissime ! Mon unique ! Ma fabuleuse !

— Ferme la porte, bordel ! lança la « divine ».

Il ferma la porte après s'être permis un pas en avant. Puis il se mit à pleurer à gros sanglots convulsifs.

— Je viens d'apprendre à quel danger vous avez échappé, fleur de mon âme. C'est épouvantable !

— Quoi, épouvantable ? Ce salaud est à la morgue !

Elle ajouta :

— Vous avez besoin de refaire votre teinture, vous avez une perruque de vieux violoniste pédé ! C'est de l'argent que vous venez chercher ?

Pompilius eut un cri d'à travers larmes.

— Non, ma tourterelle au plumage cendré ; non, ma rose pourpre : je viens vous protéger. Cet attentat manqué m'a fait réaliser que je ne pouvais vivre sans vous. Je préfère la mort au bannissement. Dormir devant la porte de la villa, ou bien dans ma Rolls au garage, mais demeurer près de vous, mon altière ! Privé de votre présence...

— Vous n'êtes plus qu'une terre sans eau, une fleur sans soleil et autres clichés du même tonneau, bougre de triste sire ! Ah ! Pompilius, par égard pour notre passé, épargnez-moi vos larmes, vos déclarations et vos jérémiades.

« Pourquoi êtes-vous revenu, vieille baderne obscure, potiche d'antichambre ! Je commençais à ressentir votre absence comme un cadeau du ciel. »

— Vous me tuez !

— Pas assez ! Quittez cette salle d'eau, monsieur le diplomate de ses vieilles couilles taries ! Je suis une vieillarde au bain, donc deux fois nue ! Respectez mon intimité, gentleman pour noces et banquets !

— Au contraire, madame ! Loin de vous laisser, je viens partager votre eau !

Et Pompilius, sous les yeux incrédules des deux femmes, descendit les marches de marbre de la baignoire et vint s'asseoir tout habillé dans l'eau savonneuse. Ce geste si peu compatible avec la dignité snob du bonhomme fit éclater de rire Lady M.

— Est-il roué, le vieux fagot ! s'écria-t-elle. Voilà que, pour la première fois depuis que nous nous connaissons, il m'amuse ! Oh ! que c'est malin, ça ! Il a réussi la seule chose qui pouvait m'amadouer : il me fait rire.

Pompilius sourit et, arrachant de l'eau mousseuse sa manche alourdie, il avança vers la poitrine flasque de la vieille, sa main délicate d'aristo.

— Mélodie d'amour, fit-il, te rappelles-tu notre soirée sur le lac de Côme, le mois qui suivit notre rencontre ? Tu avais voulu que nous prissions une barque, au clair de lune, ma fée des ombres. Je ramais comme dans du Lamartine et toi, créature de la nuit ensorcelante, toi, agenouillée entre mes jambes, tu me suçais éperdument. Le clapotis des rames accompagnait celui de ta bouche en feu. Jamais ne fut perpétrée, de manière à ce point romantique, une fellation de cette intensité. L'évoquer me donne rétrospectivement des frissons. Je tirais sur les avirons sans plus m'en rendre compte et j'ai joui en ramant, mon gothique rayonnant ! Comment saurait-on exister loin de celle qui vous a accordé cela ?

Elle s'abstint de répondre. Alors, il abandonna la baignoire, ce qui provoqua à nouveau l'hilarité de Lady M. car le vieux crabe ressemblait à une serpillière qu'on essore, ou à un drapeau mouillé sur sa hampe.

Ils se retrouvèrent une heure plus tard sur la terrasse. Pompilius avait passé un pantalon de lin grège et une chemise d'un vert délicat. Il s'était coiffé serré et semblait rajeuni.

— Ma douce, l'entreprit-il, il serait bien de savoir qui en veut à vos chers jours.

— J'ai déjà téléphoné à Césaire, de Paris, en lui fournissant tous les renseignements dont je dispose à propos du mort, il va lancer quelques ballons-sondes dans le Landerneau pour essayer d'en savoir davantage.

— J'ai ma petite idée, déclara Pompilius.

Histoire de le faire chier, elle s'abstint de le questionner ; alors il précisa :

— L'homme venait de Suisse, n'est-ce pas ?

— Vous en savez des choses.

— Les nouvelles se propagent vite et l'on ne parle que de ça, en bas. La Suisse, ma radieuse, la Suisse... Ne s'agirait-il pas d'une retombée de l'affaire Mazurier ? Le bonhomme a été dépecé par votre protégé, souvenez-vous ! Vous-même avez craint des représailles sur le moment et avez laissé libre cours à votre courroux.

— Qu'allez-vous encore chercher, bonhomme insane ? s'emporta Lady M. Ça m'aurait étonnée que vous ne fassiez pas retomber la responsabilité de l'événement sur Lambert ! Je vous préviens que si vous devez demeurer ici, il vous faudra laisser votre infernale jalousie au vestiaire. Sinon, la pension Mackenshett vous fermera ses portes à jamais !

Des journalistes survinrent, qui mirent fin momentanément à la scène.

Ils étaient trois, jeunes et gauches, intimidés par l'âge et la forte personnalité de Lady M. Ils posèrent, presque timidement, des questions bateaux auxquelles elle répondit avec une bienveillance un peu hautaine. Ils lui demandèrent la permission de photographier « les lieux » et elle la leur accorda spontanément, poussant même la courtoisie jusqu'à leur faire servir des rafraîchissements. Afin de donner davantage de substance à leurs futurs papiers, elle leur révéla l'assassinat des King-Charles, ce qui les impressionna et les ravit car ils n'ignoraient pas que le public se montre plus compatissant envers les bêtes qu'avec les gens. Elle refusa par contre de se laisser photographier.

— Soyez compréhensifs et charitables, mes jeunes amis : j'ai fait une mauvaise chute dans l'escalier et voyez dans quel triste état est mon visage déjà bien malmené par le temps !

En revanche, ils eurent le droit de flasher les Philippins et se retirèrent plus intimidés encore qu'ils ne l'étaient en arrivant.

Satisfaite de s'être tirée à bon compte d'une telle corvée, Milady devint primesautière. Elle était attendrie par le retour au bercail de Pompilius. Qu'il fût capable de vivre sans elle la chagrinait. Il était le grand chambellan de sa cour et, ce qu'elle gagnait en intimité avec Lambert lorsqu'il n'était pas là, elle le perdait en « confort » de vie.

Afin de lui marquer implicitement son pardon, elle lui proposa de procéder à la teinture de ses cheveux, ce qui le mit aux anges.

***

« Seigneur, regardez-nous ! Du Fellini ! Son vieux cou, aussi fripé que la peau de ses bourses, n'est-il pas prodigieusement émouvant ? Il est là, assis sur ce tabouret émaillé, la tête penchée, pareil à ces condamnés à la guillotine qui offraient leur nuque aux ciseaux du bourreau avant de la confier à l'immonde couperet. Et moi, Seigneur ! Mordez cette dégaine ! Elle est pas chouette, la Monique, avec sa canne sous un bras, son pinceau plein de merde brune à la main, son tablier de cuisine et sa trogne jaune citron et bleu des mers du Sud ? Privée de mes grosses lunettes, j'ai franchement une tête de mégère. La Thénardier, Seigneur ! Allez tiens, vieux zob, que je te répare des ans l'irréparable outrage. Tu vas paraître six mois de moins avec tes pauvres tifs peinturlurés ! Ah ! tu voulais vivre ta vie, mon gueux ! Il va falloir que tu me paies ça, sale con ! J'ai pas raison, Seigneur ? Après tout, c'est Vous qui avez inventé la punition, non ? Si on laisse les mannequins foutre le camp de leur vitrine, c'est une civilisation qui s'écroule ! Qu'est-ce que je pourrais bien lui mijoter comme sanctions ? Vous n'avez pas une idée, Vous qui avez une imagination si débordante ? Inspirez-moi, je Vous en conjure. Une vérolerie bien sentie, qui le meurtrisse dans sa vanité de dindon ! C'est vrai qu'il ressemble à un dindon, l'apôtre ! Un dindon blanc, Vous ne trouvez pas ? Il est maigre et cependant il a plein de rabe de peau. Mon Dieu, comme nous sommes devenus vieux, lui et moi ! Sans le faire exprès, sans nous en apercevoir. On croyait de chaque jour qu'il était simplement le lendemain de la veille, et puis non : il y avait des années entre les deux. Quand me suis-je réveillée vieille, un jour ? Je crois savoir. Vous Vous rappelez, Seigneur, cette vente des écrivains à laquelle j'avais prêté mon concours ? J'assistais un illustre académicien dont le nom m'échappe. Nous avons été filmés par les actualités et le soir, je me suis vue au journal... À l'instant, je ne me suis pas reconnue, ne venez pas me dire que j'en rajoute : c'est vrai ! Ce choc ! Je me suis dit « Ce n'est pas possible ! » Mes pauvres yeux ! Ils étaient en train de fondre comme un sucre dans une tasse de thé. C'est le regard, le point de vieillissement *number one*, Seigneur ! Bien sûr, Vous Vous en tamponnez, Vous, à jamais immuable, grandiose une fois pour toutes ! Les falots acquièrent une brillance, comme ceux des alcoolos. Poivrots et vieillards, de ce côté-là, même combat ! Salut, les dégâts ! Mes belles mirettes tournant gélatine ! Merci du cadeau ! Les paupières gonflées comme après une nuit de picole et d'insomnie ! Un affaissement des joues qui, de ce fait, deviennent bajoues. Le bonheur ! Les plis au cou, la bouche qui mollit et, pour faire bon poids, une expression incertaine et floue !

« J'aurais voulu arrêter l'image, qu'elle devienne fixe pour que je puisse évaluer pleinement le désastre. Je me suis précipitée dans mon miroir, mais nos glaces à nous sont des salopes trompeuses qui nous racontent les histoires que nous avons envie d'entendre ! La mienne s'est empressée de me rassurer. Par acquit de conscience, je me suis fait tirer la peau ! Le plus grand chirurgien esthéticien de Los Angeles. Ce con foutu m'a arraché quarante pour cent de ma personnalité, que seules dix années sont parvenues à me rendre. Il a fallu d'autres dégâts du temps pour réparer les siens ! Beau calcul, non ?

« Écoutez, Seigneur, non, franchement, visez-moi la bouille du père Pompon avec son casque gluant, déjà noir ; la-men-table ! Grotesque ! Vous allez me dire que, moi aussi, quand je suis chez le coiffeur... Seulement, pour nous autres, les gonzesses, ce triste cérémonial est entré dans les mœurs. C'est le côté clandestin qui crée chez Pompilius une sensation de tragédie. »

Lady M. posa le pinceau dans le récipient contenant encore suffisamment de teinture pour procéder à une seconde application.

— Vous en préparez toujours trop, dit-elle.

La manœuvre l'avait fatiguée, à cause de la position verticale qu'elle requérait. Elle s'assit sur le second tabouret. Son compagnon n'avait qu'une serviette de bain noire sur les épaules. Ses fesses d'un blanc grisâtre, striées de petites veines bleues en forme de toile d'araignée, s'étalaient misérablement sur le tabouret métallique.

— Vous avez le cul triste, Pompilius, avertit Lady M. J'espère que vous ne le montrez pas trop à vos radasses : il les déconcentrerait ! D'ailleurs, pour ne rien vous cacher, je puis bien vous avouer, maintenant que je suis couverte par la prescription, que j'ai toujours réprimé une envie de rire chaque fois que vous vous dévêtiez. Votre corps n'a rien de particulièrement cocasse, mais vous êtes tellement fait pour être habillé – et bien habillé – que la nudité vous messied.

— C'est moi qui vous ai appris le verbe messeoir, riposta le Roumain, avec aigreur.

— Vous m'avez enseigné beaucoup d'autres choses, admit Lady M. Vous êtes le maître à danser de Molière.

— C'est moi qui vous ai révélé Molière, reprit-il sur le même ton.

— Mais oui, mais oui, avant vous j'étais analphabète, ricana Lady M.

— Inculte, seulement !

La vieillarde sentit croître son ressentiment. Décidément, elle ne pouvait plus supporter la présence du Roumain. Comme elle cherchait des désagréments à lui infliger, le Philippin lui apporta le téléphone portatif en lui annonçant que Son Altesse le prince Mouley Driz en personne était en ligne et qu'il souhaitait lui parler. Milady en eut un pincement au cœur. Depuis l'affaire du diadème, elle était sans nouvelle de son illustre voisin et ne pensait plus à lui car elle disposait d'une formidable faculté d'oubli. Lady M. parvenait à chasser de son esprit tout ce qui risquait de perturber sa quiétude.

Elle eut le réflexe de sortir de la salle de bains de Pompilius avant de parler au prince, ne voulant être ni distraite ni troublée par la présence du vieux.

Elle clopina jusqu'à son fauteuil, s'y installa le plus confortablement qu'elle put et enclencha l'appareil.

— Pardon de vous faire attendre, cher prince, mais je me déplace de plus en plus difficilement et le jour approche où je serai réduite à l'état de statue. Je profite de ce que je vous ai au bout du fil pour vous dire combien nous avons trouvé votre fête réussie. Ce fut une splendeur qui ridiculise nos pauvres fastes occidentaux.

La voix de Mouley Driz couvait comme un feu d'âtre qu'on entretient à peine. Il parlait bas, d'un ton uni et doux, mais l'impatience de son caractère tyrannique était néanmoins perceptible à une oreille avertie.

— Je suis ravi de ce qu'elle vous ait plu. Oserais-je solliciter de vous une faveur ?

— Une faveur ! Mais vous m'en faites une en me la demandant.

« Tu as entendu ça, Seigneur ? Chié, non ? Eh bien ! voilà l'école Pompilius ! Sans ce vieil escogriffe, je n'aurais jamais été fichue de déballer une phrase de ce tonneau. Le style ! Le style, Seigneur, là oui, elle m'a rendu un fieffé service, l'Excellence ! »

Le prince marqua un léger temps, escamota un toussotement et reprit :

— Auriez-vous la bonté d'accorder un entretien privé à une personne qui s'occupe pour moi d'une affaire délicate ?

— Certainement, mon cher prince. Puis-je savoir de quelle affaire délicate il s'agit ?

— Mon messager vous l'expliquera.

— Diable ! Altesse, vous piquez ma curiosité, déclara Lady M. avec enjouement. J'entrevois mal le rôle que je peux jouer dans ce que vous appelez vos affaires délicates.

— À vrai dire, il ne s'agit pas de vous, mais de votre neveu, madame.

— Lambert ?

Un voile rouge et brûlant s'abattit sur la tête de Milady. Elle crut qu'elle allait mourir avec ce combiné téléphonique stupide à la main.

— Il me semble en effet que tel est son prénom, admit Mouley Driz, mais je vous prie de ne lui parler de rien avant d'avoir rencontré la personne en question. Il s'agit de mister Evelyn Stern, de Londres. Mister Stern est à côté de moi, je vais vous le passer afin que vous conveniez d'un rendez-vous. Mes respects, Milady.

Le mal s'étendait dans la poitrine de Lady M. Un mal sournois, fait d'élancements qui allaient en s'amplifiant. Une douleur inquiétante et diffuse. Jamais, même aux pires instants de sa tumultueuse existence, elle n'avait ressenti cette peur cruelle qui risquait de la tuer. Lambert était en danger, en grave danger. Ce con de prince avait découvert la substitution du diadème et fait appel à quelqu'une de ces agences d'enquêtes privées britanniques pour le récupérer. Et comme ces Rosbifs sont des vraies têtes de nœud, ils avaient fini par découvrir le pot aux roses, du moins par avoir des soupçons.

Le mal s'irradiait. Elle passa sa main sur sa poitrine flasque.

« Seigneur, Vous n'allez pas me faire crever au moment où le petit est dans la pistouille ! Il faut que je tienne bon et que je l'arrache à leurs manigances. Il a besoin de moi. S'ils l'entreprennent, le môme s'affalera comme un glandu ! »

Elle ferma les yeux, s'abandonna à elle-même pour tenter de desserrer cet étau dont parlaient les livres. Elle reconnaissait les symptômes complaisamment décrits : la main de fer qui vous broie le thorax, ces élancements électriques qui vont de plus en plus loin à travers le buste, cette intense douleur dans le bras gauche qui lui rappelait ses souffrances rhumatismales.

Une pensée réconfortante lui vint à travers son mal : si le prince avait fait appel à une agence privée anglaise et non à la police espagnole, c'est parce qu'il tenait à ne pas donner une large audience à la chose. S'il la contactait, elle, en priorité au lieu de s'en prendre à Lambert directement, c'était parce qu'il souhaitait sans doute voir l'affaire se conclure « à l'amiable ».

— Mes respects, madame, lançait une voix calme dans l'appareil, ici Evelyn Stern.

— Bonjour, lâcha-t-elle brièvement.

Miracle ! Voilà qu'elle se sentait mieux, instantanément. Il ne subsistait de sa vive douleur à la poitrine qu'une sorte de talure consécutive à un choc malencontreux. Cette voix-là, Lady M. en faisait son affaire. La voix d'un malin bien élevé. Une voix d'homme jeune, du genre intello.

« Seigneur, qu'il s'amène, ce morpion, je vais le fabriquer de première ! Vous avez vu la trouille qui m'a bichée ? J'ai eu des vapes, non ? C'est la première fois ! »

— Il paraît que vous souhaitez me rencontrer, mister Stern ?

— En effet, madame, et le plus rapidement possible.

— En ce cas, arrivez !

— Je voudrais vous voir en dehors de chez vous, madame. Je sais que ça vous pose problème, mais c'est indispensable, tout à fait indispensable.

— En ce cas, je ne pourrai pas vous accorder de rendez-vous à l'extérieur avant demain ! fit-elle, péremptoire.

« C'est ça, Seigneur : bien prendre les choses en main. Je ne suis pas à la disposition de ces connards ! C'est ce furoncle qui est demandeur, non ? Il devra attendre. »

— Vous savez que nous n'aurions que pour vingt minutes de conversation, madame, insistait l'autre.

— Eh bien ! nous les aurons demain, mister Stern. Vous connaissez le restaurant la *Meridiana ?*

— Non, madame.

— Son Altesse se fera un plaisir de vous l'indiquer, j'en suis sûre. Je vous attendrai sur le parking de l'établissement à onze heures du matin, à l'intérieur de ma Rolls.

Elle interrompit la communication et se mit à réfléchir. La porte de la salle de bains de Pompilius s'entrouvrit et le Roumain passa sa tête dégoulinante de teinture par l'encadrement.

— Que voulait le prince ? s'inquiéta-t-il.

— Rien ! grommela la vieille femme.
— Comment ça, rien ?
— Fais pas tarter, Gugus, tu vas souiller la moquette avec ta saloperie de teinture !
Mais il restait figé, à la couver d'un regard inquiet.
Alors, une idée sauvage traversa l'esprit de Lady M.
— Bonhomme-la-lune, murmura-t-elle ; Bonhomme-la-lune, ne t'inquiète de rien : je veille !

19

— Ça doit être un métier passionnant, dit Lady M. Minutieux, mais passionnant.

Elle se mettait en frais pour Noémie, déployait une gentillesse que Pompilius ne lui connaissait pas. Elle l'avait accueillie comme une bonne mère-grand accueille la promise de son petit-fils, prodiguant mille grâces un peu agaçantes mais que son grand âge lui faisait pardonner. Elle l'avait complimentée sur sa beauté et sur sa robe. « Ne me dites rien ! Ça sort de chez Apostrophe, ce bout de chiffon, non ? » Milady avait lu la griffe par un entrebâillement du col.

Depuis qu'ils étaient à table, elle questionnait Noémie sur son métier de script. Elle voulait tout savoir de la télévision française qu'elle suivait assidûment lorsqu'elle habitait Paris. Ici, ils recevaient sous le label de Télé 5 un salmigondis francophone où l'on trouvait pêle-mêle des émissions françaises, suisses, belges et canadiennes plus ou moins défraîchies.

Le repas commençait par du caviar et des blinis arrosés de crème aigre. Milady avait choisi cette entrée coûteuse parce qu'elle nécessitait de la vodka. Venant après le Dom Pérignon de l'apéritif, l'effet était assuré ; d'autant qu'avec un art exquis du savoir recevoir, elle avait proposé différentes vodkas à Noémie afin qu'elle décide celle qui lui convenait le mieux. Il y en avait de la polonaise, de la russe et même de la finnoise ; certaines étaient parfumées au poivre et d'autres à l'orange ou au citron ; la plupart titraient quarante-cinq degrés, tandis que deux flacons affichaient modestement un perfide quatre-vingt-dix.

Noémie, qui raffolait du caviar et n'en mangeait pas souvent, se laissait servir et buvait sec. Cette vieille, qui tant lui avait déplu lors de leur première rencontre au tennis, l'amusait et même la fascinait. C'était un personnage hors série. Sans doute une vieille toquée, mais si fantasque, si débordante d'énergie qu'on ne pouvait s'empêcher d'admirer son numéro de haute voltige. Elle constituait un spectacle à elle toute seule. On lui devinait un passé échevelé, riche en drames et en tempêtes et elle menait le présent à la baguette. Noémie s'amusait également des deux chevaliers servants de Milady. Le vieux, engoncé dans « des renfrognures » et qui fuyait son regard à cause de ce qui s'était passé dans la Rolls en venant de Malaga, le jeune, également empêtré dans la gêne et qui semblait craindre on ne savait quoi.

Après le caviar, on passa au poisson qui nécessita un Chablis sec et fruité. Ensuite, il y eut une pièce de bœuf puissamment arrosée de Chambertin.

Quand on servit le dessert accompagné d'un Yquem 67, Noémie comprit qu'elle était tout à fait ivre et eut du mal à s'en excuser, d'une voix savonneuse. Lady M. s'amusait beaucoup, assurant qu'elle aussi se sentait partie, ce qui, bien entendu, était faux.

Lorsqu'ils passèrent au salon pour le café, la vieille femme chuchota à Lambert :

— Ne fais donc pas cette tête d'enterrement, petit homme ; on dirait que tu rentres en clinique pour y subir une grave intervention !

— C'est un peu ce que j'éprouve, admit-il, penaud.

— Serais-tu une couille molle ?

Il haussa les épaules. Ce soir, Milady l'irritait par son numéro de séduction. Il la préférait typhon que zéphyr. Les éclats lui convenaient mieux que les fadaises. Lady M. pria Pompilius de brancher de la musique qu'elle avait préalablement sélectionnée. Des tangos très anciens, oubliés, mais dont elle se repaissait parce qu'ils lui rappelaient sa vie ardente. Elle se mit à les commenter pour son invitée.

— J'ai dansé ça au casino de Deauville, dans les années 30. J'étais, en ce temps-là, la maîtresse d'un grand avocat parisien dont le nom ne vous dirait rien mais qui tenait le haut du pavé à l'époque. Une gueule de tribun révolutionnaire. Quand il parlait, c'était du miel qui vous dégoulinait dans les oreilles. Et au lit, ce maître du barreau devenait Casanova ! Si je pouvais vous raconter ses initiatives incroyables ! Il avait les trouvailles démoniaques d'un Asiatique vicieux. Vous n'avez jamais fréquenté d'Asiatique, Noémie, ma chérie ? Ne ratez pas l'expérience si d'aventure l'occasion se présente. Côté membre, ce n'est pas Byzance, mais quelle technique époustouflante ! Oh ! il me vient une idée. Pompilius, vétuste polisson, vous devriez nous brancher cette cassette porno que nous avions achetée à Hong Kong. Vous allez avoir une idée de la question, Noémie. J'ignore si les protagonistes sont chinois, indonésiens ou malais, mais ce document mérite d'être visionné, comme l'on dit dans votre jargon.

— Croyez-vous que ce soit bien convenable, tout amour ? bafouilla le vieillard, effaré.

Lady M. s'emporta :

— Mais il devient pudibond, ce moribond en bleu croisé ! Pour qui prenez-vous Noémie, pour une oie blanche fraîchement sortie du couvent ? Vous n'êtes plus au siècle des Lumières, vieille baderne compassée !

Il sortit en maugréant. Pendant son absence, Lady M. fit placer Noémie sur le canapé, face au poste de télé, puis elle supprima elle-même toutes les sources lumineuses du salon, à l'exception d'une lampe en terracota, placée au fond de la pièce et dont l'abat-jour de parchemin rendait la clarté confidentielle.

Son dessein lui donnait de la vigueur. Elle se mouvait presque facilement, animée d'une gaieté factice de mère maquerelle préparant un coup délicat à l'intention d'un client privilégié.

« Vous êtes une diablesse, Milady. Une perverse. Il y a une haine fiévreuse dans vos préparatifs. Je ne me prêterai pas à votre triste jeu. C'est la cruauté de l'âge qui se manifeste. Vous jouissez d'organiser des plaisirs que vous ne pouvez plus éprouver. La nuit, il arrive que, dans mon sommeil, mon pied touche le vôtre. Aussitôt ce contact me réveille et je vous fuis à en tomber du lit. Votre chair est froide comme la mort ! Il faudrait vous jeter dans un brasier et que vous brûliez comme les sorcières au Moyen Âge. L'anéantissement par le feu est la seule fin envisageable pour vous !

Pompilius revint avec la cassette demandée et la brancha dans la mâchoire complaisante du magnétoscope.

— Assieds-toi près de Noémie, Lambert !

Un ordre ! Il quitta son fauteuil et obéit.

— Éteignez la dernière lampe, Pompilius !

Le vieux beau fit ce qu'elle lui demandait et resta à l'écart. Il pensait au moment où il avait dégusté cette jeune femme dans la Rolls. Une mélancolie le poignait. Lady M. avait pris place dans un fauteuil presque à côté du poste, perpendiculairement à ce dernier, afin de pouvoir regarder simultanément ou presque, l'écran et les spectateurs.

Une ambiance cafardeuse flottait dans le salon. Noémie, à travers son ivresse, comprit que tout cela avait été prémédité et qu'elle allait bientôt se donner en spectacle à ces vieux. En elle, quelque chose s'insurgeait, et elle se dressa avec l'intention de partir, mais Lambert la cueillit par la taille et la força à s'asseoir. Puis il l'embrassa sur la bouche. Alors elle céda au trouble perfide du moment. La cassette débutait par une scène de zoophilie. On voyait en gros plan un hideux chien pékinois enfouir son plat museau dans le sexe béant d'une matrone jaune, adipeuse. Tout de suite après, il y eut une effroyable sodomie de chevrettes par une horde de faux samouraïs en délire. Enfin les choses se calmèrent, on passa dans un univers neutre, fait de murs de papier blanc et de bambou, au sol jonché de nattes. Un jeune éphèbe en costume de danseur surgit. Une fille parut à son tour, alors que l'homme avait déjà commencé de danser. Elle était habillée en Thaïlandaise. Après quelques figures, ils arrachèrent une partie de leurs vêtements, et, par un habile agencement, se trouvèrent dénudés depuis le bas des cuisses jusqu'au nombril. On les avait épilés, ce qui rendait leur nudité brutale. Le sexe de la fille s'entrouvrait spontanément grâce à un jeu de contractions assez stupéfiant ; celui du garçon ressemblait à un bâtonnet parfaitement rond et droit, planté au bas de son ventre plat. Ces deux sexes avaient quelque chose d'intensément lubrique.

— Étonnant, n'est-ce-pas ? fit la voix flûtée de Milady. Vous allez voir : ce qui suit est prodigieux !

En effet, le couple adopta une position assez inhabituelle en amour : la fille se tint sur une seule jambe, le corps en arc de cercle, l'autre jambe haut levée, ce qui distendit les lèvres de son sexe. L'homme agit de même. En sautillant sur un seul pied, il vint se placer derrière sa partenaire et, sans s'aider de ses mains, la pénétra avec une aisance stupéfiante. Quand il se trouva en elle, le couple se livra alors à un mouvement de va-et-vient étonnamment conjugué. Le réalisateur prit un gros plan de leur coït insensé. Le doux lamento de la femme ponctuait le lent développement de l'acte. Peut-être plus que la fornication elle-même, cette plainte de jouissance en forme de mélopée créait la lubricité de la scène.

— Un sommet de la volupté, n'est-ce pas ? chuchota Milady dans la pénombre.

Noémie respirait de plus en plus fort et, n'y tenant plus, elle posa une main affolée sur le pantalon gonflé de Lambert.

« Seigneur, ça y est, voyez comme elle a le feu aux miches, cette salope ! Boudin, va ! Elle doit se laisser grimper par n'importe qui, la conne ! C'est pas de la viande pour mon Lambert, ça, Seigneur, Vous Vous en rendez bien compte, Vous n'êtes pas tombé de la dernière pluie. Bon, que va-t-il lui bricoler, le dadais ? Certes, notre présence l'intimide, mais quand les sens sont portés à l'incandescence, la gêne, hein, Seigneur, Vous m'avez saisie ? Bon, il lui roule une pelle, il faut bien commencer par là. Le baiser, c'est la clé de sol de l'amour. Ce que j'aimerais prendre la langue de ce bêta dans ma bouche ! Elle doit avoir un goût délicieux. Bon, il lui a bouffé la gueule, et maintenant, qu'est-ce qu'il va lui faire ? C'est jeunot, ça manque d'invention. Deux doigts dans la chatte histoire de vérifier qu'elle lubrifie bien, je parie ? Tout juste ! Notez, Seigneur, que par-dessous la culotte, ce n'est pas dénué d'intérêt. Je ne sais pas si Vous l'aurez remarqué, Vous qui êtes un pur esprit, mon pauvre, mais l'étoffe est parfois un adjuvant puissant qui renforce le plaisir de la peau. Tenez, rappelez-Vous le capitaine de Saint-Priarche que je devais branler à travers son slip ; un grand maigre avec des favoris en pointe d'hidalgo. Son bonheur c'était de décharger dans ses hardes. Une fois arrivé à bon port, il avait pas l'air flambard, ça, je dois le dire !

« Et après, que va décider mon cher ange ? Il ne va pas renifler ses doigts quand même ! Un peu de tenue, que diable ! Ou alors, on les lèche, ça fait plaisir à la dame ; ça traduit la confiance aveugle qu'on a en elle. Non : il ne les porte pas à son nez. Un bon point pour lui. Il n'y a pas à dire, Seigneur, quand on a été élevé chez les jésuites, il en reste toujours quelque chose. Mais qu'est-ce qui lui prend ? Il sort sa tige ! Il lui ouvre les jambes ! Je rêve, Seigneur ! Il ne va pas nous l'enfiler tout de go, comme un soudard ! Dites quelque chose ! »

— Lambert ! fit sévèrement Lady M., refrène-toi, tu n'es pas un lapin et Noémie n'est pas une lapine !

Il s'arrêta sottement, indécis, coincé entre l'impétuosité de son désir et sa honte.

— Une femme, on la prépare, mon chéri, on la savoure !

« Est-il agneau, Seigneur ! Il a compris, il réagit ! Le voilà qui tombe à genoux devant elle et lui ôte son exquis petit slip noir de pute. Car cette petite pute est une pute, Vous en êtes parfaitement d'accord, Seigneur ?

« Ça y est : il lui fait minette. Pompilius a raison, le cœur n'y est pas. Il nous la broute comme l'autre jour, sans appétit. C'est grave, ça. Tout juste si cette chieuse éprouve du plaisir. Vous allez voir qu'il va nous la rater. Elle va revenir à elle malgré les rares perversités qui se développent sur l'écran. À propos, Vous avez vu le lutteur japonais qui se fait sodomiser par un godemiché géant ? Le clou du numéro ! Comment ce monstre s'arrange-t-il pour morfler un goum de ce calibre dans le fignedé, Seigneur, alors là je donne ma langue au chat ! »

— Pompilius ! appela Lady M., j'aimerais que vous montriez à Lambert la manière dont on bouffe un cul !

Le Roumain qui était frileusement lové sur son siège avec un air de vieil oiseau malade parut sortir d'un coma avancé. Il battit des paupières, regarda autour de lui, puis développant ses pattes crispées comme celle d'un insecte mort, il s'avança jusqu'au canapé et se planta derrière Lambert. D'un léger coup de genou au dos du jeune homme, il l'avertit de sa présence. Lambert retira son visage égaré des jeunes cuisses offertes et regarda le vieillard.

— Vous permettez ? fit celui-ci. Je vous la rendrai dans un instant.

Assommé, Lambert se déplaça sur les genoux. Pompilius prit sa place et dit, montrant le délicieux sexe rose en attente devant lui :

— Ce n'est pas un cornet de glace, mon cher : c'est un Stradivarius. On en joue et cela doit produire des sons mélodieux.

« Là, il me scie, le vieux bonze, Seigneur. Reconnaissez que pour la minette il est hors concours. Vous voyez comme il ferme les yeux avant d'attaquer ? Il se recueille. Concentration de l'artiste ! Beau, non ? Sa bouche qui s'entrouvre avant de boire à la coupe des délices comme on écrivait dans les bouquins cochons d'avant 14. Une bouche qui, déjà, exprime l'extase. Il l'approche lentement, précédée de ses deux mains opposées pour former un ovale. Un brin de toilette afin de coiffer la toison de la radasse, dégager la cible au max ! Ah ! le voyou ! Maintenant, quelques légers coups de langue de semonce pour annoncer que ça va décarrer. Qu'est-ce que je Vous disais ! Je le connais, hein, ce vieux kyste ? Oh ! la la ! La gonzesse a pigé qu'on s'engageait dans le professionnalisme de haut niveau. La voilà électrisée, cette carne ! Elle mouille déjà comme une vache ; merci pour mon canapé ! Sur du velours frappé, ça va être chouette ! Ah ! le toucher du mec ! Ce boulot ! *The king*, Seigneur ! *The king*, il faut le reconnaître. »

— Regarde de près, Lambert, tu vas assister à un sommet de l'art ! murmura Milady. Fais-en ton profit !

« Vous allez voir la main gauche de Pompilius, Seigneur. Cette dextérité pour déboutonner le chemisier ; bien entendu, Miss Noémie ne porte pas de soutien-chose ! Elles sont devenues salopes et sans hygiène, Seigneur. Un kleenex en guise de slip et les fringues à même la peau. Le linge de corps ? Connais pas. Bientôt, c'est la ficelle de leur tampax qui leur tiendra lieu de jupe ; on parie ? Mais je Vous distrais ! Mordez la science du baron ! Un magicien ! Il se joue des boutons les plus vachards. Voilà ! Mademoiselle a sa laitance à l'air ! Joyeux Noël ! Le birbe va lui pratiquer un plat de main sur les embouts, façon compteur Geiger. Ça fait dresser les mamelons cet attouchement. C'est parti ! Vous l'entendez râler de plaisir, cette génisse de mes fesses, Seigneur ? Ça ne fait que commencer, le concert, je Vous fous mon billet qu'avant cinq minutes elle appellera sa mère ! Maintenant, observez bien le manège de la bouche. Béante ! Il mord dans une poire comice ; si Vous pouviez voir sa menteuse, c'est le petit écureuil dans sa cage rotative ! Vous savez qu'il a une portée linguale pas croyable, mon vieux spadassin d'alcôve ! Nous allons avoir droit à la mise en action de sa main droite. Regardez ! Regardez ! Avec Pompon, il ne faut pas en rater une broque ! Index et médius viennent s'oindre de foutre. Et maintenant c'est parti pour l'œil de bronze ! Ah ! je la connais, sa charmante manœuvre de printemps ! La caresse circulaire avant pénétration. Le tourbillon de la mort sur les pentes du cratère, bien prendre position avant d'engager l'action, la vermine ! Notez que la gauche continue de pétrir les seins alternativement. Maintenant l'index vient aux ordres du médius, Seigneur. Le duo fatal ! Et maintenant la petite plongée lancinante ! Ah ! il ne s'agit pas d'avoir un ongle qui accroche, sinon, c'est le fiasco. Mais mon Pompilius, Vous connaissez sa maniaquerie, Seigneur ? Il se bichonne, le fossile ! Il a sans cesse une lime à ongles en main ainsi que la petite pince coupante que je lui ai toujours connue. Il prétend avoir acheté l'une des toutes premières, dans les années 20 et je le crois, tant son chrome est usé. »

Noémie se mit à émettre des cris inarticulés en se livrant à des soubresauts qui rendirent périlleuse la fin de l'opération. Mais, imperturbable, en homme connaissant tout des réactions féminines, Pompilius sut poursuivre sans se départir de son assiette. Il ressemblait à un cavalier de rodéo chevauchant une monture en folie. Sans doute prévoyait-il une conclusion imminente et cette perspective lui donnait l'énergie nécessaire pour mener sa démonstration à bon terme.

Noémie hurla des sons informels dont on discernait mal s'ils étaient de bonheur ou de souffrance ; peut-être les deux confondus ? Elle eut une secousse d'électrocutée et s'étala comme de la pâte à pain sur du marbre.

— Bravo, Pompilius ! s'exclama Lady M., comme si elle applaudissait quelque exploit sportif.

En fait, n'en était-ce pas un ? Le Roumain se dressa avec peine. Ses genoux craquèrent. Il tira sa pochette de soie blanche de la poche supérieure de son veston, s'en essuya les lèvres, puis les mains et l'enfouit dans la poche de son pantalon, la jugeant désormais inapte à fleurir sa poitrine. Il paraissait las et triste et regagna son siège.

— À toi de jouer, maintenant ! lança la vieille à Lambert. Sache, beau gamin, que la seconde jouissance est la meilleure chez la femme. Ses nerfs sont maintenant tendus comme les cordes d'un violon, tu peux tirer de l'instrument les sonorités les plus rares. Ne te montre pas fougueux, car la précipitation rompt la félicité. Elle ne doit intervenir qu'en fin de parcours, mais alors elle devient furia et elle est terrible. Entreprends-la paresseusement, car elle vient d'éprouver un choc et elle est vannée. Tu dois la prendre avec tendresse, en mordillant les oreilles et en léchant son cou. Il faut que le feu reprenne, comprends-tu ? Un brasier ne se déclare pas spontanément : la flamme couve longtemps avant de tout embraser.

Lambert s'approcha du poste de télévision où la cassette porno continuait de dévider de honteuses combinaisons amoureuses. Le salon se trouva alors plongé dans le noir. À tâtons il gagna le commutateur général et rétablit la lumière.

— Remets ta culotte, petite pute ! lança-t-il à Noémie, je vais te reconduire.

Elle obéit sans protester, se rajustant laborieusement, avec des gestes flous. Lorsqu'elle fut prête, elle le suivit mornement et quitta la pièce sans prendre congé des deux vieillards.

Durant le trajet en Volvo, ils n'échangèrent pas un mot. Jamais de toute leur vie, ils ne s'étaient sentis aussi désespérément seuls.

Ils dépassèrent Elkasaba illuminée, puis l'embranchement de Puerto Banus. La circulation restait très intense. Des chauffards fous se livraient à des dépassements terrifiants dans le ululement de mort de leur klaxon. Avant San Pedro Alcantara, le flot se coagula et les voitures se mirent à rouler au pas. Devant eux, un homme planté au milieu de la chaussée balançait une torche électrique pour signaler un accident. Ils découvrirent bientôt deux autos enchevêtrées. Un homme, aux jambes probablement broyées, hurlait dans un amas de ferraille. Le corps d'une grosse femme habillée d'une robe imprimée gisait sur l'asphalte, la face contre terre. Sa posture donnait à penser qu'elle était morte. Deux très jeunes enfants, commotionnés, pleuraient, assis sur le bord du talus et personne ne s'occupait d'eux. Cette petite tragédie nocturne n'émut pas Lambert. Il fut surpris et alarmé par son insensibilité car, habituellement, il était compatissant et ce genre de spectacle le tourmentait durant plusieurs jours.

À un moment donné, Noémie fut forcée de parler pour lui indiquer la route :

— La première à droite !

Il obtempéra et avança au ralenti car il ne se rappelait plus la propriété des amis de la jeune femme.

— Nous y sommes ! prévint Noémie.

Il stoppa. Elle ouvrit la portière mais ne descendit pas tout de suite de l'auto.

— Mon nom de famille est Fargesse, lui dit-elle. Si un jour tu quittes cette folle, téléphone-moi, car je crois bien que je t'aime : je suis dans l'annuaire de Paris.

Alors seulement elle abandonna la voiture. Il ne la regarda pas, fixant d'un œil éperdu le paysage de villas andalouses que révélait la lumière des phares.

Elle ne se décidait pas à claquer la porte.

— Ce n'est pas ta tante, n'est-ce pas ? demanda Noémie. Le diable n'a pas de famille.

Il démarra et, dans le rush, la portière se referma toute seule.

20

— Laissez la climatisation branchée, Hung, et allez vous asseoir quelque part à l'ombre ! ordonna Lady M.

Docile, le Philippin quitta la Rolls pour arpenter l'esplanade déserte du *Meridiana*. L'établissement n'ouvrait que le soir et, dans la torpeur de cette fin de matinée, il ressemblait à une citadelle ocre, abandonnée. Le chauffeur marcha jusqu'au perron et s'assit sur une marche, le dos appuyé contre l'un des deux grands bacs de céramique qui flanquaient l'entrée. Milady se pencha en avant pour regarder dans le rétroviseur intérieur du véhicule. Nulle trace de vie. Elle approcha le cadran de sa montre très près de ses yeux car elle était myope malgré son grand âge. Il indiquait onze heures moins cinq.

« J'ai eu tort d'arriver en avance, songea-t-elle. Psychologiquement, je me mets en position de faiblesse. »

Elle s'acagnarda dans un angle de la Rolls, passa un bras dans l'accoudoir de velours broché et se mit à attendre.

« Non, mais Vous avez vu, Seigneur, la réaction de ce petit coq merdeux, hier au soir ? Monsieur pique des crises de pudeur ! On veut lui apprendre à baiser convenablement et il chique les pères nobles, l'enfoiré ! Il n'y a que les bandemou qui jouent aux vertueux, Vous le savez. Il commence à m'inquiéter, ce con, Seigneur. Je le trouve mollasson.

D'accord, il a chouravé le diadème comme un grand, mais il s'est agi d'une pulsion. Il ne s'explique que dans le ponctuel, je crains fort. N'agit que lorsqu'une chiée de conditions sont réunies. Croyez-Vous que je pourrai en faire quelque chose ? J'aimerais tant qu'il s'accomplisse, qu'il devienne un homme, un vrai, une épée, si Vous comprenez ce que j'entends par là, Seigneur ? »

Milady s'arracha à sa méditation en voyant une Morgan verte se ranger non loin de la Rolls. Un homme, jeune, de petite taille et d'un roux ardent en sauta littéralement, sans ouvrir la minuscule portière. Il vint à la grosse auto noire et fit une chose que Lady M. n'avait encore jamais vue : il frappa à la porte.

— Entrez ! lança Milady avec humour.

Le rouquin avait d'étranges yeux rouges et froids, frangés de cils presque blancs.

— Evelyn Stern, madame ; je vous présente mes respects.

— Montez ! dit Milady avec un sourire bienveillant.

Tandis qu'il s'exécutait, elle déclara :

— Vous êtes « monsieur-le-mystérieux », je peux vous dire que si vous n'aviez pas la caution du prince, je n'aurais jamais accepté ce rendez-vous pour le moins insolite.

— C'est très aimable à vous, assura Stern sans s'émouvoir.

— Eh bien ! je vous écoute, monsieur Stern.

Ils s'exprimaient spontanément en anglais. Lady M. décida que le complet gris de son « visiteur » sortait de chez Harrod's, elle reconnaissait la coupe figée de l'illustre magasin.

— J'aimerais vous entretenir du garçon que vous faites passer pour votre neveu, madame, je veux parler de Lambert Crissier.

L'entretien commençait en force et plutôt mal. Milady comprit qu'elle avait affaire à un coriace. Evelyn Stern était un homme déterminé, un pugnace qui devait toujours aller jusqu'au bout de ses entreprises.

— Pourquoi prétendez-vous que Lambert n'est pas mon neveu ? se rebiffa la vieille femme.

— Simplement parce qu'il n'est pas votre neveu, madame.

— Qu'en savez-vous ?

— Vous le connaissez depuis assez peu de temps. Vous l'avez rencontré à la Guadeloupe où il travaillait en qualité de plagiste dans un grand hôtel.

Un silence passa.

Milady s'exhorta au calme et à la patience, elle devait avancer prudemment face à un client de cette trempe. Stern n'avait pas chômé et connaissait à fond le curriculum de Lambert. L'enviandé de rouquemoute !

« Seigneur, je te lui foutrais pour de bon le feu au cul, à cette charogne ! Ah ! pouvoir l'arroser d'essence et lancer sur lui ensuite un paquet de coton enflammé ! Ce pied ! Il en sait des trucs ! Il sait tout, quoi ! Alors là, là, voyez-Vous, Seigneur, je compte sur Vous. Accordez-moi Votre aide bienveillante et je ferai bâtir une chapelle dans le parc de la villa, ne serait-ce que pour faire chier le muezzin d'à côté ! »

— En quoi, cher monsieur Stern, mes liens de parenté avec Lambert Crissier vous intéressent-ils ?

Stern hocha la tête :

— Vous vous méprenez, madame, ils ne m'intéressent pas, je vous ai simplement parlé du garçon que vous faites passer pour votre neveu afin de le situer.

— Que lui voulez-vous ?

Le petit homme roux sentait fort ; malgré l'air conditionné qui continuait de marcher et bien que ce fût contre-indiqué, elle abaissa à demi la vitre de son côté.

— Il est temps que je vous résume les faits, madame, déclara soudain l'Anglais. Vous n'êtes pas sans savoir qu'à l'occasion de ses vingt ans, le prince Mouley Driz a offert à sa fille un diadème d'une très grande valeur.

— J'étais aux fêtes du couronnement, plaisanta Milady.

— Je sais, madame, et votre pseudo-neveu aussi y assistait. Avant que ne commence la soirée, le prince avait disposé le diadème sur une colonne dans le salon d'apparat. Un garde de la maison le surveillait. Malheureusement, pendant sa faction, il s'est produit une panne locale de lumière et l'homme est allé prévenir les gens de l'office. Quelqu'un a mis à profit sa brève absence pour échanger le diadème contre une copie assez mal fagotée. Naturellement, au moment de la cérémonie, Son Altesse s'est aperçue de la chose mais, soucieuse de ne pas gâcher la fête, elle n'a rien dit. Le soir même, elle s'assurait les services de l'Agence Bluebarnett and Son de Londres, à laquelle j'ai l'honneur d'appartenir en qualité d'enquêteur en chef. J'ai, dès mon arrivée, entrepris les investigations qui s'imposaient, madame. Elles m'ont appris que la panne de lumière ayant permis le vol avait été provoquée par une fourchette à dessert dont on avait engagé deux des dents dans les trous d'une prise électrique afin de provoquer un court-circuit. Le malfaiteur s'est débarrassé précipitamment de l'objet en le jetant dans un immense cache-pot où je l'ai récupéré. Le manche de la fourchette comportait des empreintes. Certaines appartiennent aux domestiques, mais on y trouve en outre celles de Lambert Crissier.

Il s'exprimait d'un ton léger, presque badin.

« Un enviandé de snob, Seigneur ! Il faudrait lui arracher les couilles et l'étouffer en les lui enfonçant dans la gorge, Vous pensez comme moi, n'est-ce pas ? »

— Attendez, dit-elle, comment vous êtes-vous procuré les empreintes de mon neveu ?

Par bravade, elle appuyait sur le mot neveu.

Il sourit.

— Ça n'avait rien de très difficile, madame, j'ai seulement récupéré la bouteille d'eau minérale qu'il boit pendant son cours de tennis. En sueur, sur une surface embuée, c'est la foire aux empreintes.

— Vous le soupçonniez donc ?

— Je l'avais rangé parmi les coupables possibles, admit Evelyn Stern.

— Pourquoi ?

Elle se sentait froide et tranchante, prête à la lutte, avec même un louche appétit de bagarre, une excitation qui confinait à la volupté. Ce sale petit youtre anglais, elle allait le niquer dans les grandes largeurs !

— J'ai demandé au prince et aux siens s'il s'était produit quelque fait insolite dans leur entourage au cours des jours ayant précédé ce que vous appelez « les fêtes du couronnement ». On m'a rapporté une fumeuse histoire de hold-up chez un coiffeur où se trouvait la princesse Shérazade, hold-up qui échoua grâce à la courageuse intervention de M. Crissier.

— Qu'imaginez-vous, monsieur Stern ?

— Tout, répondit simplement l'homme roux, parce que ma profession consiste à tout imaginer.

« À moi de jouer ! Là, il va falloir déballer le grand jeu ! Ce fouille-merde n'est pas facile à chambrer. La sincérité est l'apanage des grands comédiens. Si je n'entre pas dans la peau du personnage, je l'ai dans le cul, Seigneur, et profond ! »

— Donnez-moi votre main, monsieur Stern, balbutia la vieillarde.

Elle avançait la sienne et attendait. Interloqué par cette demande, Stern finit par poser sa main dans celle de Milady.

— Touchez ! dit-elle en entraînant les doigts du détective jusqu'à sa pauvre poitrine et en les y appliquant. Vous sentez mon pauvre cœur ? S'il bat encore, il bat comme un fou, n'est-ce pas ?

— Je conçois votre émotion, déclara le rouquin en récupérant vivement sa main.

— Vous voulez dire que je meurs, dit Milady.

Elle restait digne malgré son désespoir. Stern pensa qu'elle ressemblait à une mère crucifiée par la mort de son enfant. Sa lèvre inférieure tremblotait, ses narines se pinçaient, sa peau devenait diaphane sous le maquillage, et ses larmes contenues « s'entendaient » dans sa voix.

— Voyons, madame, dit Stern, il se trouve que vous vous êtes laissé abuser par le charme d'un jeune garçon au visage d'ange. Ce n'est pas la première fois qu'une personne d'un certain âge se prend aux grâces d'un coquin.

Elle renversa sa tête en arrière et se mit à haleter.

— Non, non, ce n'est pas cela, monsieur Stern.

Et puis elle s'évanouit. Sa bouche devint blanche, tandis qu'un faible tic d'agonie agitait ses maigres épaules. En la voyant dans cet état, Evelyn Stern fut emmerdé jusqu'à la moelle des os. Il n'avait pas prévu une telle réaction de la vieille femme. Fallait-il qu'elle tînt à son giton pour être pareillement commotionnée en apprenant qu'il était un voleur ! Stern se dit qu'elle n'avait pu piloter elle-même la Rolls et il sortit pour chercher le chauffeur. Il aperçut le Philippin en train de somnoler contre le bac à arbustes, et le héla

— Votre patronne vient de prendre un malaise, lui dit-il, il faut la conduire d'urgence chez un médecin !

— Non, à la villa, répartit le domestique. Vous pouvez m'aider ?

Stern reprit sa place auprès de Lady M. Pendant que la voiture parcourait les quinze cents mètres qui les séparaient de la demeure, l'Anglais palpa le pouls de sa « victime ». Celui-ci battait à un rythme si bas qu'il donnait l'impression de devoir cesser d'un instant à l'autre. Lorsqu'ils atteignirent la *Villa Carmen*, les deux hommes portèrent la malade jusqu'à sa chambre. Ils la déposèrent sur son grand lit ombreux et alors seulement elle exhala un soupir et ses yeux qui étaient restés ouverts retrouvèrent un peu de lucidité.

— Je vais appeler ma femme pour des remèdes, prévint Hung.

— Comment vous sentez-vous, madame ? demanda le rouquin.

Elle clapa à vide et sa main droite se souleva légèrement.

— Je suis tout à fait navré de vous avoir causé cette émotion, assura Stern.

Nouveau mouvement menu et vague de la patiente.

« Seigneur, je ne dois pas être mal dans mon rôle de mourante, ce tournesol britannique a mordu à pleines dents dans la feinte. »

Evelyn Stern la regarda et dit :

— Vous reprenez des couleurs, madame ; votre indisposition aura été passagère. Je vais me retirer, nous reprendrons cette pénible conversation dès que vous serez rétablie.

— Non ! Non ! chuchota Milady.

— Vous voulez que je reste ?

Elle approuva d'un difficile signe de tête.

— J'ai... tout... compris, balbutia Lady M.

— Qu'entendez-vous par là ?

La femme de chambre arrivait en poussant des plaintes de détresse. Elle apportait néanmoins des pilules et en glissa une dans la bouche de sa maîtresse.

Tout cela avait été orchestré préalablement, car Lady M. savait s'entourer d'un personnel fanatisé auquel elle pouvait demander n'importe quoi.

— Laissez-nous ! ordonna-t-elle aux Philippins, dans un souffle.

Ils se retirèrent et la vieille fit mine d'avoir récupéré quelque peu.

— J'ai tout compris, répéta-t-elle à l'adresse de Stern.

— C'est-à-dire, madame ?

Elle chercha sa respiration, la trouva par miracle et des larmes coulèrent sur sa pauvre figure flétrie.

— Comme j'aurais préféré que ce fût le petit Lambert le coupable ! fit-elle, comme se parlant à elle-même. Mon Dieu, il m'arrive le pire des malheurs, je n'y survivrai pas !

Ses larmes redoublèrent. Elle était l'image de la détresse, de la douleur profonde et Evelyn Stern en fut remué.

— Un compagnon de plus de vingt ans, soupira Milady. Un être d'une culture et d'une élégance unique...

— Mais de qui parlez-vous donc ? risqua le détective.

— De Pompilius Senaresco, chuchota Lady M. Un homme merveilleux. Certes, depuis longtemps, il n'est plus qu'un ami pour moi ; mais quel ami ! Si présent, si empressé, si généreux ! Voyez-vous, monsieur Stern, depuis quelques mois il a des tendances à la kleptomanie, lui, un ancien diplomate scrupuleux jusqu'à la maniaquerie ! Si je vous disais : récemment, à Londres, alors que nous dînions chez des amis, il a subtilisé une tabatière d'or enrichie de pierres dans une vitrine ! Pas plus tard que le mois dernier, il a pris de l'argent aux domestiques pendant leur jour de congé. Vous m'entendez, Stern ? Aux domestiques !

Questionnez-les, ils vous confirmeront le fait. Le diadème ! Mais bien sûr... Sa photographie avait été publiée dans le journal local et il l'a découpée en cachette. Quelques jours avant la fameuse soirée du prince, je l'ai entendu téléphoner en France et il était question de pierres ; là-dessus, il a filé à Paris sous un prétexte fumeux. J'ai eu beau essayer de lui tirer les vers du nez, lui qui cependant me confie tout a refusé de me donner les raisons de ce voyage. Mon Dieu, qu'allons-nous devenir ?

Ses larmes ruisselaient en abondance, brouillant son maquillage qui était devenu une sorte de pâte aux mille couleurs. Ses yeux, encore endommagés par sa chute sur la canne anglaise, révélaient un égarement qui fit peur à Evelyn Stern.

— Madame..., commença-t-il.

Mais elle lui imposa silence d'un geste péremptoire de la main.

— Oui, oui, tout s'éclaire ! continua-t-elle. Pendant la soirée du prince j'étais assise dans le parc avec Lambert. Il venait de manger un gâteau. Pompilius qui s'était absenté nous a rejoints. Au bout d'un moment, il a déclaré qu'il allait se chercher un petit quelque chose au buffet et il a pris l'assiette et la fourchette de Lambert en lui disant qu'il allait les rapporter ; la chose m'a surprise car Pompilius n'est pas le genre de monsieur capable de se livrer à des besognes ancillaires. Quand il est revenu de nouveau, il a déclaré qu'il se sentait fatigué et qu'il souhaitait rentrer ; je l'en ai dissuadé en lui faisant valoir qu'il ne pouvait quitter la fête avant la fameuse remise du diadème qui la motivait !

Elle avait cessé de pleurer, mais sa tête et ses mains étaient agitées de tremblements convulsifs.

— On va l'arrêter, n'est-ce pas ? soupira Milady. Pourtant, je vous jure que ce pauvre bonhomme n'a plus toute sa tête. On n'attend pas d'avoir quatre-vingts ans pour devenir un voleur, voyons, monsieur Stern !

Le rouquin hocha la tête.

— Je pense que le prince ne raffole pas du scandale, dit-il. Si le diadème lui était restitué, il oublierait probablement cette fâcheuse affaire.

Lady M. eut un sursaut d'énergie.

— Oh ! je vous promets de faire rendre gorge à ce vieux foutraque ! Mais, j'y pense, monsieur Stern, fouillez donc sa chambre pendant qu'il n'est pas là.

— Je n'ai aucune qualité pour me livrer à une telle perquisition, madame.

— Vous avez ma permission, monsieur Stern, et je suis ici chez moi ! D'ailleurs, aidez-moi à me lever, je vais vous y conduire.

— Courageusement, elle pivota jusqu'au bord du lit et s'agrippa au bras de l'Anglais. En clopinant, ils gagnèrent l'appartement de Pompilius situé au bout du couloir.

— Allez-y, allez-y ! lança Lady M. après s'être installée sur une chaise, sa canne coincée entre ses jambes.

Stern paraissait intimidé. Cette besogne de spadassin le rebutait. Il demeura un court instant indécis puis, jugeant qu'il ne pouvait refuser une telle offre, s'approcha du secrétaire ancien. Il commença à l'inventorier, tiroir après tiroir. Très vite captivé par sa fouille, il agissait méthodiquement, retirant tout le contenu d'un tiroir et sondant ce dernier avant d'y replacer ce qu'il contenait. Au bout d'un moment il s'interrompit pour examiner un rectangle de papier glacé qu'il montra ensuite à son hôtesse. C'était la photographie du diadème. Milady eut une nouvelle rafale de sanglots.

— J'en mourrai ! J'en mourrai ! hoquetait la pauvre femme.

« Seigneur, c'est pas chié de première ? Vous avez admiré la maestria de la dame ? Quand ce trou-du-cul en flammes aura déniché le diadème, il s'empressera de le porter au prince et d'enfouiller sa prime ! Ni vu ni connu ! Comme ce con de Mouley Driz ne veut pas faire monter la béchamel, personne n'entendra plus parler de rien. L'honneur de mon Lambert sera sauf et le vieux nœud de Pompilius ignorera toujours qu'il aura servi de bouc émissaire et que son blason est terni. Nous allons quitter Marbella fissa et nous resterons longtemps sans y revenir. Peut-être même vendrai-je la villa ?

« Qu'est-ce qu'il branle, le Rosbif ? Mais non, Ducon : il n'est pas sous le matelas ! Un diplomate, placarder son blé dans son plumard comme un péquenot ! Ah ! Tu brûles, la joie ! Crétin ! Il est passé devant. Vous savez, Vous, Seigneur où je l'ai planqué, le joyau ? Vous n'avez pas fait attention ? Comprenez-moi, il fallait trouver une cache où, avant tout, Pompilius ne risquerait pas de le découvrir. Sa gueule, à Duchnock, s'il était tombé dessus ! Là, il me faisait une méningite.

« Non, mon mariolle, il n'est pas non plus sur le bahut. Ah ! c'est pas grisole, hein ? Elle en a dans le cigarillos, la Monique, petit pet foireux ! Dis, l'enluminé, tu vas pas me faire le coup de ne pas le trouver ? Je ne peux tout de même pas te souffler, ça paraîtrait étrange. Attends, je vais penser très fort à la cachette, on va voir si la télépathie joue. Seigneur, ses circuits sont coupés, à cézigue ! Il doit avoir une pauvre bitoune circoncise, avec des poils blancs autour ! La gerbe ! »

« Vous Vous rappelez le rouquin que je m'étais embourbé au casino d'Aix-les-Bains ? Il était assis en face de moi à la table de la roulette. Il jouait les finales 7 et il avait la main d'or ! Un cul bordé de nouilles, Seigneur. L'osier qu'il a engourdi, en une heure de temps ! À la fin, je lui faisais un tel rentre-dedans que ça l'a déconcentré et qu'il s'est mis à perdre. En deux coups les gros il s'était fait écumer le potage ! Pour le consoler, je l'ai rembiné aux gogues où la dame pipi qui était de connivence accrochait l'écriteau « Les toilettes des dames sont provisoirement hors d'usage » quand elle me voyait rabattre avec un julot. Ce rouquemoute avait un de ces chibres ! Mais un chibre, Seigneur, à en faire éclater le pot de madame Arthur ! Moi, quand il m'a déballé ce mandrin, vous parlez ! Je lui ai dit « Non, beau jeune homme, mille regrets : je ne fais pas dans la bite d'amarrage ». Mais le gazier à qui vous avez laissé sortir sa queue, vous vous sentez engagée, moralement. Question pipe, bernique, un diamètre pareil. C'était la négresse à plateau ou rien. Sans compter, et c'est à cela que je voulais Vous en venir, qu'il n'avait pas le braquemart appétissant : un énorme truc blafard. Je m'en suis tirée avec une savonneuse à deux mains.

« Ça y est, Seigneur, le rouillé est proche de la gagne ! Oui, mon pote : la cheminée. Elles ne servent pas souvent les cheminées dans ce pays béni. Tu écartes le filet pare-feu. Voilà maintenant, entre les landiers, tu vois un arrangement de bûches sur un tas de brindilles, prêtes à être allumées ; il y a même le papier qui dépasse. Si tu n'es pas complètement demeuré, rouquin, écarte les bûches et palpe le papier. Va-t-il le faire, Seigneur, cet enculé de Britiche ? Pourtant, chez eux, les feux dans l'âtre on connaît ça !

« Mais non, il palpe l'intérieur de la hotte, lui ! Quel foutu détective de ma vulve ! Il est content, Ducon, maintenant qu'il a la main toute noire ! Les bûches, crème de paf ! Les bûûûches ! Ah ! tout de même, j'avais peur qu'il soit sourdingue du subconscient ! Là, voilà, il les enlève soigneusement. Un méticuleux, Seigneur, je l'ai tout de suite réalisé à sa mise. À présent il tripatouille le petit bois. Et le papier, dis, saucisse ? Non, mais... ah ! si. Bravo ! T'as gagné ta journée, petit Sherlock Holmes de mes ovaires racornis. Attention, il ne faut surtout pas que je me marre, moi ! Je vis du déchirant ! Du pathétique ! C'est l'écroulement d'une vie ! Je bois à la coupe du déshonneur.

Lady M. regardait Evelyn Stern déplier la feuille chiffonnée du *New York Times*. Il l'avait palpée et, à travers le papier, avait déjà identifié ce qu'il contenait. Son visage ne révélait rien des sentiments qu'il éprouvait. Il mit le diadème à jour et en fit miroiter les pierres au soleil de midi inondant la chambre.

— Monsieur Stern, je suis broyée, geignit Lady M. Je sentais bien que j'avais raison, mais tout au fond de moi, quelque chose s'obstinait à espérer.

Elle cacha son visage entre ses deux mains pour s'abîmer dans son chagrin et, qui sait, s'y embaumer ?

— Que se passe-t-il ? demanda une voix.

Elle écarta ses doigts et se sentit défaillir pour de bon en reconnaissant Pompilius. Que lui prenait-il de rentrer si tôt, à cet âne ? Elle l'avait expédié à Séville pour y chercher deux chiots bergers allemands et il n'aurait pas dû être de retour avant la fin de la journée. Son arrivée inopinée allait tout flanquer par terre !

« Seigneur, inspirez-moi ! Il faut que je couvre cette nouvelle situation. »

Elle se leva, au paroxysme d'une fureur qui, pour être feinte, n'en était pas moins ardente.

— Il se passe ceci, Pompilius ! Monsieur, qui est un détective anglais engagé par le prince Mouley Driz, a découvert que vous avez subtilisé ce merveilleux diadème après l'avoir remplacé par une copie que vous êtes allé faire exécuter à Paris.

« Vous entendez ça, Seigneur ? Je le scie en mettant tout de suite en avant son rôle réel dans l'affaire. Ça lui coupe le sifflet, à l'Excellence. Maintenant, il faut lui sortir le bon côté de l'aventure. »

— Je m'étais aperçue que vous ne tourniez plus très rond, mon pauvre, mon malheureux ami. Mais de là à imaginer que vous vous lanceriez dans des vols d'une telle envergure ! Heureusement que, compte tenu de votre grand âge, Son Altesse ne vous poursuivra pas en justice ! Vous coupez ainsi au déshonneur, et ma gratitude lui sera acquise jusqu'à mon ultime souffle.

Elle le regardait fixement dans les yeux. Menaces et suppliques passaient dans son regard de feu. Elle devait le dominer afin de le juguler pleinement. Qu'il ferme sa pauvre gueule de vieux gominé bouffeur de chattes !

« Qu'il s'avise de formuler une seule protestation et je le tuerai, Seigneur. Je Vous garantis que je le tuerai.

Pompilius recevait la réalité comme on reçoit des coups sans chercher à les rendre. Il restait planté sur ses longues jambes d'échassier, les lèvres écartées.

Evelyn Stern était gêné de son humiliation.

— Monsieur Senaresco devrait peut-être consulter un médecin, finit-il par déclarer.

Il enveloppa le diadème dans la feuille de journal, voulut ensuite le glisser dans sa poche, mais le galbe du bijou ne lui permit pas de le faire.

Il s'inclina devant Lady M.

— Je pense, madame, que cette cruelle mésaventure ne perturbera pas trop votre quiétude. Je vous présente mes devoirs.

Il partit et dévala l'escalier à une vitesse que sa parfaite éducation ne laissait pas prévoir. Un instant plus tard, Milady le vit presser le pas en direction du *Meridiana* où il avait laissé sa Morgan.

— Il faut que je t'explique, fit-elle d'une voix lasse. Ce type avait tout découvert et nous devions coûte que coûte nous en sortir.

Le vieillard ne répondit pas. Il semblait avoir pris dix ans d'âge en un instant.

— Tu dois me comprendre, insista Lady M.

Mais il ne bougeait toujours pas, semblant penser à autre chose. Il avait l'air et l'attitude d'un homme qui écoute en lui-même les rumeurs de son passé. Comprenant qu'il valait mieux le laisser pour l'instant, Milady quitta péniblement son siège et s'en fut en claudiquant. Elle avait l'impression de ne plus savoir se servir de sa canne et se sentait épuisée.

***

— Vous lui avez dit que le déjeuner était servi ? demanda Milady au Philippin.

— Si, Madame.

— Et qu'a-t-il répondu ?

Le valet hésita puis, avec solennité déclara :

— Il a répondu « Merde », Madame.

— Cela prouve que les meilleures éducations finissent par s'émousser, soupira Milady. À propos, Hung, savez-vous la raison pour laquelle M. Senaresco n'est pas allé à Séville ?

— Il a coulé une bielle de la Rolls, Madame, et a dû se faire remorquer jusqu'au garage de San Pedro.

« Toujours l'inattendu arrive », se récita Lady M.

Elle avait lu cette phrase autrefois et elle lui était restée en mémoire. Peut-être était-ce même le titre d'un livre ?

— Vous êtes en froid avec Pompilius ? questionna Lambert.

— C'est lui qui l'est avec moi, ironisa-t-elle.

— On peut connaître la raison de cette brouille ?

— Toujours la même : il est jaloux de toi, petit d'homme. Et puis je crois qu'il n'a pas apprécié la séance d'hier soir.

— Moi non plus, dit fermement Lambert.

— J'ai agi pour ton bien.

— Je ne crois pas que l'éducation sexuelle se fasse par l'exemple, Milady. D'ailleurs, toute modestie mise à part, jusqu'à présent je ne me suis pas trop mal tiré de mes expériences dans ce domaine. Sans doute suis-je jeune et encore mal dégrossi, mais la science amoureuse s'acquiert par la pratique. Votre glorieux gâteux m'a paru plus ridicule qu'autre chose dans sa prestation. C'était vraiment le chant du cygne d'un non-bandant.

Il se mit à piocher dans la chair grasse d'un avocat bien à point dont on avait remplacé l'énorme noyau central par de minuscules crevettes à la vinaigrette. Il pensait à Noémie. Il se sentait blessé par la complaisance qu'elle avait montrée avec Pompilius. Une petite jouisseuse pour qui tout était bon. Le vieux kroum l'excitait peut-être. Mais, malgré son mépris et son ressentiment, Lambert continuait de penser à elle avec chaleur. La manière quasi désespérée dont elle lui avait dit qu'elle l'aimait, au moment de le quitter, éveillait en lui une nostalgie musicale.

Le soir, au dîner, Pompilius était encore absent.

Lady M. n'y attacha pas d'importance.

— Ça lui passera, assura-t-elle, je déteste les boudeurs.

Elle avait retrouvé tout son entrain et souriait à des pensées engageantes, à sa joie d'exister.

— Nous sommes bien dimanche, demain ?

— Je crois, oui.

Avec la vie oisive qu'ils menaient à la *Villa Carmen*, Lambert perdait toute notion du temps, un peu comme un prisonnier dans sa geôle lorsqu'il ne prend pas la précaution de noter des repères.

— Alors nous irons à la corrida de Puerto Banus ; je parie que tu n'en as jamais vu ?

— Si, au cinéma.

Elle s'esclaffa.

— Comme si une corrida pouvait se voir au cinéma, mon pauvre garçon ! Quand c'est beau, c'est sublime, et quand ce n'est pas sublime, c'est dégueulasse !

« À celle de demain, il y a Espartaco au programme. Un jeune que je trouve fascinant. Un ange de lumière dans un costume bleu du même nom. Avec lui, on est toujours certain d'avoir du spectacle ! Demain matin, tu descendras acheter des tickets au kiosque de Marbella, sur la grand-place. »

— Vous ne craignez pas la populace, avec votre arthrose ?

— La populace a pitié des handicapés, en Espagne du moins. Tu achèteras trois places, ainsi Hung viendra avec nous pour m'aider à gravir les gradins.

— Et Pompilius ?

— Tu vois bien : il se fait porter absent. De toute manière il déteste ce spectacle. M. le diplomate a le cœur sensible.

Le lendemain, à six heures du soir, ils se rendirent aux arènes afin d'éviter la cohue des derniers instants. Hung s'en fut ranger la Rolls pendant que le couple l'attendait sur l'esplanade où s'agitaient les marchands de boissons fraîches, d'éventails, d'affiches où s'étalaient des noms de toreros fameux avec une place libre où chacun pouvait faire écrire son propre patronyme au pochoir.

Milady continuait de planer dans le bonheur, comme si elle était grise ou avait pris quelque drogue euphorisante. Désignant le vendeur d'affiches, elle demanda à Lambert d'en acheter une et de la faire compléter au nom de Pompilius Senaresco.

— Nous la glisserons sous sa porte, dit-elle, nous verrons bien s'il continuera encore longtemps sa quarantaine. Il refuse toute nourriture et voilà plus de trente heures qu'il n'a rien absorbé !

Le marchand déclara que le texte à imprimer était trop long et ne pouvait tenir dans l'espace réservé. Lady M. choisit de mettre seulement le prénom, trouvant qu'il « exprimait » davantage le bonhomme que son patronyme. Elle s'amusait de rien et ce gadget pour touriste la ravissait.

Lambert et le Philippin lui firent « la chaise à porteur » en croisant leurs bras et en se tenant mutuellement par les poignets. Milady opéra une entrée singulière sur ce palanquin improvisé, brandissant sa canne chromée comme un sceptre. Les gens la regardaient avec respect. Elle se sentait enviée par les femmes qui louchaient sur Lambert, superbe dans une chemise blanche ornée de passements bleus. Ses chevaliers servants la déposèrent à leurs places du premier rang. Les seules vraies, assurait-elle, car elles vous mettent en prise directe avec l'arène. Hung avait apporté un coussin pour sa patronne qui détestait les minuscules galettes de plastique louées pour cent pesetas dans le promenoir. Munie de jumelles de théâtre, elle sondait la foule des spectateurs qui allait s'épaississant. Quand elle repérait une personnalité, elle la désignait à Lambert.

— Tu as Julio Iglésias, au deuxième rang, sous la tribune de la présidence.

« Vous m'attendrissez, chère Milady. Vous ressemblez de plus en plus à une petite fille, capricieuse bien que comblée. Je parie que si je vous fabriquais une cage à mouche avec un bouchon évidé et des épingles, ou bien une poupée avec un épi de maïs, vous joueriez avec ! Inconsciente et cruelle. Machiavélique et naïve ! Tourmentée, avec des plages de sérénité ! Je vous trouve unique. La pire sale pute de la création ! Vous avez dû vous rouler dans le vice, comme un chien se roule dans la merde parfois, ma prodigieuse vieille ! Vous qui marchiez dans la mer, accrochée à mon bras et que je croyais pouvoir voler. Comme s'il était possible de vous voler ! Comme s'il était possible de vous assassiner ! Vous jouissez de toutes les protections divines et terrestres, Milady, mon vieil amour faisandé ! Vous ne bougez pas de votre tanière, sublime ogresse, et pourtant vous fomentez des coups à New York ! Vous êtes au courant des corridas et de leur programme. Vous connaissez mon comportement amoureux. Vous êtes la force agissante à laquelle j'aspirais sans savoir qu'elle existait. Nous deux, c'est à la vie à la mort, et quand vous disparaîtrez – si toutefois vous disparaissez avant moi, ce qui n'est pas certain –, je serai seul à en mourir. Aucune femme, qu'elle soit jeune, belle et ardente, ne saura vous remplacer. »

Il interrompit son monologue intérieur car il venait d'apercevoir le prince Mouley Driz, à quelques spectateurs d'eux, sur le même rang. C'est le regard de l'Altesse qui avait dû attirer le sien. Mouley Driz se trouvait en compagnie de ses deux jeunes fils, fumant le plus long cigare que Lambert eût jamais vu. Il signala à Milady la présence du prince et elle murmura, tout en continuant de scruter le public avec ses jumelles :

— Va le saluer !

« Nous verrons bien, Seigneur, comment cet enculé d'arbi réagira. Lambert n'est pas au courant de l'intermède Stern, donc, il a la fraîcheur de l'ignorance pour lui.

« Si l'Arabe ne lui parle de rien, c'est qu'il est vraiment décidé à enterrer l'histoire. S'il lui balance un vanne ou lui fait la gueule, c'est que je dois quitter le pays. Dommage : j'aime l'Andalousie et ma divine maison si bien agencée pour mon rythme de vie, sans parler de ce coffre-fort astucieux qui me sécurise. Et puis il a le microclimat. Je ne sais pas, Seigneur, si Vous Vous êtes attardé à Marbella ? Je ne le pense pas car ici tout baigne et c'est dans les pays de chiasse qu'on a le plus grand besoin de Vous. En tout cas, si Vous y avez séjourné, pour une raison ou pour une autre, Vous n'aurez pas été sans apprécier ce temps doux, à peine venté. L'Atlantique n'est pas loin, Seigneur, et vient flirter avec Votre Méditerranée (je dis « Votre » Méditerranée parce que c'est la mer des dieux, enfin Votre mer à Vous, quoi !). Il y fait rarement très chaud. La canicule, c'est pour ailleurs, pour les pays tiersmondistes où ça crève à qui mieux mieux ! »

Elle dirigea ses lunettes sur Lambert qui marchait à pas de gué entre les spectateurs. En gros plan, elle le vit s'incliner devant Mouley Driz. Le prince sourit au jeune homme et lui tendit une main qui paraissait cordiale.

« Merci, Seigneur. Votre mansuétude me confond. Par instants, je m'en sens indigne. Ce melon vient de me prouver que j'ai été absoute. Putain, ce que c'est bon, le pardon ! »

Lambert regagna sa place.

— Jamais je ne l'ai vu si aimable, assura-t-il.

Milady saisit sa main et la baisa avec ferveur.

— Je t'adore, petit d'homme. Ne me laisse jamais !

— Je ne vous laisserai jamais, Milady, assura le garçon d'un ton pénétré.

— Tu es ma folie, Lambert. Je voudrais être fabuleusement belle et jeune pour te séduire. Je me rêve Ophélie, Juliette, Manon. Parfois, la nuit, je me réveille avec trente ans de moins, voire même cinquante. Ton corps près du mien me bouleverse. J'aimerais cueillir ton sexe dans ma bouche, lécher tes testicules, caresser tes belles fesses musclées et tes jambes d'athlète.

C'était un drôle d'instant. Elle lui parlait, au cœur de ces arènes combles, les yeux perdus dans le cercle d'or où un gros garçon de piste coiffé d'une casquette promenait un jet d'eau, et le sable devenait plus foncé. Il l'écoutait, charmé.

Le Philippin restait bien droit sur son bout de gradin, comme absent.

Soudain la musique éclata pour une sonnerie cuivrée où grondaient des tambours. L'alguazil à cheval, tout de noir vêtu, déboucha dans l'arène. Au pas dansant de sa bête, il vint saluer la présidence avec son bicorne empanaché.

Milady croisa ses doigts avec ceux de Lambert.

Elle soupira, telle une amante comblée :

— Je suis bien ; si merveilleusement seule avec toi au milieu de cette populace !

Le premier matador à toréer était un homme en fin de carrière qui avait pris du ventre comme un picador et donc contracté l'amour de la vie.

— Ce type devrait se retirer, déclara Milady. Je ne veux même pas le voir combattre.

Elle commanda un opuscule aux marchands qui déambulaient à travers les spectateurs, vendant des bouquets de roses et d'oeillets qui, plus tard, seraient lancés aux valeureux, ainsi que des ouvrages de photos légendées en quatre langues. Elle lut ostensiblement durant les vingt minutes du combat qui fut, comme elle s'y attendait, une triste boucherie. Le malheureux toréador pusillanime ne parvenait pas à tuer le taureau ruisselant d'un sang rouge orangé. Il le lardait de coups d'épée, mais la bête se défaisait de la lame peu engagée en s'ébrouant et il fallut un grand nombre de tentatives pour qu'elle fléchît enfin, permettant au préposé de l'achever d'un coup de *descabello* dans la nuque.

L'homme fut sifflé et le cadavre du brave taureau acclamé. Espartaco vint ensuite.

— Il te ressemble, dit Lady M. Mais tu es plus beau que lui. Toi aussi, lorsque je t'ai connu, tu portais un petit chignon derrière la tête. Quelle idée sotte pour un plagiste !

— Vous me l'avez coupé, dit-il en souriant.

Il se rappelait ce curieux cérémonial dans son studio. Elle se tenait plaquée à lui et rassemblait dans sa main la grosse mèche de cheveux qui l'irritait pour la sectionner d'un seul coup rageur.

Espartaco se tenait seul sur la piste. Les *monos sabios* avaient ôté le sang répandu par le précédent taureau dans ces petites bassines de cuir qu'on ne voit qu'en Espagne. Le torero ressemblait à un étudiant déguisé. Moulé dans son costume de lumière, il paraissait attentif et réservé. À la sonnerie, un monstre noir aux testicules énormes jaillit du toril, marqua un temps d'arrêt, éberlué par la lumière, la grande étendue blonde et la foule vociférante ; puis il aperçut le toréador qui l'attendait, sa cape violette doublée d'or en mains, et fonça sur lui avec la fureur imbécile qui causerait sa propre perte. Espartaco entreprit alors une série de passes saluées par les *olé* des spectateurs. Ce presque adolescent prenait un plaisir indicible à affronter la masse noire. Son bonheur était communicatif et chacun se sentait étroitement concerné.

— Il est grandiose ! s'extasiait Milady.

« Seigneur ! Seigneur ! Seigneur ! il est encore plus téméraire que Pépé Luis, ce torero que je m'étais octroyé à Mexico. Il avait fait frémir la foule et estoqué ses deux bêtes sans coup férir. Avant la fin de la corrida, je l'attendais devant le petit bus chargé de reconduire les matadors à leur hôtel. Je lui ai demandé un autographe en le fixant comme je savais fixer un homme alors. Dieu, le regard qu'il m'a rendu ! Oh ! la mouillance !

« Volontiers, *señora*. Où dois-je écrire ? »

« Et moi ! Vous ne savez pas, Seigneur ? Si, bien sûr : Vous savez. Mais enfin Vous n'êtes pas obligé de mémoriser toutes nos conneries. Moi, donc, de lui répondre :

« Sur mon ventre ! »

« Il n'a pas sourcillé, étant aussi brave devant la femelle que devant le taureau :

« En ce cas accompagnez-moi à mon hôtel ! »

« Cela dit, ça n'a pas été aussi grandiose au lit que dans l'arène ; on ne peut avoir tous les dons ! »

La foule se mit à hurler de peur. Une corne du taureau venait d'embrocher la cape d'Espartaco qui lui fut arrachée des mains. Il s'élança pour la retenir, à ce même moment, le taureau le chargea. À cause de l'étoffe qui flottait entre l'animal et l'homme, il y eut deux secondes de confusion. Le taureau donna un coup de corne dans la poitrine du jeune torero, déchirant son gilet brodé. Espartaco eut le réflexe de courir pour échapper à la furia de son adversaire... Il fit quelques pas, réalisa tout à coup qu'il fuyait et son sens de l'honneur le stoppa. Il refit face à la bête en dansant sur place comme un tennisman à l'échauffement pour « citer le fauve à comparaître ».

— Regarde, petit d'homme ! Regarde bien ! s'écria Milady. C'est cela le courage, exactement cela. Dans un premier temps il est touché, désarmé, alors il tourne les talons pour s'éloigner de la mort. Mais illico il réalise. Il se dit : « Quoi ! J'ai peur ! Moi, Espartaco ! » Alors il se retourne et nargue le taureau. Il a dominé son réflexe humain, ce gentil kamikaze. Le voilà prêt à mourir et à faire mourir parce qu'il lui arrive la plus sainte des réactions : il est en colère. Souviens-toi toujours du petit Espartaco, Lambert. C'est un homme ! Sache te mettre en colère quand il le faudra. Maintenant, regarde bien la suite des événements... Les picadores vont entrer mais Espartaco ôtera très vite son chapeau pour demander à la présidence d'abréger le supplice du pique. Il refuse qu'on affaiblisse trop son monstre. Il veut conclure par un tête-à-tête dangereux.

Tout se déroula comme Milady l'avait annoncé. Après la prestation (elle aussi abrégée) des banderilleros, Espartaco se joua du taureau, allant jusqu'à jeter l'épée et la muleta pour s'agenouiller dos à lui dans le sable ; puis il baisa une corne de la bête qu'il paraissait hypnotiser. Lorsqu'il jugea venue la minute de vérité, il se hissa sur la pointe des pieds, tout son corps cambré dans une posture de danseur et plongea l'épée de mort jusqu'au pommeau dans le noir pelage. Le public trépigna. Espartaco resta planté devant le taureau titubant.

— Meurs ! Meurs ! lui disait-il d'une voix inexorable.

Le taureau mourut et le jeune matador se mit à danser de joie.

— Maintenant rentrons, dit la vieille, c'était trop beau, personne, pas même lui, ne saura faire mieux.

***

Comme ils descendaient de la voiture, la femme de chambre se précipita sur Lady M.

— Madame, dit-elle, je suis très inquiète, M. Pompilius est enfermé dans sa chambre et ne répond plus quand je l'appelle.

— Il commence à m'échauffer les oreilles avec ses simagrées, ragea Lady M. Nous allons déloger ce vieux de son trou. S'il ne répond toujours pas, qu'on enfonce la porte ; vous m'entendez, Hung ?

— Bien, Madame.

— Je vais procéder moi-même aux sommations d'usage, décida Milady.

Ils gravirent tous les quatre l'escalier, lentement à cause de Lady M. qui grimpait la première. Quand elle atteignit la porte du Roumain, elle appliqua son oreille contre elle pour écouter, puis s'efforça de regarder par le trou de la serrure, mais la clé qui s'y trouvait obstruait complètement celui-ci. Lambert glissa l'affiche gadget sous le panneau de bois, espérant désamorcer la rage du Roumain. Mais celui-ci ne réagit pas. Milady s'emporta :

— Pompilius ! C'est moi. Cessez vos pitoyables clowneries sinon nous allons enfoncer la porte et vous aurez l'air d'un con !

Personne ne se manifestant, elle fit un signe de tête au Philippin. Seulement, Hung était trop chétif pour la porte épaisse. Rien ne se passa quand il donna un coup d'épaule. Lambert l'écarta de la main, prit son élan et fonça. La porte s'ouvrit violemment et, dans son rush, il s'en fut heurter le cadavre de Pompilius qui s'était pendu à la place du lustre.

Deuxième partie

LA PENSIONNAIRE

NEW YORK

21

Quand le service du repas fut terminé, les hôtesses distribuèrent des couvertures légères à qui en désirait. Milady en avait déjà réclamé une car elle était frileuse en avion. Elle exigea de surcroît un bandeau, les lumières, bien que considérablement réduites, l'empêchant de dormir. Elle abaissa son siège au maximum, ce qui fit grommeler le passager placé derrière elle, puis elle s'empara de la main de Lambert et la pressa très fort dans ses serres d'oiseau.

— Je suis bien, fit-elle, comme elle lui avait déclaré aux arènes.

Avec le bandeau brun, elle ressemblait à quelque créature pour film d'épouvante.

Elle ajouta :

— Sois ma force !

Au bout d'un instant, sa respiration se fit régulière et il crut qu'elle dormait déjà.

« Je n'ai pas sommeil, Seigneur ; je veux savourer en toute plénitude le bonheur de voyager seule avec mon tendre amour. Vous m'épatez à force de trop de bontés infinies, Seigneur. Voilà que nous étions en grand danger à cause de cette chierie de bordel à cul de diadème de mes pauvres fesses déglinguées et Vous nous avez sauvés. Cette épave de Pompilius m'était devenue insupportable, et Vous l'avez rappelée à Vous en exprès ! Ma joie, quand j'ai aperçu cette vieille andouille en train de pendre lamentablement au plafond !

« Il ne lui manquait plus que ça ! Un diplomate, choisir ce suicide de valet de ferme ; c'est à se claquer les cuisses ! Sur l'instant, je n'ai pas osé y croire. Je me suis dit : "Il nous fait une farce !" Mais Vous avez vu ? Raide ! Des heures qu'il était mort, le brave gâteux. Je me figurais que tous les pendus bandaient, Seigneur ! Subrepticement, j'ai palpé sa braguette. Molle ! Il n'y avait plus que cela de flasque dans sa personne. Ne doivent triquer que les pendus qui en avaient l'habitude de leur vivant. Ce qui m'a le plus surprise, c'est son air con, à Pompilius. C'était cependant un garçon intelligent. D'un esprit classique, certes, mais enfin il pouvait comprendre beaucoup de choses. Sa mort est tombée à pic pour l'affaire Mouley Driz. Voilà un suicide opportun. En se supprimant, il semble s'avouer coupable. Conclusion, Marbella ne m'est pas fermé et, notre coup de New York accompli, nous pourrons y retourner sans arrière-pensée. Je bazarderai l'appartement de Paris où je vais de moins en moins. Par contre, je conserverai la propriété de Suisse. Je suis domiciliée dans ce merveilleux pays et je tiens à conserver mon statut de résidente. Seigneur, je vais profiter de ce long temps mort du voyage pour prier. Jusqu'ici, avec ces tracasseries policières, ces funérailles – auxquelles je me suis bien gardée d'assister –, mon âme était indisponible. Le peu de famille restant à Pompilius se trouvant en Roumanie, je n'ai pas eu à subir d'hypocrites visites. On leur serre la vis, là-bas et c'est bien fait pour leurs culs. Bon, qu'aimeriez-Vous que je Vous récite, Seigneur ? Le classique *Notre Père ?* Un peu bateau, non ? Le catholique n'a que cette prière-là à la bouche ! Il décide d'élever son âme ? Poum : *Notre Père !* Ce qu'on pouvait se marrer avec les copains du catéchisme ; Vous ne nous en voulez plus, j'espère ? Il y a prescription, depuis le temps. C'était au garnement qui balancerait le calembour le plus gland : notre père qui êtes soucieux ; notre père qui êtes odieux, notre père qui êtes au pieu ! On est bête à cet âge, on ne se rend pas compte de la portée. Le blasphème n'a pas d'importance. Dans le fond, c'est cela l'innocence, non ? Ou je me goure ? Bon, je m'écarte du sujet, Seigneur. Lorsque nous sommes en intimité, ma pensée s'étale. Je me sens si bien avec Vous, presque aussi bien qu'avec Lambert ; sauf que lui, j'ai toujours envie de lui lécher la bite. C'est bien une idée fixe, hein ? Dites, ça fait une paie que je ne Vous ai pas balancé un "Je crois en Dieu" ? C'est coton ; je ne sais pas si je vais m'en souvenir. Notez que je ne pense pas que Vous préfériez les oraisons récitées au rasoir, comme un poème, aux véritables prières qui sont improvisées et résultent d'un élan spirituel. Les litanies (du docteur Gustin, ajoutions-nous, diablotins que nous étions) Vous cassent les noix, Seigneur, presque autant qu'à nous. Mais nous devons faire pénitence. Vous parler est un bonheur, prier un pensum. N'importe, ouvrez Vos oreilles : "Je crois en Dieu, le père tout-puissant, créateur du ciel et de la terre et en son fils unique, Notre Seigneur, qui a été conçu par le Saint Esprit, est né de la Vierge Marie..." Jusque-là ça boume, mais c'est après que je me mélange les pinceaux. Attendez : il est question de Ponce Pilate, hein ? »

Elle s'endormit.

Lambert récupéra sa main qu'elle pressait, sans la réveiller. Il alluma le projecteur propre à son siège, dont le discret faisceau éclairait sa lecture sans importuner sa voisine. Le gros murmure continu des réacteurs devenait obsédant lorsqu'on lui prêtait l'oreille. Il avait acheté un roman policier à l'aéroport de Malaga dont la librairie était pauvre en ouvrages français, mais le polar ne l'intéressait pas. Ce voyage à New York l'épouvantait et il était rongé par un sale pressentiment. Le suicide de Pompilius l'avait traumatisé. Il se sentait désormais en charge de Milady. Lambert comprenait que le disparu, avec ses façons protocolaires, sa dégaine de vieux marcheur et ses paroles toujours mesurées, constituait la seconde béquille de Lady M. La satisfaction que causait à cette dernière la mort tragique du Roumain l'effrayait. Les années et les aventures que les deux vieux avaient vécues ensemble ne pouvaient s'achever sur cette joie sinistre de Milady. Certes, la présence de Lambert seule comptait pour elle dorénavant, mais pouvait-elle justifier un tel cynisme tranquille ? Il coula son livre dans le vide-poches et se tourna vers la dormeuse.

« Un monstre ! Je regarde le sommeil d'un monstre. Même dans cette provisoire inconscience, vous devez continuer de fomenter des coups tordus, Milady ! Qu'allez-vous tenter à New York ? Votre ultime opération, dites-vous ? Je ne sais rien d'elle. Serez-vous capable d'affronter des professionnels du crime ? Vous êtes si vieille, si fragile, si démunie malgré vos richesses ! »

Sur une carte lumineuse, un appareil de projection, incorporé dans le plafond, permettait de suivre le cheminement de l'avion. Celui-ci empruntait une route assez directe ; il venait de survoler les Açores et piquait à travers l'Atlantique. Lambert imagina ce qui se passerait si une avarie se manifestait dans l'appareil. L'énorme vaisseau filait imperturbablement, souverain. Il suffirait d'un bruit alarmant pour que soit mise en cause sa majestueuse sécurité.

Comme pour répondre à ses craintes, la voix du commandant de bord retentit. Il demandait aux passagers de rester attachés pour traverser une zone de turbulences imminente. Lambert fixa la ceinture de Milady, ce faisant, il la réveilla. Elle arracha son bandeau brun, prit son sac à main et recoiffa ses maigres cheveux platinés ; puis elle rechargea son maquillage tapageur.

L'avion s'agita, assez faiblement au début, mais ses soubresauts devinrent de plus en plus forts. Ils atteignirent bientôt à un tel paroxysme que l'appareil exécutait des plongées qui arrachaient des cris aux passagers. Lambert reprit la main de Milady, laquelle semblait s'amuser.

— C'est la foire du Trône, plaisanta-t-elle ; tu n'aimes pas le grand huit ?

Elle ajouta, baissant la voix :

— Tu as peur ?

— Je crains, éluda Lambert, les dents crispées.

Il ajouta :

— Vous croyez qu'Espartaco n'aurait pas peur ?

Il se remit à songer au retour de la corrida de Puerto Banus, revivant l'instant où il avait enfoncé la porte de Pompilius et heurté son cadavre raide. Il continuait de percevoir l'atroce contact dans tout son être. Le vieux était mort de jalousie, à cause de lui. Cela faisait deux hommes qu'il tuait au cours d'une même semaine : le type à la grosse mâchoire et Pompilius. Pour le premier il s'était agi de légitime défense, quant au second...

— Ne pense pas toujours à lui ! chuchota Milady à son oreille.

Sa clairvoyance le sidéra.

— À qui ? fit Lambert.

— Au vieux, naturellement. Je sens qu'il t'obsède, mon amour. Tu te culpabilises ; il ne faut pas. Chacun sa vie. Lui, il a cru bon de tirer un trait sur la sienne, c'était son problème, petit d'homme. L'existence, c'est des gens que le destin réunit. Des gens, des gens, encore des gens. Pendant un temps tout se passe bien, et puis leurs relations se grippent et ça casse d'une manière ou d'une autre ; inévitablement. Ça casse ! Parfois, ils font semblant de rien et continuent de vivre ensemble ; dans ce cas, c'est encore plus grave. Les lézardes qu'on dissimule aux autres et qu'on se cache à soi-même sont plus difficiles à charrier que des cancers. Pompilius en a eu marre. Il a essayé de s'en aller dans un premier temps, mais il s'est aperçu que ça n'était pas la bonne solution ; il a sauté alors sur le premier prétexte pour revenir. Malgré tout il était de trop, définitivement. Que fais-tu quand tu ne peux plus demeurer sur place, ni t'en aller ? Tu te tues ! Peut-être te tueras-tu un jour, mon bébé.

L'avion retrouvait son calme et cessa de gigoter.

— Vous m'expliquez, pour New York ? demanda Lambert. Nous y serons dans quelques heures et j'aimerais bien savoir ce qui nous y attend.

— Pas le moment !

— C'est jamais le moment ! protesta le jeune homme.

— Quand nous serons à pied d'œuvre, ça le sera ! De quoi aimerais-tu que je te parle en dehors de cela ?

— De vous, fit Lambert. Je n'en connais pas grand-chose. Lorsque vous évoquez le passé, c'est toujours de façon anecdotique : une aventure amoureuse avec un homme, une opération d'arnaque bien juteuse, un grave danger surmonté, des pays parcourus, vous me projetez des diapos, mais c'est le film que j'aimerais voir.

Elle porta la main de Lambert à sa bouche et la lécha, la marquant d'une traînée rouge.

— Si je t'intéresse, c'est que tu m'aimes, alors ?

— Vous le savez bien. Tenez, votre enfance, Milady. Vous ne m'en avez jamais dit un mot. Pas la moindre évocation, rien. J'ignore où vous êtes née et qui furent vos parents.

— C'est si loin...

— Mais non. Bien que je sois jeune, je sais déjà que notre enfance ne s'éloigne jamais de nous. Il paraît même qu'elle se fait de plus en plus présente et insistante au fur et à mesure qu'on prend de l'âge.

— Hum, méfie-toi des on-dit. Bon : mon enfance. Tu l'imagines comment ?

— Je ne l'imagine pas, assura Lambert, c'est pour cela que je vous demande de me la raconter.

— D'accord. Sache que mon père était notaire dans une petite ville de la Drôme, pas loin du Rhône. Quel fleuve ! Tu l'aurais vu avant qu'ils ne le bricolent pour le rendre navigable à grand renforts de digues et d'écluses. Un fauve ! Quand il était en crue, je passais des journées à le regarder charrier des arbres, des vaches mortes et des noyés.

« J'ai fait ma secondaire à Valence qui est une ville agréable. J'étais l'unique fille d'une portée de cinq enfants. J'aurais dû être la chouchou de mes parents ; au contraire, ils me considéraient comme une intruse, tant ils étaient fiers de leurs petits mâles à la gomme. Il faut dire que c'était des tronches, mes frangins. Pour eux, les études furent une simple formalité. Deux ont été tués à la guerre de Quatorze : les aînés. L'un des deux autres a repris l'étude de papa, le quatrième a fait sa médecine et il est devenu une sommité de l'hôpital Grange Blanche de Lyon ; cela dit ils sont morts aussi. Tu suis, petit d'homme ? Es-tu certain que ça t'intéresse ? Rien de plus chiant qu'une famille, mon amour fou ! Partout c'est le même microcosme. Des mâles, des femelles, des vieux, des jeunes, des morts, des vivants, des gentils, des méchants, des génies, des demeurés ! »

— Et vous, dans tout cela, Milady ?

— Moi, dans tout cela ? Le cul, mon fils ! Le cul, le cul, le cul et encore le cul ! À quatorze ans je me faisais sauter par un ami de papa, un architecte très sérieux, père de huit enfants. Il construisait un cinéma. Un dimanche, je lui ai demandé qu'il me fasse visiter le chantier. Un cinéma ! À l'époque, tu parles d'un événement ! Un des frères Lumière, je ne me rappelle plus si c'était Auguste ou Louis, est venu l'inaugurer. Donc, l'ami architecte m'a fait les honneurs du *Caméo*. On ne l'avait pas encore peint et il n'y avait pas de fauteuils. Ce copain de mon père, quel âge pouvait-il avoir à l'époque ? Quarante et des poussières. Une assez belle gueule. Il portait la barbe et ressemblait à Jules Grévy. Ne ratait pas une messe, non plus que les vêpres ; c'est d'ailleurs en en sortant que je m'étais risquée à lui demander cette visite accompagnée de son ciné.

« Je l'ai violé dans la cabine de projection. Il me montrait les trous par lesquels passerait le projecteur. Notre promiscuité le mettait mal à l'aise. Il parlait, dos à moi, sa voix flageolait un peu. Alors, sais-tu ce que j'ai fait ? J'ai posé ma petite culotte *bateau* ! Tu n'as pas connu ça, toi, les culottes *bateau* ? Un rêve ! La culotte de la petite fille honnête. Puis j'ai retroussé ma jupe et, les jambes écartées, voilà que je me suis caressée comme une folle. Le barbu s'est retourné. C'est idiot, impossible de me rappeler son nom ! Si tu avais vu son expression stupéfaite ! Il balbutiait “Gabrielle ! Oh ! Gabrielle !” »

— Parce que vous vous prénommez Gabrielle ? interrompit Lambert.

— Oui, pas très ronflant, n'est-ce pas ?

— Les prénoms deviennent ce qu'on en fait.

— C'est vrai, tu parles toujours avec sagesse, pour un gosse.

— Sans doute parce que je ne suis plus un gosse, Milady.

Sur la carte de l'Atlantique, le petit avion en silhouette surgissait sporadiquement, puis disparaissait une seconde pour réapparaître, traînant un peu plus loin le pointillé de sa trajectoire.

— Et alors, Milady, ce viol de l'architecte ?

— Berluret ! s'exclama Lady M. Il s'appelait Stephan Berluret !

Elle paraissait très contente d'avoir retrouvé le nom.

— Pendant un instant, j'ai eu peur qu'il soit vraiment vertueux et me reconduise à la maison pour faire part à mes parents de mes instincts dépravés. Alors j'ai levé une jambe, tu sais, comme dans la cassette porno japonaise où une fille s'offre ainsi ? Il n'a pu résister à la tentation de ma petite chatte.

« Il s'est avancé sur moi, hagard, en bredouillant : "Oh non ! ma petite Gabrielle, ce n'est pas sérieux !" Ensuite, il s'est mis à me presser, à me tripoter. Il larmoyait. Il s'écriait "Oh ! Seigneur !" C'était moi, la novice intégrale, qui le guidais. Il m'a prise à la n'importe comment, contre une grosse planche inclinée qui se trouvait là. Je ne ressentais aucun plaisir, sinon celui de pervertir ce prude père de famille. Quand ç'a été fini, je lui ai demandé son mouchoir pour m'essuyer. Le mois suivant, je suis allée le voir à son atelier d'architecture pour lui raconter que je devais être enceinte. J'ai cru qu'il allait dégueuler sur ses calques. Je lui ai dit qu'une copine à la page connaissait une faiseuse d'anges, mais qu'il fallait de l'argent ; s'il ne m'en donnait pas, je devrais tout raconter à mes parents... Il m'a donné ce que j'ai voulu et je me suis acheté une bicyclette. »

Elle éclata de rire.

— Vous avez été douée très jeune, Milady.

— Quand on est doué, c'est de naissance, mon petit d'homme.

La carte géographique disparut et le personnel de bord diffusa un film américain sous-titré en espagnol. Il s'agissait d'une comédie avec Eddy Murphy. Lady M. interrompit là ses confidences. Elle chaussa ses lunettes pour regarder le film, puis se réempara de la main de Lambert et l'enfouit dans le creux de sa jupe, entre ses jambes.

Lambert qui comprenait mal l'anglais-américain et pas du tout l'espagnol se prit à somnoler. C'est sur la fin du film qu'elle le secoua :

— As-tu pris les clés ? lui demanda-t-elle.

Il se mit sur son séant et la regarda sans comprendre.

— Que dites-vous, Milady ?

— Je te demande si tu as pris les clés avant de partir au cinéma.

La stupeur de Lambert s'accrût.

— Mais quelles clés, Milady ?

— Celles de l'appartement !

Une pointe d'agacement perçait dans la réponse de la vieille femme.

— De quel appartement parlez-vous ?

Elle fulmina :

— Écoute, Marco, tu me fais marcher et je déteste ça !

Le film s'achevait. L'écran redevint blanc, mais les gens du bord s'abstinrent de remettre la carte de l'Atlantique, signifiant ainsi aux passagers qu'il convenait de dormir.

— Milady ! Mais que vous arrive-t-il ? Je ne suis pas Marco, mais Lambert. Nous ne sommes pas au cinéma mais dans un Boeing 727 et il n'existe pas d'appartement dont je serais susceptible d'avoir les clés !

Tout en parlant, il actionnait les deux projecteurs de siège : le sien et celui de Milady, offrant à sa compagne sa figure éclairée.

Elle eut un léger tressaillement et sourit.

— Je te demande pardon, petit d'homme : je devais rêver. Rêver sans dormir, comme il arrive parfois, tu sais ?

Il acquiesça, mais l'incident le troublait. Il était convaincu que, durant un laps de temps assez bref, Milady avait eu un passage à vide ; comme une saute du cerveau. Il se dit que, malgré ses airs bravaches, le suicide de Pompilius devait la perturber, du moins de façon subconsciente, et qu'elle s'était mise à dérailler.

— Comment vous sentez-vous, Milady ?

— On ne peut mieux. Je traverse l'océan en te tenant par la main, mon bel archange, que pourrais-je souhaiter de plus beau ?

Il aurait aimé la questionner à propos de l'incident, pour savoir par exemple qui était ce Marco à qui elle croyait parler. À quelle époque de sa vie se situait-il ? Et à quel appartement faisait-elle allusion ?

Mais il refréna sa curiosité, se disant que ce ne serait pas bon pour le mental de la vieille.

— Nous devrions essayer de dormir, dit-il ; c'est indispensable pour être en forme demain.

Milady approuva et se blottit contre son épaule. Au bout d'un moment, elle déclara que l'accoudoir de séparation la gênait et que s'il l'ôtait – car la chose était amovible –, elle pourrait poser sa tête sur les genoux de Lambert. Il décrocha donc l'accoudoir et elle put s'étendre en équerre ; elle mit sa joue contre le sexe ramassé du jeune homme.

« C'est comme un petit animal assoupi, Seigneur. Si je n'avais pas peur de saloper son futal en le souillant de mon rouge à lèvres, je lui mordillerais la queue à travers l'étoffe. Mais déjà, ma joue, c'est bien. Ce garçon est un formidable don de Votre ciel majestueux, Seigneur. Trouver un être aussi jeune, aussi beau et qui me soit soumis pareillement ! Voilà bien l'une des félicités qu'on espère de Vous, Tout-Puissant éclatant de gloire à chier partout ! Dieu de tous les pardons ! Émanation suprême de la mansuétude et de tout le fourbi qui enrichit l'âme, la rend légère comme une gouttelette de foutre ! Je Te prie, Beau Seigneur alléchant, dont certains nient l'existence pour faire les malins, les enculés profonds. Je chante Ton immortalité. Souverain absolu ! Que Ton Magistral Nom soit sanctifié ! Oh ! oui, qu'Il le soit de fond en comble ! »

— Vous chantez, Milady ? demanda Lambert, inquiet.

— Je fredonne de bonheur, expliqua-t-elle. Vois-tu, mon Lambert, cela valait le coup de devenir très vieille pour te connaître.

— Parlez moins fort, Milady ! supplia-t-il, effrayé ; les autres passagers vous écoutent !

— Eh bien ! qu'ils m'entendent ! Le bonheur, ça se clame ; le bonheur, ça se crie, ça se hurle ! Je voudrais me trouver sur quelque sommet des Alpes et lancer ma joie de t'aimer à tous les échos.

« Prends mon mouchoir, dans mon sac à main et donne-le-moi. »

Il se pencha par-dessus Milady et se saisit du réticule de croco qu'elle avait accroché à la tablette-repas. Il répugna à l'ouvrir, un sac à main, pour Lambert, représentant au plus haut niveau l'intimité d'une femme. Il se contenta d'en actionner le fermoir et de le présenter entrouvert à sa compagne. Elle cueillit le mouchoir et s'en frotta les lèvres avec vigueur.

Quand elle estima que tout le rouge était effacé, elle ouvrit la bouche sur la protubérance qui gonflait le pantalon du garçon et se contenta de garder entre ses fausses dents le sexe inerte de Lambert.

« Je ne lui en ferai pas davantage, Seigneur, n'insistez pas ! Heureusement que personne ne peut me voir : je dois avoir l'air con d'un chien qui rapporte le journal ! »

22

Peu avant l'arrivée à New York, une hôtesse proposa de demander une chaise roulante à l'intention de Milady qui refusa avec hauteur, mais Lambert la fit revenir sur sa décision en lui faisant valoir que les formalités de débarquement s'en trouveraient simplifiées pour eux. Il ajouta même qu'il serait judicieux d'utiliser cette astuce désormais. Le mot « astuce » eut raison de l'orgueil de Lady M. Du moment que la chose relevait de l'arnaque, elle était partante.

Comme elle organisait tout avec minutie, on les attendait au Kennedy Airport : un chauffeur en livrée du *Waldorf Astoria* qui pilotait une gigantesque limousine noire, long châssis, transformée en salon roulant. Les sièges se faisaient vis-à-vis ; un bar d'acajou, un poste de télévision, le téléphone et des rideaux achevaient de donner à ce véhicule un confort sédentaire.

Émthe de se trouver à New York, Lambert gardait le nez collé à la vitre teintée, contemplant avec avidité la ville la plus fameuse de la planète. Pour l'instant, il n'apercevait qu'un quartier triste et malpropre, avec des magasins sans grand panache. Les Noirs s'y trouvaient en majorité, du moins avait-il ce sentiment.

Milady, elle, songeait aux tubes de teinture de Pompilius. Après les funérailles du Roumain, elle avait prié les domestiques de rassembler tout ce qui lui avait appartenu : vêtements et objets, et de les donner à des pauvres. Mais elle était convaincue que les Philippins avaient vendu toutes ces choses à quelque brocanteur de l'endroit. Ils avaient débarrassé la chambre du mort de sa garde-robe, des livres qu'il lisait, du portrait de son père peint en pied dans un uniforme chamarré, des statuettes indonésiennes ramenées de Bali. Ils avaient ramassé jusqu'à son vieux stylo Waterman à remplissage à pompe ; jusqu'à son papier monogrammé ; jusqu'aux semelles d'acier correctives qu'il plaçait dans ses chaussures. Il ne subsistait rien du souvenir de Pompilius dans la pièce, rien sinon quelques brins de l'étoffe torsadée dont il s'était servi pour se pendre et qui restaient accrochés dans la boucle de suspension du lustre.

Voilà que lady M. songeait à la teinture. Les tubes rose sombre étaient restés dans l'armoire à pharmacie de la salle de bains, elle en était certaine. Elle téléphonerait en arrivant au *Waldorf* pour dire aux domestiques de les jeter aux ordures.

— Ça y est ! exulta Lambert : on voit Manhattan !

Il se tourna vers Lady M.

— Regardez, Milady !

Puis il devint grave :

— Vous pleurez ?

À travers ses larmes, elle le voyait trouble, comme un visage contemplé par une vitre ruisselante de pluie. Trouble, mais toujours beau, toujours princier.

— Où as-tu pris ça ! bougonna-t-elle.

Il n'insista pas. Néanmoins une obscure jalousie le tenailla parce qu'il se sentait étranger à ces larmes. Cela dit, cette peine prouvait qu'elle restait humaine quelque part.

***

On leur avait réservé une suite dans les Towers, la partie la plus huppée du *Waldorf*. Meublé en Louis XVI, l'appartement se composait d'une grande chambre, d'un salon dont un canapé logé dans une sorte d'alcôve pouvait servir de lit, d'une immense salle de bains et d'une entrée servant de dressing.

Ce fut lui qui défit les valises, commençant par celles de Milady. Il accrocha ses robes dans des penderies après avoir sélectionné celles qu'il convenait de donner à repasser. Ensuite, il rangea méticuleusement son linge de corps dans les tiroirs. Elle ne portait pas des dessous de vieillarde, mais des lingeries suggestives noires, roses ou blanches, garnies de dentelles et de broderies légères. Elle le regardait agir d'un œil béat. De le voir manipuler ses slips l'excitait.

« Seigneur, Vous savez qui il me rappelle ? Cherchez bien ! Oui, Seigneur : le commandant Muzeau du *Ville-de-Brest*. Il était devenu mon amant au cours de la traversée Le Havre-La Corogne. Je me suis vite aperçue que mes fesses l'intéressaient moins que mes dessous. Il m'astiquait par politesse, mais se goinfrait de ma lingerie, y enfouissant sa figure, la respirant, la mâchouillant, l'enroulant autour de son pénis de marin. Pour ce navigateur, la volupté c'était, avant tout, cela : de l'étoffe, des culottes, des soutiens-gorge, des combinaisons, des porte-jarretelles ! Un jour que je me trouvais dans sa cabine et où on l'avait appelé d'urgence, je fouillai sa commode, poussée par une méprisable curiosité que Vous avez bien voulu me pardonner, Seigneur, et je Vous en remercie. J'y trouvai, Vous Vous souvenez quoi ? Une culotte, oui, gagné ! Mais une culotte de french cancan comme en portait ma grand-mère à moi, ce qui ne Vous rajeunit pas ! Elle était dans un drôle d'état ! Raide de foutre séché, Seigneur ! Ô combien de marins, combien de capitaines... Les gens de mer ont leurs fantasmes comme les autres, que voulez-vous !

Lady M. se dressa et s'approcha du téléphone après avoir sorti un petit carnet de son sac.

— Que je te dise, Lambert d'amour, lorsque tu notes des numéros téléphoniques qui risquent de devenir compromettants, prends un code mais ne les inscris jamais en direct.

Mon truc à moi, par exemple, c'est d'ajouter un point à chaque chiffre. De la sorte le 1 devient 2, le 2 devient 3, ainsi de suite, jusqu'au 0 qui devient 1.

Elle consulta l'opuscule consacré aux réseaux internationaux, puis, tenant son carnet ouvert devant elle, se mit à taper un numéro sur le cadran. Ses lèvres remuaient à vide et elle paraissait soucieuse.

La communication ne passa pas du premier coup et elle dut recomposer son appel. Enfin, une sonnerie retentit, qui fut perceptible par Lambert. Au bout d'un temps assez long, une voix d'homme, épaisse comme un raclement de gorge, répondit.

— Silvio ? demanda Lady M. C'est moi !

Elle ne dit pas qui elle était, mais son interlocuteur devait connaître sa voix. Elle enchaîna :

— Je suis en place, Silvio. La date est confirmée ?... Parfait ! Tu sais qui se chargera de l'opération ?... Répète...

Milady se concentra, fermant les yeux. Il était clair qu'on venait de lui citer un nom qu'elle s'efforçait d'apprendre par cœur.

Lorsqu'elle fut sûre de l'avoir mémorisé, elle demanda :

— Et il est comment ?

On lui fournit une description qu'elle écouta religieusement.

— À la joue droite ou à la gauche ? demanda-t-elle seulement.

Elle fit « Hmm, O.K. » lorsque la réponse lui fut fournie.

— Les porte-flingues de couverture, tu ne les connais pas ? Ils seront désignés à la dernière minute ? Ouais, toujours aussi prudents, tes potes, vieux voyou !

Elle écouta encore puis déclara :

— Après ce bigntz, j'irai probablement faire un petit tour dans ton patelin ; l'Italie me manque d'autant plus que je suis amoureuse, figure-toi ! Oui, monsieur... Son âge ?

Elle eut un rire canaille :

— Vingt-cinq balais, môssieur. Et il m'aime ! Pas vrai, petit d'homme que tu m'aimes ?

Lambert qui achevait de vider sa propre valise lui envoya un baiser.

— Confirmé, fit Milady : il m'aime ; Tchao, Silvio.

Elle raccrocha.

— C'était Silvio Bari ? demanda Lambert.

Sa question parut la surprendre.

— Comment le sais-tu ?

— Vous m'avez parlé de lui à Marbella : Silvio Bari, un crack de la Mafia écarté du pouvoir à cause de son âge et qui désire se venger.

Une expression d'incrédulité continuait d'habiter la physionomie de Lady M.

— Moi, je t'ai dit cela, petit d'homme ?

— Comment le saurais-je, sinon ?

— Évidemment. Je ne me rappelle plus t'en avoir parlé.

Elle hocha la tête et ajouta en tapotant sa tempe :

— Les neurones fichent le camp, là-dedans ; peut-être deviendrai-je gâteuse un jour... Tu me laisseras quand je serai gaga ?

— Jamais ! Vous ne comprenez donc pas que nous deux c'est plus qu'une affaire de sentiment, c'est...

Il chercha un mot approprié, n'en trouva pas qui convînt vraiment et lâcha néanmoins :

— C'est une fatalité, Milady.

— Oui, admit-elle, une somptueuse fatalité !

Il la considéra avec une vibrante tendresse. Comme elle semblait vieille, tassée qu'elle était dans un fauteuil garni de soie rayée. Presque humble, pour une fois, elle toujours triomphante. La fatigue du voyage lui avait creusé les traits et éteint le regard. Dans cet état, n'était-ce pas folie que d'entreprendre une opération dangereuse ? Son copain Bari et elle fomentant une arnaque contre la Mafia dont le seul nom lui flanquait des frissons, c'était insensé. Deux ancêtres perclus à l'assaut des puissants. Deux pensionnaires de Pont-aux-Dames lancés dans une sauvage équipée dérisoire ! Lambert faillit lui dire de tout laisser quimper et de retourner à Marbella ou en Suisse. Elle avait bien assez d'argent comme ça pour vivre princièrement jusqu'à la fin de ses jours ; ne serait-ce qu'avec la fortune rassemblée dans le coffre de la *Villa Carmen.* Mais il savait qu'il ne la convaincrait pas.

— D'après ce que j'ai cru comprendre, reprit-il, une personnalité de la Cosa Nostra va arriver de Sicile, dûment escortée ?

Elle acquiesça.

— Quand ?

— Après-demain.

— Dans cet hôtel ?

— Oui.

— Vous la connaissez ?

— J'ai son nom et sa description.

— Bon et ensuite ?

Elle lui sourit et eut un geste de tendresse dans sa direction qui fit choir sa canne. Lambert s'empressa de la lui relever. Au lieu de la reprendre en main, ce fut sa cuisse qu'elle saisit. Elle l'attira à elle et le pressa contre son visage avec passion.

— Tu es l'homme le plus beau que j'aurai rencontré, Lambert.

— Non, rectifia-t-il : je ne suis pas le plus beau, je suis le dernier !

Il conservait la canne anglaise à la main, caressant la petite potence caoutchoutée polie par le frottement. Il pensa que lorsqu'elle mourrait, la vue de cet objet le ferait pleurer.

— Vous devriez vous reposer, Milady. Le décalage horaire perturbe l'organisme. Pendant ce temps, j'aimerais descendre pour renifler un peu New York.

— Tu vas me quitter ?

— Juste pour faire quelques pas autour de l'hôtel, histoire de m'imprégner de la ville ; mais si cela vous contrarie, je reste.

— Non, amuse-toi, dit-elle. Mais ne saute pas sur les putes, pense au Sida.

— Je ne suis pas tenté, assura Lambert en riant.

— On dit ça, mais il y a des Noires superbes et « dépaysantes ». Pompilius s'empressait d'aller en bricoler une tandis que je défaisais les valises. À l'époque, c'était moi qui me tapais cette corvée. Je crois que ce qui nous a liés tous les deux, c'était notre amour du cul. On ne pensait qu'à ça.

Elle n'avait pas remis de rouge à lèvres depuis l'avion, ce qui était impensable de sa part. Il se pencha et lui donna un baiser sur la bouche. Il la préférait non fardée que barbouillée de son infâme rouge pour mère maquerelle d'avant-guerre.

Elle fut éblouie par son baiser.

— Dans la Samsonite noire, il y a une poche à soufflet ; à l'intérieur se trouvent des liasses de dollars, prends-en une.

— Un billet me suffira, répondit Lambert.

Il chosit une coupure de cinquante qu'il montra à Milady.

— Je choisis le général Grant, dit-il, j'adore sa barbe.

***

Tout de suite, l'air de Manhattan le chavira. Comme tous les étrangers débarquant à New York, il se mit à marcher le nez en l'air. Ce qui le surprenait, c'était de constater que les fameux gratte-ciel n'étaient pas écrasants. Il réalisa que la ville avait été préservée par son tracé géométrique. Toutes ces rues et ces avenues rectilignes qui se coupaient à angle droit semblaient finir dans le ciel. Lorsque le torticolis lui fit incliner la tête, il constata que les trottoirs étaient sales, jonchés de papiers, de gobelets de carton et de détritus de toutes sortes.

Une âcre odeur d'huile rance et de frites froides le prenait à la gorge. Il était fasciné par le flot pressé mais docile de la circulation où dominaient les taxis jaunes. Les passants les hélaient d'un signe et ils venaient se ranger en souplesse au ras du trottoir. À leurs volants, on découvrait toutes les races de la planète : des Noirs, des Indiens, des Chinois, et même des Blancs qui devaient parler espagnol ou italien.

Il s'attarda auprès de deux policiers noirs, aux uniformes marron, qui ressemblaient à des voyous, bien qu'ils fussent lestés de leur harnachement : revolver, menottes, matraque de caoutchouc noir, giberne de cuir, sifflet. Ils étaient en conversation avec un gros type de couleur et les trois hommes donnaient l'impression de comploter un mauvais coup.

« Je suis à New York, Milady. Grâce à vous. En ai-je assez rêvé de cette putain de cité ! Voilà que j'en foule les trottoirs, que je regarde défiler les nuages dans les vitres des gratte-ciel, que je respire son odeur de métro, que je me sais proche de tous les hommes de la terre dans cette Babel monstrueuse. Je me sens petit garçon paumé dans cette métropole, et je vous sens petite vieille insignifiante. Ô ma chère folle qui venez jouer dans cet univers barbare je ne sais quel rôle pour mauvais feuilleton télévisé ! Votre dernier coup ? Oui : le dernier, j'en ai peur... »

Il vit un bar, tout en longueur, comme dans les films, y entra, se jucha sur un tabouret. Un juke-boxe vociférait bien qu'il n'y eût que le barman portoricain. Ce dernier lisait un journal de sport et mit du temps à s'occuper de Lambert. Lorsqu'il l'interrogea d'un regard peu amène, Lambert commanda un bourbon. L'autre posa une question que le jeune homme ne comprit pas mais à laquelle il prit le risque de répondre par l'affirmative. Il lui fut servi un petit verre d'alcool et un verre d'eau. Lambert versa le bourbon dans l'eau, ce que voyant, le barman haussa les épaules et se mit à maugréer des choses peu agréables.

Lambert but. C'était tiédasse avec un vague goût de nioc man assez écœurant. Il eut une bouffée de nostalgie en évoquant Milady, seule dans leur grande suite du *Waldorf*, l'attendant en remâchant son sempiternel passé qui ne la quittait pas, ne la quitterait jamais car elle l'alimentait avec ferveur de souvenirs toujours nouvellement surgis dans son esprit. Vrais ou faux ? Peu importait. Elle disposait de sa vie comme bon lui semblait. C'était son capital et elle le faisait fructifier à sa guise, selon des élans du cœur, des regrets, des aspirations irréalisées...

Il tendit son billet de cinquante dollars au serveur qui se fâcha très fort parce que Lambert ne lui donnait pas l'appoint. Il vociférait, assurant qu'il n'était pas une banque pour faire du « change ». Il finit par rendre la monnaie et ne s'apaisa que lorsque son client lui laissa un pourboire supérieur au prix de la consommation.

Vaguement désenchanté, Lambert regagna le *Warldorf*. Le sommeil brûlait ses paupières et le bourbon lui laissait en bouche un arrière-goût de gueule de bois.

Bien qu'il fût midi, il n'avait pas faim, à cause de toute cette boustifaille qu'on sert pendant les longs vols pour distraire les passagers.

Milady semblait ne pas avoir quitté son siège. Probablement s'y était-elle assoupie ? Elle sourit de soulagement en le voyant réapparaître.

— Tu t'es bien promené ?

— J'ai fait le tour du bloc.

Le tour du bloc. Comme dans les romans de série noire où il y a toujours un héros qui « fait le tour du bloc ».

— Pompilius était avec toi ?

Cela lui fit comme s'il se trouvait au sommet de Notre-Dame et que le gros bourdon se mît à tinter. Il se rappela l'histoire des clés dans l'avion ; elle avait prétendu qu'elle rêvait ! Mais cette fois ? Seigneur, elle déraillait pour de bon. La fin tragique du Roumain avait dû la traumatiser profondément.

Il respira à fond, puis approcha un siège du fauteuil de la vieille femme.

— Milady, mon amour, écoutez-moi...

Tout de suite, elle avança sa patte décharnée vers lui pour saisir sa nuque et l'attirer à soi. Sa bouche se posa sur celle de Lambert. Il avait créé un précédent tout à l'heure car jamais encore ils ne s'étaient embrassés de cette manière.

— Écoutez-moi, Milady...

— Je t'écoute, petit d'homme.

— Vous vous rappelez que Pompilius est mort ?

— Naturellement que je me rappelle ! Quelle drôle de question !

Il fut soulagé.

— Alors, pourquoi m'avez-vous demandé, il y un instant, s'il se trouvait avec moi ?

Elle cambra le buste :

— Je t'ai demandé ça, moi ? Mais tu es fou !

Il eut une mimique désespérée.

— Je vous jure que vous m'avez posé la question, Milady.

Son ton pénétré impressionna la vieille femme.

— Ma foi, j'ai parlé étourdiment. Je dois dire que je pensais à Pompilius.

— Oui, ce doit être ça.

Mais il conservait des arrière-pensées. Depuis leur départ d'Espagne, il la trouvait changée. Elle manquait de vitalité et sa hargne habituelle avait disparu. Physiquement aussi quelque chose s'était modifié en elle. On décelait comme un vague effroi dans son regard, une faiblesse nouvelle de son corps, une lassitude doucereuse dont elle ne devait pas être tout à fait consciente...

— Nous devrions nous coucher et dormir, proposa Lambert ; ça nous permettrait de récupérer et d'être en pleine forme pour la suite. O.K., Milady ?

— Bonne idée, à condition que tu dormes avec moi, comme à Marbella.

— Naturellement !

Il alla accrocher le *Do not disturb* à la poignée de la porte. Pendant que Milady se dévêtait, il regarda la télévision au salon. Il appuyait sur les touches sans arriver à se déterminer pour un programme. Sur chaque canal ou presque, un type parlait avec, partout, le même ton rassurant, plein d'une surexcitation de commande. Il y avait chez ces professionnels une jovialité de bazar qui agaçait Lambert. Il éteignit, ferma les rideaux et gagna la chambre. Milady venait de s'allonger entre les draps. Sa béquille gisait le long du lit comme un petit cadavre métallique. Il se mit nu en un rien de temps et la rejoignit sans pudeur.

Leur intimité devenait de jour en jour plus étroite et comme réciproquement consentie. L'odeur de Milady ne l'incommodait plus et si sa jambe touchait la sienne, en cours de nuit, il continuait à dormir sans que son subconscient la lui fasse retirer.

La rumeur de New York filtrait à travers vitres et rideaux. Elle ne ressemblait à aucune autre.

— Milady chérie, maintenant, le moment est venu de m'expliquer ce qui va se passer ici !

Un ton d'homme, énergique, qui ne tolérait pas les finasseries. Il voulait savoir comme on exige son dû.

Lady M. le comprit.

— La Mafia s'occupe beaucoup de stupéfiants. L'une de ses branches fournisseuses s'approvisionne au Moyen-Orient. Le réseau sicilien fait transiter la drogue par l'Espagne ou par la France. Soucieux de ne pas mettre tous ses œufs dans le même panier, il fractionne les envois car ils ont eu, ces temps derniers, de grosses déconvenues avec d'énormes cargaisons saisies. Les « livreurs » sont généralement des connards sans importance qui ignorent ce qu'ils transportent. Il est évident que ça n'est pas à eux que les mafiosi d'ici paient la marchandise. Une fois par mois, un chef de Palerme vient faire les comptes avec ses homologues américains.

— Ils se réunissent toujours ici ?

— Non, ils changent de lieu à chaque fois, mais ce mois-ci, l'opération se déroulera au *Waldorf Astoria* car ils choisissent les endroits les plus sélects.

— Donc, la sainte-touche va avoir lieu ici ?

— Tu as tout compris, railla Milady.

— Vous voudriez mettre la main dessus ?

— Non : JE vais mettre la main dessus, rectifia-t-elle.

— De quelle manière ?

— Tu verras.

— Vous n'avez pas confiance en moi ?

— Tu me casses les pieds avec ta confiance. Si je ne t'en dis pas davantage c'est parce que je veux que tu conserves toute ta fraîcheur pour l'action, Lambert. Rien n'est plus mauvais que de gamberger à l'avance sur un tel projet. Tu as vu, pour le diadème ? Tu t'étais mis martel en tête et la chose t'effrayait si fort que tu voulais tout abandonner. C'est au dernier moment que tu as compris que cet acte impossible était bête comme chou à réaliser.

Il s'endormit avant elle.

Il avait retrouvé sa confiance.

23

« Regarder dormir cet être gracieux est un ravissement, Seigneur. Je sais bien que Vous êtes au courant de nos plus humbles faits et gestes, pourtant laissez-moi Vous raconter comment je l'ai connu, ne serait-ce que pour me permettre de revivre par la pensée un moment d'exception. Hier était mon anniversaire : vingt-huit ans ! "L'âge où la femme commence à prendre des pieds vraiment sérieux", assure Mme Bolingère qui tient les studios meublés de la rue Delambre. Elle, elle en a au moins le double et a usé son cul jusqu'à la trame dans les pires taules d'abattage de Sydney, Londres et Paris. Comme elle parlait anglais, elle a beaucoup épongé dans le Royaume-Uni et le Commonwealth. Elle me racontait, l'autre matin, que si on mettait bout à bout toutes les bites qu'elle s'est enfilées dans la moniche, celles-ci feraient le tour de la Terre. Là, je crois qu'elle exagère ; c'est une image, quoi ! Pour Vous en revenir, c'était mon anniversaire. Je le fais remarquer à Marco. Il me dit : "Je t'offre le restau et le ciné". Et pourtant, la galanterie, c'est pas son genre, à ce voyou ! Il m'a emmenée claper à *La Coupole*. J'ai pris des roll-mops et une choucroute. Ensuite, comme prévu, on est allés au ciné voir jouer *La piste des géants* de Walsh, avec un jeune premier qui s'appelle John Wayne. Dans la salle, je me trouvais entre Marco et un ravissant jeune homme châtain clair qui sentait bon l'eau de Cologne. Avant que ne commence la séance, il m'a regardée. Des yeux verts avec des bulles d'or. J'en ai eu la chatte moite immédiatement. Quand, en cours de projection il a commencé à frotter sa jambe contre la mienne, puis à caresser ma main sur l'accoudoir, j'ai cru que j'allais crier de plaisir. J'ai en permanence les sens survoltés et on me ferait jouir avec une allumette, Vous le savez, Seigneur, alors à quoi bon m'en cacher ? Je suis comme ça et c'est Vous qui m'avez faite, non ?

« Ce qui se passait sur l'écran, franchement, je n'en avais plus rien à branler ! D'ailleurs, à propos de branler, Vous parlez si je lui caressais la bitoune à mon diablotin d'à côté. De tout mon être je Vous exhortais, rappelez-Vous ! Je Vous disais : "Seigneur, inspirez-moi n'importe quoi, mais faites que je puisse m'emplâtrer ce petit mec. Il me le faut !" Je sentais déjà ma craquette qui le happait, ce ravissant ! Elle clapait comme une carpe hors de l'eau, la pauvrette. Et alors, Vous m'avez comme toujours exaucée, tendre et admirable Seigneur à qui j'aurais volontiers consacré ma vie dans quelque couvent si je n'avais pas eu depuis mon plus jeune âge des braises ardentes dans ma culotte.

« Tu as pris les clés ? » ai-je demandé à Marco.

« Il faut Vous dire que nous habitons un petit meublé tenu par une veuve d'officier. Elle verrouille la porte de l'immeuble à minuit pile et débranche la sonnette. Si bien que si tu n'as pas la clé, il ne te reste plus que d'aller coucher à l'hôtel, ou sous un pont si tu es fleur. Chance inouïe : ce con de Marco avait oublié les clés (il y a deux serrures à cette putain de porte). "On crèche à deux pas, ai-je dit, vas-y en courant, c'est l'affaire de cinq minutes. On est en pleine chevauchée, tu ne rateras pas grand-chose ; n'oublie pas de réclamer une contremarque en sortant." Il a fait ce que je lui disais. À peine a-t-il eu quitté la salle que j'ai chuchoté au joli : "On y va ?"

« Il ne se l'est pas fait dire deux fois ! Le plus formidable c'est que nous n'avons plus échangé une parole jusqu'à ce que nous soyons dans cette chambre. On courait presque sur le boulevard. Le premier hôtel qui s'est présenté, nous nous y sommes engouffrés.

« Quelle folle séance ! Il m'a baisée une première fois tout habillée après avoir déchiqueté ma culotte avec ses dents ! C'était le premier secours au noyé ! Ensuite nous nous sommes dessapés calmement et on a tout repris de zéro en laissant parler l'inspiration. Combien de fois m'a-t-il fait étinceler, Seigneur ? Je suis incapable de Vous le préciser. C'est un surdoué, ce gosse ! Nous nous sommes endormis comme tombe une pierre dans un puits. Regardez-le : il en écrase encore, mon petit phénomène. Faut dire qu'il s'est essoré complet, l'artiste ! Je pense à la frime de Marco quand il est revenu au cinoche et ne m'a plus trouvée. Oh ! il a dû vite piger sa douleur parce que c'est pas la première fois que je lui fais ce genre de galoup. Je vais en être quitte pour une dérouillée. Si je rentre ! Pourquoi je ne profiterais pas de cette embellie pour le larguer ? Je commence à en avoir ma claque, Seigneur, de ce demi-sel ! Il ne fait pas le poids et manquera toujours de classe. Il m'a chambrée avec ses tatouages et son parler faubourien, mais c'est du julot peau de lapin, Vous voyez bien. Seulement aller où ? Et avec qui ? Le bel archange qui dort ? J'ignore jusqu'à son nom. Voudrait-il de moi pour compagne d'existence ? Tirer des crampes est une chose, partager la vie de chaque jour en est une autre. Le voilà qui s'agite ! Il est en train de refaire surface ! Ce qu'il est beau ! Il trique comme un bourrin ! Un homme qui bande est toujours beau ! »

Lambert ouvrit les yeux et sourit à Milady penchée sur lui.

— Tu as bien dormi ? demanda-t-elle.

— Éperdument, répondit-il. Quelle heure est-il ?

Il se pencha sur la table de chevet pour examiner sa montre et y lut dix heures dix. Le jour échappant au contrôle des rideaux lui fit réaliser qu'il avait dormi pendant une vingtaine d'heures et qu'on était au lendemain.

Milady se mit à caresser son sexe dressé.

— Tu ne crois pas que tu pourrais me dire ton nom, chéri ? Moi, je m'appelle Geneviève.

Lambert laissa retomber sa nuque sur l'oreiller. Cette fois-ci, pas d'erreur possible : Milady déraillait pour de bon et faisait de la confusion mentale.

Il se mit à contempler le plafond blanc où tourniquaient des ombres pâles provenant d'un écartement des rideaux.

— C'est comme tu veux, note bien, reprit Lady M., conciliante. L'anonymat a son charme.

Comme elle continuait à le caresser, il sauta du lit d'un bond et courut à la fenêtre. Une colère blanche le glaçait. Il ouvrit rageusement les rideaux. Par la baie on apercevait des gratte-ciel à l'infini.

— Ça, c'est New York ! fit-il, et moi je m'appelle Lambert ! Vous êtes en pleine sénescence, la vieille ! Votre cerveau est devenu poreux, ou quoi ?

Milady se mit à pleurer à chaudes larmes, mais c'était un chagrin d'idiote, imprécis, purement physique. Lambert se rappelait avoir vu pleurer une petite mongolienne qui habitait près de chez ses parents. Il ignorait ce qui avait motivé sa peine, l'infirme avait des sanglots d'ordre animal. Elle se tenait les bras ballants et larmoyait comme un chien hurle à la lune.

Il eut pitié, infiniment, et vint prendre Milady par l'épaule.

— Ne pleurez pas, Milady ! Essayez d'y voir clair. Je suis Lambert, vous m'avez trouvé à la Guadeloupe où je vous aidais à marcher dans la mer pour soigner votre arthrose. Vous m'avez pris avec vous et emmené à Marbella. Et maintenant nous sommes à New York pour réaliser une opération périlleuse contre des gens de la Mafia. Ça ne vous dit rien ?

— Et Marco ? demanda-t-elle.

— Oh ! misère, qu'allons-nous devenir ! se lamenta Lambert. Enfin, bon Dieu, Milady, vous n'allez pas devenir gâteuse comme n'importe quelle vieille grand-mère ! Une battante de votre trempe, c'est impossible !

Elle paraissait ne pas entendre ses paroles ; en tout cas, elle ne les comprenait pas. Il la fit asseoir, en chemise de nuit frivole, dans le fauteuil qu'elle occupait la veille.

Tombe-t-on dans l'enfance comme ça, en quelques heures, sans signes avant-coureurs ? Lambert songeait qu'il doit y avoir des espèces de paliers de décompression. Des creux de vague suivis de remontées. Elle n'avait pas sombré d'un seul coup !

Le téléphone sonna. Hébété, il décrocha. Une voix de standardiste demanda :

— L'appartement de Lady Mackinshett ?

— Oui ?

— Une communication pour vous.

Cette fois, ce fut un homme qui parla. Il le fit en anglais avec un fort accent italien.

— Je veux parler à Lady Mackinshett, dit-il.

— Elle est dans son bain, mais vous pouvez me parler, je suis son neveu.

— Dans combien de temps sortira-t-elle du bain ?

— Je ne pense pas qu'elle en ait pour longtemps.

— Je la rappellerai dans un quart d'heure.

On raccrocha.

Lambert sentit venir la peur. Une sorte de maladie de cœur qui le paralysait. Sa colère initiale le reprit, violente.

— Espèce de vieille chaussette, nous sommes frais, maintenant !

Elle se reprit à pleurer. Il enfila son slip de la veille qui gisait sur le tapis. Il tenta de se rappeler ses deux années de médecine. Bonté, il n'avait donc rien appris au cours de ces vingt-quatre mois d'études ? Il avait cependant suivi des chiées de cours, en les prenant très au sérieux, les premiers temps. La gérontologie ? Quelques idées force remuaient dans les limbes du souvenir. Il croyait se rappeler que la prise de diurétiques rétablit assez fréquemment le fonctionnement des facultés cérébrales dans les cas de confusion mentale. Il alla ramasser la canne qui gisait toujours le long du lit et l'apporta à sa compagne.

— Il est temps d'aller aux toilettes, Milady, venez, je vais vous accompagner.

Elle considérait la canne sans paraître en comprendre l'usage. Il la lui plaça contre le bras, la demi-boucle engagée autour de son pauvre biceps liquéfié ; posant ensuite la main décharnée sur la potence de caoutchouc, mais quand il lâcha la canne, celle-ci chut ; alors il saisit Milady à bras-le-corps et la porta jusqu'à la salle de bains où il la plaça sur les toillettes avec des gestes d'infirmier.

Il resta à l'écoute et, depuis le salon, s'assura qu'elle urinait d'abondance. Le sang battait à ses tempes avec violence.

« Milady, mais que nous arrive-t-il ? Cette situation est grotesque. Tragique, mais avant tout grotesque. Vous n'êtes pas faite pour être gâteuse. Qu'est-ce que c'est que ces manières, nom de Dieu ! Vous dirigiez les gens et les événements au knout. Vos caprices avaient force de loi, vos silences terrifiaient. Et puis vous voici soudain comme perdue en vous-même ; perdue au point que vous ne vous cherchez plus, ma pauvre âme. Et nous sommes deux malheureux égarés dans New York. Vous, ne sachant plus où vous êtes ni qui je suis ; moi, pantelant comme si quelque catastrophe atomique venait de me priver de tous mes os. Limace ! Milady, je suis une limace encombrée d'une vieillarde qui "déparle", comme l'on dit chez nous. Oh ! comme tout cela est monstrueux ! »

— Lambert ! appela Milady depuis la salle d'eau, tu veux bien me passer ma canne, petit d'homme ?

Il eut un élan de joie, de gratitude.

— Tout de suite, Milady !

Il prit la canne et toqua à la porte. Le sens des convenances était revenu en même temps que la lucidité de Lady M.

Il l'entendit clopiner, puis la porte s'écarta et elle s'empara de sa béquille.

— Je vais faire ma toilette, annonça-t-elle.

L'allégresse du garçon s'estompait déjà. Milady était dans une phase positive pour une raison pauvrement organique, mais une prochaine montée d'urée la plongerait de nouveau dans ce crépuscule hideux. Ils devaient rentrer d'urgence, consulter un spécialiste en gériatrie et s'organiser une autre vie. Pas un instant ne lui venait l'idée de l'abandonner. Il était lié à elle par des liens obscurs. En attendant, il leur fallait déclarer forfait et repasser l'Atlantique. Lambert songea alors que le plus sage était de contacter le fameux Silvio Bari pour le mettre au courant de la situation.

Sa décision fut prise dans l'instant et il s'en alla prendre le petit carnet de Lady M. dans son sac, malgré sa répugnance à commettre une telle indiscrétion.

Il s'agissait d'un minuscule répertoire téléphonique. Il l'ouvrit à la lettre « B », mais n'y trouva aucun Bari. Au « S », il ne vit pas le moindre Silvio. Il chercha tour à tour au « P », pour Palerme, puis au « I » d'Italie, mais il fit chou blanc. Lambert se souvint alors de ce que Milady lui avait confié la veille à propos des codes de prudence. Il se dit que si elle travestissait les chiffres en les augmentant d'une unité, elle agissait sûrement de façon identique avec les lettres, écrivant « b » pour « a », « c » pour « b », etc. Effectivement, à la lettre « c », il vit deux initiales : TC. Si elle modifiait d'un cran l'ordre des lettres de l'alphabet, le « S » de Silvio se changeait en « T » et le « B » de Bari en C. Il nota les chiffres qui suivaient en les abaissant tous d'un point.

Dans la salle de bains, Milady chantonnait. Elle avait conservé une voix claire et juste qui donnait à penser qu'elle avait dû chanter jadis. Elle fredonnait *Les millions d'Arlequin*, ce qui lui rappela le vieux phono à remontoir avec son 78 tours fatigué et la voix de ténor roulant ridiculement les « r ». Elle exigeait cette musique pour montrer ses portraits anciens, voulant donner un son à l'image sépia qu'elle proposait.

Lorsque Lambert eut rectifié le numéro, il se risqua à le composer. Une sonnerie très lointaine retentit, mêlée à d'autres bruits de réseaux téléphoniques. Il attendit longtemps, désespérant qu'on lui réponde, croyant avoir fait fausse route. Une voix de femme finit par murmurer « *Pronto* » à des années-lumière de là.

Lambert possédait des notions d'italien acquises au cours de grandes vacances passées en Toscane chez une sœur de sa mère mariée à un viticulteur italien.

— Je voudrais parler au *signor* Bari, dit-il.

Il y eut silence et, à nouveau, il pensa s'être trompé dans ses déductions.

La voix demanda : « C'est de la part de qui ? » Ce qui induisit Lambert à penser qu'il avait bien rétabli le bon numéro.

— Je suis le neveu de Lady Mackinshett, une vieille amie de Silvio Bari, j'appelle de New York pour un motif très grave, il est indispensable que je lui parle.

Il crut percevoir comme un sanglot incontrôlé.

— Il est mort, dit la femme lointaine.

La surprise et l'incrédulité rendirent Lambert muet.

À l'autre bout, la correspondance raccrocha et la sonnerie d'éternité de la ligne siffla à l'oreille du jeune homme. Dans la salle de bains proche, Milady chantait à tue-tête.

« Seigneur, qu'il est bon, qu'il est voluptueux d'ignorer la peur. J'ai confiance en moi parce que j'ai confiance en Vous. Je suis transportée par ma foi. Je veux bien m'occuper de tout, ici-bas, puisque Vous Vous occupez de moi, là-haut. Pourquoi d'ailleurs dis-je "là-haut" étant donné que Vous êtes partout : dans chaque rue de New York, et jusque dans le jet rotatif de ce bidet qui vous inonde la babasse avec une impétuosité d'étalon ! Putain ! Lorsque je l'ai actionné, tout à l'heure, j'ai cru morfler un chibre d'âne entre les cuisses. M'en voilà toute revigorée. Ça surprend. Ça charme. À quel âge, mon premier bidet, Seigneur ? Pourriez-Vous me le dire ? Chez nous, Vous pensez bien que nous n'en avions pas ! À Courbevoie, dans un trois-pièces où nous nous entassions à... À combien, du reste ? Il y avait grand-mère, papa, maman, Marinette, ma grande sœur, et Momo, mon petit frère ahuri qui devait finir à quatorze ans sous le capot d'un autobus de la R.A.T.P. Six ! Je dormais avec mamie. Elle ronflait et pétait toute la nuit ! La joie ! Notez que j'en rigolais à l'époque. J'avais l'âge où les pets amusent. Alors un bidet, on savait à peine ce que c'était. À l'époque, même les bourgeois n'en possédaient pas. On se lavait le dargeot à l'évier. Combien de fois ai-je surpris maman en train de faire sa toilette intime ! Y avait pas de tampax, alors, mais des pattes-à-cul ! Qu'on lavait après usage ! Vous parlez d'un bonheur ! Maman mettait les siennes à sécher dans le jardinet galeux qui séparait notre immeuble croulant de la rue et dont nous avions la jouissance puisqu'on habitait le rez-de-chaussée. Ça faisait assez de jaloux comme ça, parmi les autres locataires. Notamment la mère Rigautin, du second, qui nous balançait ses ordures sur la gueule, comme quoi le jardinet appartenait à tous ceux de la maison ! Je les revois encore en guirlande sur le fil d'étendage, les pattes de maman. Tout le quartier savait quand elle avait ses affaires, ma pauvre vieille ! Alors, les bidets, hein ?

« Non, mon premier, ç'a été celui d'un hôtel de passe où m'a conduite le grainetier de la rue Anatole-France (qui ne s'appelait pas encore rue Anatole-France vu que ce dernier vivait encore). M. Mongibon, le grainetier. Blouse grise, casquette vissée éternellement sur la tête, y compris dans son magasin qui sentait fort le blé fermenté. Il avait un crayon jaune sur l'oreille. Le visage anguleux, jamais rasé de près. Un sourire fumier aux lèvres. À première vue, il paraissait vieux, à cause de son accoutrement. Quand on le regardait de plus près, on s'apercevait qu'il était encore jeune et pas vilain garçon. J'allais chez lui acheter du millet pour le canari que j'avais gagné dans une fête foraine. Il me pelotait avant de me servir. Une main sur ma poitrine « Dis donc, Martine, ça pousse de ce côté ! » Une autre fois, pendant que je regardais les tortues qu'il vendait, il a passé sa main sous ma jupe et m'a caressé la moule. « Est-ce qu'on frisotte déjà dans ce secteur ? » J'aurais dû gueuler, d'autant que sa bonne femme, une grosse vache pleine de varices, Vous Vous rappelez ? se tenait dans la cuisine proche à préparer des fricassées de n'importe quoi... Une manie, la fricassée. Fricassée de poulet, de lapin, d'abats. Mais je ne disais rien, sans doute parce que ça ne me déplaisait pas. Ne Vous laissez jamais chambrer par une gonzesse, Seigneur. Quand on leur touche le frifri sans qu'elles rameutent le voisinage, c'est que ça leur fait plaisir, point à la ligne ! Un jeudi matin, il m'a demandé à brûle-pourpoint : « Qu'est-ce que tu fais, cet après-midi ? » Je voyais pas où il voulait en venir. « Jouer avec les copines, monsieur Mongibon. » « Ça te dirait de venir à Paris avec moi, j'ai des courses à faire ? » Paris, c'était tout proche, mais ça restait un voyage pour les gens de nos banlieues. Si on s'y rendait une ou deux fois l'an, c'était le bout du monde. Il conservait sa magie, ses sortilèges. J'ai accepté sans me faire prier. « Je t'attendrai devant la bascule municipale avec ma camionnette. » Il avait une camionnette haute sur pattes, verte, avec des garde-boue noirs. Elle sentait comme son magasin.

« Je n'avais pas l'habitude des voitures. J'étais fière près de ce sale con. Il avait troqué sa blouse grise contre une veste de cuir toute fendillée. Il m'a dit : « Je vais t'emmener dans un petit endroit sympathique tenu par une copine. Tu as quel âge ? » « Quatorze ! » « C'est pas beaucoup, mais tu es grande ! » Le petit endroit sympathique c'était un hôtel de passe dans le quartier de la porte Maillot. Mon premier bidet, Seigneur ! Un événement dans la vie d'une femme. C'est le grainetier qui m'a appris à m'en servir. Il avait le chic pour vous pratiquer les ablutions privées, ce sagouin ! Comme préambule, Seigneur, on ne peut pas trouver mieux. Ensuite, il m'a fait une foule de bricoles énervantes avant de me dépuceler. Heureusement pour ma vertu, il n'avait qu'un pauvre petit zob de saint-cyrien. Ça s'est passé en souplesse. Après lui je me trouvais encore vierge, pour ainsi dire.

« Il y a lurette de tout ça, n'est-ce pas, Seigneur radieux de Sa gloire céleste ? Des bidets, entre celui de la porte Maillot et celui du *Waldorf Astoria*, j'en ai chevauché davantage que tout ce qu'ont pu produire MM. Jacob et Delafon depuis le Pacte de Varsovie ! Des somptueux, des minables qui produisaient en fonctionnant un bruit de machine à battre ! La dignité d'une femme dépend de cet ustensile. Son bien-être également. Si je suis demeurée si jeune d'apparence, c'est parce que je n'ai jamais lésiné pour me fourbir le trésor, Seigneur. Car je suis jeune, Vous ne trouvez pas ? Franchement, Vous qui n'en avez rien à cirer, dites-moi la vérité : suis-je toujours désirable ? »

Lambert s'apprêtait à recomposer le numéro de Silvio Bari quand le téléphone sonna. C'était le correspondant de tout à l'heure qui rappelait Lady M.

— Je vais la chercher ! répondit Lambert.

Il s'en fut frapper à la porte de la salle de bains, se demandant anxieusement si Milady était ou non en état de répondre. Sa voix enjouée le rassura. Elle sortit, drapée dans une grande serviette de bain, en s'appuyant sur sa canne.

— Je sais ce dont il s'agit, lança-t-elle à Lambert en allant se saisir du combiné.

— Le crocodile a des puces ! dit-elle à son interlocuteur.

L'ingénuité du mot de passe fit sourire Lambert. Les militaires et les malfrats avaient des astuces de boy-scouts !

Lady M. écoutait son correspondant, la mine tendue. Il n'existait plus rien de commun entre cette femme déterminée et la vieillarde égarée qui pleurait un instant plus tôt.

Elle murmura simplement « O.K., merci » et reposa l'appareil sur son socle-cadran.

— Tu devrais t'habiller, mon chéri. À la réception il y a une enveloppe à mon nom. Dedans se trouve une clé de consigne automatique. Elle porte le numéro 114. Tu te rendras à la gare de Grand Central et tu iras prendre dans la consigne 114 le paquet ou la valise qu'elle contient.

— D'accord, fit-il.

Il eut une brève hésitation puis il dit :

— Quelqu'un a téléphoné pour prévenir que Silvio Bari était mort.

Lady M. fronça les sourcils.

— Qu'est-ce que c'est que ce vanne ! Je lui ai parlé hier !

— Il ne faut pas longtemps pour mourir, objecta Lambert.

Milady appela la Sicile. Elle demanda à parler à une certaine Maria-Pia, se fit connaître d'elle et apprit ainsi que l'ami Silvio avait été abattu au volant de sa voiture, la veille, en fin d'après-midi, comme il quittait le café où il allait quotidiennement jouer aux cartes avec ses copains. Lady M. proféra quelques mots de condoléances et raccrocha.

— Ce vieux branleur a dû commettre quelque imprudence, soupira-t-elle. Là-bas, ça ne pardonne pas.

Lambert posa ses deux mains sur les épaules décharnées de Milady. Il la fixa dans les yeux, cherchant des traces de son précédent passage à vide. Le regard de la vieille était plein de lucidité et d'énergie.

— Il faut tout laisser tomber et rentrer en Europe, Milady ; vous voyez bien que les choses se gâtent !

L'expression de la vieille femme se durcit et une lueur de mépris passa dans sa prunelle.

— Petit con, dit-elle. Petit con !

— Quoi, petit con ! s'écria Lambert, outré. Votre associé se fait descendre et vous ne tenez pas compte de l'avertissement ! Vous voulez réaliser le coup comme si de rien n'était !

— Ainsi, nous n'aurons pas à partager, ricana Lady M. On a liquidé Bari et toi, mauviette, tout de suite d'associer son exécution à notre opération en cours. Mais cela n'a rien à voir. Bari est *out* depuis un certain temps vis-à-vis de la Mafia, c'est ce qui l'a décidé à se venger en m'organisant l'affaire présente ; mais s'il se venge c'est parce qu'il était brûlé, donc pratiquement condamné. Sa mort est sans rapport avec notre histoire !

— C'est vous qui le dites, supposition gratuite, Milady !

— Je le dis parce que c'est vrai, trou-de-balle ! D'ailleurs, tu en auras la preuve demain.

— Quelle preuve ?

— Si le grand caissier descend comme prévu au *Waldorf* pour la ramasse, c'est donc que les gens de Palerme ne sont pas au courant de notre présence, vrai ou faux ?

Il ne répondit rien. Avec Milady, il était vain d'insister, sa vérité seule prévalait et celle des autres n'existait pas pour elle.

***

La clé se trouvait bien à la réception, comme prévu, à l'intérieur d'une enveloppe au nom de l'hôtel. Lambert stoppa un taxi piloté par un sujet irakien au crâne rasé, qui ressemblait à un bagnard d'opérette. La photo du conducteur figurait au tableau de bord et, sur le cliché, Kémal

El Hussein paraissait encore plus rébarbatif qu'en réalité. Assis sur une banquette de faux cuir éventrée, Lambert s'imprégnait du fascinant spectacle de New York en pleine activité. Il mourait de faim, n'ayant rien absorbé depuis vingt-quatre heures. Milady ne lui avait même pas laissé prendre un café, tant elle était pressée d'entrer en possession du colis de la consigne.

Ils furent rendus à la Gare Centrale en un clin d'œil. Naïvement, Lambert demanda au chauffeur s'il voulait l'attendre.

— Va te faire enculer ! lui répondit ce dernier, sans animosité particulière mais avec une grande fermeté.

Il avait vu des films et lu des livres dont l'action se passait la Gare Centrale. Pour lui, le lieu était fascinant. Il le savait immense, mais quand il pénétra dans l'édifice, il le trouva beaucoup plus impressionnant que ce à quoi il s'attendait et fut frappé d'agoraphobie. Ce qui l'étourdit plus que le reste, ce fut la hauteur du plafond. La formidable voûte l'écrasait. Cela lui rappelait il ne savait plus lequel de ses livres d'enfant relatant les aventures d'un petit Robinson perdu dans la forêt amazonienne et qui découvre un temple inca envahi par la végétation, si immense que cela formait une sorte d'univers en soi. Le plafond se transformait en Voie lactée. Le petit Robinson marchait pendant des jours à l'intérieur du temple avant d'en trouver l'extrémité. Lambert marcha longtemps dans ce temple de marbre, à l'énorme rumeur de foule piétinante. Il sentait la présence des trains sans les voir. Des gens pressés qui ne s'apercevraient jamais déferlaient sans trêve. Certains s'arrêtaient à des guichets ou dans des cabines téléphoniques, d'autres s'asseyaient pour lire ou manger. Des tableaux lumineux semblaient envoyer des messages ; on y voyait courir des tracés en petites ampoules sans cesse en mouvement. Ses semelles écrasaient du pop-corn. Tout son être était pris dans une sorte de respiration puissante et subissait d'étranges pulsations. Il eut du mal à se repérer et finit par trouver les consignes. Quand il voyait projeter *Midi, Gare Centrale* à la télévision, pouvait-il se douter qu'un jour il y vivrait une aventure dramatique ?

Il découvrit sans mal la case 114, l'ouvrit et trouva à l'intérieur un sac de sport en toile bleue. Il s'en empara. Le sac était assez lourd.

Lambert laissa la porte de la consigne entrebâillée, avec la clé dessus. Comme il s'éloignait, il passa devant un bureau de poste et, pris d'une idée subite, il y entra. Il fut surpris de le trouver à peu près désert. C'était l'unique endroit où la vie paraissait stagner dans une inertie un peu grise. Une fille noire qui sentait fortement le parfum à bas prix s'occupait du téléphone. Il lui demanda si elle pouvait lui trouver un numéro téléphonique à Paris en partant simplement du nom de l'abonné. « Pourquoi pas ? » répondit l'employée avec un grand sourire violacé. Elle prit le billet sur lequel il avait tracé « Fargesse Noémie » et commença par potasser un annuaire. Au bout de deux minutes, elle avait trouvé le numéro et le lui laissait composer. La sonnerie retentit deux fois seulement, comme elle attaquait son troisième appel, Noémie décrocha.

— C'est Lambert, murmura-t-il, je te dérange peut-être ?

Elle eut un léger temps de réflexion dont il fut mortifié. L'avait-elle déjà oublié ?

— J'allais partir, dit-elle, on tourne en extérieur et la voiture de la production m'attend devant chez moi.

— Pardonne-moi.

— Où es-tu, je t'entends d'une façon un peu anormale.

— New York.

— Avec la vieille ?

— Oui.

— Voyage de noces ?

— Tu es garce, murmura tristement Lambert. À propos, ton bouffeur de cul est mort.

— Pompilius ?

— Il s'est suicidé deux ou trois jours après la fameuse soirée.

— Il a bien fait, fit Noémie. Néanmoins, tâche de ne pas l'imiter ! Je peux savoir la raison de ton appel ?

— J'ai froid, fit Lambert.

— Couvre-toi.

— À l'âme !

— Tu grelotteras tant que tu vivras auprès de ce monstre.

— Ce n'est pas un monstre, Noémie.

— C'est quoi, alors ?

— Peut-être une sainte. Une chierie, une abomination de sainte, mais une sainte.

Elle éclata d'un rire féroce.

— C'est pour me dire ça que tu m'appelles ?

— Elle n'a pas de vie à elle, poursuivit-il, seulement celles qu'elle s'invente. Jusqu'ici elle n'a existé que pour son cul et pour Dieu.

— Je n'ai pas beaucoup de religion, mais tu aurais pu citer ça dans l'ordre inverse, ricana Noémie.

— Avec moi, elle commence à vivre parce que je suis probablement la première personne qu'elle aime depuis qu'elle est au monde ! Seulement j'arrive tout à la fin, au moment de la fermeture !

— Pardonne-moi, Lambert, mais ça ne me fait pas chialer. C'est tout ce que tu avais à me dire ?

— Oui. Et aussi que mon destin me paraît compromis. J'avais besoin de parler à quelqu'un et comme l'autre nuit tu as prétendu m'aimer… Oh ! et puis merde !

Il raccrocha.

— C'est à vous, le sac bleu, là ? lui cria la préposé comme il atteignait la porte.

Il l'oubliait.

24

Il la trouva assise par terre, au milieu du salon. Comment était-elle parvenue à cette position avec sa hanche malade ? Elle avait retiré de son vase l'énorme gerbe dont la direction de l'hôtel avait décoré la pièce, pour aligner les fleurs sur la moquette, face à elle. Elle puisait dans le tas, de manière à reconstituer d'autres bouquets plus petits en les regroupant par variétés.

— Que faites-vous, Milady ? interrogea Lambert.

— Je prépare des bouquets, répondit-elle sans relever la tête, et j'irai les vendre. Sais-tu que j'ai été bouquetière, autrefois, à Nice ? Mon père était un émigré italien qui avait épousé une lingère rencontrée dans la maison de maître où ils travaillaient l'un et l'autre. Lorsque je suis venue au monde, ils ont perdu leur emploi car on ne tolérait pas les marmots dans la bourgeoisie de l'époque. Maman a ouvert une petite boutique de repasseuse dans le vieux Nice ; mon père l'aidait. Seulement, il était tuberculeux et s'est bientôt mis à cracher le sang. Il est mort de phtisie quand j'avais huit ans.

Elle releva la tête enfin et lui sourit. Son regard était lumineux. Pourquoi avait-il dit à Noémie qu'elle était peut-être sainte ? Une sainte mythomane !

— Tu n'as pas l'air de comprendre ce que je te dis, Lambert ?

Donc, malgré son égarement, elle se rappelait son nom. Il risqua :

— Je croyais que votre père était notaire près de Valence ?

— Où as-tu pris cette fable ?

Il eut la charité de ne pas insister.

— Je ne sais pas. Peut-être est-ce Pompilius qui me l'a dit.

— Ça ne m'étonnerait pas de lui. Il radotait, les derniers temps. Je pense que le cancer dont il est mort affaiblissait ses facultés mentales.

Elle reprit la composition de ses petits bouquets qu'elle liait en utilisant la tige d'une des fleurs.

— Comme maman ne parvenait pas à joindre les deux bouts, le soir j'allais vendre des fleurs dans les grands restaurants comme le *Ruhl* ou le *Negresco*. Je portais un petit costume de Niçoise que ma mère m'avait confectionné, car elle était très habile. Mon négoce marchait très bien. Qu'est-ce que c'est que ce sac bleu ?

— Celui que j'ai trouvé à la consigne de la Gare Centrale.

Elle lâcha les fleurs qu'elle tenait. Assise à même le sol, au milieu des végétaux, elle avait une allure de pauvresse avinée sur un trottoir.

— Aide-moi à me relever, mon chéri, murmura-t-elle, il y a quelque chose qui ne va pas.

Il passa derrière elle, glissa ses mains sous les aisselles de Milady et la mit à la verticale sans effort. Elle était si légère !

— Qu'est-ce qui ne va pas, Milady ?

— Dans ma tête. J'ai ressenti comme un vertige, un coup de flou. Pourquoi ces fleurs sont-elles par terre ?

Lambert hésita, mais il se dit qu'avec une femme de sa trempe, il fallait jouer cartes sur table.

— Écoutez, Milady, depuis hier vous avez des périodes d'absence. Sans doute sont-elles dues à la fatigue du voyage. À certains moments vous vous croyez ailleurs et à une autre époque. Il est impossible de réaliser ce pour quoi nous sommes venus. Il faut savoir déclarer forfait, parfois. D'autant plus que votre ami Bari est mort assassiné. Nous allons retourner en Europe, à Paris. Nous consulterons un grand spécialiste, je connais les noms des plus fameux. Il vous prescrira un traitement qui vous remettra en état. Je vous soignerai bien, vous pouvez avoir confiance en moi.

Elle l'écoutait, pensive.

— Le déclin, fit-elle. Ma grand-mère, la baronne de Chévenac, est morte en enfance. La déliquescence, mon pauvre amour ! C'est curieux, mais je n'ai jamais envisagé une telle perspective. Je me sentais si parfaitement maîtresse de mon esprit. Que mon self-control m'échappe, c'est la fin de tout !

— Ne soyez pas pessimiste, Milady, cela se soigne. Nous ne sommes plus à l'époque de votre grand-mère. Il existe en gériatrie des thérapies remarquables. Seulement, il n'est plus question de mener cette existence aventureuse.

— Déballe ce qu'il y a dans le sac, Lambert !

Il s'exécuta et sortit tour à tour : une forte chignole à main, un jeu de mèches serrées dans un étui de toile, une espèce d'extincteur au bec muni d'un tuyau terminé par une canule, un pistolet enveloppé dans un chiffon huileux, une grosse burette pourvue d'un capuchon de plastique et enfin un stéthoscope médical. Milady examinait chacun de ces objets attentivement, en connaisseuse. Il était évident qu'elle ne se posait pas de questions quant à leur utilité.

— Qui vous envoie ça ? demanda Lambert.

— Des copains de mon pauvre Bari ; le bougre avait tout organisé.

— Ils sont intéressés au coup, ces correspondants new-yorkais ?

— C'est un milieu où personne ne fait rien pour rien, dit-elle.

— Vous connaissez leurs coordonnées ?

— Non ; moins on en sait, mieux on se porte.

— Comment allez-vous leur restituer ce fourbi ?

— Ces outils ne sont pas consignés, plaisanta la vieille femme.

Elle avait retrouvé tout son punch, au point qu'il était difficile de se la remémorer en train de composer des bouquets sur le tapis.

— Milady, je vais retourner mettre ça à la consigne et nous laisserons la clé au concierge, en bas ; peut-être auront-ils l'idée de repasser ?

— Tu les prends pour des branques ? Décidément, tu es un môme innocent. Je crois que je me suis fait des idées à ton sujet. Plagiste, c'était ton lot, petit d'homme. Tu es fait pour louer des pédalos !

— Et vous, pour la maison de retraite ! s'emporta Lambert. Vous me faites trop chier, Milady, avec vos arnaques foireuses et vos délires jamais pareils. J'en ai marre d'écouter vos trente six mille vies pleines d'amants en rut, de taudis ou de casinos ! À présent, la représentation est finie. Vous devenez gaga, alors on rentre ! Il est l'heure de coucher les vieillards !

Milady écouta la tirade venimeuse sans broncher. Quand il se tut, elle s'en fut prendre l'un des billets d'avion dans son vanity-case, ainsi qu'une liasse de dollars. Elle jeta le tout sur la table.

— Voilà : billet de retour, fric ! Maintenant tu te tailles, bébé rose, j'ai assez ri. Tu as ton passeport ?

Elle parlait sans colère, presque avec détachement.

— Je ne vous laisserai pas ici dans votre état ! murmura Lambert, douché par la réaction de la vieille.

— Ne t'occupe pas de mon état, minet ! Gâteuse ou pas, j'exécuterai mon numéro, et je le réussirai. Tu la prends pour qui, Lady M. ? Allons, ramasse tes fringues et barre-toi. Tu ne serais pas un peu pédé sans le savoir ? Je n'avais pas encore pensé à cette éventualité.

Il haussa les épaules, alla ouvrir sa valise qui attendait sur un trépied du dressing. Ensuite, il décrocha ses vêtements, les empila du mieux qu'il le put. Il n'avait jamais su faire une valise. Lorsqu'il revint au salon, elle était installée à la table, en train de manipuler les différents ustensiles sortis du sac.

Lambert s'approcha et voulut s'emparer de la chignole. Elle mit la main sur l'outil, mais il le tira à lui et elle le lui laissa prendre.

— Si j'en crois ce machin-là, fit-il, vous allez avoir des trous à percer ? Et si j'en juge à la qualité des mèches, c'est pas dans du fromage que vous les ferez ! Vous allez être mimi tout plein, à vous escrimer sur cet engin, appuyée sur votre canne.

Des larmes lui vinrent parce qu'il venait réellement d'imaginer la scène, de la « voir » et que cette image insolite le bouleversait. Il tomba à genoux devant la chaise de Milady, lui prit les jambes dans ses bras arrondis.

— Pardon, dit-il, ô ma vieille chérie ! Ma jeteuse de sorts ! Je ferai tout ce que vous voudrez.

« J'en étais sûre ! Lui, me quitter, Seigneur ? Tiens, fume ! On s'est trouvés, on se garde ! À la vie à la mort ! À la mienne (de mort), bien sûr. J'ai une canne pour marcher, mais je suis ses béquilles, à lui ! Il est davantage infirme que moi.

« C'est mon vrai chien d'agrément. J'ai connu un garçon qui me suivait toujours. Me suivait vraiment comme un animal suit un homme. À La Baule. Cette plage infinie ! La plus vaste d'Europe, paraît-il. *L'Ermitage.* Il se trouvait là en compagnie de ses parents, des gens maniérés. Lui, beau comme un dieu, Seigneur, si j'ose Vous dire ainsi. Un grand gamin. Avez-Vous vu le film *La Mort à Venise* ? Eh bien ! le jeune héros ! Blond, grand, mince, racé. Un jour que je traversais un couloir de l'hôtel, ma jarretelle qui claque ! Vous rappelez-Vous les jarretelles, Seigneur ? Charmant, polisson, mais une plaie ! Je m'arrête pour la rajuster, me croyant seule. Je boutique donc ma petite affaire, et voilà que je m'aperçois que je m'étais arrêtée devant une porte de chambre. Celle-ci s'était ouverte pendant que je m'escrimais sur mes gracieux harnais et le grand gosse dont je Vous parle me regardait comme la chère Bernadette Soubirous devait contempler la Vierge. Il louchait sur ma cuisse et mes dessous froufrou. Pas polisson le moindre ! Non : en extase. « Pardon ! » ai-je très simplement fait en laissant retomber ma jupe blanche à plis. Et c'est alors que le chérubin a commencé de me filer le train, Seigneur. Je me trouvais provisoirement seule à La Baule, le riche industriel qui m'entretenait à cette époque, ne pouvant quitter Paris que pour les week-ends. Je me forçais à de longues promenades au bord de la mer. J'arpentais des kilomètres, les pieds nus dans le sable onctueux. Je marchais en me récitant du Victor Hugo pour qui j'ai toujours eu un culte. Je tenais ça de mon père, petit instituteur de l'Ain que le grand barbu fascinait. Il nous en déclamait des paniers, le soir, autour de la lampe à pétrole. Bordel, ces alexandrins ! "Collaient leurs bouches en pierre aux trompettes de cuivre...". "Vous vous les racontez en montant, les marées." Les vers, il n'y a rien de plus tenace. Ça vous reste dans la mémoire, votre vie durant, et ils y grouillent comme les autres, les vers de charogne.

« Je Vous reprends l'admirable garnement blond, aux longs cheveux ondulés, à la chemise garnie de dentelle, sorte de Jocelyn effarouché, qui me suit sur le sable. Me suit avec la douce obstination d'une ombre. Me suit comme si sa jeune vie en dépendait.

« Je marchais d'une allure unie. J'entendais le chuintement de son pas dans le sable humide qui répondait au mien. Parfois, feignant de contempler le large, je m'arrêtais. Il s'arrêtait également et lui aussi regardait la mer. Je repartais, il repartait. J'ai marché de la sorte presque jusqu'à Pornichet. Lorsque j'ai fait demi-tour, assez brusquement, nous nous sommes croisés. Je lui ai souri. Il m'a saluée d'un signe de tête. Puis il a fait demi-tour aussi. C'était amusant de lire ses empreintes derrière les miennes en rebroussant chemin. Elles s'estompaient peu à peu, brouillées qu'elles étaient par les piétinements des enfants. Le soleil me projetait son ombre. Parfois, sa chevelure dansante me dépassait ; comme s'il s'en rendait compte, il ralentissait. J'étais vannée en arrivant sous ma tente de toile, devant l'*Ermitage*. Ivre de soleil et de fatigue, je me suis allongée sur mon transat. Mais, comme je ne le voyais plus, je me suis relevée au bout d'un moment. Il était assis en tailleur à deux mètres de là, tourné vers ma frêle cabane. Je lui ai fait signe de me rejoindre. Il l'a fait avec un maximum de discrétion, afin de ne pas attirer l'attention des autres pensionnaires de l'hôtel, se déplaçant à genoux, très lentement, comme s'il suivait le cheminement d'un insecte ou d'un petit crabe égaré là. Lorsqu'il a été sous ma tente, il est resté assis sur ses talons, me regardant avec des yeux d'infini. Je ne savais que faire, Seigneur. Tout cela était si intense et si pur à la fois. Le sucer ? Il n'y pensait pas. Lui montrer ma chatte ? Mes poils lui auraient fait peur. La toison d'une femme terrorise un puceau. Pour lui, c'est cela le sexe : ce triangle de fourrure humaine.

« Comment vous appelez-vous ? » l'ai-je questionné. Il m'a fait comprendre par une mimique qu'il ne parlait pas le français. Il était danois. Nous avons échangé quelques mots d'anglais qui n'ont fait que rompre le sortilège. Et puis l'aboyeur du palace s'est mis à arpenter la plage en criant mon nom : l'industriel qui m'appelait chaque jour pour me dire qu'il m'adorait et s'informer si je m'amusais bien. Ils sont cons, les payeurs. Race de cocus, n'est-ce pas Seigneur ? Comment voudriez-Vous qu'on ne les méprisât point ! »

Lambert montra ce qu'il tenait pour un extincteur.

— C'est pour quoi faire, ce machin ?

— Il y a dedans de quoi endormir tout le *Waldorf*, répondit Lady M.

Il approuva.

— Je crois avoir compris le processus.

— Raconte !

— Avec la chignole on perce un trou dans l'appartement du collecteur de fonds. On y introduit le bec de la bombe de gaz et on endort les occupants ?

Il montra l'énorme burette.

— Et ça ?

— Pour dissoudre les serrures. Ici, elles sont magnétiques et fonctionnent avec des cartes, il n'est donc pas question d'utiliser un passe ou une chose mécanique.

— Parfait. Le pistolet, c'est pour jouer au cow-boy ?

— Je suppose, mais je ne l'avais pas demandé ; ces messieurs nous l'ont offert en prime.

— Le stéthoscope ?

— Afin de s'assurer que les clients seront bien endormis. Appliqué contre une cloison, il amplifie les bruits. Quand tout sera silencieux, je pourrai opérer.

— Mais c'est admirable ! fit Lambert. Ainsi donc, nous demanderons à la réception le numéro de la chambre occupée par le caissier. Après quoi nous nous installerons dans le couloir pour percer notre trou et vaporiser notre gaz. Puis nous ferons fondre gentiment la serrure. La voie étant enfin libre, nous n'aurons plus qu'à aller prendre le fric ! Dans un album de Tintin, ça fonctionnerait sûrement, Milady, mais dans le palace le plus fameux de New York ?

Elle lui décocha un regard apitoyé, à la limite du mépris.

— Pourquoi crois-tu qu'un mec a touché cinquante mille dollars dans cet hôtel, petit homme ? Un type des réservations. Ah ! je vois que ça s'éclaire dans ta tête de linotte ! L'encaisseur que nous attendons n'aura pas n'importe quelle chambre, mais un appartement qui sera contigu aux toilettes de l'étage où il logera.

— Vous avez le numéro de la chambre en question ?

— Non. C'est la seule ombre au tableau ; il n'était pas possible, pour de sottes questions d'ordinateur, de le savoir à l'avance ; aussi devrons-nous monter la garde demain dans le hall à partir de dix heures.

— Pour attendre notre homme ?

— Notre homme et ses gardes. Tu penses bien que les Siciliens ne l'envoient pas seul palper des millions de dollars ! Il y aura de la main-d'œuvre compétente avec lui. C'est elle qui nous posera problème. Il faudra la dénombrer, savoir le plan de logement de chacun.

— Et comment reconnaîtrez-vous le « caissier » ?

— J'ai son signalement.

« Mon Dieu, est-il tendu, ce petit bonhomme. J'ai bien fait de ne pas lui mettre la rate au court-bouillon plus tôt ! Il ne va pas s'arrêter de gamberger d'ici demain. Ça, Seigneur, c'est la nuit blanche assurée ! Si au moins il pouvait se faire dégorger, mais hélas ! la chasteté est de rigueur. C'est le supplice de Tantale, que Zeus condamna à la soif et à la faim ! Le rencontrer, l'aimer, le subjuguer et n'y pas toucher, quelle étrange misère m'avez-Vous infligée là ! Je suis inquiète de ces soi-disant passages à vide que je manifeste, selon lui. Me mentirait-il pour m'induire à renoncer ? C'est bien possible. Pourtant il y avait ces fleurs sur le tapis... Il va falloir que je me surveille, Seigneur. Si le cas échéait, de grâce, arrachez-moi à ce maléfice de l'âge ! Ne me laissez pas sombrer sottement dans l'obscurité de l'esprit. Gardez-moi mon présent intact, doux maître de l'Univers. Je l'aime tant, ce présent ! Il est si rayonnant. Vous allez voir, cher Dieu-à-moi : nous allons réussir ce coup en champions, le môme et ma pomme. Ensuite, je raccroche, juré promis, je crache par terre ! On se la coulera douce avec Lambert, ma *Villa Carmen*, mes amours ! Le soleil, la mer, ce con de muezzin qui nous casse les couilles avec son 33 tours ! J'oublierai Pompilius. À la place de sa chambre, je ferai aménager une salle de projection où nous passerons plein de films vachement pornos, je Vous le promets, Seigneur ! Des corsés ! J'en ai vu un où l'héroïne (si j'ose l'appeler ainsi) prend cinq chibres à la fois : un dans la moule, l'autre dans l'œil de bronze. Plus deux autres sous les aisselles, sans préjudice de celui qu'elle gloutonnait, naturellement ! Ça me fait penser au moniteur de tennis de Lambert qui parvient à tenir six balles d'une seule main ! Faites-moi réussir cette opération, Seigneur et alors là, c'est Lourdes, Vous n'y coupez pas ! Si la comptée est belle, il n'est pas exclu que je Vous fasse bâtir une chapelle dans le parc. Je Vous avais déjà promis une chapelle ? Il me semble que oui mais je n'en suis pas certaine. »

Lambert regardait une fois de plus les ustensiles préparés par les correspondants américains de feu Silvio Bari.

— Ils vous offrent un pistolet dont vous n'aurez pas besoin, seulement ils oublient l'essentiel, déclara-t-il.

— Tiens donc ! fit Lady M. incrédule.

Le jeune homme allait et venait dans le salon, furieux.

— Je vous reprends le déroulement des opérations, Milady. On perce un trou dans la cloison de la chambre. Ou plutôt « je » perce un trou. Vous, pendant ce temps, vous prierez pour que les méchants ne s'aperçoivent de rien. Le trou percé, on leur envoie le gaz. Ce truc est si puissant qu'ils s'endorment recta. Avec cette espèce de burette, vous liquéfiez la serrure et vous entrez, d'accord ?

— D'accord. Et alors ?

— Comment ferez-vous pour ne pas subir vous-même les effets soporifiques du gaz, en fouillant la chambre ?

Elle se rembrunit.

— Touché ! dit-elle. Les enculés !

— Si votre ami Silvio faisait des conneries de ce genre, pas étonnant qu'on l'ait rectifié.

Lady M. était vexée et préoccupée, voire démoralisée. Elle prit sa voix de vieille petite fille pour murmurer :

— Tu vois une solution ?

— Oui, fit Lambert, j'ai fait pas mal de plongée sous-marine et je tiens une minute trente sans respirer.

— C'est largement suffisant, admit Milady ; mais cela implique que tu agisses seul car moi, hélas, à mon âge, je n'ai pas la moindre autonomie.

— J'agirai seul.

Il était plein de fatalisme ; résigné à tout, y compris au pire. Il acceptait de jouer son destin à pile ou face.

— Encore deux objections, Milady, et même trois.

Il commençait à lui faire peur avec ses remarques pertinentes.

— Vas-y !

— Je sais bien que dans un palace de cette classe, les vécés d'étage sont superfétatoires et ne servent que très peu puisque toutes les chambres en sont munies, mais il nous faut envisager qu'une personne souffrant d'incontinence les utilise pendant que nous percerons le mur.

— Nous épinglerons sur la porte l'écriteau « hors d'usage ». Ensuite ?

— Ensuite, pour des raisons de canalisations groupées, il est probable que les waters en question donnent sur ceux des appartements contigus. Si nous injectons le soporifique dans des chiottes, il mettra du temps à remplir son office et peut-être même ne le remplira-t-il pas.

— Tu es vraiment plus que pas con, soupira la vieille femme.

— Je me fais l'avocat du diable, simplement.

Ils gardèrent le silence un certain temps. Milady cherchait une solution au problème évoqué, n'en trouvait pas et bouillonnait de fureur rentrée comme chaque fois que des gens ou des circonstances lui dressaient des embûches.

— Et ta troisième objection, petit d'homme ?

— Elle concerne le personnel et les autres clients de l'hôtel. Vous parlez de faire fondre la serrure d'une porte située dans un couloir que beaucoup de gens empruntent. C'est décider, de façon purement arbitraire que personne ne passera par là au moment critique. De plus, sans connaître grand-chose en chimie, je peux vous assurer que l'acide le plus puissant doit mettre un certain temps à liquéfier de l'acier. Si vous voulez mon avis, Milady, votre machination convient pour un film, mais surtout pas pour la réalité. Elle paraît technique, elle n'est que puérile. Si nous l'appliquions, nous nous ferions prendre comme deux foutraques avant d'avoir eu le temps de compter jusqu'à dix ! Voyez-vous, il est mauvais de vouloir changer de registre en fin de carrière. L'arnaque au compte numéro, c'est cela votre vraie longueur d'onde. Le chantage est un terrain où vous excellez parce que vous avez un pouvoir psychologique immense. Mais ça, c'est un scénario de film pour Verneuil, ma pauvre chérie ! Même des truands chevronnés, des spécialistes du casse ne s'engageraient pas dans cette aventure ! Je vous parle par raison pure. Maintenant, si vous tenez vraiment à ce que nous jouiions notre va-tout, allons-y !

— Nous devrions aller déjeuner, dit-elle, tu n'as pas faim, toi ?

— Je meurs d'inanition, admit Lambert.

***

Ils optèrent pour le restaurant de luxe du *Waldorf* et commandèrent un repas trop plantureux pour un simple déjeuner, mais cela faisait presque deux jours qu'ils ne s'étaient pas alimentés. Il n'y avait pas beaucoup de clients dans la salle, seulement quelques hommes d'affaires qui parlaient haut, riaient gras et buvaient sec. La climatisation bien réglée les plongeait dans une douce béatitude que renforçait le vin noble qui leur était servi. Ils avaient choisi un grand bordeaux rouge bien qu'ils commençassent par du homard. En attendant d'être servis, ils grignotaient du pain frais tartiné de beurre. Milady paraissait physiquement et cérébralement en forme malgré ses soucis.

Elle réfléchissait fortement et se parlait à soi-même.

— Tu comprends, fit-elle en fin de compte, demain, il y aura dans une chambre de cet hôtel un paquet de dollars gros comme ça.

Lambert se demanda pourquoi une telle perspective allumait sa cupidité. Avec ce qu'elle lui avait montré du contenu de son coffre, elle avait de quoi vivre grassement, encore quatre-vingt-cinq ans ! Pourquoi toujours plus, plus, plus ? Ces gens à fric étaient donc insatiables ? À quoi leur servait de remplir des coffres et des comptes bancaires puisqu'ils ne dépenseraient pas tout ? À la rigueur, il admettait qu'on eût envie d'édifier un empire industriel, mais gonfler un bas de laine ?

— Si vous vous faites pincer, soupira-t-il, ça sera pour rien. Une écuelle un peu plus remplie et que, de toute façon, vous ne finirez pas.

— Pédalo ! lui jeta Milady. On ne va pas s'engueuler encore. Lambert, mais sincèrement, tu as la mentalité pédalo. Une ambition à cent francs de l'heure, assurance comprise.

Elle reprit, pour elle toute seule :

— Des millions de dollars peut-être ? Et je dispose d'une bombe capable d'endormir un régiment, comme dans du James Bond ! Et je puis avoir raison d'une serrure d'hôtel. Il voudrait que, sachant cela, je sois venue à New York pour rien ? Sous prétexte que des gens peuvent circuler dans le couloir au mauvais moment ? Sale pédalo de merde !

Elle leva sa main en repliant les doigts à l'exception du médius.

— Tiens ! Dans le cul, connard ! Dans ton cul de pédale, pédalo !

On leur apporta le homard thermidor. Il sentait bon. Milady cessa aussitôt ses grossièretés pour déguster le mets qu'elle déclara « sublime ». Comme Lambert était désormais habitué à ses sautes d'humeur, il se mit à manger avec ce magnifique appétit que seule donne la véritable faim. Dans l'après-midi, ils se rendirent au Rockefeller Center où Lady M. avait des souvenirs à retrouver. Mais elle se déclara déçue. La librairie française avait fondu (depuis son temps à elle) et du grand magasin d'autrefois ne subsistait plus qu'une maigre boutique. Elle s'assit sur un banc, face au jet d'eau.

— L'arnaque, fit Lambert, ça vous est venu comment ?

Le soleil se découpait en immenses projections géométriques, à cause des gratte-ciel. Milady était assise dans l'ombre et Lambert dans la lumière. Un groupe de Japonais photographiaient les jeux d'eau et un jeune rabbin récitait des prières sous son grand chapeau taupé noir. Des gamins se poursuivaient en patins à roulettes. À quoi ressemblait une enfance à New York ? Quelle sorte de souvenirs laissait-elle ? Lambert évoqua sa province où se dressaient des clochers, des vieilles maisons, des monuments aux morts *kitsch* à pleurer... Il se remémorait des fontaines aux margelles moussues, des places du dimanche sombrant dans des torpeurs. Il avait déjà oublié sa question lorsqu'elle répondit :

— Le jeu.

— Pardon ?

— Tu me demandes ce que furent mes débuts en arnaquerie, je te réponds : le jeu. J'étais l'amie d'un voyou parisien : Marcel. Il flambait à mort dans des bistrots du dix-huitième, avec d'autres malfrats de son acabit. Pendant qu'il tapait le carton dans les arrière-salles, je lisais à une table, derrière ses adversaires. Il y avait des trous habilement aménagés dans mon *À Tout Cœur* qui me permettaient de voir leur jeu à la dérobée. On avait institué un code avec Marcel. Une toux, un raclement de gorge, un éternuement, un sifflotement, un air fredonné, correspondaient à des indications. Il gagnait souvent, il gagnait trop. Ses potes, qui n'étaient pas en panne de cervelle, ont fini par se gaffer de la chose et par exiger mon éviction. Marcel l'a mal pris. Messieurs les hommes ont castagné et Marcel a dérouillé plein la gueule. J'en ai profité pour le laisser quimper ; c'était une cloche de demi-sel qui me tirait comme un branque. Par la suite, je me suis expliquée dans les casinos avec le *marqués* de Santa Blanca, un grand d'Espagne. Alors là, ça a été du grand art ! Et comme sabreur, pardon : le top niveau !

« Mais pour ce qui est de l'arnaque pure et simple, je dois dire que je l'ai inventée toute seule ; au moment où les cartes de crédit ont débarqué sur le marché. Vois-tu, mon ange chéri, petite cause grand effet. Tout a débuté à cause d'une erreur de secrétariat d'une de ces fameuses maisons. J'ai trouvé un jour dans mon relevé de compte, un autre relevé qui ne me concernait pas et qu'une dactylo distraite avait joint au mien par inadvertance. Il était destiné en fait à un agent de change parisien. Sur la feuille du bonhomme, on trouvait la liste des dépenses qu'il avait réglées par le truchement de cette maison de crédit : des hôtels, à Londres et à Bruxelles, des boîtes de nuit, des boutiques féminines. Pour qui connaît un peu l'existence, il était pratiquement certain que le type avait mené la grande vie avec une maîtresse. Il puait l'adultère, ce relevé. Pour me marrer, j'ai appelé le gars au téléphone et j'ai commencé à lui flanquer les foies. C'était bien, l'*Hôtel du Parlement* ? La dame avait été heureuse du cadeau acheté chez Van der Plume ? Elle s'était éclatée, au *Carnaval de Minuit* ? Le pauvre diable n'était pas un combatif. Tout de suite écroulé, vaincu, proposant la ferme et les chevaux pour prix de mon silence. Je lui ai épongé un max.

Elle se tut. Puis elle lâcha sa canne et, quand Lambert la lui eut ramassée et qu'il la lui tendit, il comprit à son regard voilé que Milady avait cessé d'être présente.

***

Il attendit longtemps qu'elle reprenne ses esprits, mais elle restait comme inconsciente ; il avait beau lui parler, lui chuchoter des mots tendres à l'oreille, elle ne réagissait toujours pas. À plusieurs reprises, il tenta de l'arracher à leur banc, elle résista par la pire des forces, la plus sinistre : celle de l'inertie. Il eût fallu qu'il la chargeât sur ses épaules mais il n'osa le faire ; alors il abandonnait momentanément la partie et attendait, se disant qu'elle finirait bien par sortir de sa léthargie. Au bout d'une heure, la situation étant inchangée, il s'approcha d'un couple de jeunes Français, probablement en voyage de noces, et leur demanda de l'assistance. D'assez mauvaise grâce, l'homme l'aida à porter Milady jusqu'au bord du trottoir, puis à la charger dans le taxi que sa fraîche épouse venait de stopper. Le *Waldorf* se trouvant proche du Rockefeller Center, le chauffeur, un Chinois, maugréa. Lambert le fit taire en lui allongeant un billet de dix dollars.

— Tu jettes l'argent par les fenêtres, fit Milady.

Elle venait de récupérer, une fois de plus. Il ne prit presque pas garde à cette résurrection. Désormais, l'entendement de Mildy ressemblait à ces torrents pyrénéens qui coulent tantôt à ciel ouvert, tantôt dans de mystérieuses gorges souterraines. Il se demandait s'il convenait de la montrer d'urgence à un médecin new-yorkais. Il avait entendu dire que les prestations médicales sont compliquées aux États-Unis, aussi préféra-t-il remettre la chose à leur retour en Europe. Sitôt que Milady fut installée au salon, il descendit avec leurs billets d'avion pour demander au concierge de leur réserver des places sur un vol du lendemain. L'homme aux clés d'or fit le nécessaire et lui annonça qu'ils auraient deux places en *first* à bord de l'avion de Paris qui décollait à 19 heures 30. Ce laps de temps parut interminable à Lambert. New York lui faisait horreur, abordé dans de telles conditions. Il prévint la réception de leur prochain départ et monta rejoindre Milady.

Dans le courant de la journée, elle eut des alternances de flou et de parfaite lucidité, au cours desquelles elle s'obstinait à échafauder des plans plus ou moins filandreux concernant « l'opération » du lendemain.

En fin d'après-midi elle s'endormit profondément dans son fauteuil et Lambert alla regarder la circulation depuis leur fenêtre. Les taxis jaunes composaient apparemment un bon tiers du trafic. Un policier à cheval, terriblement anachronique dans cet univers de verre et de béton, passait le long du flot grondant. Les enseignes déjà allumées clignotaient. On sonna à la porte et un groom lui remit un télégramme qui venait de parvenir à son nom qu'on avait orthographié « Crassier » au lieu de « Crissier ». Il lut : « Rappelle-moi d'urgence. Noémie. »

Il fut stupéfait. Comment diable savait-elle son adresse à New York ? Il ne lui avait pas parlé du *Waldorf* lors de la brève communication du matin.

Comme il possédait une mémoire d'ordinateur, il avait gardé en tête le numéro recherché par la petite postière noire. Cette fois-ci, la sonnerie carillonna longtemps avant que Noémie ne décroche.

— Je n'entendais pas sonner, s'excusa-t-elle, je prenais un bain avant d'aller me coucher.

— Quelle heure est-il à Paris ?

— Cela pourrait être un titre de roman, fit-elle. Bientôt minuit.

— Comment as-tu obtenu mon adresse ?

— En envoyant le même message aux vingt plus grands hôtels de New York : je sais que Sainte Blandine a des goûts de luxe.

— Ça a dû te ruiner ?

— Penses-tu, c'est Antenne 2 qui casque !

— Tu as quelque chose à me dire ?

— Tout, mais rien de particulier.

Un silence sifflant se fit. Lorsqu'il devint insoutenable, elle parla :

— Lors de ton premier appel, tu as prétendu que ton destin te semblait compromis et que tu avais besoin de me parler. Mais tu n'as rien dit.

— On parle quand les mots vous viennent, s'ils ne viennent plus, on ferme sa gueule. En t'appelant, tout à l'heure, j'ai compris que je n'avais rien à te dire, ni à toi ni à quelqu'un d'autre.

— Peut-être à elle ? suggéra Noémie, gravement.

— Non, pas elle puisque c'est d'elle qu'il s'agit.

— Qu'est-ce qui te séduit chez cette vieille ? Car tu es séduit, n'est-ce pas ?

— Pire : dépendant. Pour piger mon cas, il faudrait être un sacré psychiatre.

— Il y a longtemps que tu connais « ta tante » ?

— Bonne question, répondit Lambert.

Elle ne lui était jamais venue. Il se livra à un rapide calcul et annonça :

— Cinq semaines !

— Seulement ! s'écria Noémie. Je croyais que ça durait depuis des années, vous deux ! Cinq semaines, mais ça va te passer, crétin ! Il s'agit d'une crise, d'une mauvaise fièvre, d'une maladie mal soignée ! Tu la baises ?

— Tu es folle !

– Pourquoi pas ?

— Toi, tu t'es bien laissé lécher la chatte par un vieux birbe du même âge, n'est-ce-pas ?

Mais elle refusa le combat qui lui était proposé.

— Je crois comprendre ce qui se passe, reprit Noémie : elle t'épate. Elle t'a à l'esbroufe. Tu es subjugué par sa personnalité. Mais tu vas te réveiller, mon grand. Tu éprouves les premiers symptômes puisque te voilà mal dans ta peau. Quand rentrez-vous ?

— Nous reprenons l'avion demain soir.

— Pour Paris ?

— Oui.

— On devrait se voir. Entre nous aussi, il se passe quelque chose de pas ordinaire.

Il se dit qu'elle l'aimait probablement, mais que lui ne l'aimait pas. Il n'attendrait jamais rien d'elle, sinon de la sauter sans trop se compliquer la vie. Ce qu'il ressentait confusément, c'était le besoin de lui « vendre » Milady. Noémie la haïssait et, pour une raison qui lui échappait, il souffrait de cette haine.

Il promit de l'appeler à son retour en France et prit congé d'elle assez froidement. L'ombre envahissait la pièce bien que la nuit fût pour beaucoup plus tard. Les gratte-ciel interceptaient le soleil à compter d'une certaine heure. Milady dormait toujours, d'un sommeil d'enfant sage. Lambert aurait pu en profiter pour aller faire un tour, mais il préféra rester, redoutant qu'elle s'éveille en état d'amnésie. Il s'étendit tout habillé sur le lit où il s'endormit à son tour.

25

« Voilà, Seigneur, je Vous parle sans détour. Ça s'est passé de la triste façon suivante : maman était fille mère, ça, je ne Vous l'apprends pas. *La Veillée des Chaumières* ! Elle avait été placée comme fille de ferme en Normandie. C'était, paraît-il, ce qu'on appelle une belle plante, maman. J'ai une photo d'elle – une seule – qui le prouve, bien qu'elle ne soit pas très nette. Son patron l'a engrossée. Le droit de cuissage sévissait encore dans nos campagnes en ce temps-là. Quand je suis venue au monde, ses maîtres ont consenti à la garder à leur service (sic) à condition qu'elle me mette en nourrice. *La Veillée des Chaumières*, Vous dis-je, Seigneur. De nos jours, c'est à peine racontable ; d'ailleurs il n'y a qu'à Vous que j'ose parler de cette pauvre histoire. J'ai été élevée par un couple sans enfant qui s'appelait Lelandier. Lui, fabriquait des fourneaux dans un bled nommé Saint-Jean-de-Roche. C'était un excellent artisan et qui confectionnait de bons fourneaux. Il ne faisait venir que la plaque de fonte du dessus, avec les rondelles, tout le reste il le tirait à la main dans de la feuille de 3. Je n'ai jamais su, Seigneur, ce que cette phrase signifiait, mais il la répétait si souvent et avec tant de fierté que je la suppose élogieuse. Nous habitions tout au fin bout du village, près de la corne d'un bois et une source sortait de terre à cet endroit. Son onde en était si pure et si fraîche que tout le pays venait y puiser son eau de table. Un soir d'automne, alors qu'on avait mis le couvert et qu'on attendait le retour de papa Émile, maman Germaine m'a demandé d'aller tirer une cruche à la source. La nuit était tombée et il y avait déjà des étoiles au ciel. Pour moi, la nuit était semblable au jour : j'ignorais la peur. Peur de qui ? Du loup-garou ? À huit ans je n'y croyais plus. Bon, il y avait parfois des bohémiens de passage, qui bivouaquaient sur le champ de mars. Mais ils ne s'intéressaient qu'aux poulaillers et à vendre des paniers. Alors, le soir dont je Vous parle, Seigneur, me voilà partie avec ma cruche. J'arrive à la source, m'agenouille sur la grande pierre plate bordant l'espèce de cuvette dans laquelle elle tombait en une menue cascade. Je tends ma cruche sous le jet limpide. Maman Germaine me recommandait de ne pas puiser dans la cuvette car il y avait des têtards dedans. Ça glougloutait dans la cruche de grès. Et d'un coup, je sens une présence derrière moi. Je vais pour me retourner, mais un bras puissant me saisit sous le cou. Impossible de hurler. Une main se faufile d'autorité entre mes cuisses, remonte un peu le long de mon ventre et m'arrache ma culotte. Puis de gros doigts caleux redescendent sur mon minou pour le tripoter. L'homme soufflait fort par le nez, comme un chien qui déterre une taupe. Ses méchants doigts rentrent dans ma fente, me faisant un mal atroce. Et puis voilà qu'ils me laissent. J'entends fourgonner, sur le côté. Brusquement, mon agresseur place un sac à pommes de terre sur ma tête. Le bras qui me tenait par le cou se dégage pour permettre au sac de descendre jusqu'à ma taille. Quand ça a été fini, l'homme m'a empoignée à bras-le-corps et m'a conduite dans le bois. Une fois dans les fougères, il m'a fait agenouiller, les genoux loin l'un de l'autre. Sa sale main rugueuse revient malaxer ma petite chattoune ; mais elle n'est pas seule ! Une grosse affaire lisse se met à me chercher le trou, pousse, pousse. L'homme s'arrête pour se cracher dans la main et mouiller son énorme truc rond. Et il recommence son manège. Je crie dans mon sac ! J'ai mal dans tout le ventre. C'est comme si un animal avait pénétré en moi. Je suis en feu. Le monde s'écroule.

C'est trop intense, trop douloureux, je perds conscience. C'est maman Germaine qui m'a retrouvée, un quart d'heure plus tard, inquiète en ne me voyant pas revenir.

« Mon viol a fait un foin de tous les diables dans la contrée. Maman Germaine m'a conduite chez le vieux docteur Gonhon, qui portait une barbiche blanche et des lorgnons retenus à sa boutonnière par un lacet noir ; pendant ce temps, papa Émile, rentré peu après, allait prévenir les gendarmes. Le lendemain, on a arrêté un vagabond à vingt kilomètres de là. Un vieux type à peu près idiot, mais comme des gens l'avaient rencontré loin de Saint-Jean-de-Roche à l'heure de mon viol, il a fallu le relâcher. Moi, j'ai été la petite héroïne qu'on plaignit pendant quelques jours. C'était à qui viendrait prendre de mes nouvelles et m'apporterait des gâteaux. Et puis on s'est lassé et on m'a traitée de petite salope aux instincts pervers. Mes copines d'école ne me parlaient plus, leurs parents leur ayant interdit de me fréquenter. Les garçons se foutaient de moi. Ils arrondissaient l'index et le pouce de leur main gauche, et y faisaient aller et venir leur index droit pour mimer un coït, Seigneur, ces petits misérables, fils de putes et d'enculés ! Cette affaire m'a tellement traumatisée, et pour toute la vie, que je n'ai jamais pu, par la suite, me laisser faire l'amour par un homme, sinon par Pompilius, et encore n'était-ce pas le vrai amour avec intromission normale, mais un savant bricolage. Ma vie sexuelle, Seigneur, ç'a été ce monstrueux coup de queue près de la source de Saint-Jean-de-Roche. Le reste, je l'ai rêvé, inventé. J'ai joui par l'imaginaire, me payant le luxe de jouer les femmes dépravées. Les hommes étaient fous de moi, ils se roulaient à mes pieds, léchaient mes godasses, mais n'avaient droit qu'à des promesses et à des insultes. Je racontais aux uns ce que je croyais avoir fait avec les autres, pour les exciter davantage. Garce, je l'aurai été au-delà des limites ordinaires, doux et miséricordieux Seigneur. Par vengeance contre le sexe masculin. Je n'ai approché la jouissance physique qu'avec mon pauvre Roumain ; ses manières distinguées m'avaient en partie apprivoisée. Malgré cela : impossible d'aller jusqu'au bout. Dès qu'un mâle dégainait sa queue, je me retrouvais la tête dans un sac et le pot défoncé, alors je le congédiais de la pire manière. Voilà, Seigneur, la vérité. Vous la saviez, évidemment, gros malin que Vous êtes, mais il était bon qu'elle sorte également de mon cœur. Disons qu'il s'agit cette fois d'une confession. Voilà : Vous venez de m'entendre en confession, Seigneur. Puisqu'on se dit tout, laissez-moi Vous avouer encore ceci : Lambert est le seul homme de Votre putain de planète qui m'ait fait envie. Je voudrais pouvoir recevoir sa bite en moi jusqu'aux roustons, Seigneur ! Et même les faire rentrer également, avec un chausse-pied si besoin était ! J'aimerais prendre son foutre sur tout mon corps, y compris dans mes cheveux ! Je voudrais lécher chacun de ses orteils, lécher sa langue, lécher son trou du cul ! Seulement je vais avoir quatre-vingt-six ans, bordel de Dieu ! Lui vingt-cinq ! Mais je l'aime, Seigneur ! C'est lui que j'ai passé ma saloperie de vie à attendre, à attendre avec ferveur, comme certains Vous attendent, Vous ! Ô Seigneur ! Je lui offre cette navrante existence ratée par la faute d'Émile Lelandier. Car c'est lui qui m'avait violée, tu parles ! Son souffle de goret, quand il soudait, je le connaissais bien ! Et son sac ! Il en avait toujours un avec lui, roulé sous son bras pour ramasser n'importe quoi : des châtaignes, des champignons, de l'herbe pour les lapins. J'ai même cru que ce détail le ferait prendre ; mais non, personne n'y a pensé, sauf bien sûr maman Germaine qui s'est mise à me détester après ce coup-là ! Les gens sont des salauds empêtrés, Seigneur. Ils ne savent pas faire, ne sauront jamais. Il y a un malentendu à la base. Quelle idée Vous a pris de créer cette sale engeance ? Ô Seigneur ! Ô Seigneur ! Ô Seigneur ! J'ai fait tout ce qui était en mon pouvoir pour les faire chier, tous ! Du moins le plus grand nombre d'hommes possible. J'aimerais leur couper le sexe et constituer un Himalaya sanguinolent de bites sectionnées. Jurez-moi que Vous n'êtes pas un homme, Seigneur, afin que, ma mort venue, je puisse aller m'asseoir à Votre droite sans serrer les miches ! »

Le cri de Lady M. réveilla Lambert. Il se dressa sur le lit et l'aperçut, accrochée à son fauteuil, son bon genou en terre, l'autre à la dérive. Elle se signait si fort que sa main produisait un bruit sourd contre son front, sa poitrine et ses épaules.

Le salon était éclairé par les enseignes de la rue, car il n'avait pas fermé les rideaux avant de s'étendre.

— Il faut venir vous coucher, Milady, grommela-t-il, ensommeillé.

Elle ne l'entendit pas. Il voulut l'aider à se relever, mais elle résista farouchement. Elle était crispée et formait un bloc compact. Alors il s'assit dans le fauteuil et se mit à lui parler à voix basse et douce, espérant que les paroles se faufileraient jusqu'au point de veille de sa lucidité, probablement enfouie dans son esprit perturbé.

Lady M. dit :

— Pardonnez-moi, mon Père, parce que j'ai péché.

Elle continuait de se signer avec violence. Puis elle interrompit ses signes de croix et commença :

— Mon Père, je suis indigne de toute absolution, pourtant, je veux Vous confesser ma faute la plus grande qui est le mensonge. Je vis de lui, par lui et pour lui depuis tant et tant d'années qu'il m'a complètement investie et que la vérité n'existe plus pour moi. Ses racines sont en moi comme celles d'une vieille plante ornementale dans son pot. Il ne subsiste pratiquement plus de terre pour les nourrir, mais elles s'alimentent par elles-mêmes. L'origine de cette déviation, mon Père, c'est une très cruelle mésaventure qui m'est arrivée à l'âge de huit ans. Que je Vous dise pour débuter : maman était fille mère. On l'avait placée comme servante dans une ferme, en Normandie ; et comme c'était une belle fille, son patron l'a engrossée. Lorsque je suis née, elle m'a mise en pension chez un couple sans enfant qui s'appelait Lelandier. Lui, fabriquait des fourneaux, et c'était de bons fourneaux qui « faisaient une vie » au point de vue usage. Papa Émile, il m'aimait beaucoup. Il me prenait souvent sur ses genoux, mon Père et, le soir, quand il sortait dans la cour pour pisser dans le renfoncement de la remise, il m'emmenait avec lui, pendant que maman Germaine, son épouse, bassinait mon lit avec une chaufferette. On jouait. C'était moi qui lui sortais la queue du pantalon et qui la lui tenais pendant qu'il arrosait le pied du lilas.

« Je Vous relate ces détails, mon Père, afin de vous montrer que nous avions des relations affectueuses, lui et moi. Nous habitions au bout du village de Saint-Jean-de-Roche, en bordure d'un bois d'où sortait une source fraîche et limpide dont l'eau avait une foule de propriétés que j'ai oubliées ; mais tout les habitants du bourg venaient y puiser. Un soir d'automne, tandis que nous attendions le retour de papa Émile parti réparer une potagère, maman Germaine m'a demandé d'aller tirer une cruche à la source pour l'absinthe du soir de son mari. Il aimait la boire glacée. Me voilà donc partie pour le bois voisin. J'arrive à la source et m'agenouille sur la grande pierre plate qui la bordait. Ça se met à couler dru dans le pot de grès. Quand tout à coup un bras puissant me fait une clé au cou tandis qu'une grosse main ébréchée fourgonne dans ma culotte qui fermait par des boutons, et me l'arrache. Ah ! si Dieu n'avait pas accordé deux mains aux hommes ils seraient moins dégueulasses. Aussitôt après, mon agresseur me flanque un sac de toile par-dessus la tête, jusqu'à la poitrine. Je pouvais toujours gueuler là-dedans, mon Père ! Une fois aveuglée, muselée et bloquée de l'hémisphère nord, l'homme m'écarte les jambes et me colle son sexe entre les jambes. Moi, ce gros machin lisse et rond du bout, je me dis : "Ça, c'est papa Émile qui me fait une farce." Mais le voilà qui pousse comme un perdu, tout en m'écartant la chattoune avec ses gros doigts râpeux. La souffrance est terrible, mon Père. Je défaille, je pleure, enfin je m'évanouis. C'est maman Germaine qui, inquiète de mon absence prolongée, est venue à la source et m'a retrouvée. Ce chabanais dans la région ! Les gendarmes sont venus. Moi, je pensais qu'ils arrêteraient papa Émile, à cause du sac ; il en avait toujours un, roulé sous le bras, pour ramasser des choses en cours de route. Mais personne n'y a pensé, sauf maman Germaine qui a tout compris et s'est mise à me détester, la carne. Ma vie est devenue un enfer. Elle faisait courir le bruit que j'avais de mauvais instincts et le village m'a mise en quarantaine. Cette épouvantable chose m'a donné la haine de l'homme, mon Père. Par la suite, je me suis vengée autant que j'ai pu. Mais aucun mâle ne m'a plus jamais pénétrée. Je les excitais et, quand ils bouillonnaient de désir : adieu Berthe, va te branler ! Même l'homme avec qui j'ai vécu plus de vingt ans, n'a jamais eu le droit de me posséder. J'ai accepté mille caresses, et il savait les prodiguer, le chéri ! Mais la bite dans le cul, mon Père, pas une seule fois. Alors, comme mes sens me tourmentaient, j'ai copulé dans l'imaginaire. J'ai tout vécu par la pensée. Des coïts chimériques, mon Père ! Des partouzes impossibles, des poses irréalisables, des perversions inavouables ! Ah ! je l'aurai fait fumer par la pensée, mon cul, mon Père ! Si ce dévergondage de l'esprit a offensé le Seigneur, qu'il me le pardonne ; intercédez pour moi. Et qu'il me pardonne aussi l'amour vrai que je porte à mon petit Lambert, mon Père. Lui, oui, j'aurais voulu le prendre en moi. À cause de lui, je serais tentée de pardonner. Ah ! mon Père, si l'on me proposait d'échanger mon âme contre la jeunesse, comme au docteur Faust, ce que j'accepterais ! Ah ! mon Père, mon Père, être à lui une fois, une seule, et puis mourir ! Et puis mourir ! »

Elle appuya son front contre l'accoudoir. Lambert posa sa main sur la nuque de Milady et ils restèrent longtemps ainsi abîmés dans la bouillie lumineuse des enseignes.

***

Au petit matin, Milady quitta son étrange posture de pénitente estropiée en geignant et se traîna jusqu'au lit sans l'aide de sa canne. Elle se dévêtit à moitié, se coucha, pria et se rendormit. Lambert fit sa toilette de bonne heure sans la réveiller. Il s'habilla et descendit prendre le petit déjeuner. Depuis l'avant-veille, ils menaient à New York une existence totalement décousue à cause des « absences » de Lady M. Ils auraient pu se trouver n'importe où, dans n'importe quel palace, l'Amérique n'intervenait pas dans leur vie présente.

Lorsqu'il eut avalé un substantiel breakfast, il s'enquit d'un drugstore et se rendit au département pharmacie du magasin. S'adressant à un vieil homme de couleur vêtu d'une veste blanche et portant un nœud papillon, il lui expliqua qu'il voulait acheter un diurétique à l'intention de sa mère qui faisait de la rétention d'urine… Le pharmacien regretta de ne pouvoir lui en remettre, les médicaments n'étant délivrés que sur ordonnance médicale. Après quelques tergiversations, Lambert finit par obtenir une anodine décoction qu'il emporta, faute de mieux. Il n'avait pas prévenu Lady M. de leur retour brusqué en Europe et craignait un refus catégorique de sa part. Comme il traversait le hall du *Waldorf*, son attention fut attirée par l'arrivée de quatre hommes très bruns, vêtus de costumes provinciaux. Un pressentiment convainquit Lambert qu'il s'agissait des individus pour lesquels ils avaient fait le voyage, Milady et lui. L'un d'eux portait une tache fauve, couverte de poils à la joue droite. On eût dit qu'on avait découpé un morceau de fourrure pour le lui coller sur le visage. Il se souvint que, l'avant-veille, lorsque Milady s'était fait donner le signalement du « caissier » par Silvio Bari, il avait été précisé une particularité sur une joue de l'homme. Celui-ci était mieux vêtu que ses compagnons et montrait de l'autorité. Un presque vieillard, minuscule, faisait partie du quatuor. Il était le seul à porter un chapeau. L'homme à la tache velue ressemblait à Tino Rossi, il avait, comme le défunt chanteur, le cheveu plaqué et de l'embonpoint. Les deux accompagnants semblaient plus jeunes. Leurs visages étaient durs, avec cette farouche arrogance des timides méchants. Lambert musarda devant une table chargée de revues. Lorsque le garçon de la réception prit des clés pour escorter les arrivants, il s'avança le premier jusqu'aux ascenseurs et s'arrangea pour monter juste derrière eux. Les hommes ne prenaient pas garde à lui et parlaient en dialecte sicilien. L'employé de l'hôtel qui avait palpé une prime pour loger le « caissier » à côté des toilettes avait bien fait les choses : les Italiens se trouvaient au même étage que Milady et disposaient d'une suite située à trois portes de la sienne.

Lady M. dormait toujours, épuisée par sa nuit de pénitence. Alors Lambert fut brutalement inondé par une certitude : il allait exécuter le coup tout seul et le réussir. Cette décision lui vint à l'improviste. Une seconde plus tôt elle ne lui effleurait même pas l'esprit. C'était comme si un courant brutal le traversait. Il avait déjà ressenti cette sensation chez le prince Mouley Driz, le soir où il avait dérobé le diadème. Tout lui parut clair, facile, sans risque. Il fit l'obscurité complète dans l'entrée de la suite, entrouvrit la porte d'un centimètre à peine, mais c'était suffisant pour qu'il pût observer celle des Siciliens. Il amena une chaise et s'y assit à l'envers, face au dossier sur lequel il appuya ses bras. Il pouvait attendre des heures ainsi. Ce poste de guet lui permit d'étudier les allées et venues du couloir. À vrai dire elles étaient très ralenties. À cette heure de la journée, le service d'entretien des chambres était terminé (sauf dans la leur, mais il avait accroché le panneau *Do not disturb*). La lingerie était située dans l'autre aile, ainsi que les ascenseurs. Comme les suites étaient vastes, il n'en existait que quatre par pan de couloir, ce qui revenait à dire que seuls deux autres appartements risquaient d'être occupés entre celui des Italiens et le leur. Une heure s'écoula sans qu'il eût aperçu âme qui vive. Un valet de chambre vint frapper à la porte située face à la sienne. Il entra et repartit presque aussitôt, lesté d'une brassée de vêtements à repasser. Vingt minutes s'écoulèrent encore et les occupants de la quatrième suite, un vieux couple germanique, s'en fut, bardé de guides touristiques et de matériel photographique.

De temps à autre, Lambert abandonnait quelques secondes son poste pour aller regarder Lady M. Elle continuait de dormir et ce calme sommeil le remplissait de joie. Il aurait voulu qu'elle dorme toute la journée afin qu'il puisse « opérer » en paix et aussi pour qu'elle guérisse de cet ébranlement cérébral qu'il attribuait au décès dramatique de Pompilius. Pendant son interminable attente, il repensait à la confession de Milady au cours de la nuit. Elle racontait tellement de choses contradictoires qu'il se demandait s'il y avait un fond de vérité dans cette histoire de viol et s'il était plausible que cette femme, apparemment dépravée, n'ait jamais fait toutes ces choses érotiques dont elle se vantait.

Lors d'un de ses trajets au lit, il prit le faux extincteur sur la table, ainsi que le sac de toile bleue ayant servi au transport du matériel. Quand il revint s'asseoir, il entreprit de percer un trou dans un angle du sac au moyen de son canif à ongles. Après quoi, il plaça l'extincteur dans le sac et fit sortir la canule couronnant le bec de la bombe de gaz par l'orifice qu'il venait d'aménager.

À midi trente, les quatre Siciliens commandèrent un repas dans la chambre, ce qui provoqua un petit ballet de maître d'hôtel, de serveurs poussant des tables roulantes chargées de vaisselle et de cloches en métal argenté. Lambert se dit que cette dînette intime laissait présager l'imminence d'une visite. Les quatre occupants de la suite préféraient ne pas quitter les lieux avant leur rendez-vous. Peut-être se trompait-il, mais il « sentait » les choses ainsi.

Le repas dura plus d'une heure et il en perçut les échos. Un sommelier rapporta un magnum de Dom Pérignon. Ensuite, le ballet des serveurs reprit, mais pour emmener les tables et la vaisselle. Puis le calme se rétablit. Une nouvelle heure s'écoula encore avant que ne surgissent trois hommes en provenance des ascenseurs : un groom et deux individus aux mines neutres. L'un était gros, il avait un costume beige clair et une chemise bleue à col ouvert ; l'autre faisait avocat marron et coltinait un attaché-case extra-plat. Lambert se demanda si les millions de dollars annoncés par Milady pouvaient tenir dans un aussi faible volume. En tout cas, il sut que ces visiteurs étaient les convoyeurs de fonds. Son instinct était affûté ; il disposait d'un sixième sens nouveau pour lui : celui de la clairvoyance.

Le groom sonna à la porte des Siciliens. On ouvrit. Quelqu'un lui remit un pourboire et il disparut avant que la porte se soit refermée sur les arrivants.

Lambert reporta sa chaise au salon et passa dans la chambre. Lady M. s'éveillait. Elle avait le regard lucide.

— Quelle heure est-il ? s'informa-t-elle.

— Six heures du matin, mentit Lambert, je vais vous aider à passer dans la salle de bains.

Il la prit dans ses bras. Elle noua ses bras à son cou.

Il la baisa sur la bouche.

— Je t'aime ! chuchota-t-il.

C'était la première fois qu'il osait la tutoyer. Les yeux de Lady M. s'emplirent de larmes.

— Mon tout petit, balbutia-t-elle. Mon présent de Dieu. J'ai passé la nuit à ressasser un triste épisode de mon enfance. Le moment est venu pour moi de te le raconter. Mais je t'ai tellement dit de choses que tu ne le croiras peut-être pas !

— Je crois toujours ce que vous me dites, Milady.

— Et quand je me contredis ?

— Je crois à la dernière version.

Il la déposa dans la salle de bains qu'elle ferma derrière lui. Lambert ramassa le sac bleu et sortit, laissant toujours la porte entrebâillée. Il courut jusqu'aux ascenseurs. Les chiffres éteints indiquaient qu'ils ne se trouvaient pas en service pour l'instant. Alors il rebroussa chemin et s'accroupit devant la porte des Siciliens, posant le sac près de celle-ci. Il dégagea la canule et la glissa doucement sous la porte, dans l'épaisseur de la confortable moquette. Elle fut introduite sans résistance. Lambert plongea la main à l'intérieur du sac pour débloquer le bec d'admission. Il perçut un sifflement ténu que seule pouvait capter son oreille avertie.

Son cœur battait à un rythme normal. Il n'éprouvait aucune crainte. Un si grand calme l'impressionnait. Un jour, avec des copains, ils avaient parié de traverser un pont en marchant sur la main courante du garde-fou. Au dernier moment, les autres s'étaient dégonflés. Tremblant de peur, désespéré par son comportement, il avait relevé le défi, se disant qu'il allait périr sottement pour de la gloriole. Et puis, une fois en place, il s'était senti détendu, sûr de soi et tout avait été facile.

À cet instant, il ressentait la même certitude heureuse. Il faisait semblant de chercher un gravier dans sa chaussure pour justifier son arrêt dans ce couloir, mais il « savait » que personne ne surgirait. Parce que c'était un instant « pour lui », inscrit dans le grand livre de son destin et qu'il lui suffisait de vivre « normalement ». Un bruit feutré de conversation lui parvenait, en provenance de la suite 2011. Lambert attendit, fourrageant sottement dans son mocassin. Combien de temps s'écoula de la sorte ? Il n'en avait pas la moindre idée. Tout cela s'opérait en marge, dans une autre dimension. Il prêtait l'oreille au menu chuintement du gaz. La bombe fut vide car elle devint silencieuse. D'un mouvement rapide, il se rechaussa et arracha la canule. En quatre pas il eut regagné sa chambre. Là, ses jambes se mirent à flageoler. La première partie de l'opération avait réussi, mais le plus périlleux restait à accomplir : pénétrer dans l'appartement. Il n'avait pas confiance en l'acide dissolvant de serrure et il se fiait à ses impressions. Fatalement, l'utilisation de la burette laisserait des traces qui attireraient l'attention. Il alla toquer à la salle de bains.

— Tout va bien, Milady ?

— Très bien, petit d'homme. Je me dépêche ; n'oublie pas que nous devons nous rendre dans le hall pour guetter la venue de nos Ritals !

— Rien ne presse, il n'est que sept heures !

Il devait agir vite pour éviter les complications que Milady ferait naître quand elle vérifierait l'heure exacte. Il décrocha le téléphone et composa le numéro 2011. Mais personne ne répondit bien qu'il laissât sonner longtemps. Combien de temps durait l'effet du gaz soporifique ? Lambert croisa ses mains loin devant lui et fit craquer ses jointures. Cet exercice lui calmait les nerfs.

« Je dois entrer dans la pièce ! Il le faut ! Il le faut ! Mais comment m'y prendre ? Il y a bien un moyen ? Oh ! Milady, ma chère vieille sorcière, inspirez-moi ! »

Il invoquait sa compagne alors qu'il aurait pu la consulter, mais ce qu'il attendait d'elle ne pouvait lui être fourni « qu'indirectement ».

Et l'idée lui sauta dessus, comme un chat qu'on n'a pas vu s'approcher bondit sur vos genoux. Il se rappela que, naguère, le sommelier ayant monté aux Siciliens le magnum de Dom Perignon, avait pressé le timbre de la sonnette, mais qu'il avait ouvert aussitôt avec sa carte magnétique passe-partout.

Son calme revint. Il reprit le téléphone pour appeler le room-service.

— Ici appartement 2011, annonça-t-il en prenant l'accent italien, vous pouvez nous monter un autre Dom Perignon en vitesse ?

— Tout de suite, monsieur.

À présent, la chance ou la fatalité se trouvaient programmées. Si le gaz était puissant et que ses effets se prolongent un peu, logiquement le sommelier les subirait dès qu'il pénétrerait dans l'antichambre. Il fallait donc que Lambert se tînt prêt à bondir avant que le serveur n'ait le temps de refermer la porte. Question de fractions de secondes. Lambert ne s'illusionnait pas trop : l'homme aurait probablement le temps de l'apercevoir, et alors tout serait compromis par la suite ! Il se rappela le corps brisé du type à la grosse mâchoire qui gisait dans le patio, un bas de femme enfilé sur la tête. Il en prit un de Milady, et s'en fit une cagoule. Le bas sentait l'odeur de la vieille. Ensuite, il glissa le reste du matériel dans le sac bleu et s'en fut faire le guet à la porte.

Le sommelier survint peu après, tenant son plateau d'une main, à hauteur d'épaule. Il passa devant Lambert et atteignit le 2011. Bref coup de sonnette de politesse. L'homme engagea sa carte dans la fente et poussa. Aussitôt, Lambert s'élança. Il atteignit le sommelier avant qu'il ne soit tout à fait entré dans la pièce ; lui donna une formidable bourrade qui fit basculer l'homme et son plateau. Les verres se brisèrent. Lambert entra, se retenant de respirer et découvrit un spectacle pour film d'aventures. Les six occupants de la suite étaient inanimés ; trois se trouvaient au sol, les trois autres restaient affaissés sur la table. Le gaz tenait les promesses de feu Silvio ! Le sommelier avait pratiquement perdu connaissance au moment où il avait reçu la bourrade de Lambert car il gisait, face au sol, dans des tessons de verre.

Lambert comptait mentalement les secondes, à la façon des apprentis parachutistes :

— Zéro zéro huit, zéro zéro neuf, zéro zéro dix...

Malgré sa volonté de ne pas respirer, il se sentait saisi d'un vertige douceâtre.

Il gagna la table et comprit pourquoi le maigre attaché-case suffisait à coltiner le magot : il ne contenait pas de bank-notes, mais des diamants. Chacun d'eux était enveloppé de papier de soie. Plusieurs se trouvaient déjà déballés. Le vieil homme figurant dans le quatuor des Siciliens devait être l'expert chargé de les vérifier, car une loupe monoculaire se trouvait devant lui, ainsi qu'une petite balance de précision et de mystérieux flacons.

— Zéro zéro vingt et un, zéro zéro vingt-deux...

Il lui semblait qu'il n'aurait plus jamais besoin d'oxygène. Que ses poumons gonflés d'air assumeraient le restant de sa vie.

Il déposa le sac bleu à terre et, méthodiquement ramassa les diamants qu'il enfouit dans ses poches ; veillant à n'en pas laisser un seul.

— Zéro zéro quarante-cinq, zéro zéro quarante-six...

Voilà. Ultime épreuve : ressortir sans être vu. Comme il ouvrait la porte, il perçut un bruit de conversation et la referma aussitôt.

C'était le couple germanique qui rentrait, vanné d'avoir visité New York.

L'homme s'arrêta dans le couloir. Par le judas de la porte, Lambert le voyait renifler. Il parla à sa compagne et dut lui signaler que cela sentait bizarre. Mais elle était trop fatiguée pour s'intéresser au problème et ils pénétrèrent dans leur chambre. Lambert quitta la suite 2011. Le couloir était vide. Il gagna leur chambre sans être vu.

Une fois de retour, il arracha le bas, le remit où il l'avait pris, sortit son peigne de poche et se recoiffa. Il soliloquait, à mi-voix :

— Voilà, c'est fait, mais l'affaire aura des répercussions ; ne serait-ce qu'à cause du sommelier. Il faut faire disparaître ces pierres. Seulement les cacher où ?

En même temps qu'il se posait la question, il avisa la canne de Lady M. appuyée contre le fauteuil. Il la saisit et, la plaçant à la renverse, ôta l'embout de caoutchouc. Chère Milady ! Il enfila les diamants dans le tube, un à un, sans les sortir de leur papier de soie. Il enveloppa même dans du journal les pierres qui avaient été examinées. Lorsqu'elles furent toutes à l'intérieur de la béquille, Lambert continua d'y enfoncer du papier afin de les y bloquer. Il réajusta l'embout et secoua la canne. Rien ne se passa. Par acquit de conscience, il changea de vêtements et s'aspergea d'eau de Cologne pour le cas où l'odeur du gaz aurait imprégné sa personne.

Exténué, il s'allongea dans le fauteuil. Un sanglot déchira sa gorge. Sa victoire le rendait triste. Il avait honte de lui, honte de son courage, honte des hommes. Il repensa avec envie à la plage de Saint-François avec son lagon bleu, ses planches à voile de toutes les couleurs et ses filles dorées qui sentaient l'huile solaire.

Parviendrait-il à échapper aux représailles de la Mafia ? Il savait cette organisation implacable et obstinée. Elle ne se laisserait pas filouter et mettrait tout en œuvre pour récupérer les diamants. D'autres gens savaient : les amis de Silvio Bari qui leur avaient procuré le matériel ; or, tous les hommes parlent un jour ou l'autre, par vantardise ou pour de l'argent. On saurait bientôt, dans la Cosa Nostra, ce qu'était la véritable personnalité de Lady M.

« C'est foutu, Milady ! Le monde n'est pas assez grand pour nous permettre d'échapper à ceux qui, dans quelques instants, vont se lancer à la recherche des pierres. Vous avez voulu l'irréalisable, je l'ai réalisé ; mais vous ne pourrez empêcher l'inéluctable. Nous sommes désormais des morts en sursis. Même si j'allais rendre les diamants, je ne sauverais plus nos vies. Mais cela n'a pas d'importance, vieille chérie. De toute façon, avant de vous rencontrer, je ne savais que faire de la mienne. »

Ainsi, il acceptait les conséquences de l'expédition new-yorkaise parce qu'elles s'inscrivaient dans la fatalité de ses jours. Il savourait à sa façon cette maldonne qui le situait, ailleurs, loin de ce qu'il était réellement. Parce qu'il lui avait subtilisé son émeraude, Milady le prenait pour de la bonne graine de filou. Elle n'avait pas compris qu'il s'agissait d'un jeu, comme avait été un jeu, pour lui, l'échange du diadème et, à l'instant, la mainmise sur les diamants de la Mafia. Un simple jeu, pas même un défi à lui-même. Des gamineries de désœuvré. Il appartenait à une génération qui n'attend rien parce qu'elle sait l'inanité des choses. La génération des sacrifiés.

Milady sortit brusquement de la salle de bains en clopinant et vociférant. Elle écumait d'une rage proche de l'hystérie.

— Sale petit con ! Enculé ! Lâche ! Oh ! oui, lâche ! Lâche ! Lâche ! Et encore lâche ! Je te hais ! Je ne veux plus te voir ! Je te conchie, menstrue fétide ! Larve ! Guenille de poubelle ! Vomissure abjecte ! Étron de trottoir ! Lécheur de braguettes !

Elle se tut pour porter les mains à sa poitrine dévastée par l'intensité de sa colère.

— Qu'est-ce qui vous arrive, Milady ? interrogea calmement Lambert, croyant qu'elle traversait une nouvelle période d'égarement.

— Il m'arrive qu'il n'est pas sept heures du matin, mais trois heures de l'après-midi, vermine ! Il m'arrive que tu as tout foutu par terre ! J'ai branché la radio de la salle de bains et j'ai entendu les informations. Il est trois heures vingt, nom de Dieu ! Trois heures vingt, salope !

Elle trépignait, la serviette de bain dont elle drapait son pauvre corps déformé et plissé glissait d'elle, la découvrant largement. Ses seins flasques dont les pointes pâlies pendaient comme deux cabochons, tressautaient lamentablement. On apercevait sa pauvre chatte défrisée et grise fichée entre la large parenthèse de ses cuisses bleuâtres.

« Que c'est triste, un corps de femme ruiné par l'âge », songeait Lambert. Pourtant, un sentiment trouble et inquiétant qui ressemblait à une obscure convoitise naissait en lui. Ces appas à jamais perdus continuaient d'exercer sur le garçon une fascination vénéneuse.

« Suis-je anormal, se demandait-il, pour éprouver ce que j'éprouve ? Ne faut-il pas avoir perdu tout sens commun pour subir cette tentation indécise ? » Le corps de Noémie se superposait à celui de Lady M. Elle n'était que rondeurs, peau de pêche ambrée, fossettes. Il était impossible, voire contre nature, de « faire un choix » ; pourtant c'est la vieille qui le fascinait !

Elle continuait de hurler :

— Tu l'as fait exprès, vérole ! Qui sait même si tu ne m'as pas administré quelque soporifique, hier ? Ces enculés de Siciliens sont arrivés et j'ignore où ils crèchent ! Le règlement a peut-être déjà eu lieu !

Il fut tenté de tout lui dire, mais il se contint. Quelque chose l'avertissait qu'il valait mieux lui taire son exploit pour l'instant. Toujours cette intuition impérieuse qui décidait pour lui !

— C'est mieux ainsi, murmura-t-il, bientôt vous me remercierez ! Nous allons partir dans quatre heures, j'ai fait retenir nos places pour le vol de Paris.

Alors elle reprit ses imprécations et il trouvait superbe ce déploiement d'énergie. Sa colère restait jeune, ardente. Tant qu'elle vivrait, il y aurait, quand elle serait lucide, cette flamme haute et claire de feu qui prend, de feu qui s'élance. Depuis qu'elle avait des « absences », il s'était mis à l'aimer pour de bon, à l'aimer tout à fait. S'il avait téléphoné à Noémie, la veille, c'était pour passer un ultime test. Il avait tenté de s'accrocher à la jeunesse une dernière fois. Seulement l'expérience avait tourné en faveur de Lady M. Maintenant qu'elle allait commencer à sombrer, il profiterait de ses dernières clartés ; leur amour serait vécu en pointillé.

— Ne compte pas que je parte ! Même si l'affaire est foutue, je me battrai ! Je ne suis pas venue à New York pour...

Il vint à elle, de plus en plus furibarde et essoufflée ; à elle qui disait le mépriser et le haïr, à elle qui prétendait ne plus pouvoir le tolérer à son côté. Il l'enserra de ses deux bras si forts qui halaient les bateaux sur la plage de Saint-François.

— Tais-toi, soupira-t-il, tu sais bien qu'on s'aime et qu'on va essayer d'être heureux. C'est à cela qu'aura servi le voyage à New York ! Ah ! ma maudite, tais-toi ! Je t'en conjure !

Il mit sa joue contre celle de Milady et la berça. Lambert n'avait jamais bercé une femme. Il éprouvait un plaisir mêlé de désespoir.

— Nous allons refaire les bagages et rentrer, dit-il. Finies, toutes ces sales combines ! J'ai besoin d'arbres et de toi, ma Milady d'amour. Besoin que tu me parles encore, à perte de vue. Besoin que tu me racontes tes souvenirs époustouflants, les vrais et les faux.

Elle acquiesça, soumise. Il l'avait neutralisée.

— Je t'ai promis de te raconter une vérité terrible qui concerne mon enfance, Lambert. Ma mère était fille de ferme. À l'époque c'était ce qu'on appelait une belle plante. Elle plut à son patron qui s'empressa de lui faire un enfant…

— Ne parlez plus, Milady, supplia Lambert.

— Pourquoi ?

— Avant de commencer, vous m'avez dit : je vais te raconter une vérité ! Je ne veux pas savoir quand vous me dites ou non la vérité. Vous êtes un conte de fées, Milady ; il n'y a pas de place pour la vérité dans un conte de fées. Ce que vous alliez me dire, vous le direz une autre fois, sans préambule.

— D'accord, fit-elle, presque soulagée par la décision de Lambert.

Il alla prendre la canne anglaise et la lui glissa sous le bras.

— Maintenant, habillez-vous pendant que je m'occupe des bagages.

Il passa dans l'antichambre et s'activa. Il percevait des piétinements rapides dans le couloir, des appels. On avait probablement découvert son coup de main et c'était l'effervescence. Il s'efforca de n'y pas penser. L'événement devait absolument lui devenir étranger. Il n'existait plus pour lui

Il avait déjà bouclé sa propre valise quand il entendit la voix plaintive de Milady qui geignait :

— Maman ! Maman ! Maman !

Il se précipita et l'aperçut dans la chambre, nue, mais pressant entre ses jambes une serviette éponge. Elle avait son expression perdue.

— Qu'y a-t-il ? questionna Lambert.

— Maman, j'ai mes règles ! pleurnicha Lady M.

Il vit des traces brunes sur les cuisses de la vieille. L'odeur le renseigna : elle s'oubliait sous elle. Mon Dieu, une telle chose était donc possible ! Lambert ne savait quoi faire. La situation lui semblait désespérée.

— C'est un petit accident, bredouilla le malheureux. Pas du tout ce que vous croyez, Milady. Il faut vous nettoyer.

Il l'obligea à rebrousser chemin pour qu'elle retourne dans la salle de bains. Elle laissait derrière elle d'affreuses traînées. De retour dans le local carrelé, elle resta immobile, égarée. Elle avait cessé de gémir. Paraissait attendre.

Alors il ôta la serviette souillée qu'elle avait appliquée sur elle, par réflexe, prit un gant de toilette et ouvrit en grand le robinet d'eau chaude du lavabo.

La radio, qu'elle n'avait pas interrompue, diffusait fortissimo du Michael Jackson.

Comme il était en train de la nettoyer trois hommes surgirent dans la chambre. Il reconnut les deux porte-flingues de « l'encaisseur », un troisième personnage les accompagnait. Les arrivants furent frappés de stupéfaction en découvrant cette vieillarde nue et souillée d'excréments qu'un jeune homme nettoyait avec abnégation.

Lambert se plaça vivement devant Milady.

— Qui vous permet d'entrer ainsi chez les gens ? s'écria-t-il, sincèrement indigné.

L'homme qui escortait les deux Siciliens, un jeune Américain blond et couperosé bafouilla :

— Nous avons sonné, monsieur, veuillez nous excuser ; à cause de la radio, vous n'avez pas dû entendre.

— Non, fit sèchement Lambert, je n'ai rien entendu en effet, que désirez-vous ?

— Je suis le détective de l'hôtel et il s'est produit un vol avec circonstances aggravantes à cet étage.

« Vol avec circonstances aggravantes », se répéta Lambert. Il trouvait l'expression cocasse. Décidément, tout portait un nom. Tout était qualifié, répertorié, classé !

— Qu'est-ce que j'y peux ? s'emporta-t-il.

Il aimait sa mauvaise humeur si sincère. Les autres s'apercevaient bien qu'elle n'était pas feinte, pas plus que n'était feinte la triste position de Milady, ni la merde qu'ils piétinaient sans s'en rendre compte.

— Eh bien, nous voulions savoir si vous aviez vu ou entendu quelque chose d'anormal, reprit le détective.

— Écoutez, mon vieux, grommela Lambert, ma tante que j'accompagne est en pleine sénescence, comme vous le voyez, et avec la sale besogne que je me tape, je n'ai guère le temps de m'occuper des allées et venues de l'hôtel !

Il jubilait, les sentant convaincus. L'un des Siciliens venait de découvrir que ses belles chaussures grises et blanches étaient maculées et, furieux, les essuyait après le tapis en tordant les pieds. Peut-être que cette débâcle de Milady allait les sauver, après tout ? Qui donc pouvait croire que cette très vieille femme perdue, enduite de ses excréments, et le pauvre garçon qui l'assistait avec dévouement étaient mêlés à un vol de grand style ?

Les trois hommes se retirèrent rapidement pour chercher d'autres pistes.

« Ne vous inquiétez pas, Milady : ces misères-là arrivent à tout le monde ; même à des gens très jeunes. Il ne faut pas en être mortifiée. Nous sommes organiques, que voulez-vous. Mais heureusement, il y a le reste : notre âme, notre intelligence, notre cœur, tout le bataclan.

« Je viens d'arrêter une grande décision, Milady. L'affaire de tout à l'heure, je ne vous en parlerai jamais, et les diamants demeureront dans votre canne pendant toute la durée de votre vie. Je préfère que vous me teniez pour un petit lâche parce que j'aurai fait capoter votre coup plutôt que de vous voir me prendre pour un héros parce que je l'ai brillamment réussi. Je refuse cette gloire-là. Je vous aime trop pour vous laisser délirer sur un malentendu. Je ne suis que ce gentil gredin dont vous parliez, qui voulait vivre d'éternelles vacances à la Guadeloupe. Juste un cossard, Milady ; qui se faisait un chignon et portait une boucle d'oreille pour dire merde aux nantis qu'il aidait à s'amuser. Un être flou et un peu veule. Capable de beaucoup de choses, sinon de tout, mais qui préfère laver votre vieux cul que de voler des truands internationaux. Vous verrez comme on va bien se laisser aller, tous les deux. Vous au gâtisme, moi à l'ankylose. Je vous soignerai avec dévouement, soyez sans crainte ; ce que je fais présentement vous le prouve. Je serai votre éternel invité et vous ma pensionnaire. Oui : je vais vous prendre en pension chez vous, Milady. »

Il la nettoya aussi minutieusement que l'eût fait une infirmière, la rinça, la frotta d'eau de Cologne.

Comme il disposait de temps encore, il commanda un thé et fit infuser le diurétique végétal que lui avait fourni le Noir du drugstore. Milady le prit mornement. Elle lui obéirait désormais quand elle se trouverait « sous la ligne de flottaison ». Il savait trouver le ton juste : à la fois doux et péremptoire.

26

« Seigneur, je Vous ai tellement parlé que je n'ai plus rien à Vous dire. C'est Vous qui prenez le relais. À travers la rumeur du monde, je distingue Votre auguste voix. Une voix pour réquisitoire, Seigneur. Une voix d'avocat général. Je sens bien que je décline et que je traverse des zones d'ombre, pareille à l'avion qui, dans sa descente, franchit des épaisseurs de nuages. Depuis les hublots, le passager ne distingue plus rien que cette ouate plus ou moins sale.

« Du fond de l'infini, Vous me lancez des reproches, Seigneur, Vous qui m'avez toujours écoutée en silence et presque complaisamment ! Vous ergotez sur ma vie, mes méfaits, mes cruautés. Vous me reprochez la mort de Pompilius que j'aurais conduit au suicide en lui faisant porter le chapeau dans l'affaire du diadème. Mais, Seigneur, il fallait bien que je sauve le petit, non ? Pompilius était un vieux forban sous ses exquises façons, rien d'autre qu'une canaille jouisseuse, ne me dites pas le contraire, ce serait de la mauvaise foi. Au lieu de prendre la chose avec philosophie, môssieur nous a joué la grande scène du trois, libre à lui. Il a voulu m'adresser un bras d'honneur de façon théâtrale, le salaud ! Franchement, Seigneur, j'ai pris ça en plein dans les carreaux et j'ai cru crever. Il va me falloir du temps pour récupérer. Alors laissez-m'en ! Je vais devoir suivre toute ma route. Ah ! comme la vie est brève et interminable dans sa brièveté ! J'étais une petite fille innocente, Seigneur. Comment : pas si innocente que ça ? Vous croyez sérieusement que j'éprouvais un quelconque plaisir, la nuit, à sortir la queue de papa Émile pour la faire pisser contre la remise ? Ça, c'est la meilleure ! Comme si un esprit éthéré comme Vous, pouvait concevoir des pauvretés pareilles ! Vous dites que je l'excitais quand il me prenait à califourchon sur ses genoux ? Que je me mettais face à lui exprès, les jambes tellement écartées qu'il apercevait ma petite chatte tordue qui débordait de ma culotte ? Non, mais dites donc, Seigneur : ça va pas la tête ! Pécheresse, je ne le nie pas, mais il ne faudrait pas en remettre. Si Vous le prenez comme ça, je ne Vous donne pas huit jours sans qu'on se fasse la gueule. Que deviendrais-je si on se boude ? Vous me laisseriez seule, crevante, à tourbillonner dans l'entonnoir de mes pensées ; alors là, ce ne serait pas correct. Je demeure Votre enfant, Seigneur, que je sois salope ou non. Vous devez veiller sur moi ; m'assister ! Il me reste à mourir ! Chaque jour me tue et les jours de mon âge sont plus meurtriers que les jours des êtres jeunes.

« Qui, dites-Vous ? Ah ! Lambert ? Oui, il est là. Très gentil garçon. Un peu mou, mais prévenant. Pendant combien de temps encore vais-je pouvoir compter sur lui ? Il est si frêle. Un jupon passera un jour et il le suivra. Il m'a fait monter dans une grande voiture qui ressemble à un corbillard. Je ne me rappelle plus où nous allons. C'est marrant, regardez : ma mère a mis une robe blanche pour venir me voir chez les Lelandier. Je ne savais pas qu'elle en avait une. Papa Émile vient de lui mettre la main aux fesses, en douce et maman a ri. Je porterai des roses à la Toussaint, sur la tombe de Pompilius ; pas des chrysanthèmes, lui-même avait l'air d'en être un, ce con ! Je me demande le goût que ça a, une bite ? Comment fait-on pour ne pas s'étouffer ? Sans parler du mal de cœur : moi, un abaisse-langue, je gerbe ! Seigneur, non, attendez ! Retenez-moi ! j'ai horreur des toboggans ! C'est des plaisirs d'ahuris, ça. Non ! Non ! Non ! »

— Calmez-vous, Milady chérie, murmura Lambert en prenant la main de la vieille.

Elle le dévisagea sans le reconnaître, mais se tut, rassurée. Lambert regardait défiler le paysage de l'avant-veille. Il songeait qu'il quittait New York sans avoir aperçu la statue de la Liberté, ni le pont de Brooklyn, ni l'Empire State Building. Et pourtant, même s'il devait vivre très vieux, il n'oublierait jamais cette ville.

Seulement, vivrait-il vieux ? Désormais, il devrait s'accommoder de cette angoisse latente. Chaque bruit nocturne le ferait tressaillir. Quand une voiture stopperait à la hauteur de la sienne, son individu se contracterait sous l'effet de l'appréhension. Mais peu importait. Il était prêt ; l'avait toujours été.

Lorsqu'ils parvinrent au Kennedy Airport, le chauffeur l'aida à faire descendre Milady ; puis remit leurs bagages à un porteur.

Lambert fit asseoir Lady M. sur un siège cuir et acier et la surveilla de loin tandis qu'il confiait les billets à l'un des guichets Air France. Il se disait que le diurétique n'avait pas l'air de produire grand effet sur sa compagne.

Des employés du nettoiement promenaient d'immenses serpillières mouillées sur le marbre, et le sol se mettait à étinceler. Lorsque les formalités d'enregistrement furent terminées, Lambert alla récupérer Milady. Elle le regarda s'approcher et une soudaine expression de bonheur illumina son visage.

— Lambert ! murmura-t-elle, enamourée.

Puis, désignant à ses pieds l'immensité brillante, elle demanda :

— Comment est la mer, ce matin ?

— Un peu plus fraîche qu'hier, répondit le garçon, car le vent a soufflé toute la nuit.

Lady M. avança un pied prudent sur un carreau.

— Mais non, protesta-t-elle, elle est délicieuse ! Savez-vous, Lambert, que cette promenade quotidienne me fait beaucoup de bien ?

— Je m'en réjouis, Milady.

— Je n'ai presque plus mal à ma hanche. Je me demande si, en m'immergeant jusqu'au cou, cela raffermirait ma poitrine ?

— C'est très possible, dit Lambert. Prenez mon bras, Milady, nous allons essayer d'aller plus loin.

Ils se dirigèrent vers la salle d'embarquement.

– Fin –

Cet ouvrage a été imprimé en France par

CPI
BUSSIÈRE

à Saint-Amand-Montrond (Cher)
en avril 2010

Composé par Nord Compo Multimédia
7, rue de Fives, 59650 Villeneuve-d'Ascq

N° d'édition : 8954 – N° d'impression : 101227/1
Dépôt légal : mai 2010